JN015840

平和を欲するなら、戦争を理解せよ。

リデル・ハート

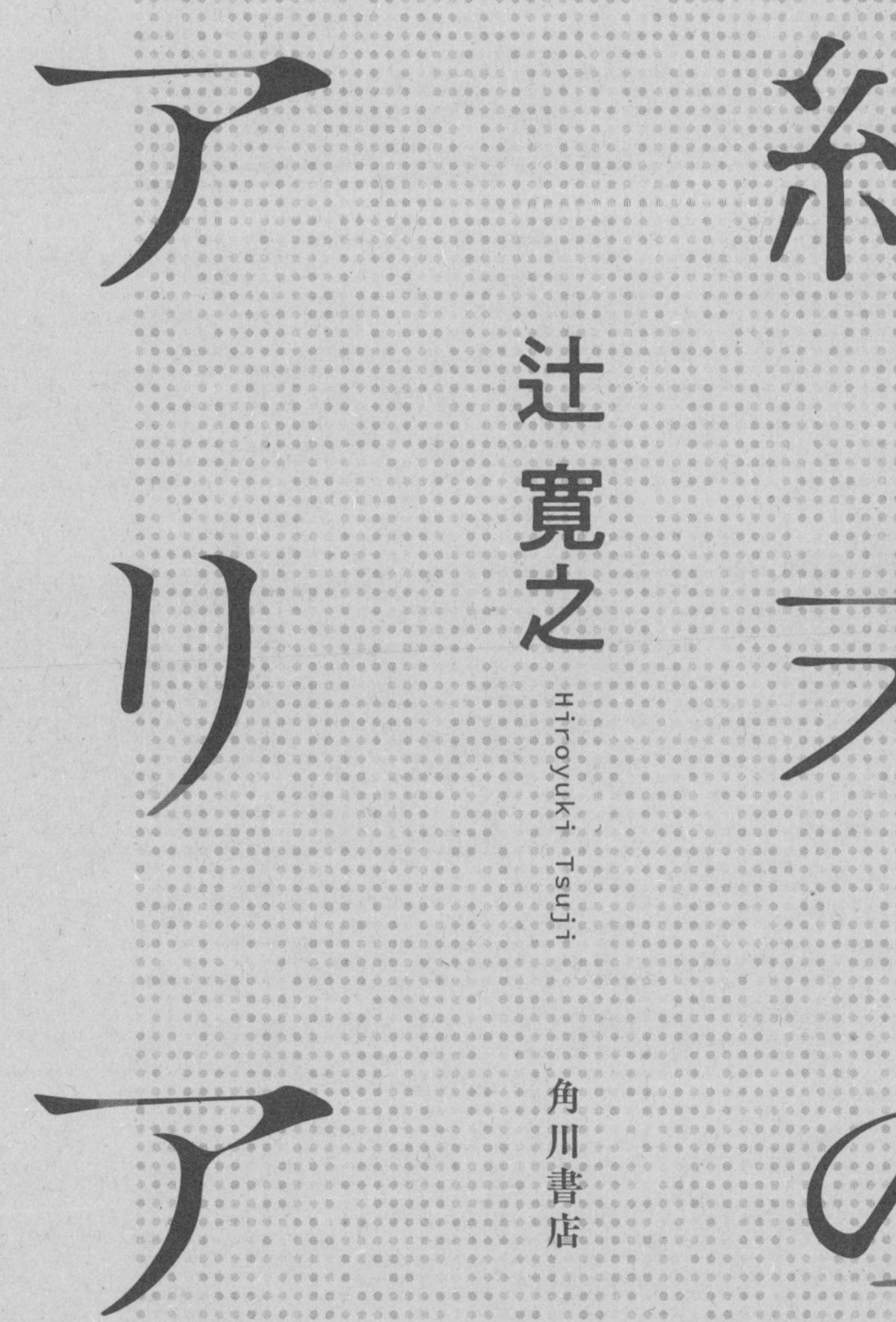

終末のアリア

辻寛之

Hiroyuki Tsuji

角川書店

終末のアリア

目次

主要登場人物

【総理官邸】

矢島修一郎　内閣官房副長官
風間政彦　内閣官房副長官秘書官
大河原信雄　内閣総理大臣
呉義和　内閣官房長官
来栖俊夫　内閣官房副長官
黒沢信也　国家安全保障局次長・内閣サイバーセキュリティセンター長

【防衛省】

新島さやか　防衛省大臣官房企画官
岩城和馬　防衛省情報本部統合情報部長
武藤剛　防衛省情報本部長
盛田美穂　防衛大臣
真木洋治　統合幕僚長

【警察関係】

榊原恭司　警察庁警備局外事情報部国際テロリズム対策課長

「身元は？」

「確認できません」

「引き続き監視を続けろ」

時間はまもなく午後一〇時になろうとしていた。

「二班、部屋の様子はどうだ？」

「出入りは確認できません」

動かず待つべきか、それとも踏み込むべきか。榊原は判断に迷った。

「部屋に受電は？」

「部屋にも携帯にも受電確認ありません」

榊原が無線を切りかけたところに別の班からの無線が入った。

「四班勝田(かつた)です。部屋の電気が突然消えました」

榊原は怒鳴るように叫んだ。

「ターゲットが動くぞ」

榊原はすぐに無線に向けて号令を発した。

「一班、二班、ターゲットがエントランスに現れたら追尾しろ」

榊原は応答を確認し、マンションのエントランス付近に視線を向けた。無線から一班の柳川(やながわ)の声が聞こえた。

「ターゲットが現れません」

部屋の灯(あか)りが消えてからすでに三分以上が経過している。外出でなく就寝したということか。いや、これまでの内偵でこんな時間に部屋の灯りが消えることはなかった。

車両、マンション裏手に三班、さらにバックアップのために四班をマンションエントランスに配置した。

この日は運悪く朝から雨が降り、往来する歩行者の傘で人の姿は隠された。マンションの周辺は比較的静かな住宅街だった。周辺五キロ範囲に繁華街があるが、人通りは少なく、監視は比較的容易だった。榊原は無線で一班を呼び出した。

「状況は？」

「まだ動きはありません」

「ターゲットに動きがあれば追跡する。柘植、通信傍受令状はとってあるな」

国際テロリズム対策課の直属の部下である柘植は榊原とともにイスラム過激派テロリストを追いかけてきた。今回の捜査でも地を這うような内偵を続けてきた一人だ。

「部屋の有線電話、携帯電話いずれも傍受できます」

榊原は周辺の地図に目を向けた。四つの班が各々状況を報告する。無線の割れた音がイヤホンに響いた。

「二班、動きはありません」

「三班、裏手の出口にバイク一台を確認」

「四班、駐車場の前に黒塗りの車が一台停車。マルタイと関係があるかどうかは判断つきません」

榊原がすべての班に無線で告げた。

「ターゲットがマンションから出たら行動を開始する。全班バックアップ態勢を取れ」

その時、ノイズと共に無線が音を立てた。

「こちら、四班。スーツの男が下車しました。マンションに入ります」

『ラッカ12』による犯罪だと分析した。そして警察だけでなく軍事関係者をも悩ませた『ラッカ12』のメンバー十二人は国際刑事警察機構（ＩＣＰＯ）から国際指名手配された。

二〇一七年七月、クルド人部隊、イラク軍そして米軍の空爆でモスルはＩＳ支配から解放され、『ラッカ12』のメンバーの大半が死亡した。残されたメンバーは各国にあるイスラム過激派組織に散り、その一人、アフマド・ハッサン・オオサキが日本に潜伏したという情報が米国当局から榊原のチームに入った。ハッサンはバングラディシュ出身で日本に留学中に日本人女性と結婚して日本国籍を取得していた。二年前に妻と離婚、単身トルコに渡航、ＩＳの工作員になった疑いがある。

捜査員は地道な内偵を続け、ハッサンの携帯電話の発信記録を入手することに成功した。米国当局に確認したところ、ハッサンが『ラッカ12』のメンバーである可能性が高いという情報を得た。ハッサンはイラクから東南アジアを経て、日本に密入国したことがわかっている。ハッサンが使用していた携帯電話の発信履歴からシリア・ラッカのイスラム国本部への通話記録が確認されている。さらにハッサンは都内で防衛省職員と接触した疑いがある。防衛省は事実関係を認めなかったが、その人物は防衛省の情報本部の職員であることもわかっている。榊原はハッサンの行動確認（行確）を続け、再びハッサンが防衛省職員と連絡を取り合う瞬間を待った。だが、二回目の接触は未だ確認できていない。

時計を見ながら、ハッサンが住む部屋に向けて設置された望遠カメラを覗いた。四つの捜査班がマンションを包囲するように監視態勢を敷いている。マンション前の路上に一班、二班の捜査

序

二〇一七年八月三〇日
都内某所

部屋全体が緊迫した空気で満ちていた。榊原恭司(さかきばらきょうじ)はタバコを取り出したが、火をつけることなくポケットに収めた。大掛かりな捜査が始まる前に緊張していることを部下に悟られるのが嫌だった。

警察庁警備局の榊原は、捜査対象であるテロリストが潜伏する渋谷(しぶや)区笹塚(ささづか)のマンションの向かいに借りたアパートの一室で捜査の指揮を執っていた。

榊原が追っているターゲット『ラッカ12』はイスラム国のサイバー部隊で、各国の警察機構にとって悩みの種となっていた。

米国情報機関は当初、イスラム国のサイバー攻撃力を過小評価していたが、イスラム国がダークウェブの使い捨てサーバーを利用し、データ窃盗行為やスパイ行為に関与する事件が確認されるようになった。その手口はある段階から高度化していく。米国防総省への分散型サービス妨害(DDoS)攻撃、マルウェアを使った脅迫などヨーロッパ各地で月に一万件以上の被害が発生した。

フランスのサイバーセキュリティ大手の首席情報官は、この攻撃を世界各国に潜伏している

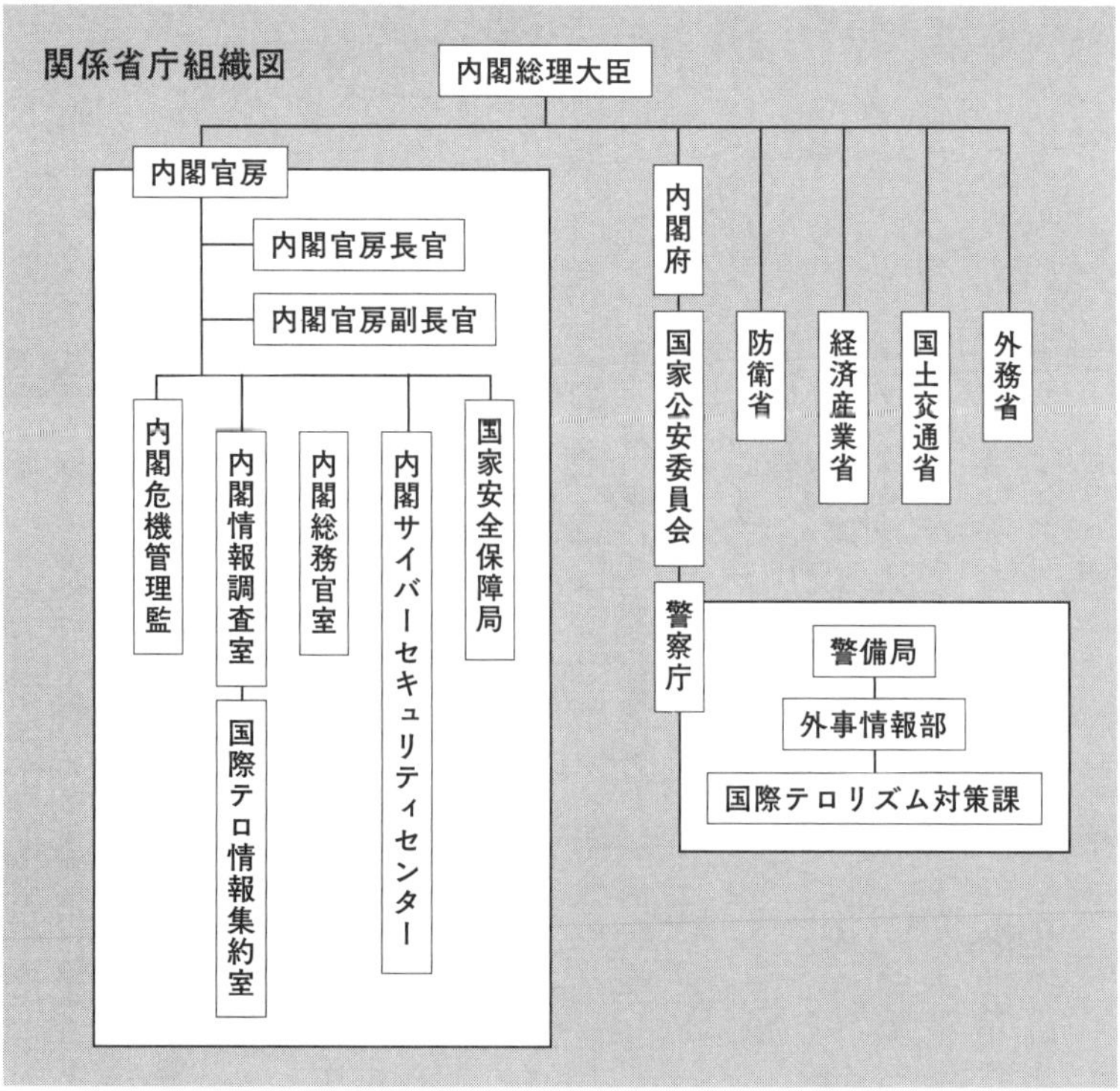

関係省庁組織図
内閣総理大臣
内閣官房
内閣官房長官
内閣官房副長官
内閣危機管理監
内閣情報調査室
国際テロ情報集約室
内閣総務官室
内閣サイバーセキュリティセンター
国家安全保障局
内閣府
国家公安委員会
警察庁
警備局
外事情報部
国際テロリズム対策課
防衛省
経済産業省
国土交通省
外務省

アレッポ
ラッカ
シリア
ダマスカス
モスル
ファルージャ
バグダッド
イラク

2015年夏頃の
イスラム国勢力図

ISの支配下または影響下

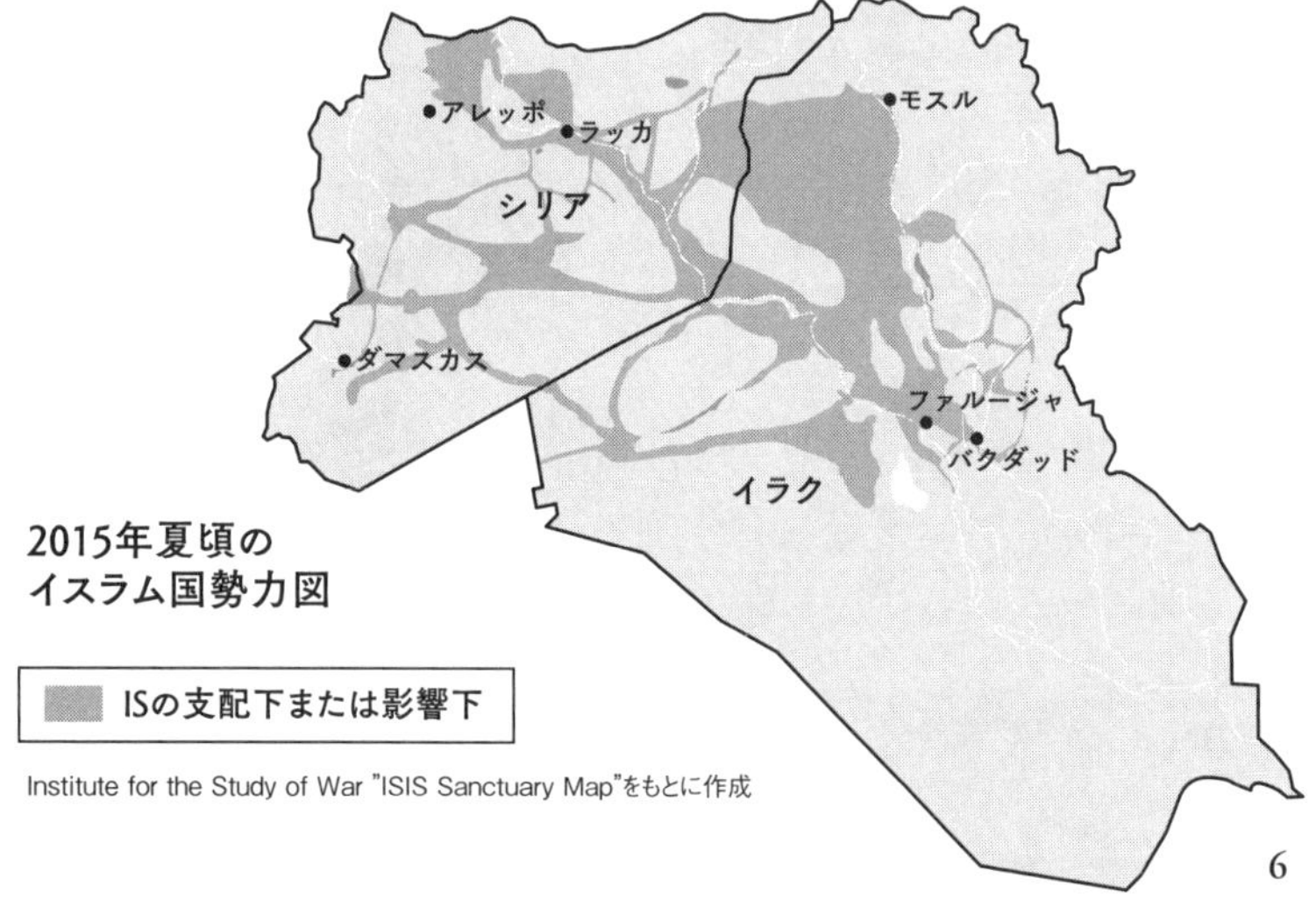

Institute for the Study of War "ISIS Sanctuary Map"をもとに作成

神保英明　警察庁警備局外事情報部長
柘植良彦　警察庁警備局外事情報部国際テロリズム対策課
相田あかり　国際テロ情報集約室（警察庁から出向）
板倉智巳　警察庁サイバー攻撃分析センター警部補

【アメリカ政府】
マイケル・コリンズ　中央情報局（ＣＩＡ）テロ対策センター作戦主任
ウイリアム・ライデン　中央情報局（ＣＩＡ）テロ対策センター長
ロジャー・クレイマー　国防情報局（ＤＩＡ）少将
アルバート・グレン　第一〇一空挺師団中尉

【マスコミ】
里村藍　東洋新聞政治部記者

【イスラム国】
赤星瑛一　日本人テロリスト
アブ・ムサブ・アル・ザルカウィ　アルカイダ領袖
アブ・バクル・アル・バグダディ　イスラム国指導者
アフマド・ハッサン・オオサキ　イスラム国情報機関アムニ幹部
アブ・ウマル・アル・ムスタファ　イスラム国情報機関アムニ幹部
アブ・ムスアブ・アル・ザーイド　イスラム国リクルーター

終末のアリア

辻寛之

Hiroyuki Tsuji

角川書店

平和を欲するなら、戦争を理解せよ。

リデル・ハート

終末のアリア

目次

主要登場人物

【総理官邸】

矢島修一郎　内閣官房副長官
風間政彦　内閣官房副長官秘書官
大河原信雄　内閣総理大臣
呉義和　内閣官房長官
来栖俊夫　内閣官房副長官
黒沢信也　国家安全保障局次長・内閣サイバーセキュリティセンター長

【防衛省】

新島さやか　防衛省大臣官房企画官
岩城和馬　防衛省情報本部統合情報部長
武藤剛　防衛省情報本部長
盛田美穂　防衛大臣
真木洋治　統合幕僚長

【警察関係】

榊原恭司　警察庁警備局外事情報部国際テロリズム対策課長

「身元は？」

「確認できません」

「引き続き監視を続けろ」

時間はまもなく午後一〇時になろうとしていた。

「二班、部屋の様子はどうだ？」

「出入りは確認できません」

動かず待つべきか、それとも踏み込むべきか。榊原は判断に迷った。

「部屋に受電は？」

「部屋にも携帯にも受電確認ありません」

榊原が無線を切りかけたところに別の班からの無線が入った。

「四班勝田です。部屋の電気が突然消えました」

榊原は怒鳴るように叫んだ。

「ターゲットが動くぞ」

榊原はすぐに無線に向けて号令を発した。

「一班、二班、ターゲットがエントランスに現れたら追尾しろ」

榊原は応答を確認し、マンションのエントランス付近に視線を向けた。無線から一班の柳川の声が聞こえた。

「ターゲットが現れません」

部屋の灯りが消えてからすでに三分以上が経過している。外出でなく就寝したということか。

いや、これまでの内偵でこんな時間に部屋の灯りが消えることはなかった。

車両、マンション裏手に三班、さらにバックアップのために四班をマンションエントランスに配置した。

この日は運悪く朝から雨が降り、往来する歩行者の傘で人の姿は隠された。マンションの周辺は比較的静かな住宅街だった。周辺五キロ範囲に繁華街があるが、人通りは少なく、監視は比較的容易だった。榊原は無線で一班を呼び出した。

「状況は？」

「まだ動きはありません」

「ターゲットに動きがあれば追跡する。柘植(つげ)、通信傍受令状はとってあるな」

国際テロリズム対策課の直属の部下である柘植は榊原とともにイスラム過激派テロリストを追いかけてきた。今回の捜査でも地を這(は)うような内偵を続けてきた一人だ。

「部屋の有線電話、携帯電話いずれも傍受できます」

榊原は周辺の地図に目を向けた。四つの班が各々状況を報告する。無線の割れた音がイヤホンに響いた。

「二班、動きはありません」

「三班、裏手の出口にバイク一台を確認」

「四班、駐車場の前に黒塗りの車が一台停車。マルタイと関係があるかどうかは判断つきません」

榊原がすべての班に無線で告げた。

「ターゲットがマンションから出たら行動を開始する。全班バックアップ態勢を取れ」

その時、ノイズと共に無線が音を立てた。

「こちら、四班。スーツの男が下車しました。マンションに入ります」

『ラッカ12』による犯罪だと分析した。そして警察だけでなく軍事関係者をも悩ませた『ラッカ12』のメンバー十二人は国際刑事警察機構（ＩＣＰＯ）から国際指名手配された。

二〇一七年七月、クルド人部隊、イラク軍そして米軍の空爆でモスルはＩＳ支配から解放され、『ラッカ12』のメンバーの大半が死亡した。残されたメンバーは各国にあるイスラム過激派組織に散り、その一人、アフマド・ハッサン・オオサキが日本に潜伏したという情報が米国当局から榊原のチームに入った。ハッサンはバングラディシュ出身で日本に留学中に日本人女性と結婚して日本国籍を取得していた。二年前に妻と離婚、単身トルコに渡航、ＩＳの工作員になった疑いがある。

捜査員は地道な内偵を続け、ハッサンの携帯電話の発信記録を入手することに成功した。米国当局に確認したところ、ハッサンが『ラッカ12』のメンバーである可能性が高いという情報を得た。ハッサンはイラクから東南アジアを経て、日本に密入国したことがわかっている。ハッサンが使用していた携帯電話の発信履歴からシリア・ラッカのイスラム国本部への通話記録が確認されている。さらにハッサンは都内で防衛省職員と接触した疑いがある。防衛省は事実関係を認めなかったが、その人物は防衛省の情報本部の職員であることもわかっている。榊原はハッサンの行動確認（行確）を続け、再びハッサンが防衛省職員と連絡を取り合う瞬間を待った。だが、二回目の接触は未だ確認できていない。

時計を見ながら、ハッサンが住む部屋に向けて設置された望遠カメラを覗いた。四つの捜査班がマンションを包囲するように監視態勢を敷いている。マンション前の路上に一班、二班の捜査

二〇一七年八月三〇日
都内某所

序

部屋全体が緊迫した空気で満ちていた。榊原恭司はタバコを取り出したが、火をつけることなくポケットに収めた。大掛かりな捜査が始まる前に緊張していることを部下に悟られるのが嫌だった。

警察庁警備局の榊原は、捜査対象であるテロリストが潜伏する渋谷区笹塚のマンションの向かいに借りたアパートの一室で捜査の指揮を執っていた。

榊原が追っているターゲット『ラッカ12』はイスラム国のサイバー部隊で、各国の警察機構にとって悩みの種となっていた。

米国情報機関は当初、イスラム国のサイバー攻撃力を過小評価していたが、イスラム国がダークウェブの使い捨てサーバーを利用し、データ窃盗行為やスパイ行為に関与する事件が確認されるようになった。その手口はある段階から高度化していく。米国防総省への分散型サービス妨害（DDoS）攻撃、マルウェアを使った脅迫などヨーロッパ各地で月に一万件以上の被害が発生した。

フランスのサイバーセキュリティ大手の首席情報官は、この攻撃を世界各国に潜伏している

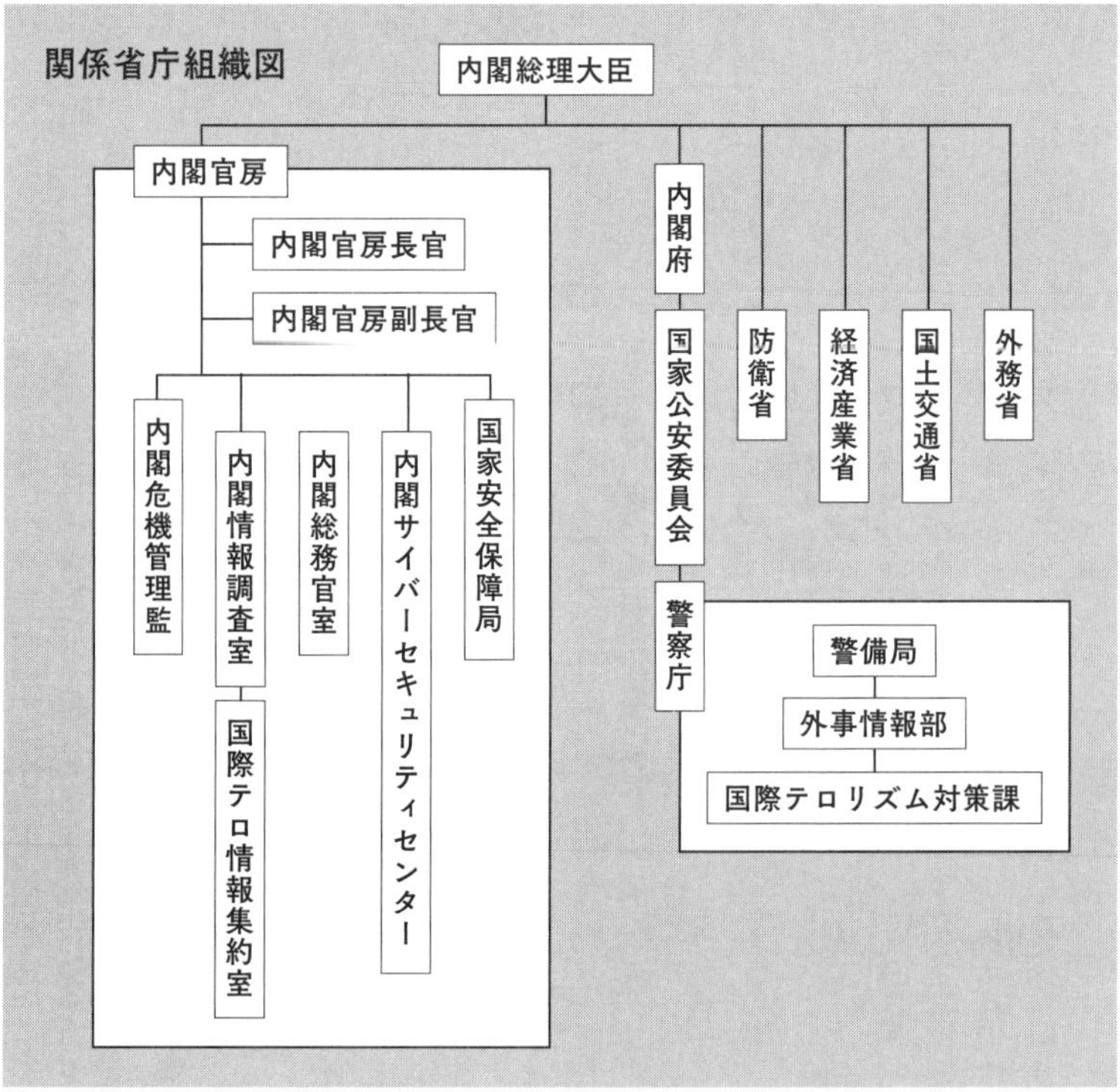

関係省庁組織図
内閣総理大臣
内閣官房
内閣官房長官
内閣官房副長官
内閣危機管理監
内閣情報調査室
国際テロ情報集約室
内閣総務官室
内閣サイバーセキュリティセンター
国家安全保障局
内閣府
国家公安委員会
警察庁
警備局
外事情報部
国際テロリズム対策課
防衛省
経済産業省
国土交通省
外務省

アレッポ
ラッカ
シリア
ダマスカス
モスル
ファルージャ
バグダッド
イラク

2015年夏頃の
イスラム国勢力図

ISの支配下または影響下

Institute for the Study of War "ISIS Sanctuary Map"をもとに作成

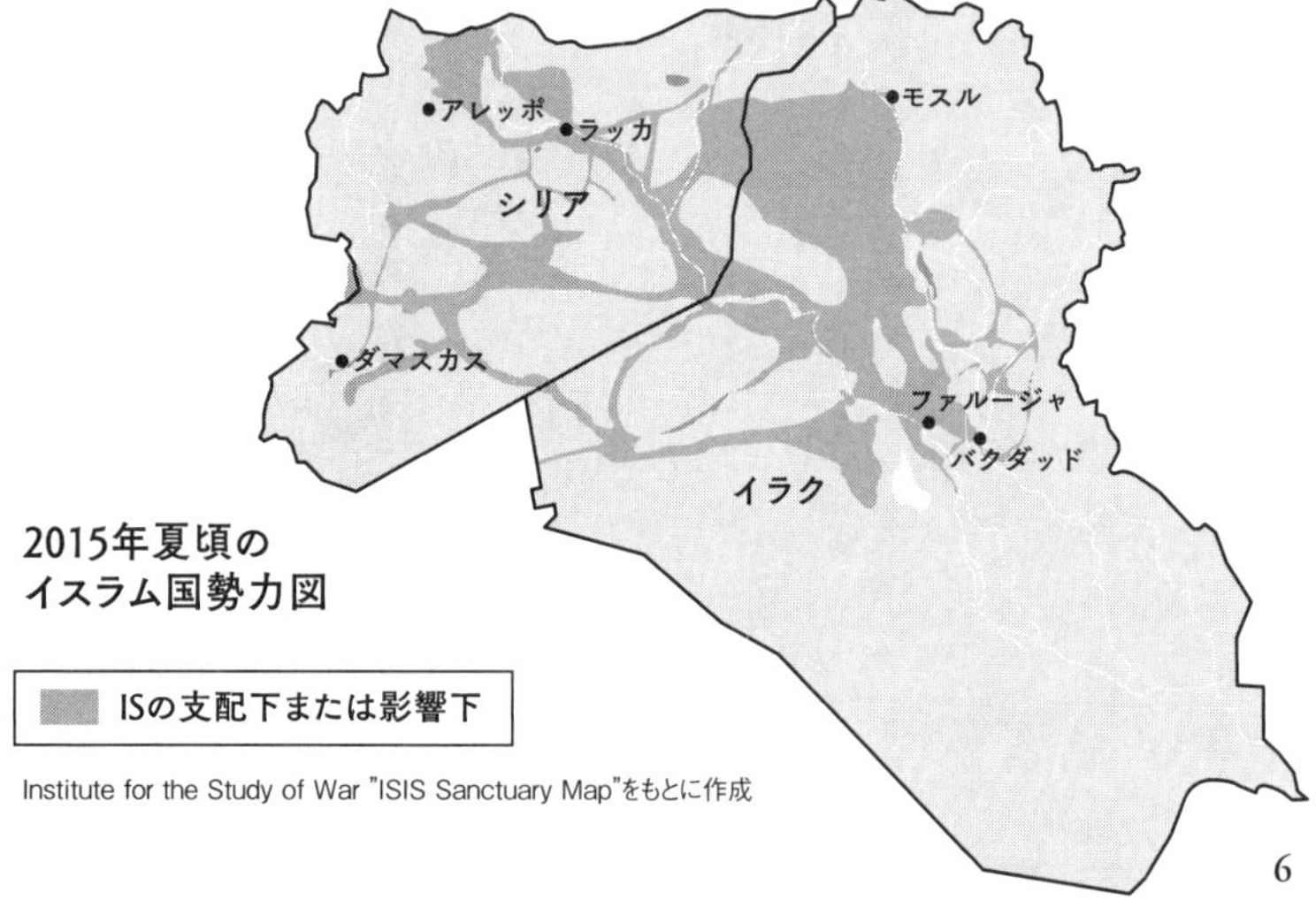

神保英明　警察庁警備局外事情報部長
柘植良彦　警察庁警備局外事情報部国際テロリズム対策課
相田あかり　国際テロ情報集約室（警察庁から出向）
板倉智巳　警察庁サイバー攻撃分析センター警部補

【アメリカ政府】
マイケル・コリンズ　中央情報局（ＣＩＡ）テロ対策センター作戦主任
ウイリアム・ライデン　中央情報局（ＣＩＡ）テロ対策センター長
ロジャー・クレイマー　国防情報局（ＤＩＡ）少将
アルバート・グレン　第一〇一空挺師団中尉

【マスコミ】
里村藍　東洋新聞政治部記者

【イスラム国】
赤星瑛一　日本人テロリスト
アブ・ムサブ・アル・ザルカウィ　アルカイダ領袖
アブ・バクル・アル・バグダディ　イスラム国指導者
アフマド・ハッサン・オオサキ　イスラム国情報機関アムニ幹部
アブ・ウマル・アル・ムスタファ　イスラム国情報機関アムニ幹部
アブ・ムスアブ・アル・ザーイド　イスラム国リクルーター

第一章　宣戦布告

――不信の徒となって、我らの下す神兆を嘘呼ばわりする者どもは劫火の住人となって、永遠にそこに留まらねばならぬぞ。

コーラン第二章三十九節

1

二〇二一年九月一一日　午前八時一五分
霞が関　警察庁

早朝、警察庁の地下一階にある会議室に閉じ込められた榊原恭司は、重苦しい空気の中で一日の始まりを迎えていた。緊急会議を招集したのは三人。警備畑のトップ警察庁警備局長、菅原哲也。その部下で警備局外事情報部長の神保英明。そして内閣直属の調査機関である内閣情報調査室の内閣情報官、清水晃一。その後ろで影のように内調の情報官たちが座っている。榊原は警備局外事情報部に属する国際テロリズム対策課の課長として呼び出された。

榊原が率いる国テロ課は二〇〇一年の米国同時多発テロを契機に発足した組織で、傘下にある国際テロ専門の実働部隊である国際テロリズム緊急展開班――ＴＲＴ―２の運用を任されている。

警察庁の中でもエリートとされる警備局に配属となってから、榊原はテロとの戦いに専念してきた。だが、その戦歴は負け続きだった。同期が出世の階段を上る中、榊原はまるで人事から忘れられたように長年テロリストを追いかけてきた。テロ対策は国家を守る重要な任務だ。しかし、国内でテロが発生しない限り、榊原たちに活躍の機会はない。9・11以来世界はテロとの戦いに突入し、その余波で日本人もテロのターゲットとなった。だが、事件は日本国内ではなく海外で発生する。イラク戦争後に発生したイスラム過激派による日本人誘拐事件の舞台も中東エリアだった。事件発生時、対策チームを現地に派遣したが、解決には程遠く、最悪の結果を招いた。榊原たちは警察予算を食い潰す無用の長物でありながら、テロ対策のための保険としての組織となっていた。

度重なる海外出張、隠密（おんみつ）活動、ターゲットの行確、過度の重圧で榊原の目付きは変わり、感情が荒（すさ）んでいった。二度の離婚で家庭をあきらめ、それでも国家に尽くすため、プライベートを捨て仕事に専心してきた。だが、成果は乏しかった。

いつしか榊原は警察庁（サッチョウ）内で「テロ専」と揶揄（やゆ）され、職人のように扱われるようになった。責任を取りたくない幹部たちは国テロ課の実務を「テロ専」に任せ、数年の任期を終えて別の部署に異動していく。何人もの上司が頭上を通り過ぎ、いつしか榊原は外事情報部の中でもっとも古株となっていた。五十歳を前に出世から遠ざかり、この道の専門家となるべく情報と知識を求めた。

テロは世界的な情報ネットワークと宗教上の勢力図、そして政治的な情勢と大きく関わっている。日本国内の監視だけでは足りず、常に世界のテロ組織、テロリストに目を向ける必要がある。

榊原が注視していたのはイスラム過激派組織ＩＳのメンバーである謎の日本人ハッカーだった。

その日本人ハッカーが、突然警視庁に現れた。

警視庁公安部の部長と会いたい。

そう切り出した男は自らを国際指名手配されている日本人だと名乗り、保護を求めた。男はさらに信じられないことを口にした。

俺がイスラム過激派のメンバーだという米国の誤情報を鵜呑みにしないでほしい。このままではCIAに暗殺される。正当な取り調べを日本で受け、身の潔白を証明したい。

にわかには信じられない男の話に、対応した警部補は公安部外事第三課の当直だった警部に報告した。当の警部はまともには取り合わず、男を取調室に入れ、パスポートを確認した。

赤星瑛一（あかぼしえいいち）　一九七九年九月一二日生まれ。

これまでイスラム過激派組織の犯罪者を追いかけていた警部の記憶に赤星という名前はなかった。だが、警察庁を通し国際刑事警察機構（ＩＣＰＯ）の国際犯罪者に関するデータベースである犯罪情報システム（ＩＣＩＳ）で照会を依頼したところ、ヒットしたという回答が返ってきた。十二時間後、警察庁から国際指名手配をしているＩＣＰＯを経由し連邦捜査局（ＦＢＩ）にその情報が伝わった。その後、米国政府から犯罪人引渡条約に基づき、即時身柄の引き渡しの請求が入る。請求は東京高等検察庁を経て、東京高等裁判所で審理された。

日米犯罪人引渡条約第五条では、自国民の引き渡し請求に応じる義務はないが、裁量により応じることもできると規定されている。

引き渡しにあたって裁判官が判断を保留せざるを得なかったのは赤星の国籍と密入国者という点だった。これまで条約を結んだ国であっても日本国籍の容疑者が引き渡された事例はない。国際テロ容疑を警視庁が認識していなかった点でも引き渡しの判断がつかなかった。加えて赤星が元防衛省の職員であることがわかった。なぜ容疑者が保護を求めているのかもはっきりしない。引き渡しに対する審理にはかなりの時間を要し、ともすれば棄却される可能性もあると思われた。だが、事は比較的短時間で解決した。米国からの圧力が警察だけでなく、官邸にも及んだからだ。

ＣＩＡ長官から内調に引き渡しの要請が届き、内閣情報官を経由して官邸にもその要求が伝わった。その直後、超法規的措置といえる形で最高裁は赤星の引き渡しを認めた。米国追従の政治的解決か。いや、榊原が感じたのは赤星というテロリストに対する米国の並々ならぬこだわりだった。

赤星の経歴には未(いま)だ不明な点が多いが、その容疑についてはＣＩＡの調査で大筋わかっている。パリ、ロンドン、インド、パキスタンでのテロ行為。その内容は軍事施設へのサイバー攻撃だった。赤星はイスラム国のサイバー部隊『ラッカ12』創設者だという情報が入っていた。赤星の素性を摑(つか)むため榊原はかなりの時間と労力をかけてきた。ＣＩＡがこうも簡単にターゲットを捉(とら)えていたのが口惜(くや)しい。同時に『ラッカ12』の背後にいる謎の日本人——赤星瑛一を簡単に引き渡してしまうのは、榊原にとって獲物を横取りされるような気分だった。

普段は官邸にいる清水が古巣に来ているのは状況説明(ブリーフィング)の主旨が内調のカウンターパートであるＣＩＡからの極秘の要請だからだ。清水はフチなし眼鏡の奥の細い目で警察庁のトップを前に、官邸の意向を伝えた。

「私の役割は容疑者の引き渡しの確認です。無事に終わるまではここにいさせていただきます」

米国の請求どおり、早期に赤星引き渡しの手続きが完了し、その身柄は榊原の部下三名とともに羽田空港に向かっている。容疑者は米国当局の担当者に引き渡し後、速やかにアメリカに移送される手筈(てはず)となっている。

清水が警備局長の菅原に視線を向けた。

「連絡はまだか」

菅原に問われ、榊原はスマホ画面を見た。警察庁の幹部といえども所詮は官僚。官邸からの要求には絶対服従だ。幹部たちの視線が榊原に集中する。

榊原は無言のまま首を横に振った。まもなく午前八時一五分を回ろうとしている。そろそろ羽田に着くはずだ。無事に引き渡しが完了すれば連絡が入ることになっている。

会議室は静寂を保ち、再び緊迫した空気に包まれた。連絡を待つ間、榊原は今回の引き渡しに内在する疑問に思考を巡らせていた。

赤星は榊原が長年追いかけてきたターゲットだ。四年前、シリアで姿を消し、以降確認されていない。有志連合によるシリアへの空爆で死亡したという情報もある。そんな赤星が日本に密入国し、自ら保護を求めて出頭するなどあり得るだろうか。

榊原がどうしても解せないのは、赤星がこの四年間何をしていたのか、そして何のために日本に戻ってきたのかだ。だが、その疑問もまもなく行われる引き渡しとともに手を離れる。榊原にとってあの男は所詮通りすがりの遺失物でしかなかった。持主が米国ならば、遺失物は元の所有者に返すしかないのだ。

2

二〇二一年九月一一日　午前八時三〇分
東京　日比谷公園

樹々の隙間から零れ落ちる薄い光を浴びながら公園を走る。息を整え、リズムに乗って足を動かし前に進む。前方の視界に映る景色を追い越すように無心で風を切って進む。

風間政彦にとって毎朝のジョギングは日課となっている。余程のことがない限り欠かしたことはない。都内は曇天だが残暑の蒸し暑さがないという点でコンディションは良好だ。日比谷公園を抜け、祝田通りから内堀通りに出ると、何人かのジョガーとすれ違った。皇居周辺では出勤前に運動に勤しむ姿が珍しくない。老夫婦が皇居に向かって祝田橋を歩く姿が見える。その先に静謐とした皇居の緑が広がっている。凱旋濠の水面に朝日が反射し、視界が眩しく揺らいだ。走るのを止め、堀沿いを永田町に向かって息を整えながら歩いた。今のところこの平和な風景を壊すものは何もない。

平和。

その言葉を使う時、風間は慎重になる。果たして世界は平和なのか。大方の日本人はこう答えるだろう。世界は平和とは言えないが、日本は平和だ。一部の識者やコメンテーターはその言葉に異を唱えるだろう。平和ではなく平和ボケなのだと。だが、風間は安易に日本人を平和ボケと揶揄しない。多くの日本人にとって戦争は過去の出来事だ。それに平和の対語は戦争ではない。日本は戦後、何度も混乱や危機を経験している。震災、新興宗教団体によるテロ、金融危機、そしてパンデミック。あらゆる混乱が平和を壊すということを日本人は学んだはずだ。

それでもなお日本が平和だと言えるのは、世界にはそれを超える解決不能な紛争、理不尽な暴力が存在しているからだ。日本にその暴力を持ち込ませてはならない。だからこそ監視の目を向け、防衛力を強化しなければならない。日本周辺は政治的要衝であり、国家間の衝突がいつ起こっても不思議ではない。防衛省職員であり、官邸スタッフの一員である風間は日本の平和が薄氷の上にあるということを嫌というほど自覚している。

　風間が防衛省から内閣官房に出向して三年が経つ。権力の中枢で働きながら、風間が担ってきたのは、この平和を維持するための仕事だと自負していた。平和を守るために必要なものは日本国憲法や日米安保条約ではない。いくら憲法で戦争を放棄しようが、国際社会で平和を訴えようが、隣国の政変や軍事的侵略が無くなるわけではない。平和とは祈りや願いで成就するものではない。軍事的均衡こそが平和を維持するための現実的な手段なのだ。武力の放棄は恒久的な平和を導かない。むしろ他国からの侵略を許し、国を亡ぼす危険を招く。風間が目指すのは夢や希望を語る政治ではない。現実の世界を直視し、たとえ反対されても国を守るために為すべきことを為すための政治だ。そんな政治家を風間は探し求めてきた。

　今年八月、前政権が衆議院の任期を終え、解散した。風間は防衛省に戻ることなく、新たな使命を与えられた。それが官房副長官秘書官だった。新政権は前政権の政策路線を引き継ぎ、新しい大臣、政務官が選ばれた。三人の官房副長官のうち、政務担当の一人、矢島修一郎は総理と同じ派閥で当選四回の二世議員だ。

「一緒にこの国の政治を動かしていこう。安全保障は国の重要な課題だ。市ヶ谷での経験を官邸という日本の司令塔で発揮してほしい」

　矢島から懇願され、風間は官房副長官秘書官となった。それは風間自身も望んだことであり、大きなチャンスだった。

　前政権は安全保障法制の整備に着手、『集団的自衛権行使容認』の閣議決定に続き、朝鮮半島で活発化する核・ミサイル問題への対応として新たな防衛大綱策定の準備に取り掛かった。内閣官房の人事も次期防衛大綱を見据えた布陣とした。新政権でも風間の安全保障局での経験と人脈、そして分析能力が必要とされた。

官邸で風間に課せられた課題は『敵基地攻撃能力』を有する次期防衛システムの導入作業だった。導入にあたっては新たな防衛大綱が必要となる。その作業の一端を任されたのだ。

前総理は国会答弁で野党の反対を押し切って、新防衛システム導入を進めた。

「敵基地から誘導弾による攻撃が行われた場合、座して死を待つべしというのは自衛権の本質として考えられない。他に適当な手段がないと認められる場合に限り、自衛権の範囲に含まれる」

この言葉は六十年以上前、当時の総理が衆議院内閣委員会で答弁した言葉の引用だった。当時と比べ、日本周辺の緊張は比較にならないほど高まっていると強く主張した。

風間はこの答弁を聞いて、ニコロ・マキャヴェリが書いた『君主論』の一節を思い出した。

「自らの安全を自らの力によって守る意思を持たない場合、いかなる国家といえども、独立と平和を期待することはできない」

そこには「美化を排除した現実認識」という思想がある。風間は政権を担う政治家は常に理想論ではない現実への眼差(まなざ)しを持つべきだと考えている。その現実を見据える目を持っているのが、官房副長官の矢島だ。風間は矢島の政治的な手腕と経歴から、いずれ総理になる器だと考えている。そして矢島との出会いで風間の中に新たな野心が芽生えた。

国を守るためには政治に直接影響力を持たなければならない。その足掛かりとして矢島を利用する。矢島の背中に自分の未来を重ねた。すべては日本を守るため、他国の侵略を防ぎ、未来永(えい)劫(ごう)この国の平和を維持するためだった。

野党の反対を押し切り、次期ミサイル防衛システムの導入を決めた前政権だったが、『敵基地攻撃能力』の保有は一朝一夕にはできない。自衛権の範囲内での反撃能力の策定、装備の選定、導入予算、米韓との連携、様々な事務的手続きを担うため、風間は省庁間の調整に奔走した。最も難儀したのは『敵基地攻撃』という言葉に対するアレルギーだった。『敵基地攻撃能力』は『抑止力』であり、先制攻撃ではなく防御だ。ところが、攻撃力を侵略や戦争の端緒と置き換える政治家もいる。この国の安全保障の手綱を握っているのは政治家だ。理想だけで国を守れるならばそれもいい。だが、世界はそれほど甘くはない。

かつて『戦争論』を書いたフォン・クラウゼヴィッツは「戦争は政治の道具である」と説いた。その言葉どおりであれば『抑止力』たらんとするのはひとえに政治家の判断だ。『抑止力』という箍を外し、『暴力装置』として使うのか、それとも国民を守る『防衛手段』とするのか、政治家の手に委ねられている。『敵基地攻撃能力』を手にした日本は、その政治力が試されるステージに立ったといえる。

重要課題をやり遂げた前内閣は退陣し、与党総裁選で新しい総理候補に第二派閥の大河原信雄が選ばれた。そして今日、衆議院議員選挙を経て新たな総理のもと、新政権が誕生する。

皇居の先、永田町方向に聳える国会議事堂で七時間後、総理の所信表明演説が始まる。原稿は内閣総理大臣補佐官の厳しいチェックを受け、すでに総理の手元にある。そこには『敵基地攻撃能力』というフレーズが記されている。

永田町の官庁群を左手に見ながら、内閣府に向かって歩く。それまでの風景が一転、視界は緑が映える憩いの空間から、ビルが屹立する人工的な灰色の世界に一変した。

風間の体に緊張が走る。現場経験を積むため防衛省情報本部で分析官として二年間勤務した経験をもつ風間は危機管理のセンサーが鋭敏になっていた。危険は微細な変化を予兆としてやってくる。誰もが見逃しがちな異変に目を光らせる、そんな習慣がいつの間にか身についていた。平和と混乱の狭間。そこに走るノイズに目を凝らし、耳を傾ける。

風間のセンサーが感知したのは、曇天の都心の空、皇居の上空に浮かぶ異物だった。最初は画面の汚れのような微細な黒点だったが、不審に感じたのは場所と動きだ。動きに揺れがない。人工物のように真っ直ぐ上空を推進している。その黒点が永田町方面に向かって飛翔している。あの飛翔体がドローンだとすれば、明らかな航空法違反だ。

無人飛行機の飛行区域は航空法および小型無人機等飛行禁止法、国土交通省のガイドラインで規制されている。重要施設の周辺地域上空は飛行禁止区域とされており、対象はその周辺概ね三百メートル、また緊急用務空域すなわち災害等による警察、消防活動などの緊急用務を行うための航空機の飛来が想定される場所とされている。皇居、御所、そして国会議事堂、総理官邸もその範疇に入る。

風間は歩みを速め、飛翔体の動きに目を凝らした。長い翼、グライダーのような形状。全長は十五メートル程度。

風間は空を見上げ、飛翔体の位置を確認した。雨雲が張り出し、秋晴れからかけ離れた空に高度を落とした黒い飛翔体がまるでグライダーのように飛行を続けている。その距離は上空五十メートル近くまで接近、飛翔体は徐々に高度を落としている。目視できる距離に機体の容姿を捉えた。三沢配備のRQ―4Bに似ている。

風間は咄嗟にスマホを取り出し、内閣情報集約センターに連絡した。センターには職員が交代制で勤務している。マスコミ報道、関係省庁、民間機関から様々な情報を収集し、緊急事態を感知すると、危機管理を担当する政府中枢にすみやかに伝達、初動対処の先鋒となるセンサーの役割を果たす。

　受電したのは風間も顔見知りの警視庁からの出向者だった。

「不審な飛翔体を発見、無人機と思われる。皇居上空を永田町方面に向かって飛行中、何か情報は入っていないか」

「今のところ情報はないですね。民間のドローンじゃないですか」

「皇居上空は飛行禁止区域だ。情報収集を頼む」

　職員は了解しましたと告げ、電話を切った。風間は続けて矢島のスマホに連絡を入れた。午前八時四〇分。普段なら官邸に向かっている時間だ。

「朝からどうした？」

「皇居上空で不審な飛翔体を発見しました。今集約センターに一報入れたところです」

「不審な飛翔体？」

「はっきりとはわかりませんが、恐らく無人偵察機と思われます」

「わかった。正体を突き止めてくれ。倖田危機管理監に一報入れておく」

　内閣危機管理監の倖田均は警察出身。飛翔体の正体が無人偵察機だとすれば、市ヶ谷の情報がほしい。場合によってはすぐにも緊参（緊急参集）チームを招集しなければならない。風間は官邸に向かって足を速めながら、スマホから新島さやかに電話した。新島は防衛省大臣官房で企画官をしている。新島は早朝にも拘わらず明瞭な返答で電話に出た。

「皇居上空で不審な飛翔体を見つけた。恐らく無人偵察機だ」

「無人偵察機が皇居上空に？　何かの間違いじゃないですか」

「グローバルホークは三沢配備だったな」

「そうですが――」

「すぐに連絡を取ってくれ」

無人偵察機を運用しているのは北部航空方面隊だ。北部航空方面隊は偵察任務を担う偵察航空隊を隷下にもつ。万が一無人偵察機に何らかのトラブルがあれば情報を察知しているはずだ。

国会議事堂正門にはカメラマンやレポーターの姿がちらほら目についた。午後から行われる総理の所信表明までまだ半日あるというのに、議事堂前に中継車が何台か停まっている。記者たちも空を見上げ、飛翔体を指差している。周囲にざわめきとともに叫び声が響く。カメラマンが議事堂からレンズを反転させ、上空を狙っている。飛翔体は地上の騒ぎをものともせず、まるで吸い寄せられるように降下しながら、国会議事堂に直進していた。距離が百メートルを切り、はっきり視覚できる位置まで近づいている。無表情な頭部、長い両翼、硬質な体軀、機械の怪鳥さながら上空を滑空する無人機に意思はない。が、その機体には何者かの強い悪意が宿っているように見えた。

風間の横にいたディレクターらしき男性が撮影クルーに中継の指示を出している。女性レポーターが慌ててマイクを取り、実況を始めた。数秒後、レポーターの声は絶叫に変わった。クルーたちが避難する。カメラマンは上空にレンズを向け、体を反らせながら、議事堂正門前から離れていく。刹那、無人偵察機が頭上を通過、その数秒後に巨大な咆哮のような衝撃音を発し、議事堂中央塔に激突した。御影石が崩れ、機体が炸裂、同時に大音量の爆発音が響き、粉塵が周辺に飛び散った。引火した機体を焼き尽くす炎とともに黒煙が立ち上り、上空に拡散しながら雲に混じっていく。混乱と脅威が報道陣の目の前に訪れ、世界が一変した。その光景はかつてテレビ画面で見た、ニューヨークの秋空の下、崩れ落ちる世界貿易センタービルの姿と重なった。

3

二〇二一年九月一一日　午前八時四六分
永田町

　高度四千フィート、速力四十五ノット。背中に背負った単発のエンジンは快調に回転し、推進力を得た機体は風を切り飛行を続けている。西風をともなう弱い気圧の谷が東京上空を覆っており、都内は厚い雲に覆われていた。機体はＵＨＦの強い電波信号に支配され、高度を徐々に落とし、東京の空を舞い降りる。電波信号が機体を制御、ターボファンエンジンが回転し、機体のスピードは上昇、設定されたルートを高速で航行していた。高度がどれだけ下がろうが、機体速度がどれだけ上がろうが、たとえ障害物と衝突しようが、エンジンは回転を止めず、機体は進路を従順に辿る。信号は電気回路を巡り、指示系統の制御が働き、エンジン出力と両翼のフラップを調整、機体をさらに降下させ、指示された座標に向け航行を続けている。地上が近づき、建築物が目前に迫りつつあった。高度がさらに下がり、機首は石造りの巨大な建物に直進した。その建物がどんな場所なのか、何の象徴なのかなど制御された機体には知る由もなかった。

　機体が硬質な物体に衝突し、慣性に逆らうことなく、機首が建造物を貫く。胴体部分が御影石と鉄骨を破砕、衝撃波を浴び粉々に散った。巨大な両翼が折れ、押しつぶされる。衝突の波動は胴体後方部に搭載されたエンジンにも伝わり、タービンを破壊した。燃料タンクに火花が引火、揮発したガソリンが膨張し、巨大な火球を作り、機体もろとも周辺のあらゆる破片を吹き飛ばした。延焼した機体は胴体部分に亀裂が生じ、破片となり粉塵と共に周囲に砕け散り、その亡骸が地上に落下した。内蔵していた通信アンテナ、レーダー、電子光学カメラは爆風に吹き飛ばされ、周辺に飛散した。燃焼したエンジンとタンクから引火した炎は建物周辺を焦がし黒く染めた。幸いだったのは衝撃波や爆風の犠牲となったのが無機質な物質だけであったことだ。

　衝突から十分後、炎上は収まり、静寂が戻ったかにみえた。だが、周囲の目撃者の喧騒とともに、居合わせた人間たちの記憶と偶然撮影された映像が新たな混乱を日本中に拡散していた。

4

二〇二一年九月一一日　午前八時五一分
永田町　国会議事堂

日本の中枢である国会議事堂の中央塔から黒い噴煙が立ち上っている。現実とは思えない光景が風聞の目の前で広がっていた。だが、これは現実だ。

――まさか日本がテロの標的になるとは。

そんな台詞は平和ボケした日和見主義者だけにしか許されない。国を守る任に就く政治家、官僚はすべてこの事態を予測し、備えなくてはならない。日本にテロが起こらない保証などないのだ。

　衝突から五分。議事堂正門は直ちに封鎖され、どこからともなく湧き出てきた野次馬たちに交じりカメラを向けるマスコミ関係者が警備隊に抗議している。人だかりの隙間から議事堂の姿に視線を向けると、無残に焼け焦げた金属の固まりと、わずかに焼け残った翼の破片が散乱している。威風堂々と峭立していた議事堂尖塔部の一部が崩れ、黒く焦げている。その光景は火事とは異なる喧騒を周囲に生み出している。

日常が消え、平和が揺らいでいる。

喧騒の中、警察車両と機動隊員が緊急動員され、議事堂周辺を隙間なく埋めるように厳重警戒態勢を敷いている。議事堂を取り囲むように防護線が張られていく。その手前にマスコミの中継車、カメラ、レポーターが入り乱れ、各所で混乱が生じている。最前線に立つカメラマン、スマホを向ける群衆、レポーターたち。その人だかりを追い出すように出動服に身を包んだ機動隊員がさらなる混乱を巻き起こしている。

上空にはヘリのローター音が幾重にも重なり響いていた。警視庁航空隊東京ヘリポートから派遣された三機のヘリコプター「おおとり」が議事堂上空を包囲するように警戒している。その周囲にマスコミのマークをつけたヘリが数機滞空しているが、「おおとり」に追い払われ、距離をおいて旋回していた。地上では議事堂に押しかけた報道陣が破壊された議事堂にカメラを向けている。警備隊が敷いた規制線のすぐ手前でレポーターが声を震わせ実況している。

風間はスマホのニュース映像を見ながら、議事堂から離れ、官邸を目指した。「未曾有のテロ事件か」というテロップにどこまでの根拠があるか疑わしい。憶測を交えたニュースをいたずらに流すのは勘弁してほしい。他のニュース記事を検索する。東洋プライムテレビのニュースサイトで飛翔体が国会議事堂に衝突する瞬間を捉えた映像が流れていた。風間は歩みを緩め、防衛省大臣官房の新島のスマホに連絡した。新島はすぐに電話に出た。

「ニュースは見たか」

「はい、まさか議事堂が狙われるとは――」

「市ヶ谷の状況はどうだ」

「早朝から事務次官以下内部部局の幹部と三幕僚長が会議をしていました。どうやら未明に三沢で偵察任務中のグローバルホークが消失したようです」

三沢基地からの飛行だとすれば事故や故障ではない。風間の脳裏を過ったのは最悪のケースだった。

墜落したのは人が操縦する航空機ではない。無人機だ。人的な介入によるハイジャックではない。電波をジャックされたということだ。だが、自衛隊で管理運用されている機材がこうも簡単に乗っ取られるなどあり得ない。

「その情報は大臣には伝わっているのか」

「おそらく。情報収集と原因調査をするよう省内に指示が出ています」

「わかった。今官邸に向かっている。何かわかったらすぐ教えてくれ」

電話を切ると衆議院分館を背に道路を渡った。総理官邸前の交差点はすべての車両、歩行者が通行禁止となっていた。警備隊が移動式の金属バリケードを設置している。風間が官邸正門に向かおうとした時、座哨している警察官に警杖を突き出され、行く手を阻まれた。咄嗟にＩＤをかざすと、警官はさっと警杖を引き、進路を譲った。勝手を知った警官の動作に、官邸の警護を担当している総理大臣官邸警備隊の隊員だとわかった。

国会議事堂から三百メートルしか離れていない総理官邸は次のターゲットにされてもおかしくない。周辺は警視庁機動隊の大隊が張り出し、さらに厳重な警備態勢が取られるはずだ。

官邸のセキュリティチェックを通り、衛所に詰める警衛にＩＤを見せる。ウォークスルー型の金属探知機をくぐり、正面入口に急いだ。

官邸本館は地上五階、地下一階の構造となっている。傾斜地に建てられており、国会議事堂側にある正面玄関は建物の三階にあたる。風間はロビーを通り、エレベーターで地下一階の危機管理センターに向かった。オペレーションルーム正面の壁には十六分割されたメインモニターと左右に二十四のサブモニターが設置され、報道発表や災害発生時のリアルタイム映像が表示される。危機管理担当官たちが警視庁からの情報、報道機関のニュースをホワイトボードに書き込んでいる。オペレーターたちがデスクにかじりつき、各方面と連絡を取る中、風間は官房副長官の矢島を探した。矢島は内閣危機管理監の倖田と秘書官らとともにセンター内にいた。三人いる矢島の秘書官の一人で外務省から出向している剣持光彦が風間に気づいた。

「今朝の閣議は中止だ。すぐに緊参チームを招集する」

矢島が風間に気づいて倖田との会話を中断した。

「総理と官房長官がまもなく降りてくる。それまでにもう少し情報収集をしたい。市ヶ谷の様子はどうだ」

「未明に三沢配備のグローバルホークがロストしています」

その場に居合わせた倖田の表情が曇った。危機管理監は警察官僚のポストで、倖田も警察庁のエリートコースを経て、退官後官邸に入った。寸胴のような体軀で、自らを「危機管理の番人」と称している。

「大臣に情報は入っているのか」

「盛田防衛大臣にはすでに報告が入っているはずです。総理にも情報は伝わっているでしょう」

倖田が風間に質す。

「原因は摑めているのか」

風間は眉間に皺を寄せ、首を横に振った。倖田が矢島に耳打ちする。

「今のところ死者負傷者は出ていないが、事故や故障とは考えにくい。もしテロだとしたらかなりやばいですよ」

センター内で怒号が飛び交い、電話やアナウンスが響いている。危機管理担当の職員が倖田の前に立って伝達した。

「警視庁より報告あり。国会議事堂、官邸、議員会館および霞が関周辺を無期限封鎖しました」

倖田が即座に言い返す。

「航空管制の監視体制の強化も必要だ」

矢島が倖田に進言する。

「今後は複合的な初動対応が必要です。ＮＳＣを緊急開催すべきではないですか」

テロという事態に対応するには、ＮＳＣ（国家安全保障会議）の開催による対策本部設置など対処方針の閣議決定が急務だ。

「そうだな、総理に進言しよう。滝川安全保障局長と黒沢次長とも連絡をとって準備を進めよう」

三名いる内閣官房副長官補の滝川、黒沢は国家安全保障会議の事務局である国家安全保障局の局長と次長を兼任している。いずれも防衛省出身の官僚であり、官邸内での防衛省の二大勢力を担っている。倖田は厄介なトラブルを防衛官僚に丸投げするようにその場を後にした。

職員たちの視線が一点に集まった。オペレーションルームに総理の姿が見えた。官房長官と事務方の官房副長官二名を伴っている。矢島が風間に目配せする。

「総理に緊急ＮＳＣの開催を進言する」

緊急ＮＳＣとなれば防衛省の責任問題に発展しかねない。グローバルホークの運用に問題があった可能性が指摘される。グローバルホークは導入時にも一部のマスコミから購入予算や運用上の問題点を指摘されていた。さらに機体の採用に米国との密約があったと東洋新聞でスクープされ、情報源として情報本部の一等空佐が疑われた。省内で厳重な情報統制の措置が取られていた最中の記事に警務隊は犯人捜しに躍起になった。強行捜査により、一等空佐は逮捕された。

事件は防衛省にとって大きな汚点となった。政府は漏洩した情報を特定秘密とし外部へ公表しなかった。マスコミから「知る権利」の侵害だという声が出たが、政府はそれらの批判を無視し、「特定秘密保護法案」を衆議院に提出、ＧＳＯＭＩＡ（軍事情報包括保護協定）を締結、さらに「国家安全保障会議」の設置を理由に法案を成立させた。漏洩事件を「秘密情報の保護」の呼び水として利用したのだ。一連の法案成立を画策したのは風間と矢島だった。失点を挽回するには政策を前に進め加点するしかない。風間の進言で内調が動き、機密漏洩事件は秘密保護法成立という成果にすり替えられ、なんとか防衛省の面目を保つことができた。

あの時は機転を利かせ乗り切れたが、ここで再びグローバルホーク絡みの問題が起これば官邸内の防衛省勢力にとって打撃となる。警察出身の官僚、族議員に権力が集中する官邸内に安全保障を皮切りに防衛省出身の勢力が拡大しつつある今、問題を起こせば、後の政策への影響力が弱まってしまう。まずは事態の把握が必要だ。事件の真相を摑まなければ防衛省を批判する勢力に素手で挑むようなものだ。

「私は市ヶ谷の情報を集めます」

「何か情報があれば報告してくれ」

風間はスマホを取り、危機管理センターを出た。

風間は岩城和馬の番号を呼び出した。岩城は防衛省情報本部統合情報部の部長で風間の同期でもある。情報本部としてもこの事態に対処しているはずだ。

「まずいことになったな。官邸の様子はどうだ」

「今緊急NSCの準備をしている。そっちの状況は?」

「三沢基地の責任者を呼び出して、テレビ会議が開かれる」

「その会議に俺も参加できないか」

「いいだろう。官邸からのオブザーバーということでテレビ会議に入れ。その代わり官邸の情報をこっちにも提供しろ」

風間は岩城の条件をのみ、五階にある官房副長官室に急いだ。

5

二〇二一年九月一一日　午前九時五分
霞が関　警察庁

警察庁が入る合同庁舎二号館地下の会議室は不穏な空気で満ちていた。その発信源は室内に設置されたテレビだった。画面には黒い煙が立ち上る国会議事堂が映し出されている。榊原は映像を目にするまで、それが現実だとは思えなかった。

三十分前、国家を揺るがす重大事件が起こった。

空自配備の無人偵察機が国会議事堂に墜落。原因は不明。テロの可能性がある。榊原の脳裏に二十年前のアメリカ同時多発テロの映像が蘇(よみがえ)った。倒壊する世界貿易センタービル、テロとの戦いを表明する大統領、そしてアフガン、イラクでの戦争。テロとの戦いの発端となった事件が発生したのは二十年前の九月一一日。これが偶然であるはずがない。

事件の速報が入った直後、空港に向かう部下の柘植から連絡が入った。事故の影響で羽田発着の便がストップしている。やむを得ず榊原は空港周辺で待機するよう命じた。

国会初日を狙ったテロ事件は報道を通じて全国に拡散し、もはや国民が周知する事態となっている。捜査機関にとって最大の関心は誰がこの事件を起こしたかだ。すでに警視庁公安部、警察庁警備局総出で監視中のテロ組織、過激派、宗教団体、左翼といった、想定される犯行グループの分析が始まっている。中でも警察が最も警戒しているのがイスラム過激派だった。

アメリカ同時多発テロ。その首謀者であるビンラディンは死んだ。だが、アルカイダをはじめとしたイスラム過激派テロ組織が滅んだわけではない。9・11でアルカイダは民間航空機をハイジャックし、世界貿易センタービルを攻撃した。当時の事件と重なるのは日付と国の中枢を攻撃したという二点。だが当時と違うのは有人の航空機ではなく、無人機だという点だ。犯人はどうやって無人機をハイジャックしたのか。

画面に映る衝突の映像はその場に居合わせたカメラマンが偶然収めていたようだ。何度も再生され、目に焼き付いていたが、ここに何か事件の糸口があるはずと、榊原は映像を注視しながらレポーターの声に耳を傾けた。

信じられない光景です。国会議事堂に無人偵察機が衝突、中央塔から燃えくすぶった黒煙が上空に立ち上っています。ここ永田町では警察庁の警備隊が周辺を封鎖し、厳戒態勢が敷かれています。中継車も国会周辺から締め出され、周囲は騒然としています。本日の午後から衆議院本会議が開かれる予定でしたが、政府は緊急対策を優先、総理の所信表明演説も延期となり、政権発足初日から厳しい対応が求められる事態となりました。それにしても何ということでしょう。国会が攻撃を受けるという前代未聞の惨事が発生しました。

画面がスタジオに切り替わった。軍事分野の専門家が解説を加える。

国会議事堂や総理官邸が何者かに攻撃を受けるという事態はこれまでありませんでした。赤軍派によるハイジャック事件やオウム真理教の無差別テロはありましたが、無人機を使った攻撃も過去例がありません。しかし世界ではイスラム過激派によるテロが数多く発生しています。パリ、ロンドンでは市民を狙ったテロ事件が発生しており、多くの市民が犠牲になっています。アメリカでは殺傷能力を持つプレデターがテロリスト殲滅(せんめつ)に使われ、イスラエルでも無人攻撃機が対テロ戦で運用されています。無人機を使ったテロ行為は現実的な脅威となっているわけです。今回は死傷者なしということですが、今後同じような事態で犠牲者が出る可能性は否定できません。

危機を煽(あお)るコメントに他のゲストも頷(うなず)く。

専門家は衝突がアメリカ同時多発テロと同じ日、ほぼ同じ時刻であることから犯人は何らかの意図で模倣したのではないかと付け加えた。さらに無人機がグローバルホークに似ていることにも触れたが、ハイジャックされた可能性については言葉を濁した。

上層部の優先事項は容疑者引き渡しから、国会への無人機衝突に変わった。幹部は早々に官邸に向かい、外事情報部長の神保が現場の指揮を執ることになった。「警備局の神」と呼ばれる神保は切れ者ながら、滅多に現場に顔を出さない。ゆえに重要な報告のみ『神社』に詣でるように部長室に行くことからついたあだ名だ。

神保は視聴していた同局のニュース番組から目を逸らし、榊原を見た。

「官邸では緊急NSCが開かれるそうだ」

神保にも官邸の情報が伝わっているようだ。

「会見は開かれないのですか」

「今のところ予定はないそうだ。まだ情報が錯綜している。下手に会見しても明確な発信ができなければ、余計な不安を煽るだけだ」

「しかし事件はすでに映像で国民の目に触れています。このまま政府からの情報発信がなければ政権への批判や不満だけじゃなく株価や為替にも影響が出ます」

未曾有の事態はリアルタイムの映像で世界に向けて流れている。国民は不安を感じているはずだ。混乱した市民が食料品などを買いだめする事態にもなりかねない。だが、最も不安を感じているのは政府中枢、とりわけ政権発足間もない大河原総理であろう。初動対応の速度は政権に対する国民の支持と比例する。初動が遅れれば遅れるほど、支持率が下がるのがこれまでの災害対策の通例となっている。阪神淡路大震災、東日本大震災、それに伴う福島第一原発事故、そして北朝鮮ミサイル発射など、時の政府は危機管理能力を問われ、その一挙手一投足を国民に見られている。

神保は会見にはあまり関心を示さず、榊原に訊いた。

「我々の仕事は事件か事故かを見極め、対処することだ。例の日本人テロリストの引き渡しはまだだな」

——やはり気になるのはそこか。

「引き渡し班には羽田空港周辺で待機するよう指示しております」

「それでいい。犯人から何らかの要求がある。その時あの容疑者が切り札になる可能性がある」

神保の読みに榊原も納得した。赤星という容疑者と事件には何らかの関係がある。長年の捜査経験が導き出した推測だ。ただの勘ではない。引き渡しの目前に発生した事件。そして九月一一日。この符合は犯人からのメッセージに違いない。これがテロ事件だとすると、犯人は一人も殺すことなく混乱を引き起こした。

榊原は今回の事件の犯人像が描けなかった。これまでのイスラム過激派のテロとは明らかに手口が違う。犯人はなぜ無人偵察機を選んだのか。なぜ国会をターゲットにしたのか。どの専門家もその疑問に対する答えを出せていない。それは犯人からの要求が出ない限り明かされないのではないか。この瞬間も犯人は政府が慌てふためく姿を眺めながら、嘲笑って（あざわら）いるのかもしれない。

6

二〇二一年九月一一日　午前九時五分
永田町　総理官邸

風間は官房副長官室の横にある事務室でパソコン画面を前に防衛省のテレビ会議に参加していた。画面には市ヶ谷の防衛省内の会議室が映し出されていた。幕僚監部、大臣官房の幹部たちが席を並べており、会議室の重苦しい空気が画面を通して伝わってくる。

真木(まき)統合幕僚長が中心となって会議が進められており、三沢基地司令の横田(よこた)空将補と偵察航空隊の隊長である阿部(あべ)一等空佐がオンラインで三沢から参加している。モニターに横田と阿部の顔が映る。二人とも厳しい表情で周囲の連絡官(リエゾン)たちと慌ただしく意見交換をしていた。

テーブル中央に座る真木統合幕僚長がマイクに近づいた。

真木はハリウッド映画に登場する鬼教官のごとく、厳としたオーラを発散し、会議の空気を引き締めている。

「報道機関が伝えているとおり、無人偵察機が議事堂に墜落した。三沢に配備され偵察中に消息を絶った機体の可能性が高い。議事堂周辺には警戒態勢が敷かれ、まもなく官邸で国家安全保障会議が開かれる。これがテロ行為だとすれば、由々しき事態だ。至急原因究明とともに対策を講じなければならない。阿部一佐から偵察任務と状況を報告してくれ」

画面に阿部一佐が映る。その表情から動揺しているのが窺える。

「本日午前三時、作戦計画09Ｂに従い運用中のＲＱ―４Ｂが尖閣(せんかく)諸島周辺の偵察活動途中に通信が不通、コントロール不能となり、機体がロストしました。三沢に常駐する通信機器のメンテナンスを担当するノースロップ・グラマン社のテクニカルスタッフに原因究明を依頼しましたが、故障はなかったとの報告があがっており、未だ原因が判明しておりません」

作戦運用から六時間以上が経過しているにも拘わらず原因究明が進んでいない。真木も同じ印象を抱いたようで、強い口調で阿部に聞き返した。

「技術陣の見解は？」

阿部は表情を硬化させ、言葉を濁した。会議室にいる武田(たけだ)航空幕僚長が割って入る。

「通信システムは機密事項が多く、技術的な見解までは明確に示されていませんが、技術者からは発信装置、データリンクともに異状はなかったと報告されています。あくまでも推測に過ぎませんが機体の受信装置に何らかのトラブルが発生したのではないかと考えられます」

空自の責任者としては簡単に過失を認めるわけにはいかない。かといって責任逃れは幕僚長としての威厳を落とす。普段は剛毅な武田だが、慎重に阿部に問いかけた。

「運航エリアは台湾、中国の領空に近い。中国機に撃墜された可能性はないのか」

「もし領空侵犯で撃墜されたのであれば、中国政府から何らかの発表があるはずです」

「事故だとしたら不明な点が多すぎる。無人機は不測の事態に備えてバックアップの機器も用意していたはずだ」

「もちろんバックアップの発信装置は用意されておりました。しかし通信をマニュアルからオートに切り替え後、信号が途絶えるまでは支障なく航行しておりました。受信機のトラブルであれば、発信側のバックアップも役に立たず、機体との交信が一方的に途絶えた以上、リークステーションからできる対処は限定的です」

真木が納得のいかない顔で阿部に訊く。

「受信機の不調だとしたら、あの映像に映っている機体は何だ。一体誰がコントロールしているというのだ」

真木の疑問はもっともだ。通信トラブルという仮説はあくまでも機体が喪失したという状況を裏付けるものでしかない。国会議事堂に衝突した機体はどこから誰がコントロールしていたのかという新たな疑問が生じる。阿部が苦渋の面持ちで応える。

「推測ではありますが、状況と結果から考えると電波ジャックされた可能性は否定できません」

「電波ジャックだと。そんなことが可能なのか」

武田が声を荒らげ聞き返す。

「あくまでも状況からの推測です。機体はＵＨＦ帯の電波信号を送受信して制御されています。パイロットがマニュアルで操作する航空機とは違います」

阿部の推論に技術的な裏付けはないが、結果から導き出した信憑性のある仮説に思えた。真木は眉間に深い皺を寄せ、机上で両手を組み、三人の幕僚長を俯瞰しながら意見を求めた。

「君たちの見解は？」

武田が空自の責任者という立場から真っ先に答える。

「衝突した機体の調査が必要です。官邸は事故調を設置して原因究明を進めるはずです。現場は警察に押さえられています。このままでは警察に調査の主導権を握られます」

真木の表情が曇った。現時点で入手できる材料は報道機関の映像と三沢基地のワークステーションの飛行データのみだ。大破したとはいえ、現場に残された機体は重要な手がかりとなる。

武田がテーブルの中央に座る真木を見据えた。

「阿部一佐の仮説を念頭に調査と捜査を並行して進めるべきかと」

武田は捜査という観点を付け加え、真木に進言した。そこには事故ではなく、事件にしたいという思惑が透けて見えた。真木がその真意を察し、画面で待つ阿部に下命した。

「これから先は原因調査だけでなく、第三者による悪意を持った電波侵害についても調査を進めてくれ」

阿部が命令を復唱し、三沢基地からの通信が終了した。

次官、官房長が退席したため、背広組を代表して立木（たちき）審議官が会議を取り仕切る。立木は大臣官房のまとめ役として剛腕で知られ、大臣も一目置く防衛官僚だ。

「調査委員会に我々の技術者も参加させたい。危機管理監、内調は警察が握っているが、国内の無人機の運用実績は少ない。機体の運用主体である我々が指揮を執るべきだ。調査委員に防衛省を加えるよう大臣にも進言する」

官邸内にはそれぞれの省庁からの出身者が出向き、命令系統の異なる機関が複数軒を連ね、お互いの縄張りや省益を巡って睨（にら）みを利かせている。その最たるものが内閣官房の主要ポストだ。官僚のトップというべき事務方の来栖（くるす）官房副長官は警察庁長官を務めた生粋の警察官僚で、官邸の他のポストも警察官僚が多い。今回の事件がテロ行為と判断されれば、警察が主導権を握り、捜査を進めるだろう。事故を起こした機体が自衛隊運用機となれば、防衛省の管理責任が問われる。防衛省としての面子（メンツ）を保つためには原因究明と再発防止が急務となる。

立木は目を細め、共通の認識として同意を促す。

そこに情報分析に携わる情報本部統合情報部の岩城が発言した。

「アメリカの介入はありませんか」

立木が瞬時に反応した。

「あり得るな。日航機墜落事故ではボーイング社が主導権を握って日本側の調査を受け入れなかったと聞く。今回も相手はアメリカの軍産企業だ。偵察機の瑕疵（かし）を認めたくないだろう」

「事実がどうあれテロリストによる犯行説が有力と主張しかねませんね」

「アメリカにとってはそのほうが都合がいい。ただ、もし本当に電波ジャックされたとなれば重大な事件だ。犯人はどうやってグローバルホークをジャックした」

その問いに答えられる者はいなかった。かろうじて言葉を発した武田は普段の強気な口調からかけ離れた弱々しい声で答えた。

「現時点では原因不明としか――」

歯切れの悪い回答にこれまで感情を抑えて話していた真木が苛立ちをぶつけた。

「それでは大臣も官邸も納得しない。議事堂への衝突が攻撃だとしたら、犯人は誰なのか、どうやって犯行に及んだのか、それによって対処が違ってくる。少なくとも隣国の領空での墜落、中国機に撃墜されたという可能性は考えにくい。明らかに意思を持った何者かが、国の中枢に向けて攻撃を仕掛けた。そう考えるのが妥当だろう。原因究明と犯人の割り出しに全力を挙げるんだ」

真木を含めた幹部は一貫して防衛省の面子を優先に考えている。幸いにして今のところ死傷者は出ていないが、このまま手をこまねいていれば、いつまた次の攻撃を受けないとも限らない。

風間は僭越ながらと断わり、真木に進言した。

「警備を徹底し、再び同じような事態が発生しないよう予防策が必要です。今回は偵察機でしたが、万が一にも殺傷能力を持つ装備が奪取された場合、死傷者が出ます」

画面を通して真木の強い眼光が風間を捉えた。

「官房長に進言しよう。他の幕僚にもすぐに警戒態勢を取るよう駐屯地、基地に通達を出せ。同じ轍を踏まないよう警戒を怠るな」

風間は意見を取り入れられたことを幸いに、別の角度からも見解を加えた。

「警戒態勢は自衛隊基地、駐屯地だけでよいのでしょうか」

「どういう意味だ」

「民間施設が狙われることも想定しなければなりません」

一同が顔を見合わせた。真木が腕を組みながら、低い声で言い返した。

「それは官邸の仕事だ」

風間が官邸で防衛官僚としてうまく立ち回れ、暗にそう指示しているように聞こえた。風間は市ヶ谷からの重圧を感じながら会議画面から退出した。

7

二〇二一年九月一一日　午前九時二五分
永田町　総理官邸

総理官邸の地下一階にある危機管理センターに隣接した幹部会議室で、緊急の日本版ＮＳＣ——国家安全保障会議が招集された。

緊急会議とはいえ既定路線を確認する御前会議に近い。各大臣は互いの責任を回避するため牽(けん)制(せい)し合いながら、踏み込んだ発言はしない。

風間は大臣の面子や派閥の駆け引きなどに興味はない。防衛省の職員として省益につなげるよう立ち回れるかが勝負だ。

最大の問題は事故を起こした責任の所在だ。無人偵察機がグローバルホークだとすれば、防衛省に対する責任追及は免れない。警察に勝手な捜査をされないためにも、事故現場に防衛省からスタッフを送り込み、事故調に絡んでおく必要がある。

幹部会議室に移動しながら矢島にそれとなく話を持ち掛けた。矢島は調査委員会に防衛省からスタッフを派遣するよう後押しすると約束してくれた。官邸の警察出身官僚たちをどう説得できるかという不安はある。警察の縄張りに踏み込むには矢島のような与党の有力派閥に属する議員の力を借りるしかない。

幹部会議室では、内閣危機管理審議官が慌ただしく会議の準備に取り掛かっていた。風間は矢島の後方に設けられた事務方の席に着いた。矢島が振り返り、小声で囁いた。

「緊急NSCは初めてだが、事件には防衛省の協力が必要だ。閣僚は派閥、面子、序列、党内の力関係で判断を誤らせる危険がある。危機への対応が後手に回らないよう省庁間の垣根を越えて、客観的かつ合理的な意見をしてくれ」

もとよりそのつもりだが、省庁間の壁を越えるのは容易ではない。むしろ、省庁間の力関係を巧みに利用し、うまく立ち回るのが官僚の仕事だ。

「何かあれば提言させていただきます」

矢島が黙って頷くのを確認すると、風間は手元に配られた資料に目を落とした。

九時半を回り、会議室に閣僚たちが入室してくる。予定されていた閣議は中止となり、内閣を構成する閣僚、官邸官房の面々が一堂に会した。定例の会議は大河原総理、呉官房長官、片山外相、盛田防衛相の四大臣が司令塔となるが、今回は緊急事態大臣会合となるため、総務大臣、財務大臣、経済産業大臣、国土交通大臣、国家公安委員長が参加、さらに総理の指示のもと、事態対処・危機管理を担当する黒沢官房副長官補、倖田内閣危機管理監、清水内閣情報調査官兼国際テロ対策室長、添田防衛事務次官、影山警察庁長官、滝川国家安全保障局長と内閣官房審議官たちがバックシートに座った。

細長い部屋は天井からの光源はあるものの、室内に充満する重苦しい空気が出席者たちを圧迫していた。風間はバックシートから閣僚たちを眺めていた。

政権発足初日を狙ったかのような事態に、どの閣僚の顔にも焦りと憤りが滲(にじ)み出ていた。総理の舵取(かじと)りが政権の浮沈を決める。派閥の力学で決まった総理に強いリーダーシップが発揮できるのか。発足間もない政権は序盤からその手腕が試されている。

中央の席に座る大河原が議長となり、会議が始まった。

「政権発足早々に重大な局面となった。対応が後手に回らないよう情報を精査し、迅速な初動対処が肝要だ。情報を共有し、政府としての対処方針を決めたい。まずは状況報告から頼む」

「本日早朝に発生した国会議事堂への無人偵察機衝突について経過報告を倖田危機管理監よりお願いします」

呉が総理の言葉を引き継いだ。地方議員からの叩(たた)き上げで官房長官に上り詰めた呉は、なまくら包丁のような大臣らの中で鋭い日本刀のような存在感がある。

倖田が配られた資料を読み上げ、発生からの経過を報告した。資料には簡潔に発生場所、時間、状況と経過がまとめられている。

倖田の報告の後、松浦(まつうら)国家公安委員長が被害状況と現場周辺の警備について報告する。

「事故による死傷者はなし、議事堂は中央塔上部が損壊、機体は大破、一部延焼しましたが、火災等は発生しておりません。国会周辺五キロを厳重警備エリアとし、封鎖しています。上空は東京へリポートから警視庁航空隊所属のヘリに首都圏を巡回させるシフトを取り、埼玉県警、千葉県警の航空隊も厳戒態勢に入っております。警視庁管轄にある機動隊を動員し、都内各所重要施設、官公庁、病院施設、公共施設で警備隊を巡回、警戒レベルを最大限に引き上げております。現在までのところ不審な飛翔体は確認されておりません」

松浦が述べた報告は明らかにテロに備えた警戒態勢だった。

続いて山口国交大臣が交通機関への影響について報告を求められた。会見では官僚のメモを読み上げるだけで、「再生プレイヤー」と揶揄されている。

山口は官房長が差し出したメモを棒読みする。

「現在、都内の地下鉄のうち、霞が関、永田町を通過する各線は運休、首都高都心環状線を通行止めとしております」

大河原総理が口を挟んだ。

「羽田発着の航空便はどうなっている」

山口が秘書官のメモを受けとり、再び読み上げる。

「羽田発着のうち事件発生時から二時間の間、二十四便を欠航としておりますが、空港内の警戒、搭乗前のチェックを強化、警視庁の協力により空港内外の警備を徹底したうえで運航再開を予定しております」

矢島がこれに異を唱えた。

「今回の事件がテロ行為だとすれば羽田の封鎖も必要ではないでしょうか。万が一航空機が狙われれば、国民の命を危険に晒します」

矢島の脳裏をよぎったのは9・11であろう。アメリカ同時多発テロでは全便が欠航となり、事実上アメリカの空から旅客機が消えた。

矢島の提案に経産大臣の鳥居が即座に反論した。

「しかし現時点ではテロであるという明確な証拠はない。事故の原因が特定されていない現状では経済的損失が大き過ぎる」

鳥居は当選六回のベテランで党内最大派閥の中堅議員、政策通で知られているが、世論の動きを気にするあまり、度々発言撤回をすることから、「風見鶏（かざみどり）」というあだ名がついていた。

矢島が総理に顔を向けた。

「状況から考えるとテロ行為を想定した対処が急務です。万が一にも無人機でなく、乗客が乗った旅客機がハイジャックされれば政府の危機管理能力が問われます。さらに国内の官民重要施設、自衛隊駐屯地、基地、レーダーサイト、空港、港湾、鉄道、原子力発電所への警戒態勢を強化すべきです。犠牲者が出てからでは遅い。危機管理においては最悪の事態を想定して対処すべきです」

大河原のすぐ隣に座る副総理で外務大臣の片山が深刻な表情を矢島に向ける。

「まだテロだと決まったわけじゃないだろう。全便欠航なんかしたらやり過ぎだと国民から不満が出る。厳重な警戒態勢を敷いて、運航するのが妥当な措置だ」

片山は党内でも影響力が強く、過激な発言で度々マスコミを騒がせ、「ミスター失言」と呼ばれている。当の本人は総裁選で大河原を支持した論功行賞で副総理の地位を得たという自負が強い。

大河原が片山に目を遣（や）り、沈黙した。党の重鎮である片山への配慮か、それとも事態を重く見ての思慮か。停滞する空気を察して、呉が横から口を挟む。

「衝突した無人機は自衛隊運用の偵察機なのか」

「盛田大臣どうだ」

防衛大臣の盛田美穂は当選二回で大臣に抜擢（ばってき）され、その頭脳と美貌（びぼう）によりマスコミから注目されている。一方で、異例の早さで大臣に就任したことから、総理の愛人ではないかというゴシップ記事が飛び交っていた。

三沢配備のＲＱ―４Ｂの行方がどうなったのかはまだわかっていない。防衛省としては苦しい説明になるが、そんな事情を全く気にしない様子で、盛田が目を細め、資料を読み上げる。

「北部航空方面隊隷下三沢航空自衛隊基地配備のＲＱ―４Ｂですが本日未明東シナ海偵察任務中に通信トラブルが発生、制御不能となり、機体が喪失しております。目下三沢基地常駐の技術者による調査を進めております。はっきりとした原因は摑めておりませんが、報道機関の映像情報から機体外観が三沢基地運用のＲＱ―４Ｂに酷似しているという見解です」

「機体喪失したのは深夜だろう。現場からの報告が遅い。危機対応に関わる重要な案件だ。情報の正確性も大切だが、迅速性を重視するように」

呉からの注意を受け、盛田が不満げに首（こうべ）を垂れた。

大河原はあえて叱責（しっせき）せず、腕組みしたまま盛田に念押しするように質した。

「自衛隊運用機の可能性が高いということだな」

盛田は奥歯を嚙（か）みしめるように顔をしかめ、慎重に答える。

「――恐らく」

大河原が腕組みを解いて閣僚に告げた。

「事故原因究明を急ぐとともに対処方針を立てたい。今後の対処について検討してくれ」

呉が大河原の指示を受けて閣僚に提言する。

「原因については内調、警察、公安調査庁、防衛省で情報収集を急ぎましょう。今はテロ、事故、他国の謀略それぞれのケースを想定した対応と対策が急務です」

片山が高揚した口調で盛田に迫る。

「テロ犯が国またはこれに準ずる組織と考えれば、朝鮮人民軍、人民解放軍の一部反乱軍の可能性も否定できないのではないか。偵察機の任務は尖閣諸島の監視警戒だと聞いている。それなら、誤って他国の領空に侵入したという可能性は考えられないのか」

盛田が片山に毅然とした態度で向き合う。

「もし仮に中国、北朝鮮の領空侵犯があれば国際法に則って対領空侵犯措置が取られます。具体的には航空無線による警告、軍用機による警告、威嚇射撃、強制着陸、そして最悪の場合撃墜となります。偶発的に領空との認識なく侵入した場合、撃墜するケースはあるとしても、今回のように無人機をハイジャックして攻撃する可能性は考えられません」

矢島が体を反らし、風間に顔を向けた。

「偵察機の航路は隣国の領空にも及んでいたのか」

風間がグローバルホークの運用計画を即座に頭に描いた。

「東シナ海偵察任務の飛行ルートに他国の領空はありません。それに尖閣諸島をわが国領土と考えれば侵犯ではありません」

この点において防衛省の見解にブレはない。

直近でも尖閣諸島周辺への中国機の侵犯は多発しており、スクランブルによる警告、国外退去の事例が増えている。だが、撃墜された例はなく、無人機をハイジャックされるなどあり得ない。

風間の回答に矢島は振り返って頷き、総理に顔を向けた。

「これまで世界各国で発生しているテロは国家的な犯行ではなく、過激派グループや宗教団体による非対称型のテロ行為です。安易に他国の謀略と判断し、対応を誤れば、国家間での政治不信を生みます。やはりテロを想定した対策が急務と考えます」

矢島の意見に呉が頷いた。

「ひとまず事故調を設置して原因調査を進めるが問題はテロの場合だ。警察庁の見解はどうだ？　テロであるなら想定される犯人の兆候はなかったのか」

　指名を受けたのは内閣官房に設置された国際テロ対策室長で元警察庁長官の清水だった。清水は後方に控える影山警察庁長官に顔を向け、二、三言葉を交わし、大河原に真っ直ぐ顔を向けた。

「警察庁警備局が国内のテロリスト情報を洗っておりますが、現時点では犯人からの犯行声明や要求がなく、犯人の意図もはっきりしません。北朝鮮特殊部隊や中国国家安全部などによる国家的犯行の可能性は低いと思われます。しかし、九月一一日を狙ったイスラム過激派による犯行の可能性は否定できません。もっとも犠牲者をともなっていないことから、これまでのテロ行為とは違った手口であり、犯人像の特定が難しい状況です」

　肝心の対策が議論されないまま、時間だけが過ぎていく。こんなことをしている場合か、と風間が苛立ちを覚えたのと、矢島が発言したのがほぼ同時だった。

「犠牲者が出てからでは取り返しがつきません。テロであるとの想定のもと、羽田発着の全便欠航など厳重な対応をとるべき事案と考えます」

　大河原が腕組みをしながら射るような視線を矢島に向けた。

「現段階ではテロへの警戒を徹底し、情報収集すべきと判断する。羽田の全便欠航は、国民の不安を煽るだけだ。大騒ぎした挙句、何もなければ大袈裟（おおげさ）な対応に批判が集中する。経済的な損失も大きく、政権が受けるダメージが大きい」

　矢島はなおも抵抗しようとしていたが、閣僚たちの厳しい眼差しが矢島の発言を止めた。

　同席する閣僚たちが総理の意見に傾倒しかけた時、内閣官房の参事官がメモを黒沢に渡した。

黒沢は内閣サイバーセキュリティセンター（ＮＩＳＣ）のセンター長を兼ねている防衛省出身の官僚だ。黒沢はメモを目にするや動揺した様子で呉のもとへメモを運んだ。呉が事の真偽を確かめるように、目を吊り上げ、黒沢を睨んだ。黒沢はゆっくり頷いた。呉が大河原にメモを見せ、閣僚を見渡した。

「たった今官邸のサーバーが犯行声明ととれるメールを受信した」

呉がメモに目を向け、すぐ後ろにいた秘書官に指示を出す。

「モニターにメールを映せ」

秘書官が持参したパソコンをモニターにつないだ。会議に参加している全員の目が前方のモニターに集中する。そこに犯人からの要求と思われるメールが映し出された。

——議事堂への攻撃は警告に過ぎない。次は旅客機を狙ったハイジャックを実行する。犠牲者を出したくなければ今すぐ羽田空港の発着便を全便欠航にしろ。

モニターに映し出されたメールを前に閣僚の間にざわめきが伝播した。

「これは本当に犯人からの要求なのか」

「いや、ただのいたずらではないか」

「信憑性に欠ける。要求の意図が明確でないうえに出どころも不明だ」

憶測の入り混じった言葉が入り乱れる中、大河原が黒沢に顔を向けた。

「このメールの出どころと信憑性をすぐに調査してくれ」

黒沢が立ちあがったのとほぼ同時に会議室に別の秘書官が入室してきた。秘書官は真っ直ぐに黒沢のもとに歩み寄り、新たなメモを渡した。黒沢の表情が一変するのを風間は見逃さなかった。

「羽田空港国際線のチェックインシステムに障害が発生、利用不能な状態になっています。民間航空各社の予約管理システムがサイバー攻撃を受けたという報告があがっており、現時点で復旧の目途が立っていません」

呉が即座に全閣僚に事態急変を告げる。

「会議を中断、至急官邸対策室を立ち上げる。閣僚、次官は総理執務室に集合してください」

矢島が立ち上がり、小声で隣に座る倖田に囁いた。

「警察庁内でテロリストに関する情報収集を急ぐように伝えてください」

倖田は影山の傍らに寄り、慌ただしく幹部会議室を後にした。

8

二〇二一年九月一一日　午前九時二五分
霞が関　警察庁

榊原のスマホに柘植から着信が入った。空港で待機を命じてはいたが、国会議事堂を襲った襲撃への対応に追われ、次の指示を出していなかった。

「今どこだ?」

「羽田空港の駐車場で待機してます。例の事件とは別にトラブルが発生しているようでこちらも身動きが取れません」

「何のトラブルだ？」

「システムトラブルで搭乗が一時停止しているみたいです。ロビーは搭乗待ちの乗客であふれかえってますよ」

羽田でのシステムトラブル。テロ攻撃と関係があるのか。

「原因はわかっているのか」

「詳しいことはまだ――」

「アメリカ側から何か連絡は？」

「身柄の引き渡しを急（せ）かされてますが、空港が混乱してて危険だってことで時間を稼いでます。ごちゃごちゃうるさいこと言ってくるんで電話は無視してます」

「それでいい。こっちは議事堂への攻撃の対応で手一杯だ。もうしばらく待機していてくれ」

「わかりました」

電話を切ろうとした時、スマホから騒音が響いた。車内で何かやり取りをしているようだ。

「どうした、何かあったのか」

柘植がうろたえた声で伝えた。

「赤星が責任者と話したいって言ってます」

アメリカへの引き渡しを前に何らかの要求か、それとも今回のテロに関する情報か。

「いいだろう。電話をかわれ」

スマホにノイズが入り、しばらくしてから低い声の日本語が聞こえた。

「おまえが責任者か」

「警察庁のテロ対策の責任者だ」

「神の裁きが始まった。まもなくこの国に終末が訪れる」

「何のことだ」

「首都への攻撃は不信仰者への報いだ」

赤星の言葉は明らかに議事堂への攻撃を示唆している。やはりイスラム過激派のテロか。

「テロはイスラム過激派の仕業か。ならばおまえが関与しているということだな」

「俺は何もしていない。神の裁きだといったはずだ」

赤星の言葉の端々からテロへの関与の懐疑が浮かんだ。すぐにでも警察庁に連れ戻し、取り調べをしたい。だが、独断で容疑者の引き渡しを中止するわけにはいかない。口惜しさを感じながら榊原は電話口に言い放った。

「いずれおまえはアメリカに引き渡される。我々の知ったことじゃない」

「俺の身柄をアメリカに引き渡せば、即刻殺される。引き渡しを中止してほしい。さもなくば、日本は神の怒りを買い、アメリカに先んじて破壊の対象となる」

榊原にはそれがただの冗談とは思えなかった。今回の事件には赤星が関与している。だからこうして警察を脅している。だが、警察庁の一介の課長、ただの「テロ専」に容疑者の扱いを決める権限はない。とはいえ、赤星が日本を攻撃したテロリストならば、みすみす米国に引き渡すわけにはいかない。国内での容疑が浮かび上がれば、引き渡しを中止してでも容疑者として捜査をしなければならない。問題は証拠だ。もしここで赤星がテロ犯だと証言でもすれば事態は動くかもしれない。榊原はその言葉を引き出そうとした。

「俺にはおまえの身柄をどうこうする権限はない。だが、もしおまえが議事堂を攻撃したテロ犯なら話は別だ」

一拍おいて赤星の低く沈んだ声が内耳に響いた。

「俺はテロリストではない。だが、テロリストに関する情報を持っている。おまえに権限がなければ、上に進言しろ。引き渡し中止を条件に情報を提供しよう。その条件が守れなければ、日本は滅びの炎に焼かれるだろう」

——テロリストに関する情報を持っている。

その言葉だけでも重要な証言となる。

電話から柘植の声が聞こえた。

「ってことで、しばらく待機でいいですか」

「わかった。引き渡し中止を上層部に掛け合ってみる」

榊原は電話を切り、外事情報部長の神保に連絡を入れた。

9

二〇二一年九月一一日　午前一〇時四五分
霞が関　警察庁

官邸での緊急NSCを終えて霞が関に戻ってきた上層部が緊急会議のため幹部を招集した。警察総合庁舎内の会議室に並んだ机の前列に陣取ったのは全国の公安警察を統括する上級幹部である菅原警備局長を筆頭に、神保外事情報部長、南サイバー攻撃分析センター長が放列を敷いている。警察庁の向かい側には警視庁公安部長以下公安第一課から第三課、外事第一課から第四課の幹部が勢揃いしている。いずれも反戦デモ、左翼団体、イスラム過激派、連合赤軍、中国、北朝鮮、ロシアの工作活動、国際テロ組織の警戒に当たる精鋭陣だ。その端に警備企画課長とともに国テロ課長の榊原が席に着いた。

「今まで何をやっていた」

「これじゃただの穀潰しだ」

「テロ専は名前だけか。まったく聞いてあきれる」

上層部の声が漏れ聞こえてくる。叱責の対象は外事情報部だが、その矛先は明らかに榊原に向けられている。陰口をたたかれるのには慣れている。面と向かって言われたところで結果が出せなければ受け止めるしかない。ただ榊原は批判をかわすカードを握っている。アメリカに引き渡す予定の容疑者赤星だ。直前でカードを手元に戻した。問題はこのカードを切るタイミングだ。

すでに長官名義で全国の警察本部に通達が出され、重要施設への警備強化が始まっている。

影山は官邸の空気をそのまま霞が関に持ち込み、強い口調で「一刻も早く犯人を特定しろ」と号令を出した。内閣サイバーセキュリティセンターからも通達が出され、犯人からのメールの発信履歴特定が重要課題となっている。警察庁のサイバーセキュリティ部隊であるサイバー攻撃分析センターの南センター長が報告する。

「官邸のサーバーだけでなく、警察庁、外務省、財務省など複数の官公庁にも同様のメールが配信されていたことが判明しています。しかもメールは『スピアフィッシング・メール』と呼ばれるサイバー攻撃で、メールに添付されたファイルをクリックするとマルウェアに感染するという手口です。目下、霞が関の各官公庁に安易にメールを開封しないよう通達を発信しておりますが、すでに感染の被害が複数発生しています」

榊原は過去にイスラム過激派のサイバー攻撃対策を担当した経験があり、サイバー攻撃についての最低限の知識を心得ていた。その知識からマルウェアが悪意のある不正プログラムであるということは知っていた。メールに貼られたリンクやファイルを開くとウイルスに感染し、パスワードや個人情報が詐取され、パソコンやサーバーが乗っ取られてしまう。

最初の報告から頭を悩ませる内容であったようで、菅原は両手を組んだまま聞き返した。

「メールの発信源は？」

「ダークウェブで調達した使い捨てサーバーから配信されています。発信源は中国の攻撃集団が運営しているダークウェブであることがわかりました」

「つまりサイバー攻撃は中国からということか」

「かつて中国は『ネット・フォース』と呼ばれる攻撃部隊を創設して、アメリカの民間企業へスパイ目的でサイバー攻撃『オーロラ作戦』を実行しました。国家的なサイバー攻撃はこれ以外にも複数件発生しております」

「人民解放軍が関与している可能性は？」

南は即座に肯定せず、切り返す。

「確かに中国のサイバー攻撃は人民解放軍戦略支援部隊（ＳＳＦ）のサイバー戦略に特化したサイバー・コーが担当しております。しかし、サイバー・コーのターゲットはアメリカで、過去日本にこれだけの規模の攻撃を仕掛けた事例はありません」

榊原も南の報告をフォローするように発言した。

「人民解放軍の犯行かどうかまだはっきりしません。しかし、事件に乗じて中国がサイバー攻撃を仕掛けている可能性は否定できません」

犯行予告を攻撃に使うという手口は巧妙で、官公庁はテロ関連の情報があれば確認せずにはいられない。本当に実行犯からのメールであれば、空港閉鎖を含め、対策を講じる必要がある。

菅原が納得のいかない表情で腕を組む。南が報告を続けた。

「使用されたマルウェアは『トロイの木馬型』の亜種でロシアのダークウェブで調達した可能性があります」

「つまり違法サイトから入手可能なサーバーを使って、発信源を偽装しメールを送り付けてきたというわけか」

南が認めると、菅原の怒号が部屋に響いた。

「それでは何もわかっていないのも同じだ。犯人特定につながる情報はないのか」

アナログな警察官僚に技術的な話をしても埒が明かない。榊原は捜査の方向性を示すべく、推測を展開した。

「重要なのはサイバー犯罪集団の特定ですが、それ以前に犯人の目的がはっきりしないのが不可解です。通常サイバー攻撃の目的は、金銭詐取、スパイ行為、破壊工作などに分類されますが、同時多発的な攻撃をひとつの犯罪集団で組織化して実行した例はなく、その点で他国の国家機関が対外工作としてサイバー攻撃を行っている可能性は否定できません。つまり、経済活動や社会インフラを無差別攻撃して混乱を起こし、要求を突きつけるという手口です。その証拠に犯人からは明確な犯行声明が出ていています」

菅原が頷きながら、榊原に問いかける。

「さすがはテロ専だな。だとしたら、今回の攻撃は政府系のハッカーということか」

榊原はそこが要点だと強調して説明を続けた。

「違います。今回最も懸念すべきはメールの内容です。もう一度思い出してください」

榊原が手元のメモに目を落とし、メールの本文を読み上げる。

「議事堂への攻撃は警告に過ぎない。次は旅客機を狙ったハイジャックを実行する。犠牲者を出したくなければ今すぐ羽田空港の発着便を全便欠航にしろ」

顔を上げて再び菅原を直視し、解説を続ける。

「おわかりのとおり、犯人のメッセージは犯行予告です。中国や北朝鮮の政府系ハッカーの目的が日本政府への攻撃、もしくはスパイ活動である場合、こうした予告をわざわざ伝える意味がありません」

「では犯人は誰だと言うのだ」

唐突に赤星の名前を出してもテロへの関与の信憑性が薄い。だが、有力な手がかりがない以上、少しでも可能性があれば上層部も動くはずだ。

「犯人が誰かというよりも、犯人の目的を考えるべきです。犯人は旅客機をハイジャックするという脅しで羽田空港の封鎖を要求しています。議事堂への攻撃はその警告に過ぎないと。なぜそんな警告を発したのか。ひとつの仮説ですが、犯人の目的に関連する重要な情報があります」

会議に参加する面々の視線が榊原に集まる。普段は予算を食い潰すテロ専と揶揄される榊原にとってここがカードを切る時だ。

「現在アメリカに引き渡し途中のイスラム過激派テロ容疑者の赤星瑛一です。赤星は一連のテロの情報を持っています」

会議室にざわめきが起こった。神保が榊原に疑問をぶつける。

「何か証拠を掴んだのか」

榊原は深く頷き、赤星との電話での会話に言及した。

「本人から直接申し入れがありました。アメリカへの引き渡しを中止すれば、情報を提供すると」

間髪を入れず神保がさらに問い詰める。

「今回のテロには赤星が関与しているということか」

「その可能性が高いと考えます」

神保が腕組みしながら思案する。その隣に座る菅原が横槍を入れる。

「しかし、アメリカからの要請で引き渡しは決まっている。今更中止などできない」

神保が菅原を諭すように顔を向ける。

「国内でのテロ容疑があるとなれば事情は変わります」

「容疑にするには明確な証拠がない。引き渡しを拒否するための虚言とも考えられる」

厄介な容疑者だから引き渡しを早く済ませたいというのが、幹部の一致した意見だ。やはり榊原の意見を通すには高い壁があるようだ。

菅原が外事情報部の各課の責任者に目を向けた。

「他に情報はないのか。国内に潜伏するテロ組織への監視はどうなっている」

外事情報部各課が監視中のテロ組織の動向を報告する。だが、榊原には時間の無駄にしか思えなかった。警察という官僚組織にありがちな、消去法で原因を特定するという手法は、緊急性を伴う今回の事件では効率が悪い。結局、どの担当からも犯人に直結する情報は出てこなかった。

菅原の苛立ちが顕著に表情に出始めた時、突然会議室の扉が開き、警備局警備企画課の管理官が飛び込んできた。管理官は真っ直ぐに神保の席に向かい、耳元に囁いた。神保の表情が一変した。神保の切迫した様子から事態急変を察知した菅原は公安部長の報告を止めた。

「どうした。新しい情報か」

神保が立ち上がり、幹部に告げた。

「警察庁のサーバーに犯行グループからと思われる新しいメールが入りました」

菅原が即座に訊く。

「内容は？」

「アメリカが国際指名手配しているイスラム過激派テロリスト赤星瑛一を二十四時間以内に解放しろ。要求に従わない場合は、羽田だけでなく、日本中に混乱が広がるであろう。これは日本に対するサイバー戦争の宣戦布告だ」

会議に参加している全員が啞然とした表情で沈黙した。犯人が示した期限は二十四時間。菅原が神保に訊く。

「メールの着信時刻は？」

「午前九時です」

二十四時間後は九月一二日の午前九時。榊原は腕時計に目を落とした。残り二十二時間を切っている。神保が菅原に言い寄った。

「羽田空港に連行している容疑者赤星瑛一の引き渡し中止をご検討願います」

咄嗟の判断に菅原は沈黙した。神保が榊原に目で合図をする。榊原はそれを受けとり、立ち上がって菅原に顔を向けた。

「法的根拠の確認は必要ですが、犯罪人引渡条約でも国内の犯罪に関与した容疑者は同国の法律をもって裁かれるという大原則があります。赤星をアメリカに渡せば、日本が手にしている交渉のカードを失ってしまいます」

榊原の言葉を聞いて、沈黙していた菅原の表情が動いた。隣にいる神保に手を添え何かを囁くと、神保が大きく頷き、菅原に進言した。

「容疑者赤星の引き渡しを中止、警察庁で取り調べをすべきです」

菅原が腕組みをしたまま頷いた。

「犯人からの要求とあっては官邸も引き渡しを強行するわけにはいくまい」

神保が菅原の意を受け、榊原に目配せした。榊原は羽田で待機している柘植のスマホに電話した。

「容疑者の引き渡しは中止だ。今すぐ本庁に戻ってこい」

「待ってました。ようやく我々の本領発揮ですね」

柘植は運転手に指示を伝え、電話を切った。

犯人からの要求が容疑者の解放である限り、テロへの対処という点でも赤星の身柄の確保は必要だ。ただ、事態は図らずも赤星の要求通りになっている。やはり赤星はテロに関与しているに違いない。問題はなぜテロを計画しておきながら、自ら出頭してきたかだ。

だが喫緊の課題はそんなことではない。テロ犯からの要求にどう対処するかだ。そして、その対処は警察の判断の範疇ではない。官邸が方針を決めるべき事項だ。過去の事例や世界的な情勢を考えても、容疑者を解放するような愚行はしないはずだ。ならばこの難局をどう乗り切るのか。

榊原は会議室の窓から永田町方面に目を向けた。わずかに見えるガラス張りの官邸、その頂にある総理執務室に座る新総理の心境に思いを馳せながら心の中で呟いた。

——あんたは日本の危機にどう立ち向かうつもりだ。

第二章　テロリスト

——さて、お前たち、信仰なき者どもといざ合戦という時は、彼らの首を切り落せ。そして向うを散々殺したら、生き残った者を捕虜として枷かたく縛りつけよ。

コーラン第四十七章四節

1

二〇二一年九月一一日　午前一一時五分
永田町　総理官邸

官邸の地下からエレベーターで総理執務室のある五階に到着したところで、風間のスマホに着信が入った。記者からだ。東洋新聞政治部の里村藍には以前取材を受けたことがある。無視したいところだが、マスコミの誤った情報は潰したほうがいい。風間は通話をオンにした。

「今朝の国会議事堂での事件について少しよろしいですか」

政府の対応やNSCの内容について質問されたが、適当にかわし、里村が持つ情報を探った。

「まだ話せることはほとんどない。君はどこまで情報を摑んでいるんだ？」

「現場の取材から得た情報だけです。どこの省庁からも公式な発表はありません」

それはそうだろう。この段階で勇み足をするバカな役所はない。警察もまだ現場検証すらろくにできていないはずだ。

「何か情報はないですか。会見も開かれず、関係省庁も沈黙したまま。これでは国民に不安が広がってしまいます」

――不安を煽っているのはおまえたちだろうが。

官僚の情報リテラシーに訴えかけるような言い方につい反論したいところだが、揚げ足を取られても困る。ここは当たり障りのない返事で逃げるべきだ。

「政府としては正しい情報を伝える責任がある。そのための情報収集をしているところだ」

「官邸での日本版NSCの動向は?」

「関連する案件が発生しており、先ほど官邸対策室が設置された」

「羽田へのサイバー攻撃ですね」

――サイバー攻撃。

まだ犯人からの声明は発表されていない。サイバー攻撃であるとは公表していないはずだ。

「なぜサイバー攻撃だと?」

「羽田の欠航で足止めされている人たちがSNSに情報を投稿しています。一部でサイバー攻撃ではないかとの憶測が出ています」

「SNSは侮れないな。こちらも引き続き情報収集する。何か新しい情報があれば教えてくれ」

電話を切ると続けざまにスマホが震えた。総理補佐官の青山からだった。かつて青山が防衛大臣をしていた頃、風間も大臣官房におり、関係があった。

「忙しいところすまんが少し訊きたいことがある」

「青山先生のほうがお忙しいでしょう。どうされましたか」

「議事堂への無人機衝突の件だが、市ヶ谷から何か情報はないか」

「市ヶ谷はグローバルホークの調査で手一杯です。それよりさっきマスコミ関係者から聞いた情報が気になります。羽田へのサイバー攻撃と議事堂への無人機衝突の関連性を訊かれました。政府として早期に対策本部を設置すべきです」

「その件ならこの後の総理レクでも提案する。問題は誰を責任者にするかだ」

言わずもがな、青山が風間に連絡してきた時点で矢島が候補に挙がっている。

「矢島副長官が適任と考えます。青山先生が防衛大臣の時にも政務官を務めていらっしゃいます。連携して事態の対処にあたるべきです」

「そうだな。わかった、総理にも推薦しよう」

かつて矢島は防衛政務次官として、青山大臣の下、防衛行政に携わっていた。青山と矢島は別の派閥だが、ともに大河原内閣を支える中核であり、青山としても派閥を越えて矢島を取り込みたいという思惑が働いたと考えるべきだ。政治的な綱引きはともかく風間にとっては願ってもないチャンスだ。

風間は総理大臣執務室に隣接した事務室に入った。隣の執務室では総理レクが続いている。議論の焦点はおそらく国会議事堂への攻撃を自衛隊の出動要件である「武力攻撃事態」とみなすかどうかだろう。現時点では攻撃しているのが「国家またはそれに準ずる組織」とは言い難い。犯行声明は出されているが、犯人グループを特定する情報はなく、「宣戦布告」も国際条約上の交戦権を行使するものではない。あくまでもテロ攻撃であり、その攻撃はサイバー攻撃に移行している。マスコミがサイバー攻撃の情報を垂れ流せば、不安が広がり、政府への批判が強まる。だらだらと会議に時間を費やしている暇はない。

風間が苛立ちを感じていた矢先、総理レクが終わり、閣僚たちが退席する足音が響いた。矢島が事務室に顔を出し、風間に声をかけた。

「緊急対策本部の設置が決まった。これから閣僚会議が始まる」

「緊対本部の法的根拠は？」

「災害対策基本法を運用し、サイバーテロ対策を基本に対処方針を立てる。すでに羽田は全便欠航、都内でも厳戒態勢が取られている。国の秩序を維持し、国民の安全を守るための非常事態と定義し、超法規的措置として緊急対策本部とその配下の対策チーム設置を閣議決定する」

総理は今回の事態を重く見て、手厚い対策を講じる決断をしたということだ。

矢島が矢継ぎ早に伝える。

「官邸に対策拠点を作りたい。その際は防衛省にも協力を要請する」

警察、防衛省、官邸のサイバーセキュリティ部門がそれぞれ対策を講じている。官邸にはサイバーセキュリティ基本法の定めに従ってサイバーセキュリティ戦略本部が設置されており、その実務部隊として内閣サイバーセキュリティセンター（ＮＩＳＣ）がある。

「サイバーセキュリティ戦略本部の本部長は官房長官です。本部長がそのまま対策本部長を兼任するとしても実質的に指揮をとるのは無理です。そうなると副本部長を任命して対策本部の指揮を執らせるはずです。誰がその任に？」

「これから閣議で決定する。君も一緒に閣僚会議に参加してくれ」

ＮＩＳＣのセンター長には防衛省出身の黒沢官房副長官補が就いている。政治的な判断には防衛政策に明るい政治家が就くべきだ。青山からの事前の打診から矢島も候補になっているはずだが、誰に白羽の矢が立ったのかはわからなかった。

風間は矢島の背中を追いかけ、四階にある官邸の大会議室へと急いだ。

官邸四階の大会議室には関係閣僚、内閣官房、各省庁から次官、官房長が集まり、席を埋めていた。閣僚は中央のテーブル席に着き、バックシートには各省庁の連絡官が控えている。

国会承認は事後に回せるが、形式的とはいえ法規定上、対策本部の設置には閣僚会議が必要となる。今回のように事態が急展開する場合も、手続きを踏んで初めて動くことができる。法治国家にとって法的根拠は重要だが、旧式のコンピューターを無理やり動かすような面倒さがある。

議長である大河原総理が閣議の開催を切り出した。

「只今（ただいま）より一連の事態を受け、サイバー攻撃を含むテロ攻撃への対処に関する具体的対処方針、重要事項を審議いたします」

呉が対処方針を読み上げる。

「今般発生した国会議事堂への攻撃並びに羽田空港へのサイバー攻撃に関連したテロ対策に関して政府としては四項目からなる対応方針を定めます。各省庁、重要施設、インフラ企業へのサイバー対策強化、予防策の徹底。ウイルス感染経路の情報収集。テロ実行犯の捜査。国民への迅速かつ的確な情報提供、注意喚起。以上をふまえ各省庁で措置を取ります」

続けて大河原が発言する。

「国会へのテロを示唆する攻撃並びに羽田空港へのサイバー攻撃、さらなるサイバーテロの予告に対し、日本政府として『テロに屈せず』を前提に対策を強化します。今後は犯行予告にあるサイバー攻撃への備え、警戒が必要となります。このため、内閣サイバーセキュリティセンターを中心に国内のサイバー攻撃への予防措置、対抗手段、情報収集の徹底など万全を期すように。そのうえで、国民に対して迅速かつ的確な情報提供を行ってまいります」

　ここまでの流れはレクのとおり、政府の公式な会議のいわばテンプレートだ。問題はテロへの対策を誰が指揮するかだ。

　総理からの指示に続き、黒沢が対策チームの設置について言及した。

「本事案への危機対応のため、官邸にサイバーテロ対策チームを設置します。すでにＮＩＳＣには事態対処分析グループが設置してあり、攻撃に使われた不正プログラムの分析を進めています。他のグループでも情報収集、分析、対策について着手しており、対策本部の司令塔として所掌事務を補佐します」

　続けて大河原が矢島に顔を向けた。風間はその瞬間を見逃さなかった。これは女神の微笑みだ。そう直感した。

「対策本部の本部長は呉官房長官に兼任していただくとして、実務を統べる副本部長として矢島官房副長官を任命します」

　矢島はあらかじめ人事を知っていたように返答した。

「総理からの任命に従い、緊急課題であるサイバー攻撃への予防措置を取るべく、官邸に対策チームを設置します」

　矢島が陣頭指揮を執るのは総理の意向だろうが、その任命に青山の意図が働いたのは間違いない。今後は矢島が法律上の権限を行使し、事態対処に動いていく。これでまた矢島は総理への階段を一段上がる。秘書官である風間にとっては願ってもない役目だ。

　呉が閣僚全員を見渡し告げる。

「それでは会議終了後に対策本部の設置と対処方針について会見を開きます。報道各社からも会見の要求が多数出ております。事態への対処が遅れると批判がでます。国民への情報提供を急ぎましょう」

総理が呉を見据えて頷く。そこに倖田が口を挟んだ。

「サイバーテロへの対応方針は決まりましたが、肝心の国会議事堂への攻撃とテロ犯からの犯行予告にはどう対処しますか」

サイバーテロ対策が防衛省主導となるなら、「危機管理の番人」として国家を守っているのは警察だという存在感を示したいはずだ。

呉が松浦に視線を向けて発言を求める。

「テロ犯の捜査の進展は？」

閣僚全員の目が松浦に向いた。公安委員長といえども、捜査情報をすべて把握している訳ではない。捜査は警視庁をはじめ各県警察本部が担っている。松浦はバックシートにいる影山に目を向けた。影山が即座に差し出したメモを読み上げた。

「官邸をはじめ警察庁に発信された犯行声明のメールの出どころを調査するとともに、犯人の特定、捜査に全力を挙げております」

警察も事態に迅速に対処できているとは言い難い。

呉も埒が明かないとばかりに影山に直接発言を求める。

「犯人からの要求にはどう対応するつもりだ」

「米国への容疑者引き渡しを中止し、警視庁で聴取する手続きを進めております。容疑者解放に関する対処について官邸に判断を求めます」

影山の目が大河原総理を捉える。犯行予告への対処は審議が必要な案件だ。過去にもイスラム国が人質をとり、日本政府に対して要求を突きつけた事件が発生している。

二〇一五年、エジプト訪問中の当時の総理がイスラム国と戦う中東諸国に二億ドルの非軍事支援を行うと表明、その直後イスラム国はシリアで拘束していた日本人二人の身代金として二億ドルを要求、その後人質解放の条件としてヨルダンで囚われているイラク人死刑囚の解放を突きつけた。政府は交渉に応じず、人質は殺害され、その映像がインターネット上に公開された。たとえ犠牲者が出てもテロリストとは交渉しないという政府の姿勢は支持されたかに見えたが、結果としては恐怖を煽り、政治指導者たちの無能さ、脆弱性をさらけ出させるというイスラム国のプロパガンダ戦略の勝利であったといえる。

今回も恐怖を煽り、政府を揺さぶるという手段は同じだが、特定の人質がいない。犯人は日本へ宣戦布告しており、いわば国民全員をターゲットにしているのだ。

前総理の派閥のお目付け役である総理大臣補佐官の青山が意見を上申する。

「これまでの事例からもテロリストと交渉をしないという方針は世界の常識です。強い姿勢で臨んだ方が国民からの支持も得られます」

大河原が青山の意を受け、頷きながら、閣僚に向けて決断を告げる。

「わが国の立場としてはテロリストとは交渉しないという方針の下、犯人からの要求には応じない。サイバー攻撃への警戒と予防措置を徹底し、攻撃に備える。国民の被害を未然に防ぎ、犯人逮捕に全力を挙げる。警察庁でも犯人の特定と捜査を最優先してほしい」

青山が念を押すように総理に進言する。

「会見でもこのことをはっきり国の方針として国民に伝え、同盟国からの協力と情報収集を求めるべきです」

大河原は青山に頷き、片山に指示を出す。

「米国大使にも情報収集への協力要請と当局での捜査を進める旨伝えてください」

アメリカに対しても強気の片山が同意を示し、後ろに控える秘書官の耳元に話しかけた。その時、矢島が閣僚たちの発言の合間を縫って、大河原に視線を向けた。

「総理、犯人の正体が特定されておらず、容疑者の取り調べも進んでいない中、犯人の要求を拒否して、サイバー攻撃を受ける事態になれば国民に少なからず被害が出る恐れがあります。会見での発表を犯人は見ていると考えれば不用意な発言は控えるべきかと。現時点では犯人に関する情報収集を進めているという発表にとどめ、犯人との交渉ルートを探る必要があると考えます」

今回の事件がイスラム過激派の犯行だとすれば政府の発言や方針に敏感に反応し、容赦なく攻撃を仕掛けてくるはずだ。すでにサイバー攻撃の戦端は開かれており、犯人は脅しではなく、実行手段として警告を発している。情報収集の時間を稼ぐためにも、犯人を刺激せず、交渉ルートを探る必要がある。だが、矢島の進言は総理の方針に対するあからさまな反抗ととられる恐れもあり、政府内での立場を考えると勇み足と言える。案の定青山が大河原の背後から矢島に強い敵愾心を思わせる視線を向けた。

「それではテロリストと交渉する姿勢ありと諸外国に取られ、各国から非難が出る可能性があります。国民からも政府の弱腰と曖昧な態度に批判が出ます。ここは政府の姿勢をはっきりと内外に示すべきです」

大河原が頷きながら、矢島に釘を刺す。

「その通りだ。テロには屈せず。それが世界の常識だ。日本政府の態度を明確に伝えなければ、世界からも国民からも非難される。かつて日本はテロまで輸出するのかと、世界から批判を浴びた教訓を忘れたのか」

矢島は口を噤み、それ以上の反論を止めた。風間はそれを見て安堵した。ここで総理にたてついて副本部長を解任されれば、矢島は失脚してしまう。大方の閣僚は総理の方針を支持し、矢島を牽制するように厳しい表情を向けていた。

大河原の言う通り、一九七〇年代に多発した日本赤軍によるテロ事件、その中でも一九七七年に発生したダッカ事件がテロ対応の分岐点となっている。パリ発東京行きの日航機をハイジャックした日本赤軍グループ五名は、日本で服役、勾留中の活動家九名の釈放と六百万ドルの身代金を要求、当時の総理は「一人の生命は地球より重い」と発言、超法規的措置として要求に応じた。日本政府の対応は世界から批判を浴び、以降テロ事件では要求拒否が原則となった。

「それでは対処方針に基づき、各省庁は具体的な措置に動いてください。この後、緊急会見を開きます。総理はご準備を」

呉が会議の散会を伝え、大河原が重い腰を上げた。総理に続き、閣僚、官僚たちが退席する。各省庁の連絡官たちも慌ただしく会議室を後にした。

矢島は残り、黒沢を呼び寄せた。

「すぐにサイバーセキュリティセンター内に対策本部の事務局を設置してください。各省庁からサイバー攻撃に通じたスタッフを集め、対策チームを作ります」

黒沢は矢島の指示に忠実に従う姿勢を見せ、会議室に残った内閣官房メンバーを集めた。矢島はそれを見届け、風間にも新たな指示を出した。

「事務局設置のために動いてくれ。それともう一つやらなければならないことがある」

矢島は風間の耳元に手を添えた。

「犯人は何らかの意図をもって攻撃を仕掛けている。その真意を探らないと対応を見誤る。官邸に上がってくる情報は各省庁で制限され、スピードも遅い。信頼できる現場スタッフから独自に情報を取りたい。事件を担当している警察とのパイプがほしい」

矢島の意図は理解できるが警察とのパイプを作るのは容易ではない。警察に限らず、各省庁からの出向者は省益に縛られ、官邸内で互いに見えない壁をつくり、牽制し合っている。こちらの情報を警察官僚に簡単に渡すわけにはいかない。警察官僚もそう思っているはずだ。そうでなくても防衛省側は無人偵察機をテロに利用されたという負い目がある。矢島は官僚同士の立場に疎い。省益や省庁間の縦割りの弊害を嫌う一方、官僚の気質への配慮が欠けている。

「来栖官房副長官を通して警察庁とのパイプを作ろう」

来栖は矢島と同じ官房副長官という立場だが、官僚組織のトップだ。政治家の矢島と違い、民意でなく組織の論理で動く。来栖は内調にも顔が利く。風間は内調にはいくつか借りがあった。来栖が何の見返りもなく協力してくれるとは思えなかった。

風間が止める前に矢島は動いた。席を離れようとする来栖に近づき、声をかけた。風間は渋々矢島の後について隠れるように来栖とのやり取りに耳を傾けた。

来栖は矢島に呼び止められ、歩みを止めて矢島と向き合った。シャープな顔にフチなし眼鏡の奥の怜悧（れいり）な目が矢島を捉えた。

「対策チームの設置には警察からの協力が欠かせない。来栖さんからもご助言を賜りたい」

来栖は矢島の申し出に官僚らしく恭しく受け答えした。

「国難にあたり重要なお役目ですから私にできることなら何なりとお申し付けください」

表向き対立する様子はない。だが具体的な依頼に対してどう反応するのか腹の内は見えない。

「さしあたり、サイバーテロへの対策を取るうえで、警察庁のテロ担当からの情報が必要だ。犯人が釈放を要求している容疑者へ直結するルートを教えていただけないか」

単刀直入に尋ねる矢島に対して来栖はあからさまに迷惑そうな視線を向けた。

「容疑者への取り調べ、犯人との交渉は警察庁が担当します。矢島副長官はサイバーテロ対策に専念していただいたほうがよろしいのでは」

明らかな拒否だったが、矢島は屈せず再度協力を要請した。

「テロリストの正体が未だ不明だ。犯人側の要求が容疑者の解放であれば、容疑者の情報を共有し、連携して動く必要がある」

矢島の正論に来栖は怪訝な表情を返した。

「先ほど総理への進言が却下されたばかりでしょう。犯人とは交渉しない。これが政府の方針です。つまり容疑者の解放はない。犯人逮捕に向けて警察が全力を挙げて捜査します。矢島副長官はサイバーテロ対策に注力してください」

取り付く島もないという来栖の態度に矢島も臍を嚙んだ。矢島はここが潮時と悟ったのか、それ以上は追及せず頷いた。

「わかりました。それでは犯人の情報は逐一官邸でも共有してください」

「内調を通して総理、官房長官にも報告を上げます」

矢島との短いやり取りが終わった後、来栖は体の向きを変えて、風間の肩に手を置いた。風間の耳元に口を近づけ、矢島には届かない程度に声を落とし、囁いた。

「例の件の借りは覚えているだろうな」

例の件と言われる案件は一つしか思い浮かばなかった。

グローバルホークの情報漏洩事件だ。防衛省の失態に内調が裏から手を回し、マスコミの報道をもみ消した。その時の内調の担当が来栖だった。

来栖はもう一度風間の肩を叩き、その場を離れた。風間は肩に強い重みを感じ、無言のまま去っていく来栖の背中を見つめていた。

2

二〇二一年九月一一日　午前一一時四五分
霞が関　警察庁

国会周辺は厳戒態勢が取られ、完全封鎖されています。総理官邸には閣僚が集まり、緊急NSCが開催されました。現時点では政府からの公式発表はなく、テロなのか、事故なのか見解が示されないまま、都内各所では警戒のため警察隊が巡回しています。事件には不明な点が多く、関係当局も情報収集に追われている様子です。発足したばかりの新政権を突如襲った国難。大河原内閣は果たしてこの危機にどう対処するのか、今後の動向に注目が集まります。

榊原は外事情報部の席でスマホからニュース映像を見ていた。総理官邸前を映す映像は相変わらず野次馬的で新しい情報はなかった。

霞が関を通る地下鉄各線は運休となり、都内を行きかう人々の足を止めていた。環状線の一部も通行止め、空の便は羽田発着の二十四便が欠航、その他の便もサイバー攻撃の影響で目途が立っていない。タクシー、バスは霞が関、日比谷、赤坂一帯で規制を受け、首都の交通機能は麻痺していた。

事故現場には警視庁から捜一、特殊犯捜査係（ＳＩＴ）、鑑識課が臨場しており、現場検証を試みている。主導権は本庁の刑事部対策室と中央指揮所が仕切っているが、自衛隊が運用していた無人機の墜落とあって、官邸を通して防衛省の情報部門からも人員が投入され、所管官庁が入り乱れて統制が取れていないという報告があがっていた。

官邸が対策本部を設置した段階で警察は官邸からの「下請け」となり、現場検証、容疑者の特定、犯行声明への対応、さらにはサイバーテロへの対応まで押し付けられている。

榊原が最も懸念しているのは事件の鍵を握っている容疑者赤星の扱いだ。「テロ専」の榊原としては自ら赤星を取り調べて情報を引き出し、事件解決の糸口を見つけたい。ただ、赤星はテロ犯から解放を要求される重要なカードとなってしまっている。

政府はテロに屈せずと解放を拒むだろうが、サイバー攻撃が本格化した時、その判断を変えることはないのか。建前だけでテロとの戦いを標榜しても、実際に攻撃された時には、犠牲者を出しても交戦すべきなのか、という世論が起こる。マスコミと民意に弱い政府はそれでもなお屈することなく、テロリストと戦い続けることができるのか。そうなる前に警察にプレッシャーをかけ、犯人逮捕を促すだろう。おまえたちがもたもたしているから被害が拡大したと、責任を転嫁し、警察を槍玉にあげ、民意を宥める。そんなシナリオが透けて見えるから、上層部は警察の面子にかけても犯人特定を急ぐ。

責任を負いたくない上層部はおそらく誰かをスケープゴートにするだろう。出世を諦めた榊原が「首切り要員として生贄になれ」と言われるのがおちだ。それでもなお、榊原には赤星と対峙する覚悟があった。それはあの男に対する強い興味だった。奴の真意を確認しなければ、この事件の真相はわからない。

――俺がやらなければ誰がやる。

それが「テロ専」と揶揄され、それを承知で任務にあたる警察官僚の矜持だった。

そのためには情報を取る必要がある。官邸に出向している警察庁のかつての部下、相田あかりは国際テロ情報集約室にいるはずだ。サイバー攻撃にも詳しい相田は対策チームに何らかの形でかかわっているに違いない。電話をかけると、意外にもすぐに出てくれた。

「榊原さん、お久しぶりです。この忙しい時によく電話なんかしている暇がありますね」

相変わらず遠慮のない言い方に榊原は懐かしさを覚えた。男性社会の警察で出世するにはこのくらいの図々しさが必要だ。

「忙しいのはお互い様だろう。官邸の情報がほしい。状況はどうだ？」

「緊急ＮＳＣが先ほど終わったみたいですが、相当混乱していますね。何しろ会議中に犯人からの声明が出たらしいですから」

「羽田の欠航要求だな。その声明は警察にも届いている」

「官邸はその対応に右往左往してますよ。対策チームを立ち上げるって割には警察主導じゃないスキームを取ろうとしています。あれでうまくいくのかしら」

「どこが手綱を握っているんだ」

「矢島官房副長官がチームリーダーってことは防衛省ですね」

思った通りだ。サイバーテロへの対応となると内閣サイバーセキュリティセンターが事務局になるはずだ。センター長の黒沢官房副長官補は元防衛事務次官、内閣安全保障局の次長も兼任しており矢島や総理とも近い。対策チームのメンバーは防衛省中心に構成されるはずだ。

「防衛省はグローバルホークの管理運用面で責任を追及されるはずだ。それを挽回（ばんかい）したいところだろうが、矢島を指名したあたり総理の思惑が働いているな」

「次期総理候補として矢島を試そうっていう総理の腹ですか」

「いや、大河原内閣にそんな余裕はないはずだ。すでに犯人から羽田へのサイバー攻撃も示唆されている。一部のＳＮＳで羽田で大規模システム障害があったらしいが、サイバーテロじゃないかって憶測が飛び交っているらしい。遅かれ早かれ国民にはテロ犯の声明を公表せざるを得ない。支持率を落とさずこの難局をやり抜くための攻めの人選だろう」

　矢島という政治家について榊原はよく知らなかった。防衛族で安全保障関連には詳しいようだが、サイバー対策にどこまで精通しているのか。いや、政治家に専門知識を求める必要はない。政治責任においてどう陣頭指揮を執るかが重要だ。その最たるものは人選だ。省庁間の垣根を越えて総力戦で戦えるかどうかは矢島の手腕次第だろう。

「対策チームのメンバーがわかったら教えてくれ。防衛省中心といっても警察出身者をまったく入れないわけにはいかないだろう。例の容疑者からの情報もふまえて連携を取る必要がある」

　相田もテロ犯の要求は心得ているようで、容疑者について榊原に情報を求めた。

「その容疑者ですが誰が取り調べを？」

「今上層部で話し合っている。まもなく容疑者が到着する。何かあればこちらからも連絡する」

　これで官邸内にパイプが出来た。官邸も情報が錯綜（さくそう）しているはずだ。赤星の取り調べは重要な手がかりになる。赤星の引き渡しは中止となった。赤星は今羽田から霞が関に向かっている。すぐにでも取り調べが必要だ。そう思った矢先、神保が会議室に入ってきた。単刀直入に榊原に告げる。

「結論が出た。取り調べは外事情報部でやる。榊原、おまえが指名された。犯人につながる情報を徹底的に調べ上げろ」

いざ指名されると重い責任がずしりと肩にのしかかる。

「官邸からの指示は？」

「細かい指示はない。犯人逮捕に全力を挙げろ、それだけだ」

相変わらずの無茶ぶりか。上等だ。

ついに赤星と対峙することになる。奴がどんな男かをすべて暴いてやる。それが事件解決の鍵になるはずだ。

3

二〇二一年九月一一日　午後零時二五分
永田町　総理官邸

矢島とともに官房副長官の執務室に戻った風間は早速次の作業に取り掛かった。

風間は黒沢と対策本部設置について打ち合わせを進めた。黒沢は防衛省出身の官僚で過去にも一緒に仕事をしており気心が知れている。防衛省の中でもサイバー関連に強い。その黒沢でさえ異例の事態に焦りが見えた。

「すぐに着手すべきは対策チームの人選です。事務局は内閣サイバーセキュリティセンター内に設置するため、スタッフの大半はセキュリティセンターのスタッフが兼務します。ただし、それだけでは手薄です。各省庁から優秀なスタッフを集め、各行政機関へのサイバー攻撃に備えた省庁間を横断する組織にしなければなりません」

各省庁のスタッフだけでは手薄だ。実行部隊には専門的な人材もいる。

「ハッキング技術に長けたスタッフも必要です。各省庁には専門家が少ない。民間にも協力を求め、コンピューターウイルスに有効なアンチウイルスの開発が急務です」

矢島が風間の意見を取り入れ、黒沢に指示を出す。

「人選は各省庁に任せるが、官民問わず優秀な人材を集めてほしい」

黒沢が眉根を寄せ、矢島に言い返す。

「しかし対策本部は機密性の高い情報を扱います。情報漏洩についても注意を払うべきです」

役所はシステム会社ではない。民間にやらせるのが官僚の仕事だ。

「出向者を経由して信頼できる民間企業を選定、協力を要請するという体制にしましょう」

黒沢の顔をなるべく立て、意見を通す。それも秘書官の役割だ。黒沢が頷き、矢島と風間に申し合わせるように言った。

「では早速出向者の候補者リストを作成します」

黒沢が慌ただしく部屋を出て行くと、入れ替わりに執務室の扉がノックされた。矢島が返事をすると、扉が開いた。入ってきたのは内閣情報官の清水だった。

清水は警察庁警備局外事情報部長を務めた生粋の警察官僚でテロ事件の専門家でもあった。警備局は警察の花形だが、テロリストを追いかけるうちに、顔つきが変わると言われる。清水の顔に刻み込まれた皺がそれまでの苦労を物語っていた。清水が矢島に近づく目的はひとつしか考えられない。閣議で決まったサイバーテロ対策チームの件だ。

清水とは過去にわだかまりがあった。当時防衛省大臣官房にいた風間はアルジェリアで発生したイスラム過激派によるテロ事件で邦人救出を担当していた。警察から、自衛隊の輸送機をテロ対策チームの派遣に使用させてほしいという要請を受けたが、法律上の課題がクリアできず断った経緯がある。清水はあの時のことを忘れてはいまい。

矢島が立ち上がり、応接ソファーに清水を座らせる。風間も矢島の隣に腰を下ろした。

清水は余計な挨拶を挟まず本題から入った。

「先ほどの閣議での総理への進言、私は矢島副長官と同じ意見です。今回の事件はこれまでのテロ事件とはどこか違うように思います。犯人側の狙いを知らずに対応するのは危険です」

清水の言い方が矢島に近づくための同調なのはみえみえだった。

矢島は清水の言葉に身を乗り出して頷いた。

「おっしゃるとおり犯人の意図が今一つはっきりしない。それにサイバー攻撃の実行犯も不明です。犯人の意図を探り、解決に向けた対応が急務です。情報官のご協力があれば心強い」

清水は矢島の賛同を待ち構えていたように要求を切り出した。

「サイバーテロ対策チームには国際テロ情報集約室からも人員を派遣させてください」

清水のねらいは対策チームへの介入だ。警察官僚としての縄張り争いに入りこもうとしている。

矢島は清水の思惑を他所に首を縦に振った。

「もちろんそのつもりです。推薦する職員のリストをいただければメンバーに加えます。その代わりこちらからもお願いがあります」

清水の表情が一瞬緩み、再び引き締まった。

「我々としても容疑者に関する捜査の進展について警察庁の現場の職員とのパイプがほしい」

矢島が望んでいるのはあくまでも現場に近いパイプだ。矢島はサイバー攻撃への対応だけでなく、テロ事件の解決も視野に入れている。その結果が出せれば総理の椅子が近づく。

清水は視線を逸らせ、警察庁の組織図を頭に浮かべたのか、矢島にすり寄ってきた。

「容疑者の取り調べは国テロ課が担当します。現場の課長を紹介します。私が外事情報部長だった時の部下です」

誰が容疑者の取り調べをするのか風間は気になった。

「その課長とはどなたですか」

「外事情報部国際テロリズム対策課の榊原です」

風間は名前を聞いて思わずメモする手を止めた。聞き覚えのある名前だった。榊原は当時アルジェリアでのテロ事件を担当していた本人だ。

清水はさっきよりも厳しい表情で風間を睨んだ。

「アルジェリアでのテロ事件ではお互い苦い思いをしました。テロ対策班を現地に派遣しましたがうまく連携できませんでした。あの時は海外の邦人救出だったが、今回は日本そのものがターゲットです。今回は省庁間の壁を取り払って協力しましょう」

言葉は柔らかいが、端的にいえばあの時の対応は忘れていないという意味だ。清水の視線には今回こそは協力しろという強い圧力が宿っていた。

まるで意に介さぬ様子で矢島が清水に告げる。

「私は赤星という男が事件の鍵を握っているのではないかと思っています」

「私もそう考えています。警察庁には私からもよく言っておきます」

過去のことは水に流し協力体制を築く。権力の巣窟(そうくつ)である官邸でそんな綺麗(きれい)ごとが通用するはずがない。だが、表向きは体裁を整えるのも官邸でのマナーだ。

清水が矢島を訴えかけるように見つめた。

「赤星は元防衛省職員です。彼がこれまで何をしてきたのか、その情報は重要な手がかりになるはずです」

矢島が風間に視線を移した。

「防衛省に問い合わせ、赤星という容疑者について情報を集めてくれ」

清水は万事話がすんだとばかりに立ち上がり、退室した。風間は清水が部屋を出たのを見計らい、矢島に囁いた。

「警察には犯人の捜査に専念してもらった方がいいのではないですか」

「いや、事件はつながっている。犯人の正体がサイバーテロ対策の手がかりになる。チームの編成を急いでくれ」

「では名簿をもとに私の方で対策チームのリストを作成してみます」

「警察庁の担当者への協力要請も頼む」

風間は形だけの返事をして、執務室に移動した。

デスクに座り、濃い目に淹(い)れたコーヒーをすすった。

清水から教えられた榊原の番号を見つめながら、八年前のアルジェリアでの事件の記憶が鮮明によみがえった。

二〇一三年一月、アルカイダ系武装集団によりアルジェリア・イナメナスの天然ガス精製プラントが急襲され日系企業の邦人が拘束された。就任間もない総理は外遊中で、官房長官が官邸で対応にあたった。ロイター通信から事件が報道され、官房長官は会見を開いたが、政府に入る情報は少なかった。政府内に対策本部が設置され、官邸では外務大臣、経産大臣、防衛大臣が対応した。防衛省でも大臣官房を中心に対応が検討された。

官房にいた風間は当時政務官だった矢島の秘書官として仕えていた。風間は矢島の指示で情報本部から在外機関の情報収集に努めた。

事件が動いたのは、発生の翌日だった。アルジェリア軍が武装勢力に攻撃を開始、人質となった日本人の安否情報は摑めなかった。官邸では官房長官が邦人救出のための政府専用機派遣を強引に進めようとした。政府専用機は国際法上軍用機扱いされる。運航を担当するのは航空自衛隊で、パイロット、客室乗務員すべて航空自衛官が務める。防衛省内では政務官、事務次官、官房長、航空幕僚長を中心に飛行ルートや運航方針について様々な課題があがった。議論は政官の対立となり、矢面に立ったのが矢島だった。

防衛省の大会議室に幹部が集まる席で、矢島は官邸に詰める大臣からの指示を伝えた。

「危機に際しての邦人保護は政府の使命だ。そこを十分理解して、対応にあたっていただきたい」

矢島の指示に幹部たちは次々に課題をぶつけた。

「アルジェリアへの航路にある各国の飛行許可が必要です。最短距離はロシア上空を通過するルートですが、外務省からロシア政府への要請に時間を要します」

「どのくらいかかる」

「一週間程度は必要かと」

航空幕僚監部からも別の課題があがる。

「北アフリカ航路はテストフライトの実績がなく、アルジェのウアリ・ブーメディアン空港には離着陸の経験もありません。それに専用機を派遣できても、陸上輸送の手段がありません。これまで在外邦人の避難は航空輸送、海上輸送のみで、陸上輸送は認められておりません」

「航空機だけで救出、避難ができるはずがない。なぜそんな建付けになっているんだ」

「紛争への関与のリスクが大きく、他国での戦闘につながる恐れがあるからです」

「それでは大使館をはじめ現地スタッフを危険に晒してしまう」

「そう言われましても、憲法問題も内包しております。簡単に決められることではありません」

幹部たちの発言には若くして政務官となった矢島を試す姿勢と、官邸への抵抗が入り混じっていた。官僚は政治家の部下であるが、その行動原理は法と前例だ。政治家の都合で国の機関は動かせないという強い自負がある。ここで強引に立場を盾に押し通す政治家もいるが、それでは現場の反発を招き、その後の政官の関係がぎくしゃくしてしまう。風間は結論を急がず、一度散会し、矢島とともに政務官室に入った。二人きりで冷静に事に当たるため、風間は矢島を諭した。

「官僚は前例がないことを嫌います。法律を重視し前例を踏襲し慎重に事を運ぶという習性をよく覚えておいてください」

風間の苦言に矢島は真っ向から対抗した。

「政治家の決断には責任が伴う。有権者の支持を背負っているからだ。決断は政治家の仕事だ」

「それはわかっています。ですが一定の譲歩をしないと事は前に進みません。防衛省の立場をふまえた対応をすべきです」

「防衛省の立場をふまえるとはどういうことだ」

「各省庁と官邸との調整です。できない理由を排除すれば現場は動きます。外務省との調整は政務官から官邸を経由して依頼してください。陸上輸送は譲って、空港からの専用機での輸送を優先すべきです。そこまで譲歩すれば幹部たちも重い腰を上げざるを得ません。政治家が有権者の支持を背負っているのと同様に官僚たちもそれぞれの立場で責任を背負っています。政務官がすべての責任を取る覚悟で臨めば官僚もやらざるを得ません」

風間はこの事件を官邸内での防衛省の権限強化に利用するよう持ち掛けた。たとえ到着が遅れようとも政府専用機を現地に派遣したという実績は政府の面子を保ち、国民にも理解を得られる。さらに事件後の一手も打つ。官邸内に非常時の情報収集、分析を担当する日本版ＮＳＣの設置を求めるよう矢島に進言した。

矢島は正論、理想論だけでなく現実的な側面も併せ持っていた。風間の進言を受け入れ、幹部たちの具申に耳を傾けながら解決策を出していった。矢島の姿勢に否定的な空気は一掃され、専用機派遣に向けて現場の歯車が回り始めた。

一方で警察庁から要請が入った。警備局外事情報部の国テロ対策課がテロ専任のチームを現地へ派遣するため自衛隊の輸送機Ｃ—２を飛ばしてほしいとの要請だ。政府専用機は押し切ったが、紛争地への自衛隊機派遣は憲法上の問題も孕んでいる。それに警察からの要望に応えるだけのメリットはない。風間は上層部に派遣のリスクを訴え、警察庁の依頼を断った。既にアルジェリア政府は対策を打っており、今更警察が現地に飛んだところで解決できるとも思えなかった。

事件の顚末は風間が予想したとおりとなった。アルジェリア軍が特殊部隊を現地に派遣し、救出活動が実行された。人質の大部分は解放されたが、日本人十人は全員死亡、警察庁は別のルートで緊急チームを現地に送り込んだが、邦人救出はかなわなかった。

矢島の指示で政府専用機の派遣を実行し、政府は面目を保った。この機に乗じて、風間は官邸の情報分析力強化を唱えた。結果、風間の目論見どおり、日本版NSCの設置が動きだした。さらに運営を担う事務局として国家安全保障局の設置が決まり、そのポストは防衛省からの出向者が中心となった。官邸に足掛かりを得た風間は権力の階段を前に新たな野心を宿した。

今回の事件も必ず乗り越えてみせる。その強い決意の前に榊原をはじめとする警察官僚たちは敵となるか味方となるか。その判断を今はまだできない。利用価値があるかどうか、その見極めをするまでは連絡を控えるべきだ。風間は手にしていたメモを握り締め、ポケットに押し込んだ。

4

二〇二一年九月一一日　午後零時三〇分
霞が関　警察庁

榊原は赤星の取り調べの準備が整うのを待っていた。事件発生から四時間。ニュース映像で伝えられた国会議事堂への攻撃は、警察という国家の治安を守る巨大組織を揺るがしていた。

対策会議に出席した影山警察庁長官は犯人逮捕に全力を挙げよという至極当たり前の指示を出した。政府はまもなくテロに屈せず、犯行を未然に防ぎ、国民を守るための対処を最優先とする、という趣旨の会見を開く。その対策の実行と責任は警察に委ねられ、しかし犯人との交渉はするなという無理難題に現場は右往左往していた。

「犯人の情報が少なすぎる。相手が特定できなければ交渉すらできない」

神保の不満に榊原が答える。

「政府に交渉という選択肢はありません。つまり犯人の要求はのまず、テロを未然に防ぎ、犯人を逮捕せよというのが至上命令です」

神保は会議室に入ってから一度も消えない眉間（みけん）の皺をさらに深くしていた。

「各国のテロ情報や国内潜伏中のイスラム過激派の情報にもこれといったものがない。唯一の手がかりがアメリカに渡そうとしていた容疑者か」

引き渡しを中止したことで、ＣＩＡから内々に官邸にも抗議があったようだが、官邸に籍を置く警察官僚が気骨を見せたようだ。アメリカには自国での捜査を主張し、その役が警察庁に回ってきた。だが、カードをめくるまではそれがエースなのかジョーカーなのかわからない。

「こちらが入手したカードに期待しましょう」

「使えるカードならいいのだが」

カードをめくる役目を課せられたのが榊原だ。テロ容疑で国際指名手配されていた赤星瑛一がどんな人物なのか。榊原は犯人と赤星の結びつきに注目していた。

「最初の攻撃こそ無人機の国会議事堂衝突という荒業でしたが、かつて赤星はイスラム国でサイバー攻撃を指揮していました。高度なハッキング技術を使えば、小さなテロ組織でも大国を相手に互角に戦えます。赤星という男は何らかの形でこの事件と関わっているはずです」

神保が頷いた。ぶつかることも度々あるが、今回のテロ事件の捜査に関して神保は榊原に任せようとしてくれているらしい。

「赤星の情報はどこまで摑めている」

防衛省から出された赤星に関する情報はごく簡単な経歴だけだった。

一九七九年生まれ。東京出身。二〇〇四年東京大学法学部卒業後、当時の防衛庁に入庁。情報本部に所属。二〇〇六年、米軍との連絡調整役としてイラクに派遣。三年間米国でインテリジェンス機関に出向。在米中に防衛省を退職。米国DIAからNSAを経てCIAに転身、テロ対策センターに所属。二〇一六年イラク・モスル奪還作戦に連合軍の情報官として参加。イスラム国に転身。国際指名手配を受ける。

謎の多い経歴だった。米国に渡り、防衛省を辞めた後、情報機関での任務に就いている。日本人が米国政府の情報機関で働くには国籍の要件からも高い壁がある。そのハードルを乗り越え、情報機関を渡り歩いたという事実に驚いた。そして、榊原が注目したのはイラクでの作戦を最後に、任務を放棄、イスラム国に転身している点だ。問題はその理由だった。

「これだけか」

「情報不足はわかっています。すでに防衛省に追加の情報提供を要請しています。防衛省時代の任務や人間関係、職務評価、イラク派遣時代の役務、省内の評判、他にも入手できる情報はあるはずです。経歴だけでは赤星という人間を把握できません。外務省、内調を通じてアメリカの情報機関にも情報提供を要請します」

神保の嘆息が榊原の耳に入った。

「アメリカへの容疑者引き渡しを中止し、自国での捜査を決めたのは日本だ。アメリカの協力は期待できんだろう」

その時、榊原のスマホが震えた。着信は部下の柘植からだった。

「あと十分ほどで警視庁に入ります」

「わかった。悪いが赤星の搬送が終わったら調べてほしいことがある」

「なんでしょうか」

「赤星の過去を洗ってほしい。元防衛省の同僚から情報を取れないか」

「やってみます。マスコミに伝手がありますす。奴らが好みそうなネタないですか」

「事件に関連した情報で釣ってみるか。四年前のハッサン事件で疑われたのは市ヶ谷の情本の職員だったはずだ」

「ハッサンと接触して何らかの情報交換をした職員ですね。それなら東洋新聞の女性記者が以前から追っかけています。餌があればすぐに食いついてきますよ」

「逆におまえが食われないように気をつけろよ」

「任せてください。肉食系女子の扱いは慣れてますから」

柘植の冗談に苦笑で返して電話を切った。赤星の素性がわかれば取り調べのヒントになる。

赤星の取り調べは警視庁公安部の取調室で行われることになっていた。榊原は神保に容疑者到着時間を告げ、席を立った。


警察庁が入居する警察総合庁舎は棟続きの警視庁ビルと空中回廊で繋がっている。回廊を歩きながら、榊原はこれから対峙する赤星という男に何を訊くべきか考えた。

赤星はアメリカが世界の警察を自任していた時代に、情報機関中枢でテロと対峙していた。そんな男がなぜ寝返ったのか。

かつて米国ＮＳＡ（国家安全保障局）の局員であったエドワード・スノーデンが諜報活動の

違法性を告発し、ロシアに亡命した。米国はスノーデンを売国奴と批判し、犯罪者として指名手配した。時に謀略をも正義とするアメリカに失望し、政府に反旗を翻したスノーデンはアメリカの裏切り者となった。アメリカにとっての正義はあくまでもアメリカに都合のよい正義だ。

　問題は本当に赤星が米国にとって裏切り者なのかだ。赤星は警視庁に出頭した際、保護と釈明を求めた。アメリカの指名手配に何らかの齟齬や欺瞞があるということなのか。

　すべては取り調べで明らかにするしかない。だが時間は限られている。二十四時間以内に容疑者を釈放しろ。政府の会見がそのタイマーを速める可能性がある。国内のサイバーテロへの備えは万全とは言い難い。取り調べで榊原に求められているのは犯人特定による早期の事件解決だった。

　警視庁ビルに入り、地下の取調室に向かった。警視庁公安部の警部、警視たちが隣に設けられた会議室と取り調べを監視する予備室に詰めている。これまで何人ものテロ容疑者と対峙してきた榊原でもこの取り調べの持つ意味はわかる。テロリストからの要求は政府に対して出されている。本来であれば官邸対策本部が担うべき案件だ。一介の警視正が担当するには荷が重い。だが、政府が出した方針はテロに屈せず。あくまでも犯罪の取り締まりとして対応せよという指示だ。神保の目が、わかっているなと念を押すように榊原を睨む。榊原は小さく頷き、取調室に入った。


　座っていたのは黒く焼けた精悍な顔、乱れた長髪、顎鬚、黒いスウェットの上下に身を包んだ一人の男だった。首筋から顎にかけて皮膚が盛り上がり、紫色に変色している。火傷の痕のようだ。長く諜報機関にいたというが、戦場で受けた傷なのか。禍々しい傷がこの男の人生を物語っているようだった。

　赤星は呼吸をしていないかのように静かに目を瞑り座っていた。榊原はゆっくりとスチール製の机の前に座り、赤星と対峙した。四十代になったばかりのはずだが、その顔には五十に届きそうに見える深い皺がいくつも刻まれていた。どんな人生を辿り、どうやってここに辿り着いたのか、赤星の物語を読まなければならない。果たしてこの男は本を開いてくれるのか。

　榊原が第一声を赤星に放った。

「これから取り調べを行う。日本語はわかるな」

　赤星は薄く目を開き、口元を緩めた。榊原はそれを肯定と取った。

「ではまず氏名と年齢、住所を」

　赤星は俯き気味に榊原を見据えた。わずかな嘲笑と見透かしたような視線に榊原は身構えた。

「名前も年齢もわかっているはずだ。時間の無駄はやめよう。取り調べには応じる。捜査への協力も約束する。その前にテレビを見せてくれないか」

　突然の赤星の言葉に榊原は戸惑った。

「なんのためだ」

「総理の会見が始まる。わかっているだろうが、犯人も中継を見ているはずだ。それが犯人への回答になる」

　事件については織り込み済みのようだ。だが、おいそれと要求に応じるわけにはいかない。

「残念ながら容疑者にテレビを見せる法的根拠はない。政府はテロリストとは交渉しない。取り調べにおいても同じだ」

「そうか、なら仕方がない」

　拍子抜けするような恬淡とした声が返ってきた。次の瞬間、鋭い視線が榊原を捉えた。赤星は突然攻撃的な口調で榊原にまくしたてた。

「総理の決定など聞かなくてもわかる。テロには屈せず、テロリストとは交渉しないというところだろう。日本政府の意向がどんな結果を招くか、覚悟のうえならそれもいい」

　赤星の攻撃に応じるように榊原も言い返す。

「テロリストがどんな手段を取ろうと、政府は犯人と交渉しない。つまりおまえの釈放はないということだ」

「そうやってイラクやシリアで人命を犠牲にした総理もかつてはいたな。一人や二人の犠牲ならそう言っていられるだろう。事あるごとに国民の生命、財産を守ると言う政府の使命とやらは、ただの空疎な言葉の羅列だ。多数の犠牲や社会の混乱に対処できない政府の体たらくを見れば、国民の信頼は揺らぎ、政権は瓦解する。テロリストの狙いはまさにそこだ」

　赤星は自らの関与に言及することを巧妙に避けていたが、榊原はテロリストの狙いという言葉を聞き逃さなかった。

「テロリストの狙いを知っているということは、おまえがテロを計画し、仲間を使って実行したと証言するようなものだな。『ラッカ12』の残党が実行犯だな」

　あえて『ラッカ12』の名前を出して動揺を誘ったが、赤星の表情は変わらなかった。

「俺は警視庁に出頭した。犯行を認めたからではない。不当に犯罪の容疑をかけられた釈明のためだ。アメリカの欺瞞を世界に明かし、無実を証明する。だから日本の警察に保護を求めた。日本政府には国民を守る義務がある」

　無実の訴えを真には受けられない。たとえ日本人であろうと、犯罪者には法の裁きが必要だ。

「おまえが『ラッカ12』を組織したハッカーだということはわかっている。不当に犯罪容疑をかけられたと言うが、米国はおまえをテロリストとして指名手配した」

赤星は動じることなく口角を上げて答えた。

「アメリカの言うことを鵜呑み（うの）にするならそうだろう。だが、さっきも言った通りそれはアメリカの欺瞞だ。俺の経歴を調べたのなら、かつてアメリカの情報機関にいたことはわかっているはずだ。ＣＩＡの任務のため自分を犠牲にし、身を危険に晒し作戦に携わった。だが、そのアメリカは俺を利用し、最後には裏切った」

赤星の話を信じていいのか。否定したところで、これ以上話が進まない。今はともかくなるべく多くの情報を引き出すことが優先だ。

榊原は居住まいを正し、真っ直ぐ赤星に向き合った。

「ならば話を聞こう。だが、そのまえに捜査に協力すると言ったはずだ。テロリストについて知っている情報を話してもらおう」

テロ容疑には触れず、条件を提示して反応を見る。どこまでテロについての情報を持っているのか、それを探るためだった。

「さっきも言ったが俺はテロとは関係ない。だが、犯人の要求は明快だ。要求を拒否したらどんな結果になるかはわかる」

どこまでも挑発的な赤星の態度に榊原は困惑した。赤星はテロリストの意図を語る一方で自らの無実を主張する。

榊原の思考が迷走する中、取調室の扉が開いた。柘植が入ってきて耳元で囁いた。

「総理の会見が始まりました」

わずかに漏れた柘植の声が赤星の耳にも届いたようだ。赤星は頬を緩め、榊原に視線を送り続けていた。

5

二〇二一年九月一一日　午後零時五分
永田町　総理官邸

異例の会見と言わざるを得なかった。一時間前に通達を出し、官邸記者クラブを通じて各社人数を制限、時間を限定した会見となった。風間は会見室の端で成り行きを見守っていた。

会見室の壇上に総理補佐官、内閣審議官が入場し、壇上横にある席に着く。続いてSPに先導され呉官房長官、大河原総理が会見室に入室する。広報官が会見に当たっての注意事項を伝え、大河原総理が壇上に向かった。会見の主旨は緊急対策本部の設置と対処方針についてのごく簡単な内容に限られていたが、これだけマスコミからテロに関する情報が出ている以上、羽田空港のシステムトラブルとテロとの関係、テロリストからの要求について言及しないわけにはいかない。広報官が用意した原稿には原因は不明としながらも、テロへの入念な備えと対抗措置を取るといった内容が書き込まれた。

総理が壇上に上がり、国旗に首を垂れる。カメラの先にいる国民に対して第一声を発した。

「今朝発生した国会議事堂への無人偵察機衝突並びに羽田空港でのシステムトラブルについての政府の公式発表をお伝えします」

羽田空港のシステムトラブルと国会議事堂への無人機衝突を同じ会見で言及したことで、記者の間にざわめきが広がった。キーボードを打つ音が重なり、総理の一言一句がパソコンを通して世界に伝播していく。

国会への攻撃はテロの可能性？　羽田のシステムトラブルとも関連が？

憶測に満ちたコメントがネット上で行き交っているのが目に浮かぶ。だが、それはただの序章に過ぎない。この後の総理の発表がそれを上回る波紋を起こすのを風間は事前に知っていた。

「国会議事堂への衝突に関してもう一点重要な発表があります。犯人と名乗る人物から日本政府に対してサイバー攻撃を予告する犯行声明が出されております。犯人はイスラム過激派テロリストである日本人容疑者の釈放を要求しております。政府としてテロには屈せず、という方針の下、テロ犯の捜査、サイバー攻撃への予防措置をとるよう関係閣僚に指示しました。これより政府はあらゆる事態を想定して万全の対策を講じます」

総理の発表に会場が騒がしくなった。小波が徐々に押し寄せ、会見の映像が全国に伝わるうちに日本全国が大波に揺られるような衝撃が走る。

各社の代表が広報官に質問を要求する。その時だった。後方のカメラマンが突然騒ぎ始めた。総理に事務官が駆け寄り、耳元に囁く。壇上の横に座る官邸の審議官たちが慌てて立ち上がり、会場全体に不安と恐怖が伝播している。風間は記者に目を向けた。すぐ近くで東洋新聞の里村藍がパソコン画面を見ながら、驚いている。風間は里村の傍らに駆け寄り訊いた。

「何が起こったんだ」

「これです――」

里村が手に持っていたパソコン画面には会見のライブ映像が映し出されていた。その画面にノイズが走り、走査線が乱れている。次の瞬間、画面全体が黒く染まり、白抜きの文字が浮かび上がる。アラビア語で何かが書かれていた。記者が突然叫ぶ。

「イスラム国の国旗だ」

風間もその文字に見覚えがあった。国旗に書かれたアラビア文字にはイスラムの信仰告白の言葉が描かれている。

ラー・イラーハ・イッラッラー（アッラーの他に神なし）
ムハンマドゥン・ラスールッラー（ムハンマドはアッラーの使徒である）

別のスタッフが突然スマホを見て悲鳴を上げる。画面を掲げ叫声を発した。

「なんだこれは」

黒塗りの国旗が消え、文字の羅列が画面を埋め尽くす。

「会見映像が乗っ取られている」

里村の言葉通り、会見の中継は突然ジャックされ、文字の羅列が画面を埋めつくしていた。

信仰なき者どもの首を切り落せ
信仰なき者どもの首を切り落せ
信仰なき者どもの首を切り落せ
信仰なき者どもの首を切り落せ
信仰なき者どもの首を切り落せ
信仰なき者どもの首を切り落せ
信仰なき者どもの首を切り落せ

里村は画面に向かって声を発した。

「これはムスリムへのメッセージです」

里村が画面を見ながら、風間に目配せした。

「狂信的イスラム教徒へのジハードの啓発か」

政府の会見がジャックされた。それは国家へのあからさまな警告、そして攻撃の始まりを意味している。

内閣広報官が会見の中断を告げた。突如発生したテロ行為を伝えるため、記者たちが激しくキーボードを打つ音が会見室に木霊した。

6

二〇二一年九月一一日　午後一時一五分
永田町　総理官邸

「まずいことになった」

風間は会見の映像を見ながら、かつて部下だった大臣官房の新島と電話で話していた。

今朝発生した無人機衝突事件、その後の羽田へのサイバー攻撃。総理は会見を開き、犯人から犯行声明が出されていると公表した。その会見の映像は犯人にジャックされ、会見は中断、不安が日本全体を覆っている。会見の中継を見ていた新島は風間に連絡してきた。

新島にグローバルホークの動向を聞いたのは、この日の朝だった。それからまだ五時間しかたっていない。わずか半日で世の中は大きく変わってしまった。昨日まで、いや今朝までの平和は崩れ、日本全体が不安の渦に巻き込まれている。

正体の見えない犯人に官邸は振り回され、新たな攻撃への備えもままならない。だが、手をこまねいているわけにはいかない。何のために我々は存在しているのか。まさに、未曾有の危機からこの国を守るためだ。

「全国の駐屯地、基地の保安状況はどうだ?」

電話口の新島の声には焦りがあった。

「基地のサーバーにサイバー攻撃があったという情報が入っています。管制システムにも障害が出ているようです」

「被害にあったのはどこだ?」

「最初は百里基地のサーバーを狙ったDDoS攻撃だったそうですが、ハッカーが侵入して防空システムにも障害が発生しているようです。全国にあるレーダーサイト、各所のアクティブ・フェイズド・レーダーで異常が起こっています」

風間の嫌な予感は当たった。

「攻撃者の特定は?」

「本部のサイバー防衛隊からまだ詳細が報告されていません。敵の正体は未だ不明です」

「サイバー防衛隊の対処は?」

防衛省では自衛隊指揮通信システムをサイバー防衛隊が二十四時間監視している。まさか寝ぼけていたわけではあるまい。

「ファイアウォールをはじめとした防御措置は機能していたそうです。ハッカーはその防御網を潜り抜け、レーダーサイトの監視システムに侵入したようです」

だとしたら相手はプロだ。犯人と目されるイスラム過激派にそんな凄腕のハッカーがいるのか。

「官邸も同じＤＤｏＳ攻撃を受けている。同一犯の可能性が高い。サイバー攻撃への対応は？」

「先ほど市ヶ谷以外の防衛省、自衛隊全機関に通達が出ました。基地間電子メールへの注意喚起がされています」

外部との接触を断つのはサイバー攻撃への防御の基本中の基本だ。不審メールの削除、信頼できない外部ネットワークへのアクセス禁止など初歩的な防御策でしかない。

「すでにハッカーの侵入を許しているなら対応が遅いと言わざるを得ないな。これ以上被害が広がらないよう同盟国とも連携すべきだ」

現代の戦争は情報ネットワークとともに進歩してきた。指揮、統制、通信、情報、コンピューターさらに監視・偵察を加えたＣ４ＩＳＲなど、すべての軍事システムが現代の軍隊にとって重要な要素となっている。Ｃ４ＩＳＲは戦況を正確に把握、現場の部隊を指揮するいわば戦争の指揮統制の生命線であり、戦時でなくとも防衛で活用されている。その情報ネットワークは日本一国でつながっているものではない。

「やはり犯人は例のテロリストでしょうか」

「会見をきっかけに犯人は攻撃を本格化してきた。明らかに政府の会見への報復だ」

「真っ先に狙われたのは軍事施設ということですね。犯人の要求はテロ容疑者の解放ですよね。だったら政府が一番嫌がるところを狙って攻撃してきたんじゃないですか。国の要は防衛です。監視、防空、兵器、すべての防衛システムはネットワークにつながっています。機能しなくなれば日本は目と耳を奪われます」

新島の指摘には説得力があった。犯人が凄腕のハッカーであれば軍事システムといえど同じネットワークの一つだ。手口は銀行やインフラへの攻撃と同じだ。情報戦争（インフォメーションウォー）は過去何度も発生している。ウイルスの侵入、ハッキング、電子的妨害、偽情報の散布。敵軍のネットワークへの侵入は他国のサイバー攻撃隊なら簡単にやってのける。だからこそ、こちらも防御手段を日々進化させている。

「一介のテロリストにここまでの攻撃ができるとは思えません」

「軍事施設を狙うあたり、他国の政府系サイバー軍の可能性も否定はできないな」

ロシア参謀本部情報総局、北朝鮮人民軍偵察総局、中国人民解放軍戦略支援部隊。各国は数千人規模のサイバー部隊を擁し、他国の軍事ネットワークに侵入、スパイ行為や電子的攻撃を繰り返している。それに対し自衛隊のサイバー防衛隊はわずか二百人程度。明らかに脆弱だ。

「いずれにしても現時点では敵の正体がわからない。それに攻撃の目的もはっきりしない。本部のサイバー防衛隊と連絡を取って原因を調査してくれ」

「わかりました。しかし、こんな時に北朝鮮がミサイルを発射したらとんでもないことになりますね」

想定される脅威が重なることで対応はより複雑になる。

「レーダーサイトや監視衛星システムが攻撃されて機能不全になれば日本は丸裸も同然だ。あらゆる防衛手段が取れず、国は無防備な状態で危険に晒される」

「ターゲットが日本だけでなく、北朝鮮や中国の軍事施設にも及んでいたらやばいですよ」

冗談とも取れない現実感のある仮説に風間は背筋が凍った。

「各所のレーダーサイトの状況は官邸でも共有する。新しい情報があればすぐに教えてくれ」

新島はそれなら、と何か含みがあるような口調で答えた。

「今回の件と関連があるかどうかわかりませんが、先ほど岩城部長が上層部に呼ばれました。深刻そうな顔でした」

やはり他にも何か問題が発生しているようだ。

「俺からも岩城に訊(き)いてみる」

新島との通話を切ってから、すぐに岩城のスマホに連絡を入れた。スマホはつながらなかった。

7

二〇二一年九月一一日　午後一時四五分
永田町　総理官邸

総理官邸四階の大会議室のテーブルの中央で大河原総理は不快そうに顔を歪(ゆが)め、隣に座っている呉官房長官に報告書を押し付けた。あろうことか会見中に放送局がサイバー攻撃を受け、テレビ画面が乗っ取られるという事態が発生、その後各放送局のホームページにも同様のメッセージが大量に送られた。警視庁はムスリム向けにジハードを促したプロパガンダと分析、国内のイスラム過激派グループへの捜査が進められたが、現時点で手がかりは皆無だった。

警視庁では赤星の取り調べが始まっている。情報があがってくるには時間がかかる。風間は事態急変を受け、矢島に付き添い、第二回となる緊急ＮＳＣに参加していた。

　呉が状況を再確認するため、閣僚たちに報告を求めた。山口国交大臣が手を挙げる。

「羽田の全便欠航は災害対策基本法における緊急事態とみなし、航空各社に通達しております。システムトラブルの復旧目途が立たず、無期限欠航で空港は混乱、かなりの経済的損失が予想されます。また、都内の地下鉄、バスの一部を運休。各所で遅延と交通渋滞が発生し、都民の足や物流面での損失も想定されます。一刻も早い交通網の復旧が急務です」

　大河原の表情が曇る。察した呉が、官僚のメモを読み上げるだけの山口を睨みつけ、叱責する。

「そんなことはわかっている。復旧に向けた進捗を訊いているんだ」

　呉の強い口調に山口は慌てた顔で後ろに座る審議官に視線を向けた。メモを受けとり、再び再生プレイヤーさながら棒読みする。

「システム復旧にはまだ時間がかかるものと思われます。空港周辺の安全は警視庁の協力で確保できておりますので、システム復旧をもって再開に目途がつきます」

　矢島が懸念を抱いた表情で口を挟んだ。

「総理、問題は犯人からの要求です。羽田空港発着便を全便欠航にしろという要求に背いた場合、新たなサイバー攻撃が心配されます」

　大河原が矢島の指摘に表情を硬化させ、国家公安委員長の松浦に顔を向けた。

「犯人からその後要求は？」

　松浦は警察庁長官の影山に目配せすると、影山が松浦の代わりに答えた。

「犯行声明では容疑者赤星瑛一の解放を要求しておりますが、それ以上はこれまでのところありません。解放の期限は二十四時間以内。恐らくその時間までは攻撃はしないものと思われます」

大河原が松浦から影山に視線を移し、訊いた。

「二十四時間後とはいつだ」

「官邸に犯行のメールが届いた時間から二十四時間後だとすると明日の午前九時です」

犯人の指定した時間まで一日もない。しかも犯人が声明通り待ってくれるという保証もない。

同じ疑問を矢島も感じたようで、総理に進言した。

「会見で総理はテロリストとは交渉しないと明言されました。二十四時間を待たずに攻撃が始まる可能性も考えなければなりません」

大河原が矢島の進言を聞いて眉根を寄せる。

「現時点で他にサイバー関連の被害は？」

真っ先に手を挙げたのが防衛大臣の盛田だった。盛田は手元の報告書に目を落とした。

「現在国内のレーダー基地でサイバー攻撃を受けたという報告が上がっています。職員に対しても無差別なフィッシングメールが送られており、省内、各基地、駐屯地に不審なメールの開封を禁じ、サーバーへのアクセス制限を徹底しています」

「被害状況は？」

「早期警戒システムが攻撃を受け、一部で機能が停止しております。そのため、レーダーサイトによる警戒監視に支障が出ています。復旧のため省を挙げて対応にあたっているところです」

事態への対処は明らかに遅れている。風間は思わず深いため息を吐いた。

役所の体質を理解している風間でもこの会議が時間の無駄だと認めざるを得ない。だが、会議を開かなければ対処方針が立てられない法律の建付けの中では、たとえ回り道であってもこうしなければ法治国家としての体裁が保てないのも事実だ。

風間は遅々として進まない事態への対処に業を煮やし、席を立って会議室を出た。会議の主役は政治家だ。現場には他にやるべきことがある。

外の空気を吸い、冷静さを取り戻しかけた時、スマホに着信が入った。東洋新聞の里村からだった。会議を抜け出したことはおくびにも出さず、電話に出た。

「悪いがこれから大事な会議だ」

「犯人からのメッセージですが、『首を切り落せ』は何かの喩じゃないですか」

「何かって、なんのことだ」

「例えば首都と捉えることはできませんか」

里村に言われ、風間は犯人のターゲットについて考えた。

「このあと会えませんか」

「悪いが今は時間がない。後でまた連絡してくれ」

電話を切り、風間は里村が仄めかしたメッセージの意味を考えながら、会議室に戻ろうと足を向けた。その時、ちょうど扉が開いた。風間が矢島を見つけると、矢島が早口で指示をしてきた。

「警察庁のルートから情報を取ってくれ」

矢島はサイバー対策と並行して事件の真相を摑もうとしている。ただ相手は警察庁の榊原だ。かつてのわだかまりを忘れ、情報共有に協力するだろうか。風間は里村から指摘された犯人のメッセージを引き合いに出した。

「犯人からの要求を考えると、容疑者の解放を拒否する以上サイバー攻撃はエスカレートします。サイバーセキュリティへの備えが急務です。自衛隊のレーダーサイトへの攻撃は明らかに犯人からのメッセージと符合しています。奴らは我々から目と耳を奪うつもりです。それに『首を切り落せ』というコーランの隠喩ですが、『首』というのは『首都』と捉えることもできます。次の攻撃も都心を狙ったものになる可能性があります」

「だからこそ犯人の手がかりがほしい」

矢島とのやり取りが膠着しようとした。その時、黒沢官房副長官補が二人の前に駆け寄った。

「サイバーテロ対策チームのメンバーを官邸に集めました。サイバーセキュリティセンターを事務局として対策の準備に取り掛かりましょう」

矢島が頷き、風間に目配せした。

「事件に日本人テロリストが関与しているのは間違いない。取り調べの情報を確認してくれ」

矢島はそう言い残し、黒沢とともに慌ただしく会議室を出て行った。

やはり警察との因縁は断ち切れないようだ。ならば警察を利用し事件を解決に導くしかない。警察といえども官邸の意向は無視できない。国家の危機に何を優先すべきか。どこが司令塔なのか。官邸の力を使って従わせ、事件解決のために動かす。

風間は内調の清水から教えられた榊原の連絡先を書いたメモを探した。

8

二〇二一年九月一一日　午後一時五〇分
桜田門　警視庁

国会議事堂への衝突に関してもう一点重要な発表があります。犯人と名乗る人物から日本政府に対してサイバー攻撃を予告する犯行声明が出されております。犯人はイスラム過激派テロリストである日本人容疑者の釈放を要求しております。政府としてテロには屈せず、という方針の下、テロ犯の捜査、サイバー攻撃への予防措置をとるよう関係閣僚に指示しました。これより政府はあらゆる事態を想定して万全の対策を講じます。

榊原は赤星の取り調べを中断し、警視庁地下にある取調室に隣接して備えられた別室で録画された総理の会見映像を見ていた。総理は会見でテロリストからの要求を公表し、テロへの対処を表明したが、問題はここからだった。突如映像が乱れ、イスラム国の国旗が画面に映し出される。数秒後、画面が変わった後、キャスターが会見中に現れた画像について解説を始めた。

今ご覧いただいたとおり、官邸での会見中に突然別の画像が現れ、会見は中断しました。その後、各局のサーバーには〈信仰なき者どもの首を切り落とせ〉との文字の羅列が送られ、サイバー攻撃が多発しています。政府は会見で発表があったテロリストからの要求との関係性を調査しているとし、引き続きサイバー攻撃への備えと原因究明に努めると発表、関係省庁をはじめ、各企業でのサイバー攻撃への対応を強化するよう要請しています。

赤星が予想したとおり、政府はテロリストとの交渉はしないと会見した。直後、サイバー攻撃が本格化した。問題はサイバー攻撃への備えを簡単に破り、会見を狙って攻撃を仕掛けた犯人の正体だ。会見を見越して攻撃は準備されていたはずだ。総理の発表内容はある程度想定できる。ただ、そうであったとしてもこうも簡単にサイバー攻撃は可能なのか。榊原は犯人側の用意周到さに疑問を抱いた。

——すべては事前に仕組まれていた。

そうであるなら、やはり赤星が計画し、準備をしたとも考えられる。しかし、赤星が身柄を確保されたまま、これだけのことをできるはずがない。やはり実行犯がいる。

榊原がニュースを確認し終えたタイミングで、同席していた神保が問いかけてきた。普段は神社のごとく参拝されるだけだが、この事件には自ら神社を出て動いている。

「これも赤星という男の仕業だと思うか」

「赤星が計画したのは否定できません。ただ、一人で実行までは無理です」

神保は軽く頷き、今度は顔を向けて質した。

「だろうな。実行犯はどこのどいつだと思う」

「『ラッカ12』の残党や仲間が動いている可能性が高いと思います。これまでわかっている赤星の経歴としては、かつて米国情報機関に所属、その後イスラム国に転身し、情報戦を統括していました。彼らに計画を吹き込み、自らの潔白を証明するため、わざと出頭したと考えると筋が通ります」

「それだけの理由でわざわざ出頭するだろうか」

確かに神保の言う通り、出頭すれば自由を奪われる。無実の主張が簡単に通るほど警察は甘くない。逮捕されるリスクを冒し、出頭した理由としては弱い。

「赤星は日本に保護を求め、不当な犯罪容疑を釈明し、無実を証明すると言っています。だからこそ、日本政府がアメリカへの身柄引き渡しをしようとしたタイミングで羽田にサイバー攻撃を仕掛け、足止めし、犯行声明を出すよう準備していたのではないでしょうか」

そこまでは赤星との最初の対峙で本人が語ったことだ。だが、その真意を榊原はまだ聞いていない。その疑問に答えられていない榊原に対して神保は容赦なく詰問した。

「犯人の思惑通り、アメリカへの身柄引き渡しは回避された。だが、そのせいで新たなテロの容疑が加わり、保護など期待できない状況となった。問題は犯人が何をしたいかだ」

端的に考えれば日本をサイバー攻撃で屈服させ、要求を通すということだが、政府はテロリストの要求をのまないという方針を簡単には覆せないだろう。それは相手もわかっているはずだ。だが、本当にそうなのか。国民に犠牲者が出ても、政府はテロと戦う覚悟があるのか。サイバーテロがそれを問うための脅しだとしたら――。

榊原が答えを伝える前に神保が言葉を発した。

「赤星は取り調べで簡単に実行犯をうたわないだろう。だとしたら奴らの目的を引き出すことが解決に向けたヒントになる。そのあたりをふまえて容疑者との対話を組み立てろ」

神保は犯人特定が難航すると読んでいる。現実の戦争とは違う情報戦が取調室で始まろうとしていた。

その時唐突に榊原のスマホが震えた。登録されていない番号からだった。

「矢島内閣官房副長官秘書官の風間です。警察庁警備局外事情報部国テロ課の榊原課長の番号だと伺いました。今回のテロ事件について情報交換をお願いしたい」

官邸の、しかも官房副長官からの直接のコンタクトだった。矢島は官邸のサイバーテロ対策本部の副本部長に任命されたはずだ。早速警察に探りを入れにきたか。

「失礼ですが、この番号を誰から」

念のためではあったが、誰の差し金か確認するために訊いた。

「内調の清水情報官からです」

　なるほど、内調を味方につけたか。清水はかつて外事情報部長の頃に榊原の上司だった。清水の差配なら致し方ない。

「承知しました。それで、そちらがほしい情報とは？」

「時間がないので単刀直入に話しましょう。赤星という日本人テロリストに関する情報がほしい。あなたの部署で取り調べをすると聞いています。彼は事件に関わる重要人物です。犯人の特定に関する情報、すなわち容疑者の取り調べの経過について詳しく知りたい」

　いきなり核心をつかれ、榊原は躊躇った。取り調べは警察での専権事項であり、捜査情報は極秘だ。官邸といえども情報を出すのは憚られる。

「あいにくこちらも警察内の規定がありましてね。私の一存じゃ簡単に情報は出せません。それに情報交換というからにはそちらからも何らかの情報提供があるということでしょう。もし何らかの情報と引き換えということなら上に掛け合ってもいいが」

　情報を互いに提供してこそカウンターパートだ。風間が手にしているカードを知りたかった。

「防衛省情報本部で入手できる限りの赤星の情報を提供しましょう」

　防衛省情報本部はかつて赤星が所属していた部署だ。その情報を提供できるということは風間が防衛省とつながりを持つということだ。その時、榊原の脳裏に過去の記憶が浮かんだ。かつてアルジェリアのテロ事件の際、邦人保護のために防衛省に輸送機の出動を依頼した。その時防衛省の大臣官房に風間という秘書官がいた。テロ対策チームを現地に送り込むために専用機を利用したいと依頼したが、にべもなく断ったのが風間だった。当時の怒りが湧きあがったが、そんな話をここで持ち出しても事件解決の足しにはならない。榊原はいったん過去の経緯はのみ込み、風間に条件を提示した。

「いいだろう。取り調べに必要な情報であれば上に掛け合おう」

　わだかまりを忘れようと思ったが、無意識のうちに口調が荒くなってしまった。相手もこちらの意を解したように敬語を止めた。

「取り調べはもう終わったのか」

「悪いがこれからだ。また連絡する」

　榊原が電話を切ろうとしたとき、風間は威圧的に言い放った。

「さっきの情報提供は交換条件じゃない。これは私の個人的なお願いではなく官邸の意向だ。容疑者の扱いには官邸も注目していることを忘れるな」

　榊原は返事をせず電話を切った。取り調べの前に余計なことを思い出してしまった。邪念を振り払うように大きく息を吐き、榊原は地下の取調室に向かった。

　取調室で赤星は目を瞑り、静かに座っていた。首筋の火傷の痕と皺が刻み込まれた顔にどこか得体の知れない畏怖を感じた。その出で立ちは荒廃した破戒僧のようにも見える。赤星という男は平和とはかけ離れた凄惨な空気を纏っていた。

　榊原が入室すると、扉の音で赤星は両目を開いた。相手を見定める獣のような目が榊原を捉えた。鋭い視線を一度交わし、榊原はゆっくりと席に着き、赤星と再び対峙した。

　席に座った榊原に赤星が薄ら笑いを浮かべ訊いた。

「会見はどうだった」

　赤星は会見を見ていない。にもかかわらず、すべてを見透かしたような質問に榊原の感情が揺れた。

「会見は中断した。何者かが会見中にサイバー攻撃を仕掛けた。イスラム国の国旗が画面に映り、その後、コーランの一節が映し出された。今頃官邸は混乱しているはずだ」

赤星は黙ったままやや口角を上げた。

「犯人を安易にイスラム過激派と特定するのは間違いだ」

「なぜだ、犯人はイスラム国の国旗を使って脅迫している」

「犯人はイスラム国のプロパガンダを利用している。だがイスラム過激派のような殺戮（さつりく）はしていない」

たしかにこれまでの攻撃で直接人的被害は出ていない。赤星が何かを示唆するように続けた。

「イスラム国はイスラムの教えを曲解している。イスラム教は本来融和的だ。たしかにコーランには不信仰者に対する排他的な言葉も多いが、同時に相手が平和を望むのであれば手出しはするなという記述もある。犯人の攻撃はあくまでも要求を受け入れさせるための脅迫だ。有無を言わさず殺戮を繰り返すようなことはしていない。つまり、その点においてイスラム過激派の犯行ではないということだ。イスラム国のプロパガンダを利用しているのはあくまでも恐怖を煽り、政府を揺さぶるために過ぎない。本質を見失えば、判断を誤る。神の言葉を真に理解しなければ神の裁きを受ける。すなわち信仰なき者どもの首は切り落とされる」

犯人がわかっているような口ぶりだった。やはりこの男は事件に関与している。榊原は端的に訊いた。

「これはおまえが仕組んだのか」

強い視線を赤星に向け、回答を求めた。赤星は手錠につながれた両手を机の上に乗せた。

「俺はずっと拘束されていた。できるはずがないだろう」

「おまえが計画し、仲間に実行させた。政府はテロリストと交渉しないと最初からわかっていたからだ。政府の行動を予想し、先回りして手を打っていた。シナリオを書いたのはおまえだ」

榊原の挑発から逃れるように赤星は足を組んで姿勢を斜めに反らした。

「決めつけはやめてくれ。日本はいつからそんな根拠もない理由で自由を束縛する国家に成り下がった。第一俺が何のためにそんなことをする必要がある。俺が望んでいるのは平和と安息だ」

白々しい言葉に怒りが湧いてきたが、気持ちを鎮め、冷静になるように努めた。

「あくまでもテロリストとは関係ないと言うんだな」

「テロリストの正体がわからないようじゃ答えようがない」

人を馬鹿にしたような言動に、榊原の体温が上がった。平和とは真逆の経歴を重ねてきて、どの口が言うかという思いが込み上げた。

「戦火に引き寄せられるかのようにアメリカ、イラク、シリアを渡ってきたおまえが平和と安息を望むとは冗談としか思えない」

赤星の目が一瞬激しい炎を宿したかのように揺れ動いた。さっきまでのふざけた口調から、これまで聞いたことのない厳かな口調に変わった。

「犠牲なしに手に入る平和などない。安息とは混乱を乗り越え、ようやく得られるものだ。世界には羊しかいないとでも思っているのか。日本が平和に見えても、羊を食らう狼がいる限り、いずれ犠牲は出る。嫌なら戦うしかない。それが世界の理だ」

「ようやく本音が出たな。サイバーテロが一匹目の狼か」

「サイバーテロなど所詮子供の遊びに過ぎない。だが――」

赤星はそこで言葉を切って、憐憫を湛える表情で榊原を見つめた。

「血と死体にまみれた戦争はもうごめんだ」

仄暗い悲しみを窺わせる瞳を見て、赤星の核心にわずかに触れたような気がした。だが、それは一瞬だった。赤星は榊原の目の前に指を三本立てた。

「これはあくまでも推測だが、犯人は政府に三つの選択を突きつけてくる」

神保が示唆した通り、赤星は犯人を教える気はない。だが、ヒントを出す意思はあるようだ。

「三つの選択とは何だ？」

「一つ目の選択は国家の意思を問う。戦いか降伏か。降伏すれば批判が出る。戦えば犠牲が出る」

「その選択とはテロには屈せずという政府の判断のことか」

「そうだ」

「では二つ目は？」

「二つ目の選択は国家の危機管理能力を問う。民主主義を重んじるか、それとも強権を発動するか」

恐らくサイバー攻撃に対する政府の対応を指すのだろう。榊原は最後の選択に言及した。

「三つ目は？」

「三つ目の選択は国家の決断を問う。座して死を待つか。それとも戦って活路を見出すか」

最後の選択にどんな意味があるのか、今の時点ではわからない。何らかの攻撃かそれとも事件を想定しているのか。もし赤星がテロを計画したのであれば『テロ等準備罪』、『外患誘致罪』の容疑として重要な証言となるが、この男は肝心なことは何もしゃべらないだろう。

「そこまで推測しておきながら、なおもテロ計画には関与していないと言い張るんだな」

「これは神の意思だ。神は選択を与える。何を選ぶのかはおまえたち次第だ」

相変わらず曖昧な言葉で人を愚弄する。これ以上訊いても無駄だ。問題は赤星とテロの実行犯をつなぐ糸がどう絡んでいるかだ。現時点ではわからない。だが、その糸を解きほぐすには、赤星という男の書いたシナリオを読むしかない。そのためにも赤星の過去を知る必要がある。

「教えてくれ。なぜ防衛省のキャリアだったおまえが、アメリカに渡り、イスラム国に転身し、再び日本に戻ってきた。今回のテロ事件との関わりがないのなら、なぜ犯人はおまえの釈放を要求する」

赤星は沈黙したまま、榊原の心の奥を見透かすように視線を送っていた。榊原はなおも赤星から言葉を引き出そうとした。

「捜査に協力すると言ったはずだ。それに日本に保護を求めるのならば、正当な理由を教えてほしい。事情も知らず、助けることなどできない」

榊原はあえて赤星との心理的な距離を縮めるよう譲歩に出た。その賭けに赤星が答えた。

「順を追って話そう。それほど長くはかからない」

榊原が頷くと、赤星はこれまでとは違う落ち着いた口調で自らの来歴を語り出した。ようやく赤星の過去という本を開いた。

「きっかけはイラク戦争だ。連合国との連絡役に志願した。アメリカ軍に従軍する機会を得て、現地の凄惨な現場を目の当たりにした。アルカイダによるテロが頻発する死の三角地帯からバグダッドベルトに至る激戦区は死の臭いに満ちていた。イラクには戦争がもたらす破壊と死があった。憎しみの連鎖が戦争を泥沼化させていた。そんな地獄のような場所で俺は一度死んだ。防衛省を辞めて渡米したのはそのすぐ後だ」

赤星の目に憂いとも怒りともつかない感情の揺らぎを読み取った。赤星の言葉は榊原の脳内にはるか八千キロ離れた砂漠の国での戦場の光景を映し出した。

9

二〇〇六年五月一四日
イラク　ファルージャ近郊

バグダッドから五十キロ離れたファルージャはイラク戦争における激戦地だった。二〇〇三年、ブッシュ大統領が主要な戦闘の終結を宣言した後も混乱は収まらなかった。アメリカはバグダッドを制圧し、テロとの戦いに勝利したかに見えた。フセイン政権は倒れ、政権を支えたバアス党も離散した。民主選挙が行われ、新しい政権とともに平和が訪れるはずだった。ところが治安は悪化の一途をたどり、銃声は収まることなく、米軍、イラク国民ともに連日死者が発生している。未だに反米勢力によるテロは続いており、平和が訪れる気配はない。独裁政治からの解放を標榜して始めた戦争はもはや目的を失い、泥沼化した戦況を終結させるため米軍はこれまでの占領政策を改め、現地との融和を唱え、イラク国民からの反発を回避しようとしていた。

一方、自衛隊は復興のため戦況が安定しているサマーワに駐留し、給水やインフラ整備を任されていた。防衛省情報本部の赤星はアメリカが始めた戦争の成り行きをこの目で見たいという思いから志願した。連合軍との調整役の任を受け、バグダッドの国連本部に派遣されていた。派遣されて三か月、赤星は未だ収まらないテロ活動に手を焼く米軍と行動を共にし、疲弊していく文明発祥の地を目に焼き付けた。

二〇〇六年五月一四日、この日も赤星はファルージャ近郊の戦況とモスル周辺の治安状況を視察するため第一〇一空挺師団のグレン中尉とともにファルージャに向かう車に同乗していた。乗り慣れたGMCサバーバンはバグダッドから西へと向かっていた。荒涼とした大地を走りながら、砂塵が舞う乾燥した空気に触れていると、砂漠の国で働いていると実感する。日中は肌を突き刺す日差しを浴び、夕方近くになると肌寒さを覚えるこの国では一日が一年のように感じる。長きにわたり、幾多の戦乱を経験してきたこの国は平和から見放された文明都市といえる。だがこの地に根付く民の信仰は未だ戦争を止める宣託を授かることはない。むしろ、新たな混乱がこの地を覆いつくそうとしていた。その戦はジハードと呼ばれ、米軍に恐れられていた。その中でもファルージャはスンニ派の反米テロが激しい地区だった。二〇〇四年四月に米軍の掃討作戦を受けて以来、ファルージャ市内は荒廃していた。

赤星は車の外に目を向けた。道路の両脇には砂漠が広がっている。チグリス川はトルコ国境からイラクの北部モスルを流れ、バグダッドを通過し、ユーフラテス川と合流する。バグダッド周辺では川の両側に緑地が広がり、満々と青い水をたたえ、恵みをもたらす。河辺ではナツメヤシの林や大麦、小麦畑、湿地など多様な風景を作り出し、人々の生活を彩っている。それがバグダッドから十キロ圏外に出ると、風景は荒涼とした大地に変わってしまう。

「こんな砂漠の真ん中でくたばりたくはないな。早く仕事を終わらせてカリフォルニアに戻ってバドワイザーを飲みながらピザを食いてえ」

サンフランシスコ出身のグレンはサングラス越しに周囲を警戒しながら唾を吐いた。その視線が道路わきに放置された黒焦げの車両で止まった。あと十分もすれば市街地に入る。都市を結ぶこの幹線道路も殺戮地帯（キルゾーン）に指定されており、武装勢力がＩＥＤ――簡易型爆弾を搭載した車で突っ込んでくる事件が度々発生している。路肩に放置された車両は恐らく簡易型爆弾搭載に使われ、炎上した亡骸（なきがら）だろう。

周囲の砂漠に目を向けながら赤星も放置車両を眺めていた。

「そもそも欺瞞で始めた戦争だ。大量破壊兵器は見つからない。テロリストは捕まらない。犠牲者は増え、いまやアメリカ国民のほとんどがこの戦争に反対している。撤兵は時間の問題だ」

グレンは赤星の呟（つぶや）きに反論した。

「そう簡単にはいかないさ。これはテロとの戦いを掲げた正義の戦争だ。ところがいざびっくり箱を開けて飛び出してきたのはとんでもない怪物だった。そいつから見ればフセインなんてまだかわいいもんさ。フセインが均衡を保っていたスンニ派とシーア派の紛争が再燃した。アメリカに憎しみを抱くイラク人も大勢いる。クルディスタンが独立の動きを見せている。その間隙（かんげき）をついて出てきたのがイスラム過激派だ。もはやこの国は混沌（カオス）だ。バグダッドベルトにいる兵士ですら誰が敵か味方かわからないどん詰まりだ。要するに収拾がつかなくなっているってことさ」

泥沼化する戦争はイラクという国を分断し、無法地帯に変えてしまった。さらにイスラム過激派の台頭で、その余波は隣国のシリアにも波及しつつある。戦闘が続き、戦禍が広がるにつれ、混乱に乗じて別の勢力が主導権を握ろうとする。この混乱を作り出したのはテロとの戦いを標榜したアメリカの先制攻撃だ。だが、その戦いの目的はすり替わり、この戦争を何のために始めたのかすらわからなくなっている。

「アメリカは民主主義を強要するが、それこそ民主主義じゃない。多様性を認めない国家は立場を変えれば、イスラム原理主義と同じだ。いつまでたっても対立はなくならない」

赤星が感傷的に放った言葉をグレンが鼻で笑った。

「俺にはイデオロギーなんて関係ない。命令されたからここに来ただけだ。戦争が始まれば司令官に命じられるままどこへでも行って作戦を遂行する。あとは運命とのランデブーだ。そのために訓練を受けてきた。だが、あんたは違う。こんな地獄みたいなくそ砂漠に何の用があってきた。日本は平和な国じゃないのか」

精鋭部隊としてイラク戦争にも派遣されたグレンは戦争のための訓練を受けてきた。防衛省にも自衛隊にも戦争のための訓練や任務はない。すべては国を守るため。そして守るべき国とは日本一国だ。だが、赤星はそうは思っていない。この複雑に絡み合った世界で一国のみの平和などあり得ない。日本を守るためには世界から戦争を無くさなければならない。現に自衛隊はこの国で活動している。復興という建前はあってもここは未だ戦場だ。アメリカとの同盟を結んだ時点で日本はアメリカの戦争に関わらざるを得ない立場となっている。

グレンに笑われるのを承知で赤星は答えた。

「平和のためだ。この戦争を止めたいと思っていたが、この国に来てわかった。戦闘が憎悪を生んで、新たな戦闘が始まっている。アメリカ人もイラク人も大勢死んだ。これでは憎しみの連鎖が断ち切れない。こんな戦争は早く手仕舞いして、本来の目的に立ち戻ったほうがいい」

予想に反してグレンは赤星を茶化すことなく、質問で返した。

「本来の目的ってなんだ」

「テロリストの暗殺に兵士や戦車は必要ない。諜報部隊と無人攻撃機があれば十分だ」

グレンが苦笑と共に呟いた。

「それはＣＩＡの仕事だ」

グレンの意見に無言で同意した。そうなのだ。この戦争を始めたＣＩＡは、フセイン政権を敵とし、大量破壊兵器を理由にでっち上げ、民主主義の押し付けと軍産企業の思惑で戦争を始めてしまった。根本からやり直すには情報機関の正しい処方箋(しょほうせん)が必要だ。赤星はその作戦にどうかかわることができるか、自らの進退も視野に入れ進路を考えていた。

車両はユーフラテス川を渡る橋に差しかかった。

視界に米軍の装甲機動車が数台見える。橋の両端に並ぶのは弾帯とともにＡＫ（カラシニコフ）を携えたＩＣＤＣ（イラク民間防衛隊）。つい三日前までここは封鎖され、ＩＣＤＣによる検問が行われていた。

橋を渡りきった辺りで人だかりが見えた。群衆の騒ぎ方を見るとデモのようだ。ファルージャ市内では珍しいことではない。人だかりを避けるように徐行しながら、車は市内に入った。米軍の空爆で被災地と化した市街地には周囲を走る車両はなく、人の往来もほとんどない。グレンが周囲を警戒しながらゆっくりと車を前に進める。路肩を黒いニカーブを身につけた女性が歩いている。背丈からするとまだ少女のようだ。グレンが突然車を停めて前方に目を細める。

「左前方の路側帯に不審車両。道路を挟んで右の建物に携帯を持った男がいる」

赤星はサングラス越しに車体を確認した。ありふれた古い日本車がぽつんと停車している。ＩＥＤとして使うには恰好(かっこう)の車両だ。ＩＥＤの遠隔起爆装置には携帯電話が使われる。そのため不審車両を発見した場合、携帯を手にしたテロリストを捜索し、警戒するのが現場のルールとなっている。

「後退する」

グレンがギアをバックに入れた。不審車両を回避し、回り道をするのが適切な判断だ。ＩＥＤ

にはたとえ装甲車といえども吹き飛ばす程度の威力がある。グレンがシートに手をつき、後方に顔を向けた時、赤星は気づいた。黒いニカーブを着た少女が車両に近づいている。

「ちょっと待て」

　赤星は唐突に言うと、止めようとするグレンを振りほどき、車を降りた。少女に向かって路肩を真っ直ぐ走った。

「ここにいては危ない」

　素早く少女の腰を掴むと、後方に退くように車に戻ろうとした。その瞬間、携帯を持っていた男が立ちあがった。赤星は咄嗟に地面を蹴り、少女を抱えるように路肩に伏せた。直後、爆発音とともに不審車両が炎上した。瞬時に脳が反応し、反射的に体を少女の上に覆い被せた。背中に熱風と激痛が走った。爆風で吹き飛ばされた瓦礫や破片が赤星の背中を襲った。爆音が止み、周囲に静寂が戻る。グレンが英語で叫ぶ声が聞こえる。顔を上げ、周囲を見た。砂塵と瓦礫にまみれた体をゆっくり起こす。口の中に砂が交じり、じゃりじゃりとした音を立てる。吐き出すと血の塊が道路に染みを作った。背中から首筋にかけて焼けるような痛みがある。首に手を当てると赤黒い血の塊がべっとりとまとわりついた。致命傷となるような深い傷はなさそうだが、皮膚を根こそぎえぐられたような細かい傷と火傷を首から下、背中全体に受けている。

「大丈夫か」

　赤星は少女の体を起こした。ニカーブで目元以外顔は見えないが、少女は息をしていた。

　グレンが赤星の体を支えるように体を起こした。全身に痛みはあるが、なんとか立ち上がった。

「この程度の威力でツイてたな。普通なら即死だった」

　どうやらＩＥＤの威力は比較的弱かったようだ。爆薬の量が少なかったのか、それとも何らかの理由で起爆が十分でなかったのか。ともかく命があるのは奇跡に近い。グレンの肩に手をかけ、車両に移動しようとした時、後方から一台の乗用車が近づいてきた。砂塵で曇るフロントガラスの透き間に見えたドライバーはイラク人のようだが、後部座席に怪しい人影が見える。

「気をつけろ」

グレンの注意も束の間、急ブレーキの音とともに車体がすぐ横に止まり、小銃をもった男が数人飛び出してきた。黒ずくめの男たちはグレンに銃口を向ける。グレンは抵抗を止め、両手を挙げ服従するように跪く。男が小銃でグレンの頭部を殴打した。グレンはその場に倒れ込み、頭から血を流していた。赤星はゆっくりと手を挙げ膝をついた。男たちが赤星を取り囲み、強い力で両腕を押さえ込んだ。次の瞬間、世界が黒く染まった。頭を頭巾ですっぽりと覆われ、視界が暗転する。飛び交うアラビア語の中で赤星が聞き取ったのは、「全員連れて行け」の一言だった。

車から降ろされ、両腕を押さえられたまま歩いた。鉄扉が開く音、布から漏れる光が途絶えたことで、建物に入ったことがわかった。どこをどう歩いたかわからないまま、両脇にいた男が手を離した。頭巾を脱がされ、視力を取り戻したが、周辺は薄暗く、目が慣れていないせいか、よく見えなかった。どうやら暗い牢獄に監禁されたようだ。

すぐ横で誰かの息遣いが聞こえた。赤星は闇に向けて声を放った。

「グレン！」

闇の中で英語が聞こえた。

「ここだ」

赤星はグレンの声の方向に体を向けた。

「無事だったか」

「殴られた頭がまだ痛いが、なんとか生きている。おまえは大丈夫か」

わずかだが扉の隙間から外の光が漏れている。グレンの輪郭を捉える程度に視力が戻っていた。

「背中の痛みは残っているが、かろうじて体は動く」

「どうやら誘拐されてしまったようだ」

問題は誰に誘拐されたかだ。犯罪組織であれば金目当てだ。誘拐は一種のビジネスであり、人質解放を条件に身代金を要求する。これまで日本人も何人か身代金を目的に犯罪組織に誘拐されている。だがこの頃は犯罪組織は人質を金と引き換えにイスラム過激派に引き渡すようになった。イスラム過激派は人質を政治的な生贄として公開処刑する。助かる道はない。

「あの場から早く逃げるべきだった」

グレンの忌々しそうな声に赤星はあくまでも冷静に答えた。

「いや、ＩＥＤは罠だ。後退すれば退路を塞がれ、攻撃を受けていた。ターゲットにされた時点でこうなる運命だった」

「運命だと。ふざけるな。このままだと公開処刑だ。こんな無様な死に方があるか」

グレンは激昂しながらわめいた。暗闇に怒声が響く。赤星は騒ぎ立てるグレンを落ち着かせようと肩を摑んだ。その時、わずかに扉の先に足音が響いた。

「静かに、誰か来る」

グレンにも足音が聞こえたようだ。

鉄扉が開く金属音とともに光が牢獄に入り、黒ずくめの男が四人入ってきた。そのうち一人が抑揚のない声で英語を話す。

「交渉は決裂した」

いよいよテロリストへの引き渡しか。赤星は身構えた。突然、背後から腕を縛られ、肩を摑まれ、立たされた。強い力で押さえつけられ身動きが取れない。男の一人が赤星に顔を近づける。隠れていない目元だけが白く光っている。

「日本もアメリカもおまえたちを助けるつもりはないようだ。おまえたちは神への生贄として捧(ささ)げられる」

一応政府との交渉はあったということか。にしてはあまりにも短時間だ。

「最初から殺すつもりなら交渉など必要ないだろう」

赤星は英語で訊いた。犯人の冷たい声が内耳に響いた。

「交渉相手は政府だけではない。アメリカの犬を公開処刑したがっている連中もいる。諸外国との面倒な交渉よりも神の使徒に引き渡したほうが金になる」

神の使徒というのが誰かはわからないが、せめて相手の名前を聞き出せないか。赤星は英語で男に訊いた。

「いったい誰に引き渡すというんだ」

「ザルカウィだ」

イラクに滞在する軍関係者ならばその名を知らぬものはいない。アメリカ軍が指名手配しているアルカイダの領袖(りょうしゅう)だ。

「最初に犠牲になるのはあの男だ。何の価値もない。即ち交渉も必要ない」

男が指差したのは、同じ牢獄に入れられていた兵士だった。見たところ西洋人ではない。犯人たちも捕らえたはいいが、金にならない人質に時間を割くのは無駄だと言っているのだ。

「クルドの犬よ、おまえは混乱に乗じて大勢のイラク人を殺した。その報いを受けろ」

男は赤星から離れ、ネズミを追い詰める猫のように、クルド人兵士に近づいた。次の瞬間、兵士の体が動いた。黒ずくめの男に体当たりして、突き倒し、真っ直ぐに鉄扉めがけて走り出した。逃亡する兵士の姿が扉の向こうの暗闇に消えていく。だが、そこまでだった。扉の先には数人の誘拐犯がいた。アラビア語で何か叫びながら、クルド人兵士を牢獄の中に引き戻した。兵士は這(は)うように後ずさり、犯人たちから離れた。犯人のひとりが鉈(なた)のような武器を握っている。その鉈を掲げ、男はクルド人兵士を壁際まで追い込んだ。逃げ場を失った兵士に向けて犯人が鉈を構える。混乱と恐怖でパニックに陥ったクルド人兵士が悲鳴を上げる。鉈が弧を描き、大きく振り下ろされた。赤星は日本語で叫んだ。

「やめろ！」

次の瞬間、クルド人兵士の頭部が地面に転がった。切断された首から噴水のように血が噴き出している。崩れ落ちるように胴体が床に倒れた。クルド人兵士の首が自らの胴体を見つめるように目を開けたまま床に転がっていた。

鉈を持った男は動物でも殺したかのように、無言でその場を立ち去った。別の男がクルド人兵士の頭部をその場から持ち去る。

男たちが部屋から立ち去ると、静けさが戻った。血で染まった床と首のない死体を見ながら、赤星は自分の命が間もなく尽きると悟った。

「次はおまえたちだ」

赤星とグレンは男たちに取り囲まれ、黒い頭巾を被せられた。視界が遮られ、両腕を摑まれる。抵抗する間もなく、そのまま引きずられるように部屋から出された。

周囲に人の気配を感じた。アラビア語が聞こえてくる。別の部屋に入ったようだ。腰を折られ、椅子に座らされる。強い光が目の前の黒い布を透過して入ってくる。次の瞬間、眩(まばゆ)い光の束が目に突き刺さった。被せられていた頭巾を取られ、強い光が赤星たちを照らした。隣にはグレンが同じように椅子に縛られている。前方の光源の横に人影が見えた。脇にビデオカメラが設置されている。両脇に黒い衣服を羽織った二人の男が立っている。ここに連れてこられた時の男とは様相が違う。二人ともターバンで顔が隠されている。その一人が英語で話しかけた。

「おまえたちがここに来たのは神の思(おぼ)し召しだ。神が我々に生贄を与えたのだ」

「神は偉大なり(アッラーフアクバル)」

アラビア語が部屋全体に反響した。赤星の心臓が激しく高鳴った。血液が逆流したように血の気が引き、全身に悪寒が走る。隣に座るグレンの目の前に一枚の紙が掲げられる。

「これを読め」

紙に書かれた英語の文字は霞(かす)んで見えなかった。グレンが頭を押さえられ、紙を目の前に押し付けられる。

「さあ、読め」

グレンは震える声で単語を読み上げた。

「アメリカに味方する愚かな国の指導者たち。そして傲慢(ごうまん)にも神に逆らい国を亡ぼす大統領に向けて告げる。愚かな異教徒への罰としてこの二人を神への生贄に捧げる。これは神の思し召しだ」

冷たい感触を首筋に感じた。すぐ目の前に鋭利な刃が見える。男が手に持っていたのは刃渡り五十センチにもなる大振りの鉈だった。あの刃が自分の頭を切断する。絶望が全身を駆け巡り、深い闇に落ちるように意識が遠のいた。

部屋にアラビア語が木霊する。

「神が異教徒への制裁を許された。生贄よ、最期の時がきた。神に祈るのだ」

周囲に立つ男たちの間で声が上がった。

「神は偉大なり（アッラーフアクバル）」

銃を持った男が赤星に近づく。赤星は覚悟を決めて目を瞑った。恐怖が体を巡り、心臓が口から飛び出しそうだ。ここで死ぬ。そうはっきり意識した。

その時、内耳に女の声が聞こえた。周囲がざわめく。ニカーブに身を包んだ少女が男とともに近づいてくる。少女が赤星に顔を向ける。わずかに目元だけが見えた。少女は憂いを湛える目で赤星とグレンを見ると、隣に立つ黒いターバンの男に向けて頷いた。男が周囲に目を向け、両手を挙げた。アラビア語で何かを叫ぶ。銃を携えた男が掲げた刃を下ろし、静かに去っていく。他の男たちも皆部屋から出て行った。何が起こったのかわからなかった。だが、少女とともに入ってきた男の顔を見て、赤星は悟った。

――アブ・ムサブ・アル・ザルカウィ。

確証はないが、写真の顔と似ている。アルカイダの領袖であり、アメリカにとっての敵だ。

ザルカウィは赤星とグレンに目を向けた。

「神の意思に従いおまえたちを助ける。これは神の預託だ」

赤星の拙（つたな）いアラビア語力ではその程度の意味しかわからなかった。だが、少なくとも死刑は免れた。縛られていた紐（ひも）が解かれ、両手が自由になった。体が硬直して、男たちが完全に部屋から去るまでその場を動けなかった。

「大丈夫か」

グレンの声で赤星はようやく我に返った。

「助かったのか」

半信半疑でグレンに訊いた。グレンが震える声で答える。

「そうだ。理由はわからないが、助かった」

緊張が解け、全身が弛緩した。

「基地に戻ろう」

赤星はグレンの差し伸べる手を摑もうとしたが、突然視界が暗くなり、やがて暗闇に落ちるように意識を失った。

10

二〇〇六年五月一五日
イラク　バグダッド某所

冷たい台の上に乗せられ、両手を拘束された。抗おうとするが、両手を縛られ動かせない。巨大な鉈を掲げた男が近づいてくる。

「アッラーフアクバル」

内耳の奥まで響く声に赤星は恐怖で顔面が引きつった。黒いターバンの男たちが赤星を見下ろしている。思わず目を背けた。視線の先、床の上に何か黒い物体が転がっている。血が固まり赤黒く染まった丸い物体、その中に白い眼球が見えた。グレンの生首だった。

「おまえのせいだ」

頭だけなのに、しゃべっている。グレンの鋭い眼光が赤星を恐怖へ導いた。

「おまえも直に同じようになる」

黒いターバンの男は鉈を振りかぶり、怒気をはらんだ目で赤星を睨んだ。

「アッラーフアクバル」

次の瞬間、大きな鉈が振り下ろされ、赤星の視界はブラックアウトした。

「これは神の預託だ」

暗闇に少女と黒いターバンの男が去っていく。再び暗闇に男の低い声が響いた。

「これは神の預託だ」

目が覚めたのはベッドの上だった。赤星は両手で自分の首を撫でた。痛みとともに盛り上がった傷はあるが、首はつながっている。自分がどこにいるのかわからなかった。全身に寝汗をかいていた。白い天井が見えた。ベッドの脇に置かれた点滴台が見えた時、自分が病院にいることに気づいた。テロリストに拘束され、監禁されたのは夢ではない。だが、その後、救出され、保護されたのも夢ではなかった。悪夢は終わった。助かったのだ。

赤星は起き上がろうとしたが、背中の痛みで上半身に力が入らない。首だけを動かし、周囲を見た。隣のベッドに白人が寝ている。グレンだ。二人とも助かったのか。部屋にいた若い女性看護師が声をかけてきた。

「悪い夢を見ていたようね。気分はどう？」

女性看護師の日本語を聞いて耳を疑った。看護師の顔を覗いた。日本人のようだ。

「どうしてここに日本人が？」

「米軍で働いているの。従軍看護師よ。日本人がこの病院に運ばれてくるのは珍しいわね。あなた米軍の関係者？」

「いや、防衛省から派遣されて米軍と行動しているところを襲われた」

「災難だったわね。ファルージャでは米軍兵士の誘拐は珍しくない。いまや民間軍事会社の社員ですら狙われている。治安は悪化しているわ。従軍するにしても気を付けたほうがいいわね」

「ご忠告ありがとう」

看護師は赤星に笑顔を見せた。

「背中の傷と全身の打撲は一週間程度で治るわ。今は何も考えずに体を休めなさい」

「そうさせてもらう」

赤星が答えると看護師は出て行った。疲労と痛みをとおして生きているという実感を抱いた。

隣のベッドから声が聞こえた。

「本当に助かっちまったようだな。この程度の傷ですんだのは奇跡だ」

頭に包帯を巻いたグレンがこっちを見ていた。

「まったくだ。一度ならず二度死んだ気分だ」

「あれは現実だったのか」

グレンの言葉の意味は体験したものにしかわかるまい。まるで映画を見ているかのように現実感がなかった。異様な状況の中で命を取り留めた。恐怖と畏怖と絶望がないまぜになり、正気を失ってもおかしくなかった。にもかかわらず、今はこうして穏やかな心持ちで話ができる。

「現実だ。現に背中の傷が痛いし、全身が麻痺している」

「あの状況で死ななかったのは幸運としか思えない」

まともなＩＥＤの威力であれば即死であった。偶然とはいえ、爆発の威力が弱かった。そしてテロリストに監禁された後も死を覚悟した。

「あれは神の導きか」

感傷的な赤星の言葉にグレンはどこまでも現実的だった。

「わからん。ただ、あのＩＥＤの起爆装置を持っていたのはあのニカーブの少女だ」

赤星は思わずグレンに顔を向けた。グレンの言葉に嘘はないように思えた。

「あの建物にいた携帯を持った男ではなかったのか」

「あの男は携帯を操作する前に俺が撃ち殺した」

起爆装置を押せるのはあの少女しかいない。ならば助けた少女こそがテロリストだったということか。車両が爆発した瞬間、少女を抱きかかえ、爆破から守ろうとした。だが少女は自らを犠牲に赤星たちを殺そうとしていたというのか。

「あれはジハードだったということか」

「状況的にはそうだろう」

グレンが認めた事実をもう一度反芻(はんすう)する。そうだとすればわからないことがある。ザルカウィの傍で顔を確認し、助けると決断させたのは少女だ。あの少女がなぜ処刑されそうな敵兵を助けたのか。いったいあの少女は何者なのか。

「やはり現実とは思えない」

前言を翻し、赤星はグレンに言いなおした。グレンは静かに天井を見つめながら囁いた。

「ここには俺たちの常識が通じない何かがある」

グレンにそう言わせるものが何かはわからない。ただ、その感覚は赤星にもあった。戦場では常に死と隣り合わせだ。殺すか殺されるか。従軍しているだけでもその緊迫感は伝わってくる。敵に捕まれば死を覚悟する。助けられたのは常識にはない何かがあったとしか思えない。神に触れたという実感はなかったが、ザルカウィが放った言葉がすべてを説明していたように思う。

——神の意思に従いおまえたちを助ける。

死の目前で神に助けられた。それも異教の神に。福音でも恩恵でもない。なぜ神が助けたのか、理由がまったくわからないまま生かされてしまった。

——これは神の預託だ。

あの言葉通りなら神の気まぐれとしか思えない。

「これからどうするつもりだ」

グレンの問いかけで急に現実に引き戻された。

「何も考えてない。あんたは？」

「俺はアメリカに帰還する。あんなクレイジーな連中と戦っていたら命がいくつあっても足りねえ。それにこの戦いはいつまでたっても終わらない」

グレンに同意した。事実この戦争には終わりが見えなかった。誰を殺せば終止符が打てるのか。いや誰を殺しても戦いは続く。復讐(ふくしゅう)、教義、面子、祖国、国家、信条、家族、そして尊厳。あらゆる理由が人々を縛り戦いは続く。どんな過酷な戦闘も乗り越える強い意志。それが動機となって人は永遠に戦いを続ける。

「この戦争を終わらせたい」

「大統領にでもなるつもりか。俺たちが決められることじゃない」

「誰もが願っていることだ」

「それは違う。誰もが終戦を願っていると思うのは間違いだ。人の理想や祈りなどここでは何の役にも立たない」

「せめて無辜の民を殺す戦闘だけは止めたい」

「それも同じだ。殺戮を止めるには戦争を止めるしかない」

「いや、人の死なない戦争なら殺戮を止めることができる」

禅問答のようだ。だが、赤星は本気でそう思っていた。

「試してみたいことがある。そのために俺は残りの命を使いたい」

グレンが鼻で笑う。

「好きにしろ。どうせ一度は死んだ身だろ。それに俺には関係ないことだ」

苦笑いを返し、赤星は自らに告げるように決意を新たにした。

「日本でできることは限られている。渡米して自由の国で為すべきことを為す」

背中の痛みも全身の疲労もその時には忘れていた。為すべきことを為す。神の預託かどうかはわからないが、残された命に意味があるとすればその程度しか思いつかなかった。

第三章 新・戦争論

――また、ある邑を滅ぼそうと思う場合には、まずそこの富裕な人々に命を下す。すると彼らはいよいよ悪業にはしり、今度こそ御言は実現して、あますところなく叩きつぶしてしまう。

コーラン第十七章十六節

1

二〇二一年九月一一日　午後五時五二分

新宿

佐藤由孝は西新宿高層ビル群の一画にあるビルの窓から暮れゆく首都を眺めていた。この時間の風景が好きだった。夕暮れの淡い茜色の空に点々と灯りが灯る。あと一時間もすれば新宿は夜の顔を見せ、眠らない街に衣替えする。この夜景は人類が手に入れた叡智の光、そしてその光の源は電力だ。

首都電力の東京給電所は五十名いる職員が十班に分かれ、二十四時間体制で首都圏への電力供給を監視・制御している。つまりこの給電所が新宿の街を動かしている。

給電制御グループに所属する佐藤はこの日も夕方から深夜にかけて出勤していた。発電所で作られた電力は変電所でビルや家庭でも使えるサイズに電圧を下げ、配電線を経由し家庭や事業所に届けられる。首都圏にある千六百か所の変電所はそのほとんどが無人化され、六十五か所の制御所で状態を監視、制御されている。電力は貯蔵が利かないため、需給調整が必要であることに加え、計画的なメンテナンスに対応する必要がある。各設備の送電線の停止計画などを立てながら、配電線開閉器の遠方監視をこの給電所でコントロールしている。

給電所は五年前に大崎から新宿に引っ越して、制御システムを刷新、系統配電盤管理を司るサーバーも新設している。以来、地震や災害への備えも強化しており、これまで大きなトラブルは発生していない。首都圏の電力はライフラインの要だ。そう簡単に止まるほどヤワに作られていない。

だが、佐藤は目の前の系統盤を見た時、その自負が揺らいでいた。壁に貼られた五十五インチのディスプレイ三十枚で構成された系統盤は都内への配電ネットワークが一目でわかるようになっている。その系統盤の右側に位置するエリアに異常が発生していた。東京の東側エリア、江東区を中心とする約五十万世帯への電圧調整を担う新豊洲変電所のモニターにトラブルを示す警告が出ている。佐藤は手元のパソコン画面で配電システムを確認した。このエリアでの点検やメンテナンスによる計画停止の予定はない。念のため同じ給電所の設備計画グループの窪田に訊ねた。

「新豊洲からの配電が停まっているが何か聞いているか」

モニター画面を見た窪田の表情が青ざめていった。

「いえ、聞いていません。まさかニュースで話題になっているサイバー攻撃でしょうか」

――ニュースで話題になっているサイバー攻撃。

昨晩の交代勤務を終えてから、出勤までニュースを見ていない佐藤には何のことかわからなかった。

「サイバー攻撃ってなんだ」

知らないんですか、という表情で振り返った窪田は、マウスを忙しなく動かしながら、さらにが点灯している。

画面に目を向けた。制御系のネットワークをモニターする画面上で次々と給電の停止を示す表示

窪田がキーボードから手を離し、画面を凝視している。佐藤は立ち上がり、隣の席のパソコン

「なんだこれ——」

表情を硬化させた。

の判断が必要だ。簡単には操作できない。

重要インフラの制御系のネットワークは本社の配電部門が管轄している。制御には事業責任者

「誰がこんな指示をしているんだ」

佐藤がシステム監視を担当する職員に怒鳴った。

「このままでは大規模停電が発生する。本社の配電部と電気通信部に確認してくれ」

い、鉄道や空港、地下鉄、その他社会インフラすべてが停まってしまう。

の変電所からの給電が止まれば、東京都の東側全域まで停電が拡大してしまう。家庭だけではな

既に停止された新豊洲変電所だけでも五十万世帯への電力供給がストップする。さらにすべて

「セキュリティセンターは何をやってんだ」

佐藤の悲鳴に窪田が横から口を出す。

し、閉鎖された配電システムにどうやってアクセスしたんでしょう」

「セキュリティは事務系ネットワークのアラート監視がメインですからしゃーないですよ。しか

しれない」

「誰か人の手を介して持ち込まれたとしか思えない。案外内部の人間に接触した奴がいるのかも

佐藤の推測を他所に窪田が画面に顔を近づけた。

「東京管内の二十四か所の変電所からの給電が完全に止まりました」

窪田の報告に佐藤も慌てて画面を見た。それが本当ならば東京を管轄する変電所の四分の一がストップしたことになる。葛飾区、江東区、墨田区、足立区の百万世帯で停電が起こる。

「まずいな。このままじゃあウクライナの事件の二の舞だ」

二〇一五年、ウクライナ西部でサイバー攻撃が断続的に続き、首都キエフとその周辺で大規模停電が発生、その後もサイバー攻撃により政府機関や病院、銀行業務に支障が生じた。ニュースの中の出来事と気にしていなかったが、同じ攻撃を日本が受けないという保証はない。今起こっている現象はこれまで発生したシステムトラブルとは違う異常事態だ。

本社の事業部門に連絡が取れると、佐藤は電話口で怒鳴った。

「とんでもないことが起こっている。至急事業部長につないでくれ」

2

二〇二一年九月一一日　午後六時一二分
都内某所

〈千葉県、東京都で強い揺れに警戒してください〉

スマホから発するアラーム音が共鳴しながら室内に響いていた。遠藤政英のスマホだけでなく、職員全員のスマホから不協和音のように同じ警戒音が発せられている。つまり同じようなアラームが地下鉄の各駅、構内にも響いているということだ。

都営地下鉄の運行、電力供給の指令システムを統合した総合指令所の一角で電力指令担当の遠藤はスマホの音量を落とし、収拾がつかない状況に舌打ちした。

午後五時五二分頃に大規模停電が発生し、域内にある変電所が給電を停止した。運行している四路線の系統を賄っている新豊洲他数か所の変電所からの供給が途絶え、系統すべてに電力が行きわたらないという異常事態が発生していた。

「原因は本当に地震なのか」

乗客の間では地震の情報が広がっている。だが電力会社からは電力供給のシステムにトラブルが発生したという情報以外入っていない。トラブルの原因ははっきり摑めていない。遠藤は情報担当の満尾に訊かれた。

「復旧の見通しは立たないのか」

情報担当は輸送障害発生時に自社、他社線に関する情報を提供する。そのため迅速な情報収集が必要なのだ。

「まだ詳しい状況がわかっていない。もう少し時間をくれ」

「駅に溢れかえっている乗客に何て言えばいいんだ。帰宅時間のピーク時の停電がどれだけ混乱を招くかわかっているのか」

そんなことは遠藤にも十分すぎるほどわかっていた。総合指令所に異動する前は遠藤も車掌を経験していた。事故や災害による運休は不可抗力といえるが乗客にとって事情などどうでもいい。知りたいのはいつ電車が動くのかだけ。電車はダイヤどおり運行するのが常識だと思っている。すでに停電が伝えられてから三十分以上が経過している。乗客の苛立ちはとうに限界を超えているはずだ。

「変電所からの給電が止まっている。どうしようもない」

「本部から指示は？」

本社では対策本部が設置されたが、何の指示もなく、復旧の見通しは運輸指令の心臓部である総合指令所にも伝えられていなかった。

「状況がわかるまで当面運休だ」

「他の鉄道会社の状況は？」

満尾が同じ指令所で施設管理を担当する千葉に顔を向けた。

千葉は両手を挙げて首を横に振る。お手上げなのはどの会社も同じようだ。

遠藤は現地対策本部の本部長を兼ねる総合指令所の市川所長のデスクに顔を向けた。本社とのテレビ会議に入ったまま、もう二十分以上会議室から出てこない。頼れるのはネット情報だけだが、はっきりした情報は首都電力のホームページにも掲載されていなかった。

「報道ではＪＲ、私鉄沿線全域の鉄道会社全線で運休のようだ。早朝に発生した議事堂へのテロ事件もあって羽田空港も閉鎖、都内のバスや鉄道路線は軒並みダイヤが乱れている。そこにきて帰宅時間を狙ったような停電だ。正直もうお手上げだ」

遠藤はこのまま匙を投げたい気分だった。この指令所は災害時への非常手段として三十二時間の電源確保が可能だが、運行を賄える電力供給は電力会社に頼らざるを得ない。

千葉が椅子に背中を預け、腕組みしながらぼやいた。

「電力自体の供給は問題ないようだが、変電所のシステムトラブルにより給電に支障が出ているらしい」

「やはり昼に官邸の会見があったサイバー攻撃が発生しているのか」

責任を他に求めるように満尾が言ったが、遠藤はそんな政治的な事情を知るはずもない。

「所長からの報告を待って各所に情報伝達をしたい。振替輸送もままならない状況だ。最悪の場合、政府から発表を待つしかないな」

絶望ともとれる状況に満尾は嘆息しながら指令所唯一の情報源であるテレビ画面に視線を向けた。キャスターが停電の速報を読み上げているが、二十分前からその情報は更新されていない。原因は何なのか、いつ復旧するのか、停電の被害がどこまで拡大しているのか。ニュースからは何も読み取れなかった。

「電力会社から情報を集めてくれ」

満尾が恨み節を言いながら、デスクに引き揚げていった。遠藤も気持ちは同じだ。

遠藤は誰に言っていいかわからない不満をため込み、もう一度テレビ画面に目を向けた。画面に「首都圏に大規模停電発生」のテロップが並ぶ。JR新宿駅南口は人で溢れ、カメラを向けられた乗客がやり場のない怒りをぶつけている。帰宅時間を襲った交通麻痺(まひ)の映像を見ながら、遠藤は東日本大震災の光景を思い出した。

その時、千葉の声が指令所に響いた。

「まずいことになっている。ATOSが誤作動している。各路線の信号機が赤を点灯。給電が復旧してもすぐには運転再開できない」

ATOSは東京圏の運行を管理する輸送管理統合システムだ。各線の運行状況や路線の交通を統合管理している。

「やはりサイバー攻撃か」

千葉が眉(まゆ)を寄せ、深いため息をついた。

「これじゃあ本当にお手上げだな」

インフラ施設のセキュリティには万全を期しているはずだが、こうして攻撃を受けているということはどこかに隙があったのだろう。いずれにせよ、セキュリティの専門的なことは遠藤にもわからなかった。

ニュースを読み上げるキャスターが新しい情報を発信していた。

都内で発生している大規模停電ですが原因はサイバー攻撃との情報が入ってきています。詳しいことはわかっていませんが、給電を制御するシステムが何らかのサイバー攻撃を受けた可能性があるとのことです。電力会社以外でも鉄道会社、空港、金融機関のシステムで重大なシステムトラブルが発生、大規模なサイバー攻撃によるものとみられています。官邸では緊急対策会議が開かれ、対策を協議していますが、今回の停電について公式な見解は出ていません。

「こんな時に政府は何をもたもたしているんだ」

遠藤は画面を睨(にら)んで怒りをぶつけた。

昼の会見で総理がサイバー攻撃への対応には万全の対策を講じると言ったばかりだ。この事態は十分想定できたはずだ。

3

二〇二一年九月一一日　午後六時一二分
永田町　総理官邸

官邸に設置された「サイバーテロ対策本部」は急ごしらえの対策チームだった。とはいえ法律上は組織を統べる矢島官房副長官に権限が与えられ、関連法案の草案作成のみならず、具体的な対策措置を講じるため、各省庁からメンバーが集められていた。

風間は内閣サイバーセキュリティセンター（ＮＩＳＣ）の職員と各省庁の推薦を受けた出向者を迎え入れ、対策本部を立ち上げた。具体的な対策プランの立案をすぐにも始めたかったが、各省庁の出向者はいずれも政策立案のプロ集団であって、サイバーセキュリティの専門家ではない。実際に都内に被害が広がっている現状では、喫緊の課題は原因の究明だ。

ブリーフィング冒頭で副本部長の矢島が訓示を述べた後、ＮＩＳＣのトップである黒沢センター長が発生しているサイバー攻撃についての概要を報告した。

「羽田空港へのサイバー攻撃はＤＤｏＳ攻撃によるゼロデイ、即ちシステムの脆弱性を狙った標的型の攻撃だとわかっている。総理の会見後、さらに攻撃のターゲットが増えている。解析では中国が開発した『プラグＸ』というウイルスが使われていることがわかっている。この『プラグＸ』はダークウェブ内にも流出しており、恐らく中国のサイバー部隊からの攻撃と見せかけた偽旗作戦を同時にやることで攪乱していると思われる」

つまり、敵はロシア、中国、北朝鮮を隠れ蓑にしてシステムの脆弱性を狙った攻撃を仕掛けているということだ。

同席していた矢島が黒沢に問う。

「対策は講じていたが、隙を狙って不正侵入されたということか」

「どの施設のシステムでも当然セキュリティ対策は講じています。ネットワーク接続時には安全性の高い『VPN』回線を使用し、外部ネットワークの防御手段としてファイアウォールを設定しています。しかし、犯人はAPT攻撃と呼ばれる標的型の攻撃でシステムの脆弱性をついて侵入した可能性があります」

不承不承、矢島が頷きながら会議室に集められたメンバー全員を視線で舐めた。

「相手の正体はわからないのか。電力や鉄道のようなインフラでも障害が発生している。都内各所でサイバーテロが原因と思われる停電や運休が続いている。すでに国民に大きな混乱が生じているんだぞ」

矢島の言葉を受け、風間は経産省から出向している職員に視線を向けた。

「電力の管轄は経産省だろ」

経産省の杉浦がレポートを読み上げる。

「目下、首都電力の新豊洲変電所他二十六か所で給電システムのトラブルが発生、制御系システムを管理している大手ゼネコンに復旧作業を要請しております」

どんなに杉浦が言い繕っても具体的な復旧の道筋が見えていないのは明白だ。

国交省の上野が矢島に追及されるとふんだのか、先回りして報告した。

「今報告があった給電システムのトラブルに伴い、都内の鉄道、地下鉄への電力供給がストップし、各路線が運休となっております。帰宅ラッシュが始まった時間帯であり、都内で五十万人の足に影響が出ております。一部バスなどの振替輸送で対応しておりますが、都内に乗り入れしている十三路線、ＪＲ、私鉄の各路線でもダイヤが乱れ、深刻な状況となっております」

――こんなわかり切ったことを報告している場合か。

風間は報告を聞きながら、焦りを覚えた。要するに交通機関の乱れはすべて給電システムの責任だという言い逃れだ。インフラ企業への指導や指示をしたというだけで具体的な結果が出ていない。求められているのは事態を解決に導くプロセスだ。

矢島が業を煮やしたようにメンバー全員を見渡した。

「サイバーテロ対策本部としては現状把握とともに事態の拡大を防ぐための封じ込めが必要だ。いつまでに復旧するのか具体的な計画を示してくれ」

矢島の指示に黒沢が反論する。

「電力供給に関していえば、システムの復旧が最優先ですが、さらなる拡散の予防も必要です。ＮＩＳＣとしてはウイルスの解析とインシデント対応が急務と考えます」

黒沢の言う通り対策本部に求められているのは、ウイルスの解析である。黒沢の指摘に応(こた)えられるメンバーを目で探したが、誰からも意見は上がらなかった。メンバーにサイバーセキュリティのプロがいないのだとしたら明らかに人選ミスだ。各省庁から上がってきたリストに囚(とら)われ過ぎたのが敗因だったか。

その時、会議室の端の席に座る女性が手を挙げた。矢島がその女性に目を向けた。

「君は――」

女性は緊迫した空気をものともせず落ち着いた声で答えた。

「国際テロ情報集約室でセキュリティ対策を担当している相田あかりです」

風間が隣に座る黒沢に訊いた。

「どこの省庁の出向ですか」

「警察庁です」

警察側から押し付けられたメンバーだ。

相田はパソコン画面を見ながら、抑揚のない口調で淡々と話し始めた。

「今回首都電力に攻撃を仕掛けたウイルスは、二〇一五年にロシアがウクライナに対してサイバー攻撃した際に使った『クラッシュオーバーライド』という攻撃ツールの亜種だと推測されます。このウイルスはダークウェブで簡単に入手可能です。ウイルスを変異させ、アップデートされたソフトウェアに侵入できる新たなウイルスを作り出すことは簡単にできます。問題はそのウイルスがどうやってセキュリティ対策を講じているシステムに不正侵入できたかです。考えられるのはネットワークの脆弱性の隙間を狙ったサイバー攻撃、もしくは人の手を介して侵入したフィジカル攻撃が疑われます。いずれにしてもセキュリティ対策の隙がなければどんなに優秀なハッカーであっても侵入できません。セキュリティのどこかに穴があったということです。重要なインフラ企業に脅威インテリジェンスなどの予防措置をとらせていなかったのですか」

相田はすっと顔を横に動かし、杉浦を非難するように視線を向けた。杉浦は慌てて手元の報告書を参照する。

「只今重要インフラに関する政府指針と行政指導について確認しております」

相田は杉浦を見限ったように視線を戻した。

「対応が遅すぎます。そんな悠長なことを言っている場合じゃないと思いますが。そもそもこれだけのサイバー攻撃をすぐに実行できるはずがありません」

そこに風間が食い込んだ。

「つまりこの攻撃はかなり前から準備されていたということか」

相田が即答する。

「その通りです。少なくとも数年前から各インフラ施設への侵入を進め、システムの脆弱性を狙って、バージョンがアップデートされる隙を狙ったゼロデイ攻撃をした可能性があります。ゼロデイはハッカーたちが攻撃のためにダークウェブでも購入できます。脆弱性はダークウェブで取引される商品なのです」

ソフトウェアの脆弱性を商売にするハッカーが存在するということに風間は驚いた。しかも、その脆弱性をついた攻撃が簡単にできるとなると、サイバーテロは実兵器を必要としない強い武器といえる。だが、今はそんな評論をしている場合ではない。目の前の問題にいかに対処するかだ。

「攻撃に対抗する手段は？」

「感染対策を講じながら、ウイルスを分析してアンチウイルスを開発する。しかしそれには時間がかかります」

相田の意見に対抗するように防衛省から出向している新島さやかが口を挟んだ。

「原因の分析は警察庁の仕事でしょ。ウイルスの発信源を突き止めるための捜査はどうなっているの」

新島の詰問に相田は間髪入れず反論した。

「海外のサーバーへの侵入は外国の主権を侵害することになり、法的にも捜査には限界があります」

「ダークウェブからのウイルス攻撃ならボットを使って監視ウイルスを送り込んだらどうなの。事前に危険なウイルスにフィルターをかけて排除できるんじゃない」

「たとえダークウェブの捜査であったとしても、現行法ではマルウェアを作成して証拠を収集すると刑法上は罪になってしまいます」

相田はサイバー捜査についても精通しているようだ。確かに防衛省のサイバー隊も自衛隊のインフラは監視できるが、あくまでも自衛目的に限られる。

風間が我慢できず相田に質(ただ)した。

「すぐにできるウイルス対策はないのか」

これまで饒舌(じょうぜつ)だった相田もさすがにお手上げといった表情を浮かべた。

「ともかく今はこれ以上被害が拡大しないようウイルスの囲い込みをするしかありません」

相田の言葉に杉浦が言い返す。

「それはつまりインフラのネットワークシステムを止めろということか」

風間は看過できぬという表情で相田を見る。

「それでは社会活動が止まってしまう。そんな乱暴な手段はとれない。他に方法はないのか」

メンバーの焦燥を感じ取ったように黒沢が新たな提案を口にした。

「日米安保を適用して、米軍と共同対処を取れませんでしょうか。アメリカのサイバー軍は世界最高レベルです。アメリカの力を利用しましょう」

黒沢の言うとおりアメリカとは安全保障協議委員会でサイバー攻撃にも日米安保条約第五条を適用する取り決めがある。

「アメリカの力を借りるのは本意ではありませんが、日本のプライドを気にしている状況ではありません。ただ容疑者の引き渡しを中止している状況で、果たしてアメリカが積極的に協力してくれるかどうか」

風間が暗に容疑者の引き渡しを促すよう仕向けたが、その意見に相田が噛みついた。

「容疑者の引き渡しは解決のカードを手放すということです。総理は犯人とは交渉しないという声明を公表しましたが、その声明が仇となり攻撃を受けている以上、容疑者の引き渡しは犯人を刺激し、攻撃が強まる恐れがあります」

相田の主張には一理ある。矢島もそれを承知したうえで意見した。

「同盟国の力は借りたいところだが、容疑者の件は慎重な判断が必要だ」

対策本部は緒戦から厳しい戦いを強いられている。風間の中で危機感が広がっていった。

やはりキーマンとなるのは赤星という男か。官邸の力を使って赤星をアメリカに引き渡し、協力を得る。それも一つの手段として考えるべきか。

議論は堂々巡りのまま終わった。ともかく各省庁で対策を講じるとともに、ウイルスの正体を突き止め、テロを止めなければならない。

その時、風間のスマホが震えた。着信は防衛省情報本部の岩城からだった。

「今から市ヶ谷に来てくれないか」

風間は腕時計に目を落とした。午後七時過ぎ。

「こんな大変な時に一体なんだ」

「米国の情報機関が非公式に接触してきた。官邸の耳にも入れておきたい」

「俺が聞いたところでどうにもならん。一介の秘書官には何の権限もない」

「だからこそ責任のない秘書官として同席してほしい。上層部の耳に入れるには刺激が強過ぎる。

相手もそれを望んでいる」

岩城の口ぶりからするとかなり込み入った話のようだ。

「わかった。これから向かう」

風間は電話を切ると、周囲を見渡した。ほとんどのスタッフが残っている。状況からして帰宅できる雰囲気ではない。風間はメンバーの中から新島を呼び寄せ、耳打ちした。

「悪いが少し用事があって市ヶ谷に行かなければいけなくなった。二時間程度で戻ってくる」

「わかりました。こっちは泊りになりそうです」

風間は頷くと、人目に触れないよう官邸を後にした。

4

二〇二一年九月一一日　午後七時二〇分
霞が関　警察庁

本日一七時頃、東京、千葉で変電所のシステムトラブルが発生、江東区、葛飾区、江戸川区を含む都内四区と千葉県西部で大規模停電が起き、このエリアを管轄する新豊洲変電所では電力供給を制御するシステムが停止したとの情報が入っています。これにより都内の鉄道、地下鉄各社で運休が相次ぎ、帰宅困難者が多数出ています。都庁では混乱が起こらないよう、勤務先に待機するなどの要請をしていますが、都民に不安が広がっています。停電以外でも金融機関でのシステムダウンや官庁へのサイバー攻撃が発生しており、今朝から都内を騒がせている一連のサイバーテロと思われます。この事態に政府から不審メールや不用意なネットワークへのアクセス、外部のシステムの利用を自粛するよう要請が出ています。

外事情報部の執務室でニュース映像を見ながら、榊原は暗澹たる気持ちでスマホに耳を当てた。電話の相手は官邸に出向中の相田だ。相田は発足したばかりのサイバーテロ対策本部のメンバーに選ばれている。警察庁出身でサイバー攻撃にも精通しているということで推薦されたが、実際は対策本部の風間との情報交換の対価だった。

相田のスマホはすぐにつながった。

「今話せるか」

「ちょい待ってください。盗聴されないように対策本部から出ます」

冗談ともつかない相田の声が聞こえてきた。一分後に相田から着信があった。

「官邸の様子はどうだ」

「ついさっき対策会議が終わりました。マジで疲れた。だから役人の会議って嫌いよ」

自分も役人だろうというのはさておき、相田らしい物言いに苦笑いを浮かべた。

「各省庁の精鋭を集めたんじゃないのか」

「ここの連中ほんと使えないわ。あれじゃあ対策なんて無理ですよ。メンバーのリテラシーは高いんだけど、誰も責任を負いたくないから話がまとまらない。緊急事態だってのに状況報告と指示ばっかりで自分たちで問題を解決しようとしない。おまけに仕事を押し付け合って手を動かさない。あれで本当に精鋭なんですか」

愚痴をまくしたてるような口調に対策本部の様子がつぶさに伝わってきた。

「具体的な対策案は出たのか」

「なーんにもないです。つまりそれって防衛手段は国民一人一人の自粛に任せるってことでしょ。政府が無能って言ってるようなもんじゃない。有効なアンチウイルスを作成しようにもウイルス分析をするハッカーもいないし、ソフトウェアの開発も民間任せ。結局、業界への指導と要請が仕事の大半。あれじゃあ救急車も消防車も持たない消防署みたいなもんね」

何の遠慮もない言い方だが、案外対策本部の本質を言い当てている。

「それで上は何を指示しているんだ」

「官房副長官がシステムのことわかるはずないでしょ。メンバーが頼れないなら、やることはひとつ。最後に頼るのはあの国ですよ」

「まさかアメリカに協力を求めるのか」

「こういう時のための安保です。案外そのほうが手っ取り早いかも」

アメリカのサイバーセキュリティ技術は日本よりはるかに進んでいる。だが——。

「すべてをアメリカに任せて自立した国家といえるか。対策本部が動かないなら他に手段を取るしかない。何かいい案はないのか」

「相手は武器や軍隊じゃないんです。サイバー空間の戦いは人対人。テロリストといえどもハッカーを使って攻撃をしています。だったらこっちも凄腕(すごうで)のハッカーを雇って対抗するしかないじゃないですか。バットマンに頼る前にウルトラマンを探すべきです」

諧謔(かいぎゃく)を含んだ喩に思わず失笑した。

「問題はウルトラマン級の優秀なハッカーが日本にいるかだ。省庁間の縦割りも法律も権威もすべて関係なく、事態を打破できるようなハッカーが必要だ。在野の人間でも構わない。官民問わずやり手のホワイトハッカーはいないのか」

警察がどこまでそのハッカーに仕事をさせられるかという問題はある。ただ、榊原はたとえそれが犯罪者であったとしてもこの事態を打開するには利用すべきだと思っていた。

「一人います。サイバー攻撃分析センターの板倉って警部補です」

「警察内部の人間か」

「部内ではオタクラって呼ばれていますが、彼に訊けばちょっとはマシな対応ができると思います」

「できる人間なら構わん。早速部長に掛け合ってみる」

杓子定規でしか能力を測れない役所ではかなり珍しい人物だろう。

「で、私いつまであのクソなメンバーと一緒にいないといけないんですか」

「もう少し我慢してくれ」

「課長の頼みなら仕方ないですけど、高いですよこの借りは」

「無事に解決できたら寿司でも焼肉でもご馳走してやる」

「約束ですよ。ところで例の容疑者の方はどうですか」

赤星の取り調べはようやく入口に辿りついたところだ。まだ事件につながる有効な手がかりは得られていない。

「そっちは任せろ。これから取り調べの続きだ」

「仲間の行方は追っているんですか」

「他国の情報機関に問い合わせ中だ。まだ詳しい情報は得られていないが、ほとんどのメンバーはラッカ陥落の攻撃で死亡したと言われている」

「生き残りがいるんじゃないですか」

「あり得るな。ただＩＳによるサイバー攻撃はここ数年確認されていない」

「それってスリーピングボムってやつじゃないですか。長年潜伏していた犯人が何かをきっかけに目覚めた。『ラッカ12』のメンバー全員の消息はわかってないんですよね」

その可能性は十分過ぎるほどある。取り調べで赤星はメンバーが全員殺されたと証言していたが、難を逃れた同胞が潜伏していた可能性は否定できない。

「その線もこちらで追ってみる」

榊原は新しい情報があれば報告するよう相田に伝えた。


相田との電話を終え、榊原は部長室に向かった。対策本部が機能していないことはわかった。問題は米国との安保条約を使って対策を打つという選択肢だ。アメリカは交換条件に赤星の身柄を要求してくるだろう。だが、赤星は事件解決の切り札だ。その点を神保と共有しておきたかった。年に何回かしか入らない『神社』に今日だけで何度入ったか。それどころか神が自分から下界に降りてくるのも異例だ。

榊原は部長室の扉を叩き、中に入った。神保のデスクの前で一礼した。

「官邸対策本部の情報を取りました」

「何かわかったか」

榊原は相田から聞いた情報を簡潔に報告した。

「やはり対策本部の動きは遅いな。テロは起こるべくして起きた。犯人の声明を知りながら、その対策を十分してこなかった政府の責任は重い」

神保の言う通り、日本はサイバー攻撃への備えを怠ってきた。現時点で有効な対策を全く打てていない。

「アメリカのサイバー軍は六千二百人、それに比べ日本は自衛隊のサイバー防衛隊が二百人程度、蟻と巨象みたいなもんです」

「今回のサイバー攻撃も安全保障の範囲でアメリカのサイバーの傘に守ってもらうほうが賢いかもしれんな」

「実際そういう話も対策本部内では出ているそうです」

「いよいよ日本はアメリカの属国になろうとしているな」

軍事だけでなくサイバー分野でもアメリカを頼るようであれば、日本の自立は益々遠い。ただ、そんなことを嘆いている暇がないのは官邸も承知しているはずだ。それに警察には警察の役割がある。

榊原は本題に入るため、サイバー対策について神保に訊いた。

「うちの対策チームはどうなっていますか」

警察庁でも、警備局がサイバー攻撃分析センターを設けサイバー対策を担当している。警備部門以外でも情報通信局がサイバーフォースセンターを設置し、不正プログラムの解析を担っている。

「今朝のようなサイバーテロ攻撃に備えるために人材を集め即席の対策チームが発足したばかりだ。近い将来サイバー局新設のために動いていた情報通信局が先導しているようだが、警備局もサイバー局に食い込むためにポスト争いが起きている。ただしサイバー捜査にも法律の壁がある。ネットワークは私権の固まりみたいなもんだ。簡単に民間企業や他省庁のサーバーを調査できるような法律はない。役所の縦割りをぶっ壊すような超法規的な法整備を短時間にやれるなら別だが即席の対策本部には難しい荒業だな」

神保の愚痴っぽい言い方に榊原もつい本音を吐露した。

「どこの役所も法律による規制で手足を縛られ、縦割りの弊害で身動きがとれません。サイバー攻撃が法治国家の弱みを狙った合理的な攻撃であると証明されたようなものですね」

「その点でもサイバー戦争は人命も金も無駄にしない効率的、合理的な戦争といえるな。で、どうするつもりだ。まさか手ぶらでここに来たわけじゃないだろう」

神保に促され、榊原は本題を切り出した。

「サイバー対策には優秀なハッカーが必要です。実際アメリカのサイバー対策ではトップガンと呼ばれる優秀なサイバー要員がセキュリティ対策を担っています」

「そのトップガンっていうのは日本にいるのか」

「対策チームに推薦したい人材がいます」

「誰だ?」

榊原は相田から聞いたサイバー攻撃分析センターの板倉の名前を挙げた。相田が推薦する板倉という男がトップガンかどうかはわからない。ただ、ホワイトハッカーの待遇が低い日本で貴重な人材が集まりにくい中希少な人材だということも付け加えた。

神保の判断は早かった。

「わかった。サイバー対策チームに引き上げるよう警備局から推薦しよう。だが、我々の仕事はサイバー対策じゃない。重要なのは犯人逮捕だ。この事件の解決が警察の最重要課題でありサイバー攻撃への対策につながる」

その課題は榊原も理解している。

「そのための取り調べです」

榊原が腕時計に目を向けた。容疑者への人権配慮から夕食の時間帯、取り調べは行われていない。取り調べを再開できる時間だ。

「テロ解決のヒントは赤星が握っている」

神頼みならぬ神からの頼みとあってはやるしかない。榊原は神保の指示に応え、部長室を後にした。

部長室を出てすぐに柘植から着信があった。

「例の元防衛省職員の情報が取れました。東洋新聞の記者が倉石（くらいし）という一佐に接触したそうです」

「情報本部の職員だな。それで赤星との関係は？」

「倉石はかつて赤星の部下でした。彼が言うには赤星がやろうとしていたことは日本人には理解できない、彼は誰よりも平和を願い、行動していたと」

「他には何か？」

「グローバルホークや迎撃ミサイルは防衛手段として有効ではないと。税金の無駄遣いをする前に赤星さんがやろうとしていたことをもっと知る必要がある、そう話したそうです」

「赤星がやろうとしていたこと？　奴は何をしようとしていたんだ」

「それ以上のことは本人に訊けと」

柘植の情報はそこまでだった。後は取り調べで聞き出すしかない。

「わかった。あとは本人から聞き出す。ご苦労だった」

柘植を労（ねぎら）い電話を切った。

――赤星がやろうとしていたこと。

榊原は赤星がテロリストになった経緯に強い関心を持った。もしかするとそれこそが事件の真相に迫る鍵なのかもしれない。最初の取り調べでもその兆しを感じた。誰よりも平和を願っていた男がなぜテロリストに。

まだ奴の物語は序章だ。核心に迫れていない。ここからが本当の勝負だ。赤星の正体を暴き、事件を解決に導く。その重責を双肩に背負い、榊原は取調室に向かった。

5

二〇二一年九月一一日　午後七時五〇分
市ヶ谷　防衛省

風間は市ヶ谷の防衛省前でタクシーを降りた。セキュリティゲートをくぐり、岩城に指定されたC棟に向かった。

C棟の前で岩城は待っていた。岩城の他に情報本部の部下が二人いた。風間にとってはかつての同僚だが、官邸に身を置く以上、今は立場を異にする。外部の人間をわざわざ呼びださなければならない理由に疑問を抱いた。

岩城は風間の顔を見るなり肩を叩いた。

「官邸も大変だろうが、今は市ヶ谷全体が揺れている。今朝から発生している異常事態で情本も右往左往している」

「事故現場にも調査員を派遣したようだな。状況はどうだ」

岩城は眉間の皺をさらに深めた。

「進展なしだ。防衛研究所のスタッフ数名でチームを組んで、事故現場に送りこんだが調査は進んでいない。現場は破壊された偵察機の残骸から機体の特定やフライト情報の調査を進めているが、偵察機は機密の固まりみたいなものだ。構造を熟知している日本人スタッフはいない。結局は米軍と開発企業に頼るしかない」

「そうなるとメーカー側に都合の悪い情報は入ってこないな」

「そのとおりだ。まったく部長就任早々ツイていない。矢面に立たされて神経がすり減ってる」

岩城の自信のない声に疲労が窺えた。

情報本部統合情報部長。それが岩城の防衛省内でのポジションだ。統合情報部は北朝鮮からのミサイル発射や日本領海領空への不審機侵入など、レーダー基地や早期警戒管制機から入った情報を総合的に分析する部署だ。

「敵は日本の中枢を襲い、あろうことか防衛の要である警戒網に侵入し、システムに攻撃を仕掛けてきた。防衛省でもサイバー攻撃の調査を進めているはずだ。犯人の情報は掴めていないのか」

「その情報共有のためにおまえを呼んだ」

「情報の出どころは米国の情報機関と言っていたが、これから会うのは誰だ」

「ＤＩＡの高官だ。呼ばれたのは情報本部の武藤本部長と俺とおまえ、三人だけだ」

ＤＩＡ——国防情報局。米軍の情報機関だ。

風間はスーツを着た二人の職員に目配せした。岩城がそれに気づいて説明する。

「二人は見張りだ。ここでの会話は極秘だ」

非公式にして極秘。それでＣ棟の地下か。Ｃ棟のシチュエーションルームは有事に緊急会議を開くために地下三階に設けられ、防音防弾はもちろん、あらゆる傍受や傍聴、妨害電波の類いを排除した空間だ。つまり、絶対的な極秘案件を取り扱うケースでしか使用されない、防衛省本部のシェルター機能をもった場所だった。

地下三階の会議室の前でセキュリティカードをかざし、前室で警護官のボディチェックを受けた。

岩城に続き、風間が部屋に入ると、中央の会議テーブルには二人のアメリカ人とその前に老齢の日本人が座っていた。銀髪に深い皺の日本人は武藤だった。武藤はちらりと風間に視線を向け、わずかに頷いて合図をした。黒髪にまつげの長いラテン系の男、金髪に彫りの深い中年の二人のアメリカ人はどちらも前線で指揮を執る軍人の匂いを漂わせている。

二人のアメリカ人が立ち上がり、それぞれ岩城と握手した。岩城は二人に風間を紹介した。

「こちらは官邸で官房副長官秘書官をしている風間一佐だ」

風間が頭を下げると、武藤は相手側をＤＩＡのクレイマー少将とシュナイダー大佐だと紹介した。

全員が席に着くと、テーブルの前に英文タイプされた書類が差し出された。書類に目を通す前にシュナイダーが英語で説明した。

「これはあくまでも非公式な集まりだが、ここで聞いた話は極秘事項だ。我々としては保証がほしい」

岩城は書類に目を通した。『秘密事項の保持に関する誓約』と題された書類には、様々なシチュエーションを想定した遵守条項が列挙されていた。岩城がクレイマーに英語で訊いた。

「その必要はないでしょう。これは非公式の会談です。それに我々は同盟国です。条約によって守秘義務は担保されます」

クレイマーの隣に座るシュナイダーが冷淡に言い放った。

「二国間だけの問題ではないのだ。つべこべ言わずにサインしたまえ」

「事情もわからずサインなどできるか」

岩城が日本語で呟くと、クレイマーは視線を岩城に向けた。

「事情はこれから説明する。我々を信用していただきたい」

クレイマーは岩城の呟きを聞き取ったように指摘した。どうやら少将は日本語も堪能、おまけに抜群の聴力があるようだ。

風間は益々不可解に思った。なぜこんな場に自分ごとき秘書官が呼ばれたのか。質問するわけにもいかず、岩城に倣って書面にサインをした。

三人がサインを終えると、クレイマーが切り出した。

「早速だが本題に入る。海軍第七艦隊がサイバー攻撃を受けている。横須賀港の海軍基地へのマルウェアの侵入で通信システムが一時ダウン、電子メールの使用が凍結され、通信に影響が出た。現在は回復し、ウイルス対策を講じているが、第二波への警戒を強化している」

どうやら日本だけなく米軍艦隊も攻撃を受けているようだ。クレイマーはすべてを承知したように続けた。

「自衛隊の駐屯地、レーダー基地にも同様の攻撃があったはずだ。だが、攻撃を受けたのは日本とアメリカだけではない」

本題はここからのようだ。クレイマーはさらに強い口調で続ける。

「攻撃は同盟国の韓国でも確認されている。そして北朝鮮でもだ」

風間はシュナイダーが二国間だけの問題ではないと断った理由を理解した。同盟国だけでなく、北朝鮮でもサイバー攻撃による被害が確認されている。その事実はある仮説を覆した。岩城もそれに気づいたようでクレイマーに問いかける。

「つまり、攻撃は北朝鮮からではないと」

クレイマーは即座に同意し、さらに危機感を煽るように続けた。

「攻撃者はロシアでも中国でもない」

クレイマーはそう断言すると、鋭く切り込んだ。

「北朝鮮のミサイル発射基地を攻撃した電子的攻撃の情報をＣＩＡがキャッチした。使用されたウイルスは通信制御システムハッキングウェアだと分析している。そのウイルスはかつてイランの核施設の遠心分離機の動作管理をしている制御装置を乗っ取ったウイルスの亜種だ」

イランの核施設へのサイバー攻撃は「スタックスネット」と呼ばれるマルウェアによるもので、米国家安全保障局（ＮＳＡ）が、イスラエル軍に属するサイバー部門の協力のもと実施した作戦だと言われている。もちろんクレイマーはイラン核施設を攻撃したのが自国の開発したマルウェアだと認めるはずもない。

岩城が北朝鮮でのサイバー攻撃の内容について質した。

「北朝鮮側の被害は？　攻撃を受けたのはどの施設なのですか」

クレイマーはこれまで以上に慎重な口調で単語を区切りながら答える。

「北朝鮮の核ミサイル開発施設、そして発射基地だ。乗っ取られた制御システムの中にはミサイル発射の基幹システムもある。国防総省ではこの事態を受けて、今後は核弾頭を搭載したミサイルの発射も想定した対応を取らざるを得ない」

これまで北朝鮮への警戒を続けてきた日本政府としては全く想定外の事態だ。北朝鮮ではなく、悪意を持った第三者の意思によるミサイル発射の危機が到来している。だが、米国はこの事態を極めて現実的に見ているようだ。

「未確認情報ではあるが、これが事実だとすれば、北朝鮮偵察中の我が国の偵察衛星が核弾頭を搭載したミサイル発射を確認した時点で日米安保条約を発動し、ミサイル基地を攻撃してほしい。日本政府が敵基地攻撃能力を持つミサイル防衛システムを導入したのはそのためだ」

強い衝撃に打たれたようにその場にいた防衛省幹部は言葉を失った。同時に風間がなぜこの場に呼ばれたのかがわかった。敵基地攻撃を決めるのは、防衛省ではない。官邸であり総理だ。その官邸につながる人間を同席させることで、暗に官邸に情報を上げようとしている。もちろん、やみくもに情報を出せば、政治的な混乱が起きる。そこで非公式とし、日本政府の対応について事前に情報を取ろうという思惑なのだろう。

ミサイル発射に言及したことで、風間は官邸の立場で意見を述べた。

「しかし、万が一基地が乗っ取られたとしても、それは北朝鮮の意図することではありません」

「そうだ。だからこそ我々も情報の確認に最善を尽くしている。だが、敵が国家だろうがテロリストだろうが自国が危険に晒(さら)されている以上防衛手段を取るのは当然ではないかね」

真っ当な意見だ。クレイマーはさらに厳しい視線で日本側に詰め寄った。

「北朝鮮の核開発はすでに完成しており、目前の脅威として存在している。我々の調査で北朝鮮は寧辺(ニョンビョン)にある実験用原子炉を稼働させたことがわかった。これによりプルトニウム型原爆の開発を再開したことが明らかになっている。わが国はすでに北朝鮮は実用可能な核弾頭とミサイル発射技術を持っているとみている。そしてその核弾頭の射程にはグアム、ハワイの米軍基地も入っている」

　過去、北朝鮮は何度か核保有を仄めかしてきた。一九九〇年代、米国は北朝鮮が原子炉を再稼働させたという兆候を何度も摑んだ。当時のクリントン政権は核施設への先制攻撃を検討、一触即発の状態に陥った。米朝での戦争が現実味を帯びた局面で、一九九四年六月に訪朝したジミー・カーター元大統領は金日成（キムイルソン）国家主席と会談、米朝高官協議の再開を決めた。その後、米朝交渉が進み、同年十月米朝基本合意文書が調印された。軍事衝突は回避され、今日に至っているが、その後も核実験は行われ、弾道ミサイルは発射されている。

　クレイマーは深刻な表情で続けた。

「ＤＩＡはこの事態を受け、ウイルスによる影響が実行可能な段階でレッドラインを超えたと判断し、直ちに大統領に軍事オプションを提示する用意がある。『作戦計画７９１１』を発動し、先制攻撃で核施設を叩く。日本が攻撃を拒んだ場合は、わが国が北朝鮮のミサイル発射基地に攻撃をかける」

　核ミサイル発射がアメリカにとっての脅威である以上、かの国は躊躇（ちゅうちょ）なく作戦を実行するだろう。

　クレイマーは危機感を煽るだけでなく、具体的な行動計画にも言及した。

「国防総省では攻撃の準備を進めている。東シナ海に哨戒（しょうかい）機を配備、核施設の監視を続けている。核施設の場所は特定されており、グアムに配備した我が軍のステルス爆撃機Ｂ１Ｂは命令から四時間以内に核施設と周辺施設、さらにミサイル発射基地を同時に殲滅（せんめつ）できる」

　非公式とはいえ保秘誓約書を用意してきただけのことはあった。ここまで情報を明かすとなれば、作戦準備は本当に整っているはずだ。だが、その情報は日本政府にどういうルートで伝わっているのか。外交チャネルには様々なルートがあるが、軍事情報は限られた部隊間、または防衛省の現場レベルで伝わることが多い。それだけ軍幹部のシビリアンに対する信頼度は低い。

「それだけのオプションを取らねばならない状況となれば、我々も政府高官との情報共有が必要です」

武藤の懸念にクレイマーは即答した。

「日本の政治家に伝えるのは最後だ。そんなものは電話一本で済む話だ。大統領がプライムミニスターにホットラインで伝えればいい。余計な情報は日本政府を慌てさせ、世論を煽り、判断を誤らせる。重要な決断に必要なのは、時間ではない。我々の情報と戦略的な忠告だ」

クレイマーは全てを察したように視線を風間に向けた。

「ミスターカザマ、君はこの問題をどう考える」

クレイマーは風間の立場も経歴も織り込み済みで質問している。

「速やかに官邸内で情報を共有するべきです」

「総理は正しい判断ができるだろうか。私は日本人を信用していないわけではない。日本の政治家の判断力に疑いを持っているのだ」

まるで官邸に挑戦するような態度だった。クレイマーは、政治的な決断ができない日本人に考える時間は必要ない、実行部隊の準備が優先だ。そう言いたいのだ。

直球なのはアメリカ式なのだろう。だが、わざわざ重要な情報をこうして伝えにきたのには理由があるはずだ。風間はその目的を探った。

「なぜそのような重要な情報を我々に――」

クレイマーの目が鋭く光った。

「軍事作戦の端緒が複数発生しているからだ。三沢に配備された自衛隊所有の無人偵察機が北朝鮮との国境近くで行方不明になったという報告が入っている」

「グローバルホークはテロリストにハイジャックされ、議事堂に衝突したはずですが――」

岩城が状況を確認すべくクレイマーに訊いた。

クレイマーが岩城の発言に水を差すように視線を向けた。

「我々が摑んだ情報では、事故現場から回収した機体の破片にグローバルホークには使われていない部品があった」

クレイマーの言葉に風間は驚きを隠せなかった。

「どういうことですか」

クレイマーはあくまでも冷静沈着に事態を説明した。

「事故現場から回収した百五十数個の破片をメーカーのテクニカルチームが分析したところ、部品の一部が中国製だったことがわかっている。我が国の軍産企業が中国製の部品を使うことなどあり得ない」

アメリカの軍需産業の機密が詰まった偵察機に中国製の部品が使われているはずはない。その意味するところは――風間は仮説をクレイマーにぶつけた。

「あの機体は中国で製造されたものだということですか」

「その可能性が高い。すでに中国製の無人偵察機は市場に出回っている。現に北京(ペキン)の軍用兵器の展示会で中国企業が見本を披露している。我が国の偵察機と比べるとはるかに性能が落ちる粗悪品だがね」

それが本当だとすると、機体はハイジャックされたのではなく、攻撃のために用意されたということになる。もしそうなら新たな疑問が浮かび上がる。

「だとしたらグローバルホークはどこに消えたのですか」

風間の問いにクレイマーは冷徹に言い返す。

「それは君たちが調査すべき事項だ。我々にとっては機体が中国製であったほうが都合がよい。我が国の軍需産業が製造した兵器に欠陥があっては困る。だがこの情報は君たちにとっては高度に政治的な問題を引き起こすのではないか」

クレイマーの指摘するとおり、安易に中国製と発表すれば中国政府を刺激する。テロリストに中国製兵器を売り渡したなど、中国政府が認めるはずがない。

「その情報は我々が真偽を確かめるまで公表を控えてほしい」

クレイマーは承知したとばかりに頬を緩めた。

「結構だ。我々もいたずらに中国を刺激するのは得策ではないと考えている。いずれにせよ無人偵察機による攻撃はテロ犯の仕業だ。現在の状況を考えれば、テロ犯との戦端は開いていると考えるべきだ」

戦端が開いている。その言葉は重く風間の胸に突き刺さった。だが、このまま米国の情報を信用していいのかどうか疑問が残る。風間はクレイマーに重要な質問を投げかけた。

「アメリカはテロリストの正体を摑んでいるんですか」

米国が開発したウイルス、同盟国を含む電子的攻撃、そして日本への宣戦布告。それらの点を線で結んだ先に浮かび上がる人物は一人しかいない。

「もちろん摑んでいる。その件は別のルートで貴国と交渉を続けている。テロリストは日本人でかつて両国の情報機関に所属していた人物だ。男の名は赤星瑛一。米国は日本政府にテロ容疑で赤星の引き渡し要請をしている。我々が貴重な情報を提供したのは、赤星の件で協力してほしいからだ。ミスターカザマ、君がサイバーテロ対策の事務局にいることは知っている。テロを防ぎ、事件を解決するためにも彼の身柄の確保は重要だ。日本の警察に任せていては事件の解決は程遠い。もし我々に協力してくれるなら、サイバーテロへの対抗策で協力しよう」

呼び出された理由はこれか。クレイマーの言う協力は要請ではなく強要であることは承知していた。風間は右手をクレイマーに差し出した。クレイマーは口角を上げ、その手を摑んで握り返した。

「何度も言うがここで話した情報はすべて極秘事項だ。くれぐれも取り扱いにはご注意願いたい」

クレイマーは念押しするように一同を見渡し、席を立った。風間はあまりの衝撃に何も言い返せないまま、極秘会談が終了した。

協力を約束したはいいが、果たしてどこから手を着ければいいのか。警察で取り調べを受ける赤星へのアプローチにはやはりあの男の協力が必要だ。警察庁の榊原から赤星の情報提供を要請されていた。奴を利用して赤星の引き渡しに道をつけなければならない。

風間はC棟から出た後、岩城を呼び止めた。

「赤星の件で少し話がしたい」

「いいだろう。情報本部の会議室に行こう」

予想していたかのような岩城の反応に、風間は岩城からの呼び出しのもう一つの理由を悟った。岩城は入省以来情報本部勤務だ。赤星がかつて情報本部にいたとすれば同僚だろう。知らない関係ではない。

風間は岩城の背中を見ながら、情報本部に向かった。

C棟の情報本部は風間にとっても懐かしい古巣だった。情報本部は国防総省の情報機関であるDIAを模して各幕僚監部の情報機関を集めて作られた。軍事情報を統合する情報機関は防衛戦略に欠かせず、戦術レベルだけでなく、大局に立った情報収集、分析を目的に組織化された部署である。

部長室に入ると、岩城に向かい合うように座った。岩城はデスクの上にある書類の束を掴み、風間の前に置いた。

「渡そうかどうか迷ったが見過ごすわけにはいかなかった。うまく使ってくれ」

紐で綴じられた厚い紙の束の表紙には『新・戦争論』と書かれていた。

「これは何だ」

「おまえに今一番必要なものだ。このレポートに事件のヒントが書かれている」

風間はレポートを手に取り、ページをめくった。二枚目にはこのレポートの筆者が書かれていた。岩城の意図がわかった。確かにこの資料は事件の手がかりとなる。

情報本部統合情報部　赤星瑛一
「どうしてこれを――」

「赤星とは情報本部で同僚だった。当時赤星が本部長に進言したレポートだ。コピーをもらっておいた」

風間はレポートを慎重にめくった。総論には赤星が防衛庁に在籍していた二〇〇五年時点での各国の軍事情報、政治的状況、防衛技術に関する情報が書かれていた。そして最後のパラグラフにレポートの主旨が記されていた。

これからの戦争は対称戦から非対称戦に移行する。兵器は人的被害のない無人兵器、サイバー兵器が主流となる。中でもサイバー戦争は戦争の在り方を大きく変える。

「このレポートはサイバー戦争について書かれたものか」

岩城が頷いた。

「赤星が考えていたのは新しい戦争だ。即ち非接触戦、人が介在しない電子的情報戦、つまりサイバー空間での戦争だよ。レポートには各国のサイバー兵器や人員、組織、技術に関する情報が盛り込まれ、同時にこれから防衛庁に必要な組織や人材、予算について言及している」

当時、防衛庁にはサイバー部隊なる組織はなかったはずだ。敵国からのサイバー攻撃には無防備で、その備えは諸外国と比べても大きく遅れていた。

「レポートには防衛庁内に早急にサイバー部隊を設立するための措置がまとめられている。情報本部内にサイバーテロ対策を担う組織が必要だという赤星の意見は一方で正論、他方で拙速だった。二〇〇六年の時点でもサイバー攻撃による危機意識はあった。だが、当時は具体的なサイバー対策部隊の構想が持ち上がるには早すぎた。サイバー防衛で先を走るアメリカは二〇〇九年にサイバー軍を創設した。それまでサイバー作戦を担っていたNSAはイランの核開発施設を狙ってサイバー攻撃をかけた。赤星がこのレポートを書いたのは、その三年前、赤星が防衛省を辞めて渡米する直前だ。問題は――」

岩城は風間が読んでいたレポートに手を伸ばし、ページをめくった。

サイバー技術による敵国への攻撃

タイトルが示すとおり、開かれたページにはサイバー攻撃の具体的な攻撃方法について書かれてあった。

「当時の赤星の意見をどう政策に反映させるべきか考えた。躊躇したのは赤星のレポートに危険な臭いを感じたからだ」

岩城が言わんとすることは風間にも十分理解できた。

「サイバー攻撃からの防御ではなく、攻撃に主眼を置いた内容など認められるはずがない」

レポートはサイバー攻撃に備えるべきポイントとしてホワイトハッカーの育成とウイルスの開発にも言及していた。岩城が先を続ける。

「攻撃は最大の防御とは言うが、防衛庁でそんな言葉は禁句だ。いくら仮想空間といえども攻撃を前提とした兵器の開発は防衛庁の、いや日本の取るべき政策ではない」

防衛という枠組みを超えるその内容が庁内で受け入れられるはずもない。それが当時の庁内の総意だったはずだ。その点は風間も同意見だ。だが、岩城が指摘する問題はそれだけではなかった。

「このレポートに書かれている攻撃方法は赤星が渡米後、イランの核開発施設でアメリカが実行したサイバー攻撃と同じ作戦だ。それだけではない。敵国の軍事施設をコントロールするためにさらに強力なウイルスを開発する必要性について書かれてある」

岩城がなぜこのタイミングでこのレポートを見せたのか理解した。直前にＤＩＡのクレイマーに会い、北朝鮮の核ミサイル基地がサイバー攻撃を受けているという情報を聞き、岩城はこのレポートを思い出したのだ。それはつまり、サイバー攻撃を仕掛けているテロリストこそ赤星本人ではないかという強い疑念を抱いたからに違いない。

「このレポートを借りてもいいか」

風間はレポートを閉じ、岩城に訴えた。

「いいだろう。ただし取り扱いには注意しろ。既に辞めたとはいえ、元防衛省職員が書いたレポートだということを忘れるな」

風間はレポートの束をかばんに収めた。


情報本部を出た後もレポートが気になった。官邸へ戻る間、風間は読みかけのレポートを開いた。赤星が何を意図してこのレポートを書いたのか、そしてこのレポートを書いてから今日まで何をしてきたのか、赤星の過去を想像しながら風間はページをめくった。

6

二〇二一年九月一一日　午後七時二〇分
桜田門　警視庁

取調室に入る前に神保が首を振って合図を送ってきた。どうやら何か言いたいらしい。榊原は取調室に隣接する予備室に入った。席に座り、タバコを取り出した。途端、神保の咳払いがライターを手にした榊原の手を止めた。タバコを吸わない神保の嫌悪を察し、榊原はタバコをケースに戻した。

「ここではタバコを吸う自由もないんですね」

精一杯の嫌みだが、神保は物ともせず言い返す。

「何をしてもいいというのが自由じゃない。社会の秩序を保つにはルールが必要だ。警察官ならわかるだろう」

「いつから日本はタバコが禁止になったんですか」

「健康増進法を知らんのか。庁舎内は喫煙ルーム以外禁煙だ。民主主義で決められたルールだよ」

ルールというよりもただの同調圧力だ。喫煙者が減るとマイノリティが割を食う。世の中が多様化しているといっても所詮日本は同質性の高い社会だ。同じ考え、同じ習慣、そこから外れる人間は白い目で見られる。

「官邸がおかしな動きをしている」

神保の唐突な話に榊原は適当に返事をした。

「進まないサイバーテロ対策への批判をかわすために警察を槍玉にあげようとしているんじゃないですか」

「政権発足初日の非常事態だ。テロに対して強い態度をとったはいいが、テロリストに翻弄され、国民への被害も出ている。官邸としてはテロ対策以上に批判への対応が重要だ」

支持率が即政権の寿命に直結する民主国家では当たり前だが、最優先すべきは国民の安全、即ちテロ対策ではないか。それに――。

「警察だって国家機関です。警察に批判の矛先が向けば、政権だってダメージを受けます」

「国民はそうは思っていない。警察の不祥事で政府が批判されることはない。だが防衛省の不祥事に国民は敏感だ。何か問題があればすぐに大臣の首が飛ぶ」

神保の言う通り国防は政治に直結する問題だ。神保が先を続ける。

「わかっているだろうが我々には時間がない。上層部からは取り調べで犯人につながる手がかりを引き出し、テロ犯を特定しろという至上命令が出ている。結果が出なければ取調官を変えろと迫られている」

相変わらずこの組織は無茶をさせる。今に始まったことではないが、組織には代わりはいくらでもいる。

「だったら今すぐ誰かに代わってても構いませんよ」

榊原の開き直りを宥(なだ)めるように神保が言い返した。

「それだけ官邸が焦っているということだ。首都圏は交通麻痺状態、都内には帰宅難民があふれている。自衛隊基地を狙った攻撃でレーダーサイトは機能不全、防衛の要と言える索敵能力が無力化、日本は目と耳を奪われ丸裸状態だ。対策チームは有効な手段を打てず、被害は拡大、官邸は追い詰められている」

「そこでアメリカに助けを求めたってわけですか」

神保は頷いて先を続けた。

「赤星をアメリカに引き渡し、その引き換えに日米安保を適用、サイバー対策で協力を得ようという思惑だ。取り調べで結果が出なければ、赤星というカードはアメリカに流れる。警察としてはなんとしても引き渡しを阻止し、独自に事件を解決したい」

それが上層部からのプレッシャーの理由か。官邸からの脅しに屈せず、警察の面子(メンツ)を守れ。幹部が考えそうなことだ。

「官邸のサイバーテロ対策は矢島官房副長官が指揮を執っている。秘書官の風間が妙な動きをしている」

風間とは、赤星に関する情報提供と引き換えに取り調べの情報交換を約束した。だが、風間からは一度接触があったきり連絡はない。赤星を手中に収めるため、約束を反故にするつもりか。

「唯一の手がかりである赤星をアメリカに渡せば、貴重な情報源を失います」

「だから時間がないと言っているんだ。これまでのような悠長な取り調べでは埒が明かない。次はもっと赤星を追い込め」

榊原は反論したい気持ちを抑え、口を噤んだ。いくら赤星を追及したところで、口を開かせるのは無理だと感じていた。それよりも赤星の過去を一つずつ引きはがし、あの男のストーリーを読むべきだ。

「取り調べの方法は任せていただけませんか。でなければ今すぐ取調官の任を解いてください」

どうせ責任を取らせるなら、好きにやらせてほしい。警察に長くいれば自分のような一匹狼が好きにできる組織でないことはよくわかっている。同時に利用価値があればとことん使い倒されることも承知している。赤星への執着は自ら認めている。あの男に纏わりつく、日本人とは異なる気質や思考に榊原は興味を抱いていた。一介の警察官僚が負える責任なんぞ高が知れている。それよりも赤星という男の物語を読みたい。それが榊原にとって最優先事項となっていた。

神保はしばらく沈黙したが、やがて目を細め、榊原を見つめた。

「いいだろう。だが結果が出せなければすぐに交代させる」

もとよりそのつもりだ。神保もまだ自分に利用価値があると思っているようだ。赤星と対峙するのはこれが最後になるかもしれない。貴重な取り調べにどう向き合うべきか。榊原は思案しながら取調室に入った。

取調室で榊原を待っていた赤星は相変わらず退廃した雰囲気を全身に纏っていた。だが目だけは強い光が宿り、その眼光に圧倒された。瞳の奥にあるのは怒りか、それとも憂いか。本人は紛争の解決に身を尽くしてきたと語るが、今目の前にいる男はアメリカからテロ容疑者として国際指名手配されている。どちらがこの男の本質なのか。その真偽を確かめるのは榊原に課せられた使命ではない。テロ解決こそが最優先事項と釘を刺されたばかりだ。それでもなお、榊原は事件解決に至るにはこの男を知るべきだと考えている。

榊原は机を挟んで赤星を見据えた。赤星はやや前かがみに背中を曲げ、静かに視点を榊原に合わせている。状況を冷静に俯瞰しているように見える。赤星の口元に微笑が浮かんだ。

「随分疲れているようだな。犯人の情報は集まったのか」

ただの挨拶程度の言葉か、それともこちらの持っている情報を探っているのか。

「素直に事件について話してくれればもう少し仕事が楽になるんだが」

「訊かれたことには答えている」

「だったらサイバーテロの首謀者を教えてくれ」

赤星は背中を椅子に預け、上目遣いに榊原を見上げた。

「神の意思だと答えたはずだ。不信仰者にはわからないだろうが、人が信じる限りこの世には神が存在する」

赤星は明らかに回答を拒んでいる。いや警察を愚弄しているともいえる。不意に怒りが沸きおこり、反射的に拳を机に叩きつけた。部屋に響いた音に赤星は無反応のまま、冷静に言い返す。

「焦っているようだな。手がかりが摑めず上司に叱責されたか」

赤星に見透かされ、榊原は怒りを胸の奥に沈めた。一服して心を落ち着かせたいところだが、取調室は禁煙だ。榊原は冷静になって赤星の意図を考えた。自ら身の潔白を証明すると言いながら、事態を見守るように話をはぐらかし、時間稼ぎをしているように見える。テロに屈せずと宣言した以上、日本政府は犯人の要求をのまない。テロについて話せば容疑を認めるようなものだ。情報を小出しにしてこちらの様子を窺っている。ならばこれ以上できることはない。

「取り調べで結果が出せなければ俺は取調官を首になる。これ以上話しても無駄なら俺は事件から降りる」

榊原はマジックミラー越しに神保に顔を向けた。ほどなくして神保が取調室に入ってきた。榊原は立ち上がり、神保に続いて取調室を出ようとした。背後から赤星の声が聞こえた。

「次は怖い刑事の登場か」

榊原は赤星を一瞥して言った。

「俺の知ったことじゃない」

それ以上何も言わず取調室を後にした。隣の部屋に入ると、神保が榊原の肩に手を置き、囁いた。

「タバコを一本吸ったらここに戻ってこい。それまでにお膳立てをしておく」

どうやら神保は榊原を続投させる気だ。この取り調べは上層部にも見られている。このまま膠着が続けば本当に取調官を交替させられる。赤星が榊原に心を開くには演出が必要だ。

外事情報部の八代が取調室に入り、赤星に向き合った。部内一の強面で押し出しが強い。

「さっきから黙って聞いてりゃなめたことばかりしゃべりやがって。俺はさっきの刑事ほど甘くねえぞ。何が神の思し召しだ。なめるんじゃねえぞ」

赤星は八代の口調をどこ吹く風と相手にせず、無言のまま目を瞑った。これならそう時間はかからず再登板になる。榊原は急いで喫煙室に向かった。

榊原のスマホに着信があったのは一本目のタバコを吸い終わったところだった。神保からの着信に出ると単刀直入に言われた。

「赤星から指名だ。おまえ以外とは何も話すつもりはないそうだ。随分と気に入られたもんだな」

まるでキャバ嬢の指名のように言ってくれる。だが悪い気はしない。これは俺の事件だという自負がある。赤星を無理にうたわせようとしても時間の無駄だ。奴の物語を読み進めなければ、事件の解決はない。それがハッピーエンドかどうかわからないが、少なくとも途中で投げ出せば世界が滅ぶ可能性だってある。

榊原は吸い終わったタバコを灰皿に押し付け、喫煙室を出た。

再び取調室に戻ると、さっきまで目を瞑っていた赤星がゆっくりと瞼（まぶた）を上げた。

「指名してくれたそうだな」

「話を聞く耳を持たない刑事とは会話が成り立たない」

「結構だ。では早速話を聞こう」

赤星は小さく頷き、話を先に進めた。

「日本はアメリカの同盟国だが、属国ではない。アメリカの言いなりではなく、何が本当に正しいのか判断できるはずだ」

「どういう意味だ」

「なぜアメリカが俺の引き渡しにこだわるのかわかるか」

「アメリカにとっておまえは裏切り者だ。イスラム過激派に転身したテロリストを断罪するのは当然だ」

赤星は表情を変えず、淡々とした口調で言い返す。

「俺は愛国者ではないが、平和のために尽くそうとした。アメリカの諜報員として身を捧げて仕事をした」

前回の取り調べで赤星は防衛省での仕事に限界を感じ、渡米したと話した。恒久的な紛争を解決する手段としてサイバー技術を活用するため、アメリカの情報機関で働き、中東の紛争解決に従事したと。

「アメリカの情報機関で働いていたおまえがなぜイスラム国に転身した？」

「転身ではない。潜入だ」

「潜入だと」

「そうだ。イスラム国を内部から崩壊させるための特務だ。だが作戦の裏にはもう一つの目的があった」

「別の任務があったということか」

赤星は頷いた。

「それこそがアメリカが俺の身柄の引き渡しを強要する理由だ」

赤星は榊原の意図を汲み取ったように核心に触れようとしている。ここにきてアメリカの機密を話そうとしているのが読み取れた。榊原は静かに赤星の言葉を待った。

「『ラッカ12』はアメリカが考えた作戦だ。ＣＩＡとＮＳＡの共同チームが運用するＩＳの名を借りたサイバーテロ集団だった」

――ＩＳの名を借りたサイバーテロ集団だと。

榊原の心臓が高鳴った。赤星の話は榊原の理解を越えていた。

「そんなはずはない。アメリカは『ラッカ12』を追っていた」

赤星が間髪入れず言い返す。

「証拠隠滅のためだ」

榊原は動揺を抑え、赤星に質した。

「『ラッカ12』の目的は？」

「表向きにはできないサイバー攻撃を実行するための特殊部隊だ。かつてアメリカはイランの核施設にサイバー攻撃を仕掛けた。そうした作戦はいくつもあったが、アメリカが直接手を下せばロシアや中国から批判を受ける。批判をかわすために偽旗作戦が必要だった。『ラッカ12』はアメリカがサイバー兵器を試すために作られたスケープゴートだ」

赤星が話したイラン核施設へのサイバー攻撃とは『オリンピックゲームズ作戦』を指す。ウイルスをイランの核施設へ侵入させ、制御する。核施設は打撃を受け、核開発にも影響が出た。それが米国NSAとイスラエル軍の諜報機関の共同作戦だったと言われている。

「CIAが立案した作戦には二つの目的があった。ひとつはイスラム国に潜入してサイバー攻撃集団を作り上げ、サイバー攻撃の検証を重ねる。もう一つは潜入したチームがイスラム国を内部から崩壊させる。つまりアメリカによる自作自演だ。任務を終えたチームは最後にイスラム国とともに消滅する。それで証拠隠滅というわけだ。世界中に散った『ラッカ12』のメンバーは全員殺される運命だった。その多くはシリアへの有志連合の空爆で死んだ。当然俺もそこで殺されるはずだった。運よく空爆を免れ、CIAの暗殺チームから身を隠したが、奴らは目的を完遂するまで容赦なく追いかけてくる。『ラッカ12』の残党は危険な存在だ。口を封じるためならどんな手段でも使う。アメリカはテロリストよりもはるかに冷酷な国だ」

それが真相だとすれば、赤星はテロリストではなく、むしろアメリカの作戦を遂行し、利用された挙句使い捨てにされた被害者だ。だが——。

「その話をどう信用しろというんだ」

赤星は遠い目で虚空を見つめていた。そして、ゆっくりと過去を振り返るように物語のページを開いた。

7

二〇一六年二月六日　午後六時二〇分
アメリカ　メリーランド州アナランデル

それが夢なのはなんとなくわかっていた。だがその夢はあまりにもリアルで現実との境界がわからなかった。

赤星の前には一人のアメリカ人が立っていた。分析官のスティーブはスクリーンを背に、神経質そうな顔でポインターを画面に当てながら早口でまくし立てた。

「中距離弾道ミサイルムスダンは旧ソ連の潜水艦発射弾道ミサイルR―27をベースにして作られたと言われています。射程四千キロ、グアム、沖縄が射程範囲に入ります。このムスダンの弾頭のペイロードは高性能爆薬が一・二トン分で弾頭分離機能を有しています。発射されれば十分以内に弾頭が分離、切り離された弾頭は重力で加速され、最大速度マッハ5以上、着弾と同時に着火、重要な軍事施設であれば簡単に破壊する程度の火力があります。もっともこれは通常火薬の場合であり、現在北朝鮮で開発中のプルトニウム型原子爆弾は推定百六十ＫＴ、これは長崎のプルトニウム型原爆の六倍、大都市をひとつ廃墟にする以上の威力があります。問題は弾頭に搭載できる核爆弾の小型化と起爆装置の開発がどこまで進んでいるかです。北朝鮮はすでにムスダンに搭載可能な核弾頭の小型化を成功させたと発表しています」

目の前の画面が次のスライドに切り替わった時、それまで薄暗かった部屋に強い閃光が走った。大音量の爆発音とともに窓ガラスが割れる大きな音が響いた。視界が遮られた赤星は腰をかがめ、這うように部屋の外に出た。薄い暗闇から誰かの声がした。ぼんやりとだが姿が見える。黒いニカーブを身に着けた少女。どんな夢にも必ずこの少女が姿を現す。そして決まりきった台詞を吐く。

「これは神の預言よ。見なさい」

少女が指差す方向を見た。強い風とともに砂ぼこりが舞う。割れた窓ガラスが壁に突き刺さり、床にも散乱した。窓の先に巨大な火球が見えた。その光の玉は膨張し、赤星がいる建物に高熱と爆風を運んだ。熱波による衝撃と激痛が赤星の体を包んだ。皮膚が焼けただれ、異臭を発し、肉が骨から削げ落ちる。阿鼻叫喚の中で目が覚めた。

嫌な夢だった。寝汗で全身がべっとりと濡れていた。悪夢は赤星を苦しめた。きっかけはイラクで拘束された体験だ。だが、悪夢はイスラム過激派に処刑されるシーンだけではなかった。赤星が直面する危機を反映した恐怖が現実感をともなって現れるのだ。一度心療内科医に診てもらった時に言われた病名を思い出した。

『タナトフォビア』、別名『死恐怖症』。

初めて聞く病名だった。思い起こせば渡米し、DIAに入ったのも、世界の滅亡を示唆する恐怖、そして漠とした死への恐怖を克服するためだった。以前よりも症状は軽くなっている。それでも悪夢はなくならなかった。

休憩室で仮眠を取っていた赤星は起き上がり、腕時計を見た。午前一時半。深夜に目を覚ましたのは、緊急の呼び出しがあったからだ。昨晩から北朝鮮の動きに異変があり、二十四時間シフトで監視態勢が取られていた。呼び出しがあってから二十時間以上の勤務の合間を縫って一時間だけの休息をもらい仮眠室で横になった。だが浅い眠りが悪夢に変わり、休むどころか疲労感が増した。

赤星は常備している抗不安薬を栄養ドリンクで飲み込んだ。気休めだが即効性のある安定剤で日々をごまかし生きている。いつか体と心に限界が来るのはわかっていたが、それでもこの仕事を続けているのは、他でもない。為すべきことがあるからだ。世界を平和に導くためにできること、いや自分にしかできないことをやる。壮言だと揶揄されようが構わない。この命はイラクの砂漠で消えていたはずだ。所詮おまけの人生、ならばやりたいこと、為すべきことをやって死ぬまでだ。

赤星はソファーから立ち上がり、顔を叩いて目を覚まし部屋を出た。

赤星は三年前、住み慣れたワシントンDCからメリーランド州に移り住んだ。

メリーランド州アナランデル郡、州の中央に位置するこの郡には二つの国家機関がある。アメリカ陸軍基地とNSAである。赤星が勤務するNSAはフォートミード基地の一画にある。

赤星率いるチームはサイバー攻撃の実行部隊であるTAO（テイラード・アクセス・オペレーションズ）に所属していた。TAOはサイバー技術の精鋭部隊であり、NSAが統括する作戦の中でも極秘任務が課せられている。その一つ、極東を担当する赤星のチームに新たな作戦指令が下っていた。

「デビッドからの指令が出た。作戦名『レフト・オブ・ランチャー』を実行する」

気安くデビッドと呼んだが相手はサイバー軍司令官を兼任するNSAの長官である。デビッド・F・クロサワ、日系三世で赤星をNSAに呼んだ本人にして、作戦の指揮官だった。NSAの最大の使命はアメリカを「核の脅威」から守ることだ。そのためNSAではシギント――電子機器を使った情報分析を駆使し、あらゆる情報収集を世界中で行っている。そのひとつが極東の独裁国家のミサイル発射情報だった。

赤星は薄暗いオペレーションルームの中央に備えられたディスプレイの前に立った。そこには上空から撮影した朝鮮半島の一画が映し出されている。アメリカ企業が保有する監視偵察衛星『ワールドビューⅡ』からのリアルタイム映像だ。

赤星はポインターを動かしながら、大陸の先端、二つの国家が国境を分ける朝鮮半島の一か所を指した。

「発射基地は北朝鮮、日本海に面した舞水端里衛星発射場。過去にも北朝鮮はこの発射基地から人工衛星の打ち上げと称して『銀河3号』を発射している。この『銀河3号』は『テポドン2』の改良型で射程は一万キロを超え、アメリカ本土も狙える長距離弾道ミサイルだ。監視衛星の情報を分析したところ、燃料タンク十数台が発射台近くに移動したことを確認した」

赤星はさらにミサイルについての説明を続けた。

「この情報を受けて統合参謀本部は弾道ミサイル観測艦オブザベーション・アイランドに警戒態勢を取るよう指示を出した。さらに日本の自衛隊が保有するイージス艦《みょうこう》と《ちょうかい》にSM―3迎撃ミサイルの準備を求めている」

オペレーションルームに集まったNSAの特殊作戦チーム全員に赤星の意図が伝わっていた。つまりミサイル発射の兆候を感知した国防総省は発射を阻止するための作戦を発動したということだ。

「NSAの分析チームもミサイルへの燃料注入は近いという見解だ。これを受けて大統領が作戦計画書に署名し、局長から指令が下った」

燃料の注入が開始されれば発射はほぼ間違いない。一度注入した燃料は長い時間放置すると発射に支障が出る。発射は高い確率で実行される。

「ミサイルの発射スイッチを握っているのはならず者国家の独裁者だ。ブッシュ大統領の言い方を借りれば『悪の枢軸』だ。そしてこの独裁国家はわが国の同盟国に隣接している。諸君も承知だろうが同盟国にある我が軍の基地には数万のアメリカ人が勤務している。我々の作戦は同胞を敵性国家のミサイルから守るためにある。作戦のオペレーションはリーに任せる。バックアップにジョンソン、ハッキングとプログラムの運用はリサが担当する。NSAが誇る精鋭で悪の枢軸を叩くぞ」

赤星の号令で作戦がスタートした。プログラム運用担当のリサ・スタンレーはハーバードで電子工学を学び、NSAでサイバー攻撃のプログラム開発を担当している。今回運用するのは、イランの核施設にサイバー攻撃を仕掛けた『オリンピックゲームス作戦』で使用された『スタックスネット』をプロトタイプに開発された新たなマルウェアだった。『LCDⅡ』と命名されたプログラムがミサイル発射施設の制御装置に感染すると、システム起動とともにミサイル発射に必要なネットワークを攻撃し、発射装置のコントロール機能をハッキングする。さらにシステムの指示系統や制御を操り、ターゲットへの照準や発射位置を狂わせる。

開発主任のリサはプログラムの性格から『マリオネット』と呼称していた。

「作戦を開始する。リサ、プログラムを起動しろ」

リサが持ち前の明るさを全面に出して答える。

「さあて、マリオちゃんお仕事よ。今日も頑張ってね」

リサがキーボードを軽快に叩く音が室内に響く。赤星はリーに次の指示を出した。

「偵察衛星からの情報を確認、ミサイル発射の動向を報告してくれ」

作戦主任のリーは香港(ホンコン)系アメリカ人でリサと同じく優秀なハッカーだ。NSAでは主にサイバー作戦を担当しており、赤星の右腕だった。

リーは監視衛星からミサイル発射の動向を監視するモニターを見つめながら呟いた。

「迎撃ミサイルの活躍を奪ってごめんなさい。けど、予算節約のためにはしょうがないのよね」

赤星はもとより迎撃ミサイルなど信用していない。運用しているのが日本の自衛隊となると期待できる代物ではなかった。アメリカの軍産企業を潤すための高額なおもちゃに過ぎない。

「ミサイルがミサイルを撃ち落とすなんて芸当が本当にできると思っているなら、軍のお偉いさんは相当能天気だな。もっとも軍産企業にとってはおいしい商品だが」

赤星の冗談にリーは口角を上げ、何かを察知したように画面に見入った。

「監視衛星がミサイル発射台に接近する燃料タンクローリーを確認しました。燃料注入、おなかいっぱいで、発射準備完了ってところです」

「リサ、プログラムを待機させろ」

リサが親指を立てて応じる。

『マリオネット』はネットワークを通じてシステムに侵入するタイプのウイルスではない。ミサイル発射システムは外部から完全に分離され、閉ざされたシステムであり、侵入するには内部のシステムにアクセスして直接ネットワークへの接触が必要だ。つまり感染には人の手の介在が不可欠なのだ。そこで作戦はＣＩＡとの共同運用とし、ヒューミントを担う工作員を潜入させていた。ＣＩＡの工作員ハン・ソンミは三年前から朝鮮労働党軍部に接近し、ハッカーとして部隊に潜入している。プログラムはすでにシステムに潜伏しており、起動とともに動き出す準備が整っているのだ。

「発射のサインが出たら、すぐに波状攻撃をかけろ」

リサがパソコンを操りながら答える。

「システム内のファイアウォールが作動、障害をスキャンしています」

リサの警告にリーが反応する。

「ちゃんとプログラムは動くのか」

リサが微笑を浮かべて手を動かしながら言い返す。

「マリオちゃんは伊達じゃないわ。このくらいの仕事ならちょろいもんよ」

軽口を叩くリサの目が一瞬光った。

「電子信号を感知、発射コードの入力が確認されました」

思った以上に早い行動だ。だが、それも想定済みだった。弾道ミサイルは過去何度も予告なしに発射されている。監視衛星は発射されて初めて赤外線探知により飛翔体を捉える。だが、システム内の電子信号を読み取るプログラムは発射準備の操作段階でミサイル発射の信号をキャッチすることができる。赤星がリサに指示を出す。

「プログラムの書き換えでランチャー位置を変えろ」

これまでの『銀河2号』の着弾位置は射程距離をあえて短くし、高高度で発射してきた。同じように発射角度を極端に上げ、高高度で射程を短く取り、被害を最小に抑える。

「ミサイル発射装置の指示系統にも攻撃を仕掛けろ」

リサは「合点承知」と応え、ピアノを弾くようにキーボードを操った。

「頼むわよ、マリオちゃん」

リサはまるでペットを扱うかのような調子でサイバー攻撃を続ける。攻撃による破壊行為、人的被害はゼロ、兵士の犠牲も市民への被害もない。攻撃と称しているが、実際はミサイル発射を食い止める防衛措置なのだ。これこそが赤星が描いていた新しい戦争、情報戦争(インフオメーシヨンウオー)だった。

「プログラムが停止、発射指示系統に障害を確認」

リサの勝ち誇った表情にリーが応える。

「監視衛星からの赤外線反応はありません。ミサイル発射は確認できません」

「発射前にコンドームの装着が間に合ったってことか」

茶化すリーにリサが中指を立てて睨んだ。

「下品な表現ね。今度言ったらセクハラで訴えるわよ」

リーは「おー怖、以後気をつけまーす」と苦笑いした。

赤星は安堵(あんど)して緊張を解いた。地味だが勝利の証(あかし)だ。ミサイル発射を未然に防ぐ。世間には知られない成果だが、それでよかった。迎撃など所詮は対症療法に過ぎない。発射を食い止めるのが最善策なのだ。

勝利の時間も束の間、突然リーの声が室内に響いた。

「別のエリアで赤外線反応を確認」

一同の視線がリーに向いた。

「北西部の平安北道（ピョンアンプクド）の東倉里（トンチャンリ）にある基地からミサイルが発射されました」

リサがリーを責めるように睨む。

「そんなの聞いてないわよ」

さすがに発射基地が違ってはプログラムの運用はおぼつかない。赤星がリーを横目に見る。

「経過は？」

「既にミサイルは発射され着弾したようです。今、飛翔経路についての情報をとっています」

——発射された。つまり未然には防げなかったということか。

オペレーションルームに沈黙が漂う。

五分後、ようやくリーがＤＩＡから電話で情報を吸い上げた。

「北朝鮮北西部から発射された飛翔体は七時五分頃、沖縄県の上空を通過し、日本の南約二千キロの太平洋上に落下したそうです」

沈滞するメンバーに赤星は声をかけた。

「気に病むことはない。一勝一敗だが、プログラムは確実に機能した。次は全勝を狙う」

メンバーは渋々納得し、さざ波のような拍手が起こった。赤星は頷きながら、全員を労った。

だが、心情は複雑だった。

二つの基地からの同時発射。いや、基地は他にもある。同時に攻撃されれば、ひとつのプログラムでは防ぎきれない。赤星にとってそれは事実上の敗北だった。

8

二〇一六年二月七日　午後一時一五分
アメリカ　バージニア州ラングレー

北朝鮮からのミサイル発射のニュースは翌日には全世界に流れ、各国で非難の声明が出された。だが発射が一か所ではなく、二か所からで、そのうち一か所はアメリカの極秘作戦により発射前に阻止されたという事実は報道されなかった。

翌日、赤星はラングレーに呼ばれた。作戦責任者であるNSAの指揮官デビッド・クロサワから新たなミッションがあるとだけ告げられていた。その内容はCIA本部で説明すると言われ、部下にも口止めされていた。

呼び出したのはCIAの特殊任務を司るテロ対策センターのセンター長だった。わざわざNSAの職員をラングレーに呼んだということは、NSAとCIAによる新たな共同作戦の計画に違いない。目下アメリカが頭を悩ませている問題は極東の独裁国家の監視ではない。未(いま)だ混乱が続く中東にある。赤星は作戦が中東情勢に絡んだものだと直感した。

車がCIA本部に到着し、赤星は会議室に案内された。会議室の中央に置かれたデスクに三人の男が座っていた。中央に座る男性は中肉中背、年は五十代半ばくらいだろうか。白髪交じりの髪を後ろに撫(な)でつけ、フチなしの眼鏡をかけている。赤星を見ると自己紹介をした。

「テロ対策センターを任されているウイリアム・ライデンだ」

微笑を浮かべながら立ち上がり、握手を求めるライデンの手を握ると、テロ対策センターのトップは両脇に座る職員を紹介した。

「今回の作戦を指揮するマイケル・コリンズだ」

精悍な顔つきの黒髪の男は中東担当だけあって顎鬚をはやし、肌も黒く焼けていた。

「もう一人は陸軍から出向している元デルタフォースのロバート・エイカー中佐、作戦の実行部隊長を務めている」

スーツよりも軍服が似合うマッチョな男は岩のような硬い表情で赤星たちを見つめていた。歓迎されているという雰囲気はないが、どうやらこの男たちと共同作戦をすることになるようだ。

赤星は二人に挨拶して席に着いた。

ライデンが単刀直入に話を切り出した。

「噂は聞いている。クロサワが高く評価していた。君をDIAから引き抜いたのは成功だった。特務チームのこれまでの働きにクロサワも満足している。その手腕を今度の作戦でも発揮してほしい」

のっけから赤星を見定めるような挨拶に赤星は「それはどうも」と応え、切り返した。

「買いかぶられては困ります。昨日もある作戦で手痛いミスをしたばかりです」

ライデンは頬を緩め、言い返す。

「北朝鮮のミサイル発射阻止のことか。気に病むことはない。詳細はクロサワから聞いている。あれは別のチームのミスだったそうだな」

ＮＳＡでは複数のチームが動いているが、他のチームの作戦内容や情報は聞かされていなかった。

「知らんのか。ミサイル発射基地は三か所あった。君たちが担当した基地での作戦は成功した。

だが、君たちが動かしていたプログラム以外にもミッションはあったのだ」

　他のチームがどんなミッションで作戦を進めていたのか知る由もない。赤星が黙っているとライデンが続けた。

「別のチームは新しい技術のテスト段階に入っていた。だが、その技術は未完成でうまく作動しなかったのだ」

「新しい技術とは？」

　ライデンは極秘事項だが、と断りながらも情報を出した。

「ＥＭＰ、電磁パルスの実用化だ。あらゆる電子機器の機能を停止させる最終兵器（リーサルウエポン）だよ。詳しくは話せないが、今後新たな任務でこの技術が役立つ場面があるだろう」

　どうやらＮＳＡにはいくつものブラックボックスがあって、その中身はごく少数の幹部しか触れられないようだ。

「ところで、君にコードネームはあるか」

「コードネームではありませんが、部下からはレッドスターと呼ばれています」

　軍隊でもないＮＳＡにコードネームなどないが、時々そう呼ばれることがあった。

「ではレッドスター、君には新たな任務に就いてほしい。テロ対策を目的としたサイバーチームだ。ターゲットは中東。シリア、イラクにまたがるバグダッドベルトで勢力を広げているＩＳを叩くための作戦だ。ＣＩＡとＮＳＡ、陸軍で共同作戦を運用するため混成チームを組織する。作戦を率いるのはコリンズ、そして実行部隊をエイカーに任せる」

　ライデンは手元に置いていたペーパーを赤星たちに渡した。

「この作戦起案書は合衆国の最高機密レベルの『最高機密特別情報』であり、シリアルナンバーが記されている。君たちが目を通したらすぐに回収する」

起案書に書かれていた作戦名は『シャドウ・オブ・ラッカ（ラッカの影）』、主旨にはサイバー攻撃部隊の新たな設置と書かれている。ライデンが作戦の詳しい説明を始めた。

「大統領がＰＰＤ21（大統領政策指令）に署名した。ＰＰＤ20からさらに一歩踏み込んだ革新的な政策だ。これにより我々は他国へのサイバー攻撃が可能になった。武器を使わない攻撃は大量破壊や殺戮なしに敵にダメージを与えることができる。我々はいかなるサイバー攻撃も可能となり、煩わしい縦割りの手続きなく迅速かつ有効なサイバー作戦を実行に移せる」

起案書に目を通した赤星はこの作戦の本質がかなり踏み込んだ内容だと理解した。

「この作戦の起案書に大統領の署名は必要ないということですか」

「そのとおりだ。表立ったサイバー攻撃はロシア、中国はもとより同盟国からも批判を受けかねない。そこで、我々は二つの問題を解決する妙案を考えた。即ち、イスラム過激派の撲滅とサイバー攻撃の軍事利用を推進する画期的な作戦だ。この作戦ではたとえ非合法の攻撃であろうと制限なく実行できる」

ライデンは作戦の核心に触れず、概略を説明するに留めた。それは口にするのもおぞましい謀略だからだ。赤星はそれをはっきりさせるべく、起案書を素早く読み込み、ライデンに迫った。

「作戦を端的に説明すればイスラム国に潜入し、サイバー部隊を設立、そのサイバー部隊が各国にサイバー攻撃を仕掛ける。その部隊は合衆国が操り、時限的にイスラム国を内部から崩壊させるとあります。謀略の限りを尽くしたこんな作戦を大統領の署名なしで実行するつもりですか」

ライデンの顔から笑みが消えた。フチなし眼鏡の奥の瞳が鋭く赤星を射貫く。

「大統領には作戦の主旨と効果をお伝えしている。作戦の権限はＣＩＡ長官が握っている。もちろん、NSAも同意のうえだ」

ライデンの発する強い圧を正面から受けた。だが、赤星はそれを撥(は)ねのけ、ライデンに真っ向から反論した。

「こんな作戦には同意できかねます。第一ハッカーをシリアに送り込むには様々な危険が伴います」

作戦計画にはISへの作戦要員としてホワイトハッカーの潜入も示唆されている。ISへ入国する志願兵をハッカーに育てるための教育係である。

「君に作戦の同意を求めているのではない。このプロジェクトに参加する意思があるかどうかを訊いているのだ」

赤星は沈黙した。人選という点で他にも候補はいる。火中の栗を拾う必要はない。

ライデンが決断を促すよう赤星をたきつける。

「君の今後のキャリアを考えれば受けたほうがいいと思うが」

まるでメフィストフェレスのような悪魔の囁きだ。そしてこの誘いを断った場合、自分のキャリアがどうなるか容易に想像できた。コマがひとつ欠けたところで組織はどうということはない。もちろんここまでの機密を聞いたからには、金輪際まともに道を歩くことはできないだろう。

「拒否権はないようですね。こんな作戦に部下は巻き込みたくない。私一人でやります」

これまでアジア人という偏見を押しのけ、実績を積み上げてきたが、こんなクソな作戦に駆り出されるとは。たかがアジア人一人の命、所詮は合衆国という巨大国家の使い捨ての部品でしかない。

心の内を見透かしたようにライデンが赤星に言い聞かせる。

「ひとつ言っておくが我が国がこの作戦に踏み切るのは、止むを得ない事情があってこのことだ。すでにロシアは二年前から各国に代理ハッカーを送り込み、攻撃を仕掛けている。さらにＩＳがヨーロッパ各国から若いハッカーを集め、サイバー部隊を編制する計画を立てているという情報もある。イラク、シリアにはこれまでも多数のＣＩＡの資産(アセット)を投じてきた。だが、著しい成果は出ていない。我々に必要なのは即効性のある画期的な作戦だ。我々が手をこまねいている間に敵は先手を打って仕掛けてくる。すべては脅威を取り除き、国家を守るためだ」

同意も否定もできないまま、赤星は作戦への参加を余儀なくされた。どうせ拒否権がないのであれば、いかに作戦を利用し、我が目的を果たすかだ。赤星の手に委(ゆだ)ねられた平和と謀略という二つの相容(あいい)れない言葉がゆっくりと混じり合い、別の色を作り出そうとしていた。

9

二〇一六年六月二三日　午後一時三〇分
アメリカ　バージニア州アーリントン

作戦への参加を決めた赤星は現地への潜入の準備に、三か月を費やした。現地の情報収集、協力者の確保、潜入工作員に必要な訓練、あらゆるシミュレーションを重ね計画を練り上げてきた。この間、中東情勢に不介入路線をとっていたアメリカはＩＳの領土拡大に危機感を抱き、ＩＳ弱体化に向けた作戦が急務となり、赤星にもその命令が下った。

ラッカへの派遣を一週間後に控え、どうしても行きたい場所があった。この日、赤星は作戦主任のコリンズを誘い、アーリントンを訪れていた。ワシントンDCからポトマック川を渡ったアーリントン国立墓地。その一角で赤星は黙禱（もくとう）を捧げていた。ここはアメリカ人にとって特別な場所であるが、アメリカ国籍を持たない赤星にもその厳かな空気は伝わっていた。

ここにはジョン・F・ケネディの墓もある。キューバ危機と対峙した若き大統領はアメリカだけでなく、世界を核戦争から救った。その思いに赤星は自らの決意を重ねた。願いはたったひとつ。

――世界の平和。

それは平穏とは違う戦いの末に勝ち取る束の間の勝利だ。平和は天から与えられるものではない。戦いの末に勝ち取るものだ。戦いを避け、平穏に逃げ込む行為を平和とは言わない。なぜなら世界はつながっているからだ。世界には常に混乱と争いが存在し、それを無視して平和を享受することなどできないのだ。人は孤立して生きてはいけない。だからこそ赤星は渡米し、世界を相手に戦っている。たとえ理不尽な作戦であろうと身を投じるのはそのためだ。どんな棘（いばら）の道が待っていようと、その先に平和が見えるなら、その道を進むだけだ。

顔を上げ、墓地を俯瞰した。曇天の下、赤星の前に突然黒いニカーブの少女が現れた。それが幻視であることはわかっていた。だが、その像はどこまでも現実とつながっており、抗（あらが）っても消えない脳裏に巣くう執着のようにも見えた。

――神の意思に従い、ラッカに行くのだ。

何度か夢に現れた少女は同じ台詞を唱えた。作戦に加わり、シリアに行けと神が言っている。それが運命だと言わんばかりに。

「どうした、感傷に浸るなんてらしくないな」

隣に立つコリンズが茶化すように言った。

「ここには追悼に来たんじゃない。俺はアメリカ人じゃない」

コリンズは赤星を一瞥し、問いかけた。

「だったら何しに来たんだ」

「声を聞きに来た。祖国のために死んだ兵士の声を」

祖国アメリカのために戦った無名の兵士。その中には太平洋戦争期に日系移民でありながら、アメリカの軍役についた日系人も埋葬されている。そして、多くの兵士は祖国の戦いでありながら、ベトナム、アフガン、ソマリア、イラクなど祖国から遠く離れた戦地で没している。その戦いはアメリカを守るためではなく、アメリカの正義を守るための戦いだともいえる。もっとも、その中には疑うべき正義もあったろうが、兵士たちは国を、家族を守るために自らの命を犠牲にして戦った。

コリンズは基地を俯瞰して、赤星に訊ねた。

「何か聞こえたか」

「銃声と衝撃波、悲鳴と阿鼻叫喚だ」

コリンズが視線を逸(そ)らせ、顔を歪(ゆが)めた。

「国のために身を捧げた兵士には名誉と安らかな眠りが与えられる。最後の瞬間は苦しくとも、ここに眠る魂は穏やかだ」

「それは違う。戦場の恐怖は兵士が一番よく知っている。野蛮な殺し合いを正義の戦いにすり替えたくない。俺が今度の作戦に参加するのは、武器を使わない戦いだからだ」

赤星の言葉を鼻で笑い、コリンズは持論を話した。

「テロとの戦いはそんなに甘いもんじゃない。ダーイシュにとって、ムスリム以外の異教徒は敵だ。第一話し合いが通じるような奴らじゃない。俺にしてみれば奴らはゴキブリ以下だ。駆除しなければ世界中に繁殖し、害をまき散らす。俺はゴキブリをウイルスで駆除できるとは思っていない」

ダーイシュはイスラム国の蔑称として使われている。作戦を統括するコリンズにとってサイバー攻撃はあくまでも潜入工作のための道具に過ぎない。真の目的はイスラム国の崩壊だ。だが、赤星はコリンズとは違う意見を持っている。

「イスラム教すべてが悪ではない。異教を批判するだけでは宗教的対立は解決しない」

コリンズの怒気が赤星を捉える。

「そんなことはわかっている。だがアルカイダとダーイシュは別だ。クレイジーなカルト野郎たちと仲良くするなど土台無理な話だ。異教徒の子供を殺して生首でサッカーに興じるクソな連中と友達にはなれん」

コリンズはこの三ヶ月間、作戦について入念な準備を進めてきた仲間だが、彼を動かしているのはテロへの憎しみだった。妻と娘を9・11(ナイン・イレブン)で失ったコリンズはイスラム過激派のジハーディストに強い恨みを抱いている。

「だが、それでは永久に対立はなくならない」

「いや、バグダディを殺せば我々は勝つ」

アブ・バクル・アル・バグダディ。イスラム国のカリフを名乗る男が今回の作戦のターゲットだ。イスラム国への潜入の目的は奴の居場所を特定し、暗殺することだった。

「これまで何度も奴の暗殺を試みたが、いずれも失敗に終わった。今度こそ奴を仕留める」

コリンズの決意には並々ならぬものがあった。だが実際にＩＳに潜入するのは作戦を指揮するコリンズではなく赤星だ。もっとも暗殺は工作員の仕事ではない。あくまでもターゲットを引き付け、死に導く手助けをするだけだ。

「バグダディと仲良しになれといったのはおまえだ」

「酷な任務だが、やり遂げてほしい」

ハッカーとしてＩＳに潜入し、サイバー部隊を作り上げ、バグダディの信頼を得る。そんなバカげた作戦が果たして成功するのか。だが、ＣＩＡは本気でその作戦を実行するつもりだ。どんなにバカげた作戦でも彼らは躊躇なく推し進める。でっち上げの戦争を始めた連中に不可能という概念はないようだ。

「やるだけやってみるさ。ところで例の少女は見つかったか」

赤星がコリンズに依頼したのは、ザルカウィが生前傍においていた謎の少女の調査だった。かつてファルージャで拘束された時に出会った少女。赤星はその正体を突き止めるため、この作戦に参加したともいえる。もし本当にそれが神の意思ならば、もう一度あの少女に出会えるはずだ。そして問いたい。あの時助けた理由、神の預託と言った意味を。

「現地の諜報員を駆使して調べているが、なにせ情報が少なすぎる」

期待はしていなかった。ただ、処刑を免れたのは紛れもなく神の意思、いやあの少女の意思だ。ならば今自分が生き延びている意味を知るべきだ。

「あきらめず調査を続けてくれ」

コリンズは黙って頷いた。

「作戦の成功のためなら労力は惜しまない」

赤星はもう一度コリンズに念を押し、墓地の一角にある「永遠の炎」を見つめた。それはケネディを悼む炎、そして平和の象徴でもある。核戦争を防いだ大統領に見えていたものを赤星はこの墓地で見つけようとした。だが、その炎からは何も感じ取れなかった。

10

二〇一六年七月一日　午後二時一五分
シリア　ラッカ

預言者ムハンマドは今から約千四百五十年前、聖地メッカで生まれた。父は生まれる前にこの世を去り、六歳で母が亡くなり孤児となった。叔父に育てられたムハンマドはやがて商人として生計を立てる。四十歳の頃、唯一神アラーの啓示を受け、神の使徒として絶対的意思への服従（イスラーム）を唱えた。信徒は増え、イスラム教は一大宗教勢力となった。ムハンマドはメッカで迫害を受け、メディナに移る。以来、メディナはイスラム教の第二の聖地となる。

――六三二年。

イスラム教徒は最長老アブー・バクルを指導者、カリフに選んだ。その後、イスラム帝国は理想の宗教国家として繁栄し、一二五八年、モンゴル軍のバグダッド占領によりアッバース朝が滅亡するまで五十五人のカリフが君臨した。

――約七百五十年後。

イスラム国の指導者アブ・バクル・アル・バグダディは一九七一年、イラクの古都サマラで生まれた。バグダッド大学でイスラム神学の学位を取得、バグダッドやファルージャのモスクでイマーム（イスラム教指導者）として活動していた。二〇〇三年、アメリカのイラク侵攻を機に、ザルカウィ率いる「タウヒードとジハード集団」に加わる。二〇〇四年、米軍に拘束され、刑務所に収容された。その中で人脈を形成したバグダディは釈放後、米軍の空爆で死んだザルカウィの遺志を受け継ぎ、中東を基盤にカリフ国家を再興するという野心を抱く。

やがてバグダディはシリア内戦の混乱に乗じ、イスラム国の前身、ＩＳＩＬ（イラク・レバントのイスラム国）の指導者となる。二〇一四年にはイラクの都市ファルージャを攻撃、支配下におさめる。さらに同年イラク第二の都市モスルを占領した。モスルの中央銀行から四億ドル以上の軍資金と、イラク軍の武器庫に眠る、アメリカ軍が供与した対戦車用ロケットや装甲車などの兵器を糧に建国の準備を整えた。その後イラク、シリア国境付近の油田地帯を掌握したイスラム国は国家運営に必要な経済的地盤を固めた。

バグダディは「サイクス＝ピコ協定」の打破を声明文に掲げ、モスルで中東統一、イスラム帝国再興を唱えた。「サイクス＝ピコ協定」とは第一次世界大戦中にイギリスとフランス、ロシアが結んだ秘密協定で、最後のカリフ国家であったオスマン帝国崩壊後の領土分割を定めたものだ。シオニズム運動が世界に散らばったユダヤの民のためにイスラエルを建国したように、バグダディはムスリムのために二十一世紀のイスラム国家を興した。二十世紀に欧州列強の手で引かれた中東の国境線を抹消し、イスラム帝国が領土を拡大し、カリフの下で文化的にも栄華を誇った黄金時代を再興することを夢見たのである。

――二〇一四年六月。

バグダディはイスラム国建国を宣言する。

これまで表には姿を見せなかったバグダディはモスルのヌーリモスクで市民に向け演説した。イマームの正式な礼服を身に着けたバグダディはマイクの前に立ち、自らをカリフと名乗った。

アッラーの祝福あれ
預言者と信者を讃(たた)えよ
兵士を讃えよ
戦闘にある兄弟は勝利と領土拡大の恩恵に浴した
よってここを首都とし
エデンの園に川が流れる楽園とする
神のご意思だ

イスラム国建国を宣言する映像を赤星は繰り返し見た。バグダディの姿を目に焼き付け、脳裏に刷り込むためにその言葉を反芻(はんすう)した。

五か月前、アメリカ国防長官がＩＳへのサイバー攻撃に関するコメントを発表した。――中国、ロシア、イラン、北朝鮮と同様、ＩＳに対してもサイバー攻撃を進めるよう指示を出した。あらゆる攻撃を駆使してＩＳメンバーのネットワークに侵入、敵の所在や行動パターンを分析し、現地で米軍と同盟を組むイラク軍やクルド人部隊に情報提供する。

その情報を聞いて脅威を抱いたＩＳ幹部は世界中のムスリムに呼びかけ、ハッカー育成のためのリクルートを開始した。イスラム教徒でなくとも報酬と待遇に惹(ひ)かれ、地下で活動するブラックハッカーたちがシリアに集まった。その状況はＣＩＡ長官の思惑に合致した。非合法ハッカーたちをシリアに集め、内通者を派遣し、コントロール下に置く。彼らはアメリカに利用されているとは知らず、世界各国にサイバー攻撃を仕掛ける。当然アメリカは攻撃を事前に察知し、対抗措置を取る。同時に各国へのサイバー攻撃は新たなプログラム開発の貴重なデータとなる。その内通者に抜擢されたのが赤星だった。

赤星は米国情報機関の情報漏洩に関わった罪状でＣＩＡを追放され、新たな職を求めているということにして、ＩＳのリクルーターに接近した。元ＮＳＡ局員エドワード・スノーデンが一般市民を監視対象としていた事実をリークした事件から三年後のことだった。リクルーターは赤星の身元確認で、その偽の情報をキャッチし、ＮＳＡの裏切り者として身元にお墨付きを与えた。

赤星の面接を受け持ったＩＳのサイバー部隊長は元バアス党員で、フセイン政権時代に情報局でサイバー担当副大臣をしていた男だった。赤星がアメリカを糾弾する熱弁を振るったことに機嫌をよくし、疑いもなく即採用となった。疑い深い幹部たちは赤星を警戒し、バグダディの側近に過去を調べるよう進言したが、なぜかバグダディからは赤星に関する疑惑の追及の指示はなかった。

――神の預託。

赤星はかつてイラクで拘束され、ザルカウィに身柄を解放された時の言葉を思い出した。よもやザルカウィは自分がＩＳにリクルートされると予言していたわけではあるまい。だが、数奇な運命が赤星をＩＳと結びつけ、ザルカウィの後継者というべきバグダディへとつなげた。

赤星はＩＳのリクルーターであるイラク人のザーイドとトルコのアンカラで落ち合った。陸路でシリア国境近くのキリスに移動、密入国案内人に金を握らせ、バブ・アルサラム検問所を通りシリアに密入国した。入国後、ＩＳの連絡員が手配した車でアレッポを経由し、イスラム国の首都ラッカに向かった。アレッポはＩＳの支配下に置かれ、空港からラッカまでの幹線道路にはＩＳの戦闘員が配置されていた。内戦が続くシリアに平穏な場所はない。ＩＳはアレッポでも警戒態勢を強化していた。アレッポからラッカ周辺には地雷原があり、戦闘員のアテンドが必要だった。

アレッポで待っていたのはＩＳの傭兵としてイスラム教に改宗したアクラムだった。

空港からの移動にはハンビーを使った。ＩＳはモスルを支配下に置いた際、米軍がイラク軍に提供した豊富な武器を手に入れた。その中にはハンビー、ＭＲＡＰ、ＢＴＲ―４など多数の装甲車もあった。

ハンビーを運転するアクラムはこれまで多くのアメリカ人を殺してきた戦闘員だ。彼ら外国人の傭兵には国境や祖国という概念がない。

アクラムはＩＳの戦闘員が着る黒い軍服に茶色の薄汚れたターバンを巻いていた。携帯していたのは米軍が装備するＭ４ライフルだった。

アクラムは英語で赤星に話しかけた。

「アメリカから来たようだが、軍人じゃないな」

「俺は諜報機関にいた。だが、アメリカに裏切られ、すべてを失った」

アクラムは興味深そうに赤星を横目で見つめた。

「どうやら複雑な事情を抱えているようだな。だが、どんな事情だろうと関係ない。俺たちには人種や国籍がない。ムスリムは皆兄弟だ。富を分け与え、神の下で分かち合う」

「おまえはいつ改宗したんだ」

「父親はアラブの出だ。若い頃、フランスに渡り、軍人になった。だが偏見と差別で出世できなかった。だから俺は傭兵として国境を越えて国を渡り歩いてきた。最初はアフガン、そしてイラク、辿り着いたのがシリアだった。それまで雇われだったが、ようやく祖国を持った」

褐色に焼けた顎鬚の男はＩＳを祖国と称した。国籍を問わず、戦闘員を募集するイスラム国にはそんな一面もあるようだ。世界から残虐非道、過激な原理主義、厳しいイスラム法（シャリーア）を強いる恐怖政治で恐れられる国家にも、人を惹きつける何かがある。そうでなければ二万人もの戦闘員が集い、命と引き換えに、テロを起こすはずがない。その行為が妄信（もうしん）であるか、神への服従であるかは考え方の違いでしかない。何を信じ、何のために生きるか、個々人の心に根差す正義が正しいか間違いかを決める権利は誰にもないのだ。

「神への服従を誓うなら、カリフは高い地位を与えてくれる。ユートピアの建設に協力し、世界中のムスリムが望む理想国家を築き上げる」

米国製のハンビーを運転しながら、アクラムは夢見がちに理想を語る。たとえ爆弾を抱いて有志連合の拠点にジハードを仕掛けようと、それは神への服従、正しき行いと信じたまま死んでいく。その一方で米軍はこの男の体を無人機のヘルファイヤミサイルで木っ端みじんに砕こうとも、正義のためと言い放つ。

「俺は地位も名誉もいらない。すべては神の思し召し（インシャアッラー）だ」

赤星の真意を知らず、アクラムは頬を緩め、「そいつは結構なことだ」と笑みを浮かべ、滔々（とうとう）と持論を開陳した。

「西側諸国はムスリムを理解していない。これは言ってみれば宗教戦争だ。彼らが我々をテロリストと呼ぶのであれば、彼らも同様にテロリストだ。神の教えに背くものを斬首（ざんしゅ）する行為と、西側の価値観に相容れない者たちを空爆で殺戮する行為にどんな違いがある。そこにあるのは同じ殺人だ。我々は永遠に互いの主義を認めることなく殺戮を繰り返す」

　アクラムが語る言葉にはある種の真理があった。

民族と宗教のモザイク国家シリアでは内戦が収まる気配はない。その混沌（こんとん）から生まれたイスラム国は民族や人種を越えて宗教的価値観を共有する共同体なのだ。だが、彼らが提唱する原理主義は他のムスリムとの間で衝突を生み、対立を作り出している。終わりのない対立の渦中で犠牲になるのは一般市民だ。アレッポからラッカに向かう幹線にはいたるところに戦禍の爪痕（つめあと）が残る。どちらが正義か、そんなことはもはや問題ではない。犠牲になる無辜（むこ）の市民にとってはどちらも加害者なのだ。赤星が考える平和にとってはアメリカもイスラム国も同類であるように思えた。

　赤星はアクラムの言葉を咀嚼（そしゃく）しながら車窓を眺めた。車はラッカに向けて走っている。砂漠の大地の頭上、夕焼けが空を焦がしていた。赤星は燃えるような空を眺めながら、己の人生がもはや後戻りできない地獄の入口をくぐったことを悟った。ここでＩＳの戦闘員として非道な作戦を展開する。もとよりその覚悟はできていたが、まったく躊躇（ため）いがないわけではない。大義のため小義を捨てる。その信念のもと、処刑場で異教徒の首を刎（は）ねた映像をＳＮＳに流せるだろうか。たとえそれがプロパガンダであろうと、非道を尽くすＩＳの片棒を担ぐには自らの心を殺し、別の人間になるしかない。この夕陽が沈む時、これまでの人生を捨て、新たな人間に生まれ変わる。自らにそう暗示をかけた。

　この日、赤星はバグダディと初めて対面した。

カリフ(ハリーファ)は字義通りには『後継者』や『代理人』を意味する。アラビア半島西部にイスラム共同体を築いたムハンマドが没した後、後継者、初代カリフのアブー・バクル以降スンナ派では四人の正統カリフが存在する。スンナ派が正統性を認めたウマイヤ朝の後、カリフ位はアッバース朝、後ウマイヤ朝、ファーティマ朝、オスマン朝の君主の権威と威光を示すため、僭称(せんしょう)された。最後のカリフ王朝オスマン朝が崩壊した後、カリフ位も廃止された。イスラム国のカリフ制設立はオスマン朝崩壊により消滅したスンナ派の正統な政治体制の復活を意味する。

バグダディのカリフ宣言を脅威と感じた国際社会はアメリカを中心に有志連合を組織、バグダディを攻撃した。しかし、バグダディという人物には謎が多く、その正体を正確には摑んでいない。バグダディとの接見はその正体を見極める絶好の機会だった。

ザーイドに連れられ、赤星はラッカ市内にあるモスクに入った。夕方の礼拝前、モスクの中にアザーンが響く。厳かな声色に信徒たちが礼拝堂に集まる。赤星はザーイドと共に礼拝に臨んだ。共に礼拝に臨む者に分け隔てはない。人種も国籍も越えて神に服従する。心の奥底に隠した自らの信念を覆い隠すように、赤星は強い宗教心を身にまとい、神に跪(ひざまず)いた。コーランを読むイマームの声に身を寄せ、千年の時を越えて、神の預託を受けた男、ムハンマドに思いを寄せた。それは自らをムスリムと同化させるための儀式だった。

ザーイドは礼拝を終えた赤星を別室に連れて行った。

「カリフがお会いになる。ここで待て」

一介の戦闘員がカリフと直々に会う機会は与えられないはず。直接会うのは赤星の素性を確かめるため、即ち首実検だ。全身に緊張感が漲(みなぎ)る。赤星には不思議と恐れはなかった。

バグダディは側近二人を伴い赤星の前に姿を現した。モスルで建国を宣言した時と同じく、イマームの正式な礼服を身に着けていた。バグダディは深い洞察を窺わせる視線を発し、赤星を睨んだ。その眼に射すくめられるように赤星は首を垂れた。

「アメリカの情報機関にいたらしいが、なぜここに来た」

「アメリカの欺瞞を暴き、追放された。行く当てもなく、仕事を求めここに辿りついた」

バグダディは表情を変えず、赤星を見据えた。

「その話を信じろと。我らの目的は帝国の再興だ。だが、アメリカの犬を雇うつもりはない」

「俺はアメリカの犬じゃない。第一俺はアメリカ人ではない。むしろアメリカには恨みがある」

バグダディは両目を瞑り、赤星の言葉を噛みしめるように黙り込んだ。やがて何かを悟ったように目を開き、赤星に告げた。

「話を聞こう。何が望みだ」

どうやら門前払いだけは避けられたようだ。あとはどう入り込むかだ。

「帝国の再興が目的だと言ったが、アメリカはその夢を打ち砕こうとしている。アメリカは近い将来この国を攻撃する。アメリカだけじゃない。アメリカに加担する西洋諸国、イラク政府、クルド勢力、アサド政権、シリア民主軍、皆こぞってこの国の滅亡を望んでいる」

バグダディは怒りを内包したようにわずかに顔を赤らめ、赤星に告げた。

「我らは西洋諸国から残虐非道、悪魔のごとき存在だと思われている。残忍な処刑、恐怖の伝播、精神の破壊、いずれも異教の詭弁だ。真に非道なのは誰なのか、信徒にはわかっている。異教徒は平和を語り、この国に侵攻した。だが、奴らは街を破壊し、市民を殺戮し、国を滅ぼした」

「その混乱に乗じてあなたは勢力を拡大した」

赤星は踏み込んだ物言いで挑発したが、バグダディはあくまでも冷静だった。

「我らにあるのは神への服従、神の教え、コーランとシャリーアだけ。ジハードは神への服従の証だ。我々はアルカイダとは違う。アメリカへの憎悪に囚われたビンラディンとは違うのだ。神の意思を受けた理想の国家を建設する。そのために私はカリフを宣言した」

バグダディを煽るように赤星が言い返す。

「だがアメリカは帝国再興の障害になる。奴らを倒すには奴らをよく知る仲間が必要だ。俺は情報機関でサイバー攻撃を担当していた。その攻撃から身を守る術を知っている」

バグダディの目が瞬時に輝いた。強い光線が赤星に真っ直ぐ突き刺さる。

「異教の徒は自由の刑に処せられている。恨みや妬み、批判、格差、貧困、糾弾、愚かな人間の愚行はすべて自由から生まれる。私には自由の前で喘ぐ異教の民の姿がつぶさに見える。我々が守るのは神への服従と預言者への尊敬。おまえがここに来たことも神の意思だ。我が国に留まり、すべてを見てすべてを知るがよい。我らはみな神のご意思に従い、審判の日に備え、来世で楽園に召されるまで神に服従するだけだ。帰依せよ。さすればおまえの望みは叶うだろう」

赤星は黙ったまま再び首を垂れた。バグダディはそれ以降口を噤み、その場を立ち去った。

残された赤星は緊張が解けたように、全身が弛緩した。なんとか最初の関門は潜り抜けたが、バグダディが発する霊的な雰囲気に圧倒された。バグダディに残虐非道な世間のイメージとは違う敬虔な宗教家という印象を抱くと同時に強いカリスマ性と得体の知れない畏怖を感じた。安堵とともに、高揚と奇妙な興奮が混ざり、赤星の心を支配していた。

第四章　審判の日

——言ってやるがよい、「天と地にあるものはすべて誰のものか」と。言ってやるがよい、「全てアッラーのもの。アッラーは慈悲を信条にしていらっしゃる。やがて必ず汝らを復活(よみがえり)の日に喚(よ)び集め給うであろう、疑いの余地なきかの日に」と。だが、魂を喪失(そうしつ)してしまった人々であってみれば、どのみち信じはしなかろう。

コーラン第六章十二節

1

二〇二一年九月一一日　午後九時二〇分
永田町　総理官邸

風間は官邸の使われていない会議室に入り、岩城から譲り受けた赤星のレポートを開いた。レポートにはサイバー攻撃の手法やサイバー兵器の開発について詳細に書かれていた。まるで現在発生しているサイバーテロを予見したような——いや、そうではない。テロを計画していたかのような内容だった。

もしこのレポートが計画だとすれば「テロ等準備罪」に相当する。つまり、赤星が今回のテロを起こしたという証拠になる。だがこのレポートを警察に渡して赤星を逮捕、起訴したところでテロは終わらない。そんなことをすれば犯人を刺激し、さらなるサイバー攻撃に晒(さら)されるリスクがある。

リスクはそれだけではない。元防衛省職員がテロリストであると世間に知れ渡り、防衛省の立場を貶める。ならばどうすればいいのか——。

風間はレポートの内容を読み進めた。あらゆるタイプのサイバー攻撃の中に、赤星が有効な攻撃として記していたのが、『LCD』というプログラムだった。

『LOGIC・CONTROL・DOCTRINE』——敵国の軍事施設やインフラを管理するプログラムに侵入し、外部からコントロールするプログラムを指す。

赤星はシステムコードを『マリオネット』と呼称していた。このプログラムが働けば、軍事力で劣る小国であっても大国の軍事施設を思うが儘に操ることができる。それが可能なら、他国の核兵器を利用し、攻撃を加えることもできる。核兵器は相互確証破壊により均衡が成り立っているいわば抑止力を前提とした兵器だ。核兵器をコントロールされるということは軍事的な均衡が成り立たなくなり、核戦争を招くことにもなる。

赤星はこのプログラムをアメリカで完成させたのではないか。プログラムを持ち去り、ISに寝返ったとしたら——。

アメリカがなぜ赤星の身柄を執拗に要求するのか、そう考えれば筋が通る。赤星をアメリカに引き渡し、事件を解決に導くためには、赤星の身柄を握る警察を動かさなければならない。そのためにこのレポートは使える。風間は赤星のレポートを手に矢島官房副長官の部屋へ急いだ。

風間は官邸五階にある官房副長官室に入った。デスクに座る矢島は苦渋の表情で電話を受けていた。表情に苛立ちが混じる。普段冷静な矢島も事態の悪化とともに余裕を失っているようだ。

電話を切った矢島は風間を一瞥し、不満を漏らした。

「対策チームがまったく機能していない。事態を打開するために早急に結果を出せと官房長官から矢の催促だ」

夕方の官房長官の会見でも事態打開の有効な対策を示せず、国民への通信、電子機器使用自粛要請が強い反発を生んだ。内閣の支持率は確実に下がっている。与党幹部の批判と野党からの突き上げに矢島も追い詰められている。

「各省庁が民間に委託してアンチウイルスの開発を急がせていますが、それ以上のスピードで感染が広がっています。今はともかく自粛による感染の拡大防止と電力の復旧による社会インフラの回復に全力を挙げるべき段階です」

矢島は「そうだな」と冷静さを取り戻した。

「過去の対策の不備や法整備の遅れは仕方がない。早急にサイバーテロ関連法案の準備を進めよう」

通信規制やサイバーセキュリティ対策を規定した関連法案の草案の作成も対策チームを中心に進めていた。草案は八割近く出来上がっているが、肝心の応急処置には全く手が回っていない。目に見える形で結果を出さなければ、国民からの支持は得られない。直面する課題に対処できない政権は即退場というのが政治だ。新政権発足早々に引いたカードが悪かったとしか言えない。だが、悲嘆に暮れる余裕はなかった。

「新たな打開策ですが、アメリカとの日米安保によるサイバー対策を早急に進めましょう」

矢島もその案には前向きだ。

「その件は青山補佐官から米国大使に要請している。外務大臣と防衛大臣の2プラス2の会談が開かれる」

日米安保は外務省、防衛省の管轄であり、先のNSCでも早急に進めるよう議題にあがっている。それにはクリアすべき条件がある。

「実は内々に市ヶ谷の情本からDIAの情報を得ました。アメリカはある条件と引き換えに即時、サイバー対策で協力を約束しております」

ある条件を矢島はすぐに察したようだ。

「例の容疑者の引き渡しだな」

「そうです」

「だが長官がうんと言うだろうか」

官邸を力業で動かすにはもう一押し必要だ。

「DIAからは口止めされていますが、北朝鮮の核ミサイル施設がテロリストからサイバー攻撃を受けています」

矢島の表情が歪んだ。

「もう一つ、DIAからの情報でわかったことがあります」

まだあるのか、と言わんばかりの矢島の表情に怯まず切り出した。

「今朝国会議事堂に衝突した無人偵察機の残骸を分析したところ、グローバルホークに使われていない部品が見つかりました」

矢島の表情が一瞬凍り付いた。

「それはつまり――」

矢島が言わんとする言葉を風間は代弁した。

「衝突した機体はグローバルホークではない可能性があります」

「だったらあの機体は何だ」

「部品の一部が中国製だったことがわかっています。中国製の無人偵察機の可能性があります」

矢島の表情は厳しさを増したが、風間は続けた。

「これを公表すれば政権にとって新たな火種となります。正確な情報が出るまでは公表は控えるべきかと」

「もちろんだ。だがDIAが情報を発表しないとも限らない」

風間はここぞとばかり承知と頷き、重要な情報を切り出した。

「幸いDIAのクレイマー少将は情報制限を約束してくれました。ただし――」

矢島が風間に助けを求めるように視線を向ける。

「例の容疑者の引き渡しを条件として提示されております」

矢島はすべてをのみ込んだように強い口調で答えた。

「官邸から警察への要請を正式に出そう。警察官僚は反対するだろうが、政治判断で押し通す」

これで矢島の意志は揺るがないはずだ。政治家を操るには情報というカードをどう切るかが肝要だ。むろん最後のカードも惜しまず使う。

風間は深く頷き、手にしていた封筒を手渡した。岩城から入手した赤星のレポートだ。これを証拠に赤星をサイバーテロの共犯としてアメリカに引き渡し、テロ事件を一挙に解決する。アメリカ頼みではあるが、事態が打開できれば日米関係を強化してきた与党の政策が評価され、政権の支持率は回復する。

「防衛省の情本から入手した赤星が過去に書いたレポートです。このレポートを読めば、赤星瑛一がテロ犯と何らかの関わりがあることがわかります」

矢島は「すぐに目を通そう」と封筒を受け取った。

この危機を乗り切れば、矢島の総理への道が開ける。その道は風間の野心にもつながっている。この難局をなんとしても乗り切る。矢島がレポートに目を通す間、風間は強い念をこめて矢島を見つめた。

2

二〇二一年九月一一日　午後九時一五分
桜田門　警視庁

榊原は赤星の過去の回想を聞きながら、しばし取調室にいることを忘れていた。ハリウッドのスパイ映画を見せられた気分で、現実感が持てなかった。一方で赤星の話にはフィクションとは思えない二つの事柄があった。ひとつは米国NSAが北朝鮮のミサイル基地にサイバー攻撃を仕掛け、ミサイル発射を阻止していたというくだり。そしてISに対してCIAとNSAの混成チームが潜入工作員を送り込み、『ラッカ12』という傀儡(かいらい)のサイバー部隊を創設したという点だ。その工作員に任命されたのが赤星だという。もしそれが本当だとすれば赤星が執拗に米国から身柄の引き渡しを要求されているのも頷ける。

赤星が話を中断したところで、榊原は率直な感想を口にした。

「作り話にしてはよくできている」

「米国の欺瞞は信じても俺の話は信じられないか。フセインが大量破壊兵器や生物兵器を隠し持っていたという嘘を世界中が信じた。当時からＣＩＡの分析には疑問があると言われていたにも拘わらず、アメリカはイラクに侵攻し、同盟国は賛同した」

赤星の言うとおり9・11が発生した二〇〇一年、世界ではテロとの戦いに同調する論調が主流だった。敵は国家ではなくテロ組織であるにも拘わらず、ブッシュはイラクをテロ支援国家とし、大義名分を得て戦争を始めた。日本も賛同した国の一つだ。

黙って話に耳を傾ける榊原を見据えながら赤星は話を続けた。

「ＣＩＡは目的のためなら偽情報を流し、戦争すら始める。アメリカはイラクに侵攻したが、戦争が破綻し、後始末を任されたオバマは中東への積極的な介入をやめた。悩みの種はイラクだけではない。イラク戦争でパンドラの箱を開けたアメリカは飛び出してきた怪物に気がつかなかった。独裁政権が押さえつけてきたイスラム過激派が間隙をついて勢力を拡大した」

赤星が語る同時多発テロ以降の歴史はアメリカのイラク侵攻がきっかけだった。

赤星が先を続ける。

「アメリカが放った怪物は中東に新たな混乱を拡散した。イラクの火種は北に飛び火し、シリアにも火の手が上がる。当時のシリアの事情は複雑だ。アサド政権にはロシアが肩入れし、反政府組織の自由シリア軍はスンニ派政権のサウジアラビアが支援し、その背後にはアメリカが暗躍している。反政府軍との内戦はロシア、イラン、トルコ、米国による代理戦争となり二〇一四年までに死者十五万人、六百万人以上の難民を生み出した。混乱に乗じて勢力を拡大したのがＩＳだ」

榊原も中東の事情についてはある程度知識がある。赤星の言う通り、当時のシリアは混乱の真っただ中にあり、崩壊国家の象徴、そして代理戦争の縮図だった。

「中東への派兵を渋るオバマもイスラム国への対抗は避けられなかったというわけだな」

赤星が同意を示し、先を続けた。

「当時オバマは議会対策で混乱する中東に頭を悩ませていた。若いアメリカ人兵士がなぜ他国の戦闘で犠牲になるのかという世論が広がり、大規模な増派ができなかった。一方でブッシュが始めたテロとの戦いの後始末が必要だった。何よりもイラク戦争の副作用ともいえるイスラム国によるテロに各国首脳は対策を迫られていた。イスラム国が支配する地域は産出量の多い油田地帯で、オイルマネーを巡りイラク国境付近でもクルド人との交戦が絶えない。アメリカはイスラム国に対抗するクルド人勢力を援護し、有志連合を組織した。そんな状況で事態の打開を図り、CIAがある作戦を大統領に提案した。兵士の犠牲なく、イスラム国を崩壊に導く作戦だ」

赤星の一連の説明が過去の回想と重なった。

「つまりアメリカは反イスラム国のクルド人勢力を支援する一方、裏で潜入工作を進めていたというわけか」

榊原の推測に赤星が答える。

「当時オバマ政権は大規模な軍事作戦よりも犠牲が少なく予算のかからないターゲットキリングを選んだ。ビンラディンの暗殺のように、少数精鋭の部隊がCIAと協力し、ピンポイントで襲撃する秘密工作だ。CIAは無人殺戮機を使い、テロリストを殺害していった。ドローンによって殺害されたテロリストは千人を超える」

当時のシリア情勢、イスラム国への潜入の経緯はわかったが、問題は現在発生しているサイバーテロへの対応、そしてテロ犯の特定だ。榊原は隣の予備室で取り調べの様子を監視している神保の視線を感じた。

「話を戻そう。我々が知りたいのは犯人の正体とテロリストのねらいだ」

赤星が口角を上げ、榊原を真っ直ぐ見つめる。

「そんなことはわかっているはずだ。テロリストは既に要求を突き付けている。要求に従えばサイバー攻撃は止まるはずだ」

それは容疑者の解放。つまり赤星を自由にするということを意味する。

「法治国家としてはのめない要求だ。それに総理がテロリストとは交渉しないという声明を出している。犯人もそれを承知でできない要求を突き付けているのではないか」

赤星も榊原の言葉に同調するように言い返した。

「その通りだ。もし俺を解放すればＣＩＡの特殊チームに暗殺されるだろう。犯人は日本政府が要求を受け入れないことを前提に攻撃している」

ならば――。

「犯人の狙いはなんだ」

核心に迫ろうとする榊原の問いかけに赤星はしばし間を置いて答えた。

「神は常に状況を見守っている。俺がアメリカに殺される前に最後の審判が下るだろう。それまでに考えを改めなければ、この国は滅ぶ」

「要求をのまなければ攻撃は続くということだな」

「アメリカの属国になり果て、魂を滅ぼした者は罰せられる」

赤星の不敵な笑みに榊原は肩を落とした。その時、取調室の扉が開き、神保が入ってきた。取り調べに業を煮やしたのか、それとも時間切れの合図か。限られた時間で、ある程度の情報を得たという自負はある。だが、まだ核心にはたどり着いていない。犯人の正体、そしてテロを止める手だてが得られなければ、取り調べは失敗だ。

神保が目で合図をする。榊原は無言で席を立ち、神保に従い、取調室を出た。

3

二〇二一年九月一一日　午後一〇時五分
永田町　総理官邸

長い一日が終わろうとしていたが、官邸には休む余裕などなかった。本来ならば国会での所信表明を終え、航海を始めるはずだった新政権は出航前に巨大な嵐に襲われ、沈没の危機に遭っている。閣僚だけでなく、官邸スタッフは皆船を沈めないために全力で対応に当たっている。

風間が矢島と黒沢とともに官房長官室に入ったのは日付が変わる二時間前だった。官房長官にサイバーテロへの対策を進言するためだが、それは政権運営にとって必要な支持率を下げないための対応だった。ひとつは明日朝の会見で国民に安心感を与えるため何らかの対策を示すこと、もうひとつは日米安保による協力要請だ。

呉は矢島の前にも閣僚、与党幹部、連立与党の党首と会い、早期に国会を開き、サイバーテロ関連の法案成立を目指すための調整に追われていた。

呉以外に政務、事務の二人の官房副長官、そして秘書官がテーブルに付き、会見の内容について協議を始めた。

「緊急の要件が多い。中でも国民を安心させるための会見はすぐにでも開きたい。総理にも時間を問わず、会見の準備を進めるように指示を受けている。問題は中身だ。現状の対策では決定打に欠ける。もっと国民を安心させる材料はないのか。これでは混乱が収まらない」

各省庁からの出向者が出した対策はサイバーセキュリティの強化と感染したシステムの復旧作業を急ぐよう指示を出すだけで、抜本的な改善策には至っていない。国民が知りたいのは、いつ電力供給が回復し、都内で足止めをくっている帰宅難民が帰途に就けるのか。そして、さらなるサイバー攻撃への備えは十分なのか。その答えを用意できていない。

矢島は現実を受け止め答えた。

「現段階では慎重に事態を見極め、国民一人一人のサイバーセキュリティへの意識向上を促すほかありません」

呉は矢島にあからさまな不満を抱いたように目を細めた。

「それでは政府の無策を露呈するようなものだ。第一要請レベルとはいえ、通信を規制しては社会活動を制限してしまう。政府に批判が殺到し、支持率は間違いなく下がる」

政治家はおしなべて支持率や世論を気にする。そこに民主主義の弱点がある。発足間もない政権ではやむを得ないが、このままでは厳しい決断ができず事態を悪化させてしまう。国民が求めているのは早急なインフラの回復だ。そのためにもこの場で承認を取るべき事案がある。

矢島が言葉に窮する姿を目にした風間は、秘書官という立場を越えて呉に進言した。

「重要な提案があります」

秘書官の風間があからさまに重要な、と前置きしたことが呉の注意を引いた。

「なんだ」

「先の閣議でも議題に上がった日米安保を適用した米国サイバー軍への協力要請です」

「それなら外務省を通して要請している」

「実は内々にＤＩＡから打診がありました。ある条件をのめばすぐにでも米軍が誇るＮＳＡのサイバープロテクションチームを派遣すると約束しています」

呉が首を傾げ、風間に詰め寄った。

「そんな情報は私の耳に入っていないぞ」

ＤＩＡのクレイマーからは口止めされていたが、そんなことを気にしている場合ではない。外務省ルートでは米軍とＮＳＡが管轄するサイバー軍を動かすのにいくつかの組織を挟むため時間がかかる。

「市ヶ谷からの情報です。官邸への報告は慎重にと釘を刺されています。なぜなら提示された条件が表には出せないからです」

呉が身を乗り出し風間に詰問した。

「条件とは？」

「容疑者の引き渡し。それがＤＩＡから提示された条件です」

テロ犯からの要求である容疑者の解放に関わる重要な判断であり、情報漏洩には大きなリスクが伴う。その特殊な事情を呉も察したようだ。

「なるほど、聞かないほうがいい話もあるということか」

呉が事務方の官房副長官である来栖に目配せした。警察庁出身の来栖に無言の指示を与える。

来栖は表情を曇らせた。

「しかし容疑者はテロ犯逮捕の重要な参考人です。犯人特定のため警察庁で取り調べを進めています」

「犯人特定はどこまで進んでいるんだ」

呉の厳しい視線に来栖は答えに詰まった。榊原から情報は得ていないが、取り調べは思ったほど進んでいないようだ。風間はここが攻め時と呉に進言した。

「米国のサイバー部隊は総勢六千人を擁し、技術もはるかに進んでいます。攻撃元を特定するアトリビューションを駆使すれば、テロ犯の正体を摑(つか)むことも可能と考えます」

来栖が風間を睨(にら)み、牽制(けんせい)したが、呉には風間の説明が決定打となったようだ。政権を支える影の総理は全員を俯瞰(ふかん)し指示を出した。

「米軍の協力を取り付けるよう各自動いてくれ」

これで外堀は埋まった。いくら警察を裏で牛耳る来栖であろうと官房長官の意向には逆らえない。

風間が勝利を確信し、矢島とともに退室した時、ポケットのスマホが震えた。スマホの画面に東洋新聞の里村からショートメールが入っていた。その内容に風間のセンサーが反応した。

——政権を揺るがすスクープがあります。二人だけでお話しできませんか。

風間は人目を避け、里村のスマホに電話した。

4

二〇二一年九月一一日　午後一〇時一五分
桜田門　警視庁

榊原は神保に呼ばれ、取調室を出た。神保とともに隣室に入り一服を許された。普段タバコを嫌う神保だが、なぜか煙を気にせず、榊原がニコチンで落ち着くのを待っている。

「赤星の話を信用できるか」

思案を浮かべる表情から神保は赤星の話を信用できるか決めかねている様子だった。煙を吐き出し、吸いかけのタバコを灰皿に押し付け、話を切り出した。

「赤星の話が本当だとすれば『ラッカ12』はＣＩＡが操っていました。米国が守ろうとしているのは自国の極秘作戦です。米国が赤星の引き渡しを執拗に要求するのも頷けます。赤星がＣＩＡの潜入工作員だという事実を隠蔽(いんぺい)するために始末したいからです」

榊原は赤星が語る一連の極秘作戦を作り話とは思えなかった。問題は犯人の正体が見えていないという点だ。

「赤星はなぜテロ犯について言及しない。奴がテロに関わっているのは明白だろう」

赤星は犯人を神の意思だとはぐらかす。だが、その供述を辿(たど)っていけば推測は可能だ。

「犯人は『ラッカ12』の生き残り、ＣＩＡの潜入工作に関与していた何者かです」

「だったら赤星はなぜその情報を話さない。赤星が犯人と結託して事件を起こしているからではないのか」

もし赤星が本当に警察に保護を求めるなら、すべてを話し、協力を求めるはずだ。赤星が気にしているのは日本の警察が赤星を守り切れるかということではないか。

「奴はまだ警察を信用していないのではないでしょうか。警察は官邸の意向に屈し、引き渡しを進めると考えています。だからこそ犯人はそれを阻止しようとしているのでは」

神保が唸(うな)り声をあげ、腕組みした。

「たしかに官邸から指示が出れば我々は従わざるを得ない。赤星の供述が本当ならアメリカは官邸への圧力を強める。何か良い手はないか」

「赤星は本当に我々にとって敵なのでしょうか。奴の身柄はまだこちらにあります。我々の使命は事件の早期解決です。テロ犯の正体を突き止め、サイバーテロに対抗するために赤星をホワイトハッカーとして利用してはどうでしょうか。米国ＮＳＡの特殊チームに在籍していた赤星ならば、サイバー技術に長けているはずです。協力の姿勢を見せれば、赤星を守るための理由にもなります」

問題は容疑者に協力を要請するなどという非常識な手段を認めてくれるかどうか。榊原は神保がただの日和見の警察官僚でないと信じたかった。

「実は警察庁が組織したサイバー対策チームから同じ要請が出ている。おまえが指名した板倉が攻撃者の全容を摑んだ」

榊原が取り調べをしている間にそこまでの動きがあったとは。

「攻撃者がわかったのですか」

神保はため息とともに首を横に振った。

「敵は分散型の攻撃を仕掛け、複数存在している。攻撃は同時多発的に複数の国から発信されており、その数は一万を超える」

一万という数字に気が遠くなった。少人数のハッカーではそこまでの攻撃は不可能だ。

「かなりの数のハッカーがテロ攻撃を仕掛けているということですか」

「各国が保有するサイバー兵器とハッカーを総動員しなければこんなことはできない。まるで人智を越えた何かが全世界のコンピューターを操っているようだ」

人智を越えた何か。

——神の意思。

凄腕のハッカーですらわからない未知の攻撃者。米国情報機関で秘密工作を担っていた赤星が犯人を神の意思と言い表した符合にこそ解決の糸口があるのかもしれない。

「板倉たちを取調官として採用し、赤星と接見させることはできませんでしょうか」

神保は表情を変えずに言い返した。

「わかった。すべて俺の責任でやる。それ以上は訊くな。官邸から横槍が入る前に敵の正体を突き止める」

神保はどんな手段を使ってもこの事件を解決するつもりだ。どうやら警備局の神は並の警察官僚とは違うようだ。

「板倉たちサイバー攻撃分析センターのメンバーをここに呼ぼう。板倉が辣腕のハッカーであることを期待したい。赤星を利用してウイルスの解析を成功させられたら混乱は収まる」

板倉たちを待つ間、部屋にスマホの振動音が響いた。神保が胸ポケットからスマホを取り出す。

電話に出た瞬間、神保の表情が歪んだ。上層部からの連絡に違いない。

〈しかしまだ十分な取り調べが済んでいません〉

〈ですから重要な情報を引き出しつつあります〉

〈もちろん犯人につながる情報もあります〉

電話のやり取りには焦りが滲み出ていた。神保は憤懣やるかたない表情で榊原を睨んだ。

「局長から取り調べ中止の指示が出た。官邸からの圧力が入った」

——ここまでか。

榊原は意気消沈したが神保の目に諦めはなかった。

「取り調べを任せる。なるべく時間稼ぎはするが、これが最後のチャンスだ」

神のお告げを残し、神保は榊原の肩を叩いて、部屋を出て行った。

5

二〇二一年九月一一日　午後一一時四五分
永田町　総理官邸

テロの終わりは未だ見えなかった。対策チームでの作業を部下に任せ、風間は仮眠をとると伝え、執務室を離れた。

誰も使っていない会議室に入り、東洋新聞の里村のスマホに連絡した。

風間にマスコミの相手をしている暇などなかったが、里村が握っているスクープの正体が気になった。里村は遅い時間にもかかわらず、すぐに電話に出た。

「お忙しいところすみません」

「お互い様じゃないか。官邸は二十四時間態勢で今夜は徹夜確定だ。ただし政権を揺るがすスクープと聞いたら放ってはおけない。どんなネタか教えてくれ」

里村はそれでは、と前置きを挟まず本題に入った。

「グローバルホークの導入に関する情報です。三機で五百十億の契約が米国側の都合で六百二十九億まで値上げされ、当初の予算を大幅に上回っています。これとは別に米国メーカーの技術者の生活費を含む維持費用百億円以上が毎年かかるそうですね。グローバルホークには多額の税金の無駄遣いが発生しています。そのグローバルホークがテロに利用されたとなれば世間の批判を集めます」

防衛費の無駄遣いを取り沙汰されるのは予算委員会の答弁程度のネタではあるが、厄介なのは事件によってグローバルホークに注目が集まり、旬の話題になってしまったことだ。

「日本周辺の軍事的状況をふまえた監視は国防のうえで重要な課題だ。グローバルホークの導入はそのために必要な装備であり、国を守るための経費だと認識している」

「大金をはたいて買ったグローバルホークの機体は最新型ではなく、古いブロック30というタイプです。尖閣諸島を含む東シナ海の上空からの偵察には適していないという情報も得ています」

偵察機の性能や運用に関しては内部情報だ。そんな情報を漏らす裏切り者は誰なのか。

「そのネタ元は？」

「確かな筋からの情報です」

グローバルホークの維持費用については当初予算を大幅に超えており、その点は過去にも評論家に指摘されている。これまでは国民にもさほど関心を持たれていなかったが、今回の事故で風向きが変わっている。

「アメリカとのＦＭＳ調達の枠組みで通常よりも費用を抑え、教育訓練の役務提供など援助を受けているというのが政府の見解だ。同盟国には最新式の装備品を格安で購入できるという利点がある」

ＦＭＳ調達は米国政府が外国または国際機関に対し、装備品等を有償で提供する制度で、日本は米国からの兵器や役務の調達額が増えている。そこに里村が嚙みつくように反論した。

「商売上手な大統領から性能も確かめず兵器を爆買いしているという批判もあります。グローバルホークの事件発生で無人機の導入や運用に注目が集まっています。問題点を示し、国民に情報開示するのが我々報道の役割です」

　里村の指摘の中で看過できないのは、グローバルホークの運用の問題とテロを混同している点だ。ただ風間が知りたいのはその情報の出どころだった。

「今はグローバルホークの運用ではなく、テロ事件の解決が急務だ。ただ、気になるのはグローバルホークに関する情報漏洩だ。過去にも問題になったが、やはり機密情報が漏れているとしたら政府にとっても由々しき問題だ」

　防衛省は過去情報漏洩で汚点を残している。海自隊員が無届けで上海に渡航、潜水艦などのデータを漏らしたという疑いで捜査されている。中国公安当局のハニートラップに掛かったという情報も出て、スキャンダルに発展した。それ以外にも情報漏洩では前科がある。防衛省にとってこれ以上の失態は許されない。風間はあえて強い口調で里村に迫る。

「機密情報を漏らしているのは誰なんだ」

　里村は躊躇なく防衛省の部署名を口にした。

「情報本部の職員です。機密情報を添付したファイル付きのメールも入手しています」

　そんな裏切り者が防衛省にいるとは。にわかには信じられなかった。

「そのメールがもし本物だとしたら、警務に報告すべき案件だ。ただ今は事件への対応が優先事項だ。記事にする価値はないと思うが」

「そうでしょうか。この情報とテロ犯との間につながりがあるとしたら重要なネタです。今回のグローバルホークのハイジャックが内部の犯行だと考えられませんか」

もしそれが本当だとすれば政府にとって大きなスキャンダルとなる。だが風間はその可能性は低いと考えていた。

「もしそうなら犯人はいったいどんな目的でそんなことをしているんだ」

里村の口調が鋭くなった。

「犯人が解放を要求している容疑者は元防衛省の職員ですね。元同僚と何らかの関係があってもおかしくないと思いますが。警察はこの件でまだ会見を開いていません。政府の発表も遅い。いったい誰がサイバーテロに対応しているのですか。テロリストとは交渉しないと毅然とした態度をとったはいいけど、実際は犯人の正体も摑めず、政府は翻弄されるばかり。結果的に国民に甚大な被害が出ています。社会は混乱、経済への影響も甚大、なのに政府は何の情報も発信しない」

「我々もできる限りの対応はしている。もちろん発表できない情報もある。特にテロリストを利するような情報は制限すべきだ」

「特定秘密保護法を盾にするつもりですか」

「言い方が気に入らないな。国家にとって重要な情報をべらべらと話すようではテロにもスパイにも対抗できない」

里村を責める気はないが、つい口調が荒くなってしまった。里村がほしいのはテロ犯の正体に関する情報だ。グローバルホークの運用問題はその呼び水でしかない。

「グローバルホークの運用とテロとの関係性ははっきりしていない。今はテロへの対応が最優先だ。何かわかれば真っ先に君に情報を流す。余計な問題を増やしたくない。記事にするのは待ってほしい」

「しかしグローバルホークの運用に不満を持つ防衛省職員による犯行は否定できません」

事件はグローバルホークの衝突だけでなくサイバー攻撃に及んでいる。防衛省の職員がそこまでの犯罪に加担するなどあり得ない。

いや、本当にそうだろうか。

情報本部の岩城から見せられた赤星のレポートにはサイバー攻撃の手段が書かれていた。その内容は同じ情報本部の職員なら目にすることができる。赤星と結託してサイバーテロを起こすことは可能だ。だが、その仮説をここで認めるわけにはいかない。

「いくら何でも推論で記事は書けないだろう。新聞はフィクションを披露する場ではない。テロに関して新しい情報があれば真っ先に伝える。テロ事件にはまだわからないことが多すぎる。勇み足で誤報を出せば君にとってもマイナスだ」

里村はしばらく沈黙した。風間の懐柔を吟味しているようだ。

「わかりました。では新しい情報が入ったらすぐに教えてください」

「いいだろう」

マスコミにはあまり赤星の情報を深掘りされたくない。元防衛庁の職員というだけでも国民にマイナスの印象を与えてしまう。あくまでも赤星はアメリカが指名手配しているテロリストという扱いに留め、マスコミには事件解決のために容疑者をアメリカに引き渡すような世論を作ってもらいたい。日米同盟を強調、協力してテロに対抗する。そんな筋書きを考えていると、突然部屋に警戒音が鳴り響いた。発信源はスマホだった。

ミサイル発射。ミサイル発射。北朝鮮からミサイルが発射されたものとみられます。建物の中、

又は地下に避難して下さい。

Jアラート——全国瞬時警報。通知されたのは弾道ミサイル攻撃に関する警報だ。

——まさか、北朝鮮がミサイルを。

「どうやら優先すべき緊急事態が発生しているようだ。この件は改めて話そう」

里村が「わかりました」と返すと、風間は電話を切って会議室を出た。

6

二〇二一年九月一一日　午後一一時三〇分
桜田門　警視庁

数人の私服の刑事が入ってきた。その中で一人、Tシャツの上にだらしなくジャケットを羽織った若手がいた。肩まで伸びた長髪に無精髭（ぶしょうひげ）。警察官というよりもミュージシャンくずれといった風貌（ふうぼう）だった。榊原にはそれが誰か一目でわかった。自己紹介を省いて、その男に言った。

「板倉警部補だな」

男は口元を緩め軽く会釈をした。なるほど相田の言う通り変わり者だ。警察社会では出世しないだろうが、特殊な専門分野で力を発揮する。榊原は板倉に自分と同じ匂いを感じた。

「あれが容疑者ですか」

榊原には目もくれず、板倉は取調室に座る赤星を見つめた。

「そうだ」

板倉は周囲の刑事を無視して赤星を凝視していた。同じハッカーとして何かを感じているのか、それともある種の対抗心か。

板倉を連れてきたスーツの警察官が榊原に目を向けた。

「サイバー攻撃分析センターの上村です。攻撃を受けた警察のすべての端末とサーバーを解析し、マルウェアを特定しました。一部のサーバーは停止していますが、大方はセキュリティパッチで脆弱性を修正する作業を行い、復旧の目途が立ちました。職員には安全性の高いパスワード管理を徹底しています。警察内部の復旧には目途がつきましたが、問題は深刻な被害が出ているインフラへの攻撃です」

榊原は上村が警察内部だけでなく外部への対策に関わっていることに疑問を感じた。

「警察による民間企業のサイバーセキュリティへの関与は法的に可能なんですか」

上村が榊原の疑問に答える。

「『不正アクセス行為の禁止等に関する法律』及び『不正指令電磁的記録に関する罪』ではウイルスの作成、他者へ感染させる行為を罰するよう規定されています。首都電力に捜査協力をするよう進言、内部の対策チームと共同で捜査して情報を収集しています。首都電力ではCSIRTを設置しており、内部のコマンダーから状況をヒアリング、アウトソーシングしているベンダーのインシデントマネージャーと協力して変電所のシステムを襲ったマルウェアを分析しましたが、プログラムの解析ができていません。現時点ではシステムを止めるしか方法がありません」

榊原の乏しい知識では首都電力にセキュリティ専門対応チームがあり、その司令塔と話ができる状況にあるということしかわからなかった。

「他に対応策はないんですか」

　榊原の質問に上村が事情を補足する。

「首都電力にはインフラ企業として基本的なセキュリティ対策は整っていました。電力供給に使われているシステムは多層防御で要塞化されているにもかかわらず、システムの脆弱性を調べ上げ、暗号化された鍵をすべて解読、しかも使用しているマルウェアも多種で、攪乱しながら重要なインフラへの侵入までやってのけた。並のハッカーができる芸当ではありません。さらに厄介なのは首都電力が感染したウイルスです」

　上村の口ぶりからセキュリティに関する知識は豊富だとふんだ。その上村が厄介だと言うウイルスに榊原は興味を抱いた。

「どんなウイルスですか」

「具体的には板倉が説明します」

　板倉はおもむろにその場に置かれたデスクに座り、持っていたラップトップのパソコンを開いた。キーボードを叩きながら、誰にともなく勝手に説明を始めた。

「インシデントハンドラーと連絡を取って状況を確認しました。担当者はフォレンジックを実施しており、解析結果からウイルスがバッファーオーバフローの亜種だということがわかりました」

　板倉の説明は専門用語が多く、榊原の知識では理解できなかった。神保が説明を求めるように上村に視線を送った。上村がそれを察知し説明を補足する。

「攻撃されたサーバーにはサンドボックス、つまりウイルスを仮想空間に閉じ込め、外に出さないための『砂場』が設置されていました。しかしウイルスはサンドボックスに隔離されず、検出されませんでした。そこですべてのサーバー、端末の解析を実施し、ウイルスの正体を突き止めました。このウイルスはソフトウェアへの入力を格納する領域をあふれさせ、シェルコードと呼ばれるプログラムコードでプログラムの実行を制御するコードを上書きします。これにより攻撃者はプログラムの実行を遷移、つまりシステムを乗っ取ることができるようになります」

「だったら解決策はあるはずですよね」

榊原の問いかけに上村が深刻な表情で頷いた。

「ウイルスの正体が摑めても、解析ができなければアンチウイルスの開発はできません。正直こんな事態は初めてです。これを作ったハッカーと話がしたい。それで協力を要請したのです」

榊原が上村の訴えを汲み取り、事情を話した。

「もし今回のウイルスが北朝鮮のミサイル発射基地を攻撃したウイルスと同種であれば、奴はその正体を知っているはずです。ウイルスの正体がわかれば、テロ犯の特定にもつながる――」

意気込む榊原に上村は首を横に振った。

「セキュリティログの分析を試みましたが、発信源の特定が極めて複雑で難航しております。まずはウイルスの解析を優先すべきです」

発信源が摑めない限り、犯人の特定は難しい。警察に課せられた使命が犯人の逮捕である以上、致命的な課題だ。だが今は数少ないヒントを頼りに捜査を進めるほかない。

「わかりました。では早速取り調べに同席してください」

榊原は二人を取調室に案内した。

上村と板倉が横並びに席に着き、榊原は少し離れた場所から様子を見守った。

赤星は静かに瞑想するかのように目を瞑っていた。榊原が声をかけると、ゆっくり目を開き、上村と板倉に視線を向けた。

榊原が一歩赤星に近づき、二人を紹介した。

「警察庁サイバー攻撃分析センターから要請があった。サイバー攻撃への対応に協力してほしい。NSAの特殊チームにいたおまえならできるはずだ」

赤星は口角を上げ、目の前に座る二人を交互に見た。

「ようやくサイバー関連に長けた刑事の登場というわけか。だが情報が何もなければどんな攻撃を受けているのかわからない」

榊原が板倉に目配せした。板倉は素早く持ってきたパソコンを開き、画面を赤星に向けた。

「電力会社を攻撃したウイルスのログを捕まえた」

赤星は画面を見ながらつぶやいた。

「まだすべてのカモフラージュが取り払われていない」

赤星は目で榊原に許可を求めた。パソコンを操作させろ、そう察した榊原は黙って頷いた。赤星はキーボードに触れ、まるでピアノでも弾くようにリズムを刻みキーボードを打った。一分ほどして赤星は手を止め、パソコンを反転させた。

「やはりLCDⅡだ。スタックスネットの次世代型だ」

上村と板倉が目を丸くして画面を見た。どうやらウイルスを開発したというのは本当のようだ。わずかな時間で赤星はログのカモフラージュを除去し、ウイルスの正体を見つけ出した。

上村が画面から赤星に視線を移す。

「アンチウイルスの開発は可能か」

「残念ながら無理だ」

「ウイルス開発とパターンファイルはセットのはず。無効化するプログラムがないはずがない」

赤星は食い下がる上村に容赦なく切り返す。

「このプログラムはサイバー安全保障を想定して作られている。サイバーセキュリティでは攻撃側が有利だ。米軍は防御を最重要課題とするあらゆるシミュレーションをした。だがすべてのサイバー攻撃を防ぐことなど不可能という結論に至った。そこで最終的な防御は諦め、有効な攻撃方法を考えた」

上村が腕組みを解き、赤星に説明を求める。

「どういうことだ」

「攻撃は最大の防御だ。アメリカはサイバー空間で攻撃を受けた場合、国際法に則ってあらゆる手段で対処すると宣言した。つまりアメリカにサイバー攻撃を仕掛ければ、必ず報復を受ける。核による抑止と同じ理屈だ。国防総省が繰り返し実施した仮想のウォーゲームでもこのＬＣＤⅡは防げなかった」

アメリカはサイバー空間でも核と同じく相互確証破壊を確立したというわけか。だが冷戦下ならともかく、現代のような非対称戦では致命的な欠陥がある。

「テロ組織にこのプログラムを使われるとは想定しなかったのか」

榊原の指摘に赤星は嘲りの笑みを浮かべた。

「アメリカの慢心がこの事態を生んだ。アメリカはこのプログラムをイスラム国崩壊のために利用しようとした。だが利用するつもりが利用されたなど過去の歴史では枚挙にいとまがない」

赤星の自嘲を無視して板倉が詰め寄った。

「このウイルスは自己複製して増殖する。システムを入れ替えるしか手段はないのか」

「システムの復旧にはウイルスを無効化するしかない。まずは仮想空間にウイルスを閉じ込め、ウイルス検出のシグネチャーを読み込む。そこから先はウイルスの動き次第だ。動的分析を重ねてウイルスの弱点を分析するしかない」

板倉が深く頷く。どうやら解決の道がないわけではなさそうだ。「ただし――」と赤星が口を挟んだ。

「アンチウイルスの作成には時間がかかる。仮にシステムを復旧できたとしても犯人が再び攻撃してくれば感染を完全に防御できない」

仮にそうだとしてもシステムの復旧は喫緊の課題だ。

榊原が赤星に顔を近づけた。

「ウイルスの無力化に協力してほしい」

赤星は頬を緩め、榊原に視線を向けた。榊原はもう一度懇願した。

「頼む」

次の瞬間、突然部屋に警報が鳴り響いた。聞き覚えのある警告音は弾道ミサイル発射に関するJアラートの警報だ。突然の事態に榊原は混乱した。赤星が語った北朝鮮のミサイル基地への攻撃。その目的はアメリカがミサイル発射を阻止するためだった。だが、基地のシステムをハッキングできるということはその逆も可能だ。そのためのマルウェアを犯人が持っているとすれば。

「まさかミサイル発射施設にもウイルス攻撃が――」

榊原が上村と顔を見合わせた。板倉だけが冷静にパソコンを開き、忙(せわ)しなくキーボードを打ち始めた。やがて板倉は警報の発信源を突き止めた。

「マルウェア攻撃による誤報です。総務省がサイバー攻撃を受けたようです」

すかさず榊原が板倉に聞く。

「混乱を狙ったものか」

「いえ、警察を含め政府の各機関に犯人からのメッセージが届いています」

板倉が画面を見える位置に移動した。そこには犯人が送り込んだメッセージが映し出されていた。


――容疑者の安全を確保し、身柄の拘束を解け。さもなければ日本に神の鉄槌（てっつい）が下る。次は警告ではない。残り時間は九時間だ。

榊原は腕時計に目を落とした。午前零時。日付はちょうど九月一一日から一二日に変わったところだった。

7

二〇二一年九月一二日　午前零時零分
永田町　総理官邸

サイバーテロ対策本部の執務室に戻ると、風間はすぐに新島を探した。執務室ではほとんどの職員が電話かパソコンにかじりついていた。騒然とした職員に埋もれ、新島はパソコン画面と向き合っていた。風間は傍に寄り訊いた。

「Ｊアラートの状況を教えてくれ」

「あれは誤報のようです。総務省に新たなサイバー攻撃があったようです」

官邸が摑んだ情報なら間違いないだろう。だが風間が心配したのはＤＩＡのクレイマー少将から聞いた極秘情報だった。北朝鮮のミサイル発射基地がサイバー攻撃を受けたという情報を知る政府関係者は限られる。

「間違いないのか」

「総務省からはまもなく誤報と発表があるはずです。ただテロ犯から新たな要求がありました」

「どんな要求だ」

「容疑者の安全を確保し、身柄の拘束を解かなければ神の鉄槌を受けると。どんな意味かわかりませんが、新たなサイバー攻撃を示唆したものかと」

新島の推測は常識的な範囲だ。だが風間はテロ犯が示す神の鉄槌が何を意味するか察した。

――テロ犯は北朝鮮のミサイル基地をハッキングしている。

「市ヶ谷にも情報収集してみる」

風間は防衛省情報本部の岩城に連絡した。

神の鉄槌――岩城はそれを北朝鮮からのミサイル攻撃だと読みとっているはずだ。

「忙しいところすまない。Ｊアラートは誤報と聞いたが市ヶ谷はどこまで情報を摑んでいるんだ」

「情報が錯綜(さくそう)して混乱している。今現場から情報を集めているところだ」

「テロ犯からの要求にあった神の鉄槌だが、北からのミサイル発射が気になる。状況はどうなっている」

「ミサイル発射への備えは統合幕僚監部でも独自に進めている。すでにイージス艦《みょうこう》と《ちょうかい》を東シナ海に、《きりしま》を太平洋沖に出航させている。表向きは偵察だがDIAの情報をふまえて実戦も想定した出航だと指示している」

「イージス艦へのサイバー攻撃の影響は？」

「幸いSPY―2レーダーとLRS&Tの可動は確認できている。米軍とのデータリンクは途絶えたままだが、ミサイル迎撃システムに支障はない」

「ミサイル基地の監視はどうなっている」

「米軍は一時間前にグアムのアンダーセン基地からリベットジョイント偵察機を発進させた。警戒レベルが引き上げられ、偵察衛星による監視も強化されている。テロ犯からの要求を分析すれば、いつミサイル基地への先制攻撃をかけてもおかしくない状況だ」

北朝鮮の弾道ミサイルは日本各地の米軍基地はおろかグアム、アメリカ西海岸までも射程に入る。当然の措置だ。だが先制攻撃には反撃のリスクもある。何より先制攻撃が端緒となればいよいよ戦争になる。

「大臣からは慎重な意見が出ているが、弾道ミサイルだけでは迎撃が難しい。アメリカがミサイル発射の兆候を捉(とら)えれば日本政府にも先制攻撃の要請が入る。日本が攻撃すれば日本本土が反撃のターゲットになる。今官房長官が緊急会議を開いているが、大臣が官邸に呼ばれている。早い段階で再びNSCが開かれるはずだ」

限られた情報をもとにテロ犯からの要求に対応しなければならない。ミサイル発射が現実味を帯びた今、政府には厳しい判断が求められている。これまで積み上げてきた備えはそのためにあるのだ。問題は発足した新政権が重い決断を下せるかどうか。風間はミサイル迎撃にどう対処するか思考を巡らせながら、官房副長官室に向かった。

官房副長官室に矢島の姿はなかった。代わりに秘書官二人が深刻な表情で話し合っていた。一人は公設第一秘書官の楯岡（たておか）、もう一人は政策担当秘書官の剣持だった。風間に気づいた剣持が話を中断した。

「副長官なら総理執務室に籠りきりだ」

「緊急のＮＳＣか」

「そのための総理レクだ。我々は情報収集と各省庁間の調整を指示されている。防衛省からの情報収集と調整が必要だ」

剣持はおまえの役目だ、と促すような顔で風間に説明を求める。

「市ヶ谷の動きは？」

「犯人は北朝鮮のミサイル発射基地にもサイバー攻撃をかけている。基地が乗っ取られたら、ミサイルが日本に向けて発射される事態にもなりかねない」

「犯人の脅迫はサイバー攻撃だけでなく、北朝鮮のミサイル攻撃ってわけか。マジでやばい状況だな。防衛省の対応は？」

「自衛隊のレーダー基地はサイバー攻撃を受けて機能していない」

剣持の表情が曇った。

「つまり俺たちは目と耳を塞（ふさ）がれたまま脅迫を受けているってことか。米軍の動きは？」

「グアムからリベットジョイントが偵察に出ている。海自もイージス艦三隻をパトロールのために出航させた。もはや一刻の猶予もない。インフラの回復も重要だが、早晩官邸はミサイル発射への対応に追われる」

部屋は緊迫した空気に包まれた。張り詰めた空気を打ち破るように部屋の扉が開いた。矢島が総理レクを終えて戻ってきた。矢島は鬼気迫る顔で告げた。

「ホワイトハウスから官邸に北朝鮮ミサイル発射の情報が入った。それを受けて総理が緊急のNSCを招集した。すぐに大会議室に集まってくれ」

危機がすぐそこまで迫っている。かねて予測し、何度もシミュレーションを重ねてきた事態だ。だが予測と現実が大きく違う点があった。我々は見えない敵から攻撃され、戦いを強いられている。

8

二〇二一年九月一二日　午前零時五分
桜田門　警視庁

Jアラートの警戒音が止み、静寂が戻った。直後、榊原のスマホに神保から着信が入った。

「来栖官房副長官から赤星の引き渡しに待ったがかかった。犯人からの要求で慎重な対応を求められている」

テロ犯は引き渡しが迫っていることを予想して脅迫してきたのだろうか。だとすればまるでアメリカと官邸の動きを監視しているかのようだ。

榊原は電話を切り、赤星に伝えた。

「引き渡しは延期になったが、いつ官邸がアメリカからの圧力に屈するかわからない。それまでに決着をつけたい。犯人は一体誰なんだ」

　赤星に何度か同じ質問を投げかけているが、常にはぐらかされてきた。しかし警察にはもはや悠長に付き合っている時間はない。

「何度も答えたはずだ。すべては神の意思だ。俺の身柄がアメリカに引き渡されれば、殺される。それは神の意思に反する。神は怒りの業火でこの国を滅ぼすだろう。アラートは誤報だと言ったが、あれは警告だ。すでに『マリオネット』は各国の軍事施設に潜伏している。テロ犯はミサイル発射基地のシステムを掌握している。神はいつでも裁きを下すことができる。そして神の裁きが下るとき、世界は終わる」

　世界が終わる。その言葉が意味するものとは――。

　榊原の脳裏に聖書やコーランに書かれた預言が浮かんだ。

「最後の審判――」

「そうだ。旧約聖書、新約聖書、そしてコーランにも書かれる審判の日。神が人類の罪を裁く時がきた」

　赤星は熱を帯びた声で繰り返し訴える。だがそれは絵空事ではない。人類が作り出した核兵器が神の断罪の道具として利用されようとしているのだ。

「ミサイル発射を阻止する方法はないのか」

　赤星が榊原の訴えを即座に撥(は)ねのける。

「もし神の鉄槌を回避したいのなら、テロ犯の要求に従うしかない」

　テロ犯の要求――容疑者の安全を確保し、解放しろ。

テロには屈しないと表明した政府には土台無理な話だ。だが、もし赤星をアメリカに引き渡せば神の鉄槌のトリガーとなり、ミサイルが発射されてしまう。

沈黙とともに重い空気が取調室に漂った。

赤星は榊原を挑発するようにわずかに頰を緩ませた。

「最初に言ったはずだ。俺は疑いを晴らしアメリカの欺瞞を明かすためここに来た。君たちが要求に応じるというならすべてを話す」

ここにきてまた振り出しに戻った。警察には政治的判断に背く力はない。榊原が意を決して赤星に向き合った。

「犯人の正体を教えてほしい。交換条件として安全を約束する」

赤星の視線が榊原を捉えた。

「警察にそんなことができるのか」

「信用できなければ、世界が滅ぶだけだ」

榊原の捨て身の台詞に赤星は決然と告げた。

「いいだろう。すべて話そう」

赤星は一呼吸をおいてから上村と板倉に顔を向けた。

「その前に仕事を片付けよう」

赤星は板倉が持参したパソコンを引き寄せ、激しくキーボードを打ち続けた。上村と板倉は赤星が恐るべき速さで弾き出す英数字と記号の羅列を目で追っていた。

赤星が作業を進める中、神保が取調室に戻ってきた。

「状況は？」

榊原は赤星に視線を向けた。

「今ウイルスの解析中です」

三十分間ほど休みなくキーボードを打ち続けた赤星は突然指を止めた。次の瞬間、片方の頬を緩め、上村と板倉に見えるようにパソコン画面を反転させた。

「この情報があればそう時間はかからないはずだ。明け方までには解析をもとにアンチウイルスを作成することができる」

上村と板倉は顔を紅潮させ、画面にかじりついた。二人は画面を凝視しながら、互いに頷いた。どうやらウイルス解析の糸口を摑んだようだ。

上村は榊原に「協力に感謝します」と告げ、立ち上がった。

「明け方までには作業を終えます。これでなんとかシステムの復旧ができるかもしれません」

板倉は大事そうにパソコンを抱え、上村の後を追いかけ、取調室を後にした。残された榊原と神保は再び赤星と対峙した。

「ひとまず協力に感謝する」

神保は疑心を思わせる表情で榊原に言った。

「ウイルスの解析に協力したからと言って全面的に信用できるわけではない」

榊原は神保の意を受け、赤星に向き合った。

「そろそろ真相を話してもらおう」

赤星はゆっくりと息を吐き、静かに声を発した。

「知っている限りのことを伝えよう。その前にある少女について話さなければならない」

「イラクで米軍に従軍した時、自爆テロを起こした少女のことか」

「そうだ。イラクを離れてから行方はわからなかったが、イスラム国に潜入した後、再会した」

ＣＩＡの潜入工作でラッカに潜入した赤星はその前にも少女を捜索していたと話していた。なぜその少女にこだわるのか、榊原にはわからなかった。だが、赤星が語る過去には必ず少女の影があった。

「少女の名前はアニタという。出自は不明だが、かつてアルカイダを率いた領袖ザルカウィの娘ではないかと噂されていた。真偽はわからないがアニタはザルカウィに寵愛されていた。そしてその関係はバグダディに引き継がれた。アニタはバグダディの庇護を受け、ファルージャからモスル、その後ラッカに移り住んだ。アニタは神の巫女シビュラの再来だと言われていた。だがそれはアニタに霊的な力があったからではない。アニタはサヴァン症候群だった」

赤星はそこで話を区切り、遠い目で宙を見つめた。赤星は再び過去を語り始めた。

9

二〇一六年七月一日　午後七時三〇分
シリア　ラッカ

赤星はカリフとの接見を終え、モスクを出た。ここまで随行していた戦闘員のアクラムは任を解かれ、それから先はザーイド一人が随行した。

首都ラッカでの移動にハンビーは必要なかった。ＳＵＶに乗り換えたザーイドは自ら運転席に座り車を発進させた。市内ではカラシニコフを構えた警察官を目にする。その半分近くは十五歳前後の少年だった。国民の教育を担う文部省ではイスラムの教義の他、国を守るための戦闘訓練も行われている。少年兵のすぐ横、建物の壁には塗りつぶされた大統領の肖像画があり、イスラム国の黒い国旗が掲げられていた。

慣れた手つきで運転するザーイドが赤星に問いかける。

「カリフは滅多に外来者と会わない。接見が許されたのは特別な計らいだ」

「それは結構だ。カリフはこの国でどんな存在なんだ」

あえて質問したのは他でもない。ザーイドはリクルーターとして様々な国から集まってくる外国人部隊や求職者と会っている。カリフをどう認識し、どう対外的に説明しているのか。それは今後バグダディに近づくために必要な情報だった。

「我々はカリフに服従しているわけではない。カリフ制を復活させイスラム帝国の復活を宣言したこの国に希望を抱いているのだ。世界は我々を怪物(モンスター)のように扱うが、我々は国家だ。アルカイダのようなテロ組織とは違う。正統なカリフ制で運営され、敬虔(けいけん)なムスリムによってイスラム法(シャリーア)が厳格に制定された国家なのだ」

ザーイドの言葉にイスラム国の国家としての戦略が浮かび上がった。イスラム国は警察、財務、厚生、教育、情報、地方行政などの省、さらに軍事訓練を受けた軍隊だけでなく、諜報、サイバー機関など国家の機能を備えている。その国家を支えているのがカリフ制だ。この国はバグダディの独裁ではなく、カリフが指導する宗教国家として機能している。赤星は潜入前にバグダディの演説を記憶していた。

——人々よ、私はあなたがたの上に立つわけではない。それゆえ私が正しければ私を助け、私が過ちを犯せば私を正しく導きたまえ。私が神に従う限り、私に従ってほしい。

カリフとは預言者ムハンマドの後継者だが、預言者ではない。即ち過ちを犯すこともある。バグダディの演説は初代カリフであるアブー・バクルのカリフ就任演説をなぞっている。それは単にカリフの権威を高めるためではなく、自らが過ちを犯し、カリフを解任されたとしても、この国はカリフ制を継続し国家として存続するという意図がある。

赤星は改めてこの国を滅ぼそうとするアメリカの思惑に限界を感じた。仮にカリフを爆撃で殺害したとしても、この国を、いやこの宗教国家を地上から消し去ることなどできないのだ。

首都とされているラッカは様々な勢力が入り乱れ、内戦の縮図と言われている。最初にラッカに侵攻したのはヌスラ戦線と自由シリア軍だった。その後ＩＳがこの地を支配し、今に至る。

ここには日常がある。往来には人が歩き、車もバイクも走っている。だが街のいたるところに黒い国旗がはためき、戦闘員が市内を巡回し、監視の目を光らせている。日常には戦闘員、銃、対戦車ミサイルが溶け込んでいる。本来あるべき街の平穏を濁らせる異常に、人は常に緊張と不安を強いられている。

車が広場に差しかかった時、銃声が聞こえた。『天国の広場』と呼ばれていた場所の中心部で黒い戦闘服を着た覆面の男たちが銃を宙に向け、乱射している。黒い旗を掲げた白いターバンの男が聴衆を煽(あお)るように拡声器で唱える。

専制君主アサドによる残虐非道を我々は止めた

おまえたちは神が運命を定めた預言の一部だ
神は偉大なり

聴衆が男の声に呼応する。声が重なり、うねりが押し寄せる。

白いターバンの男の前に目隠しされた男が跪(ひざまず)いている。その頭上に銃口が押し付けられた。次の瞬間、銃声が鳴り響き、悲鳴が聞こえた。目隠しされた男は脳漿(のうしょう)をまき散らし、戦闘員の一人が鉈(なた)で首を切断する、地面が血で染まり、生首が大衆の前に掲げられる。戦利品を見せびらかすように首は広場の柵(さく)に置かれ、人々の前に晒される。異常な光景に言葉が詰まった。

「奴は何をしたんだ」

ザーイドが赤星の視線の先、広場での惨劇を見て答える。

「神を冒瀆(ぼうとく)したのだ。この街には少なからず反乱分子がいる」

「残虐な死刑で反乱分子を惨殺するのはプロパガンダのためか」

あえて挑発するような質問だったが、ザーイドの目に感情の揺らぎはなかった。

「プロパガンダではない。イスラムの掟(おきて)を破った背信者への罰だ。国を維持するには必要な措置だ。我らは神に服従する信徒。神に逆らう者を国民とは呼ばない。イスラムに人種や国籍はない。神の前では誰しも平等なのだ。だが神に逆らう者、神を蔑(さげす)む者はシャリーアに従い罰を受ける。これは当然の報いだ。法治国家であっても罪を犯した者は罰を受ける。国家が死を与えることもある。人が定めた法で行う殺人は許されるのに、神が定めた法で裁く罰を残虐とするのは道理が通らない」

ザーイドの言い分に筋が通っていたとしても、民主主義とは相容(あいい)れない。その事実を目の当たりにしたような光景だった。

　赤星はザーイドにあえて煽るように質問をした。

「ダウラ・アルイスラーミーヤはなぜあえて残虐なプロパガンダを執拗に繰り返すんだ。俺には背信者を斬首する映像がリクルートにつながるとは思えない」

　赤星はザーイドがこの国のリクルーターであるという立場をふまえ踏み込んだ話をした。

「我々が作る宣伝ビデオはあえてショッキングな情報を入れ込んでいる。映像は敵に恐怖を植え付ける。欧米の反イスラム戦争の残虐性に抵抗する手段だ。残虐性の解釈は様々だ。敬虔なムスリムは欧米諸国の偽りに騙されない。欧米諸国にもジハードを求める者がいる」

「なぜ彼らはジハードを求めてこの国に集まるんだ」

「自由主義、民主主義に疑問を持ち、退廃的な生活に嫌気がさし、神に帰依する者にとってこの国は拠り所となる。彼らは欧米諸国の欺瞞に気づいたのだ。欧米諸国の指導者はアラブ人からより多く搾取するため、戦争を仕掛けている。奴らの狙いは石油だよ。彼らの贅沢な生活は安い石油に支えられている。富の源泉を搾取するため、正義を語り虐殺を繰り返している。我々がアメリカの空爆と武器を携えたイラク正規軍に勝利できたのはなぜか。アサド軍と自由シリア軍に対抗し、ラッカを手中に収められたのはなぜか。この国に滞在すればわかるだろう」

　ザーイドの話に神への服従と信徒の強い結束を感じた。この国で仕事をするためには、偽りを見破られないよう、従順を装わねばならない。

「アメリカに復讐するために俺はここに来た。俺にその機会を与えてくれたアッラーに感謝している」

　ザーイドは赤星の返事に満足したように頷いた。

「君の仕事は西側諸国へのサイバー攻撃だ。そのために我々は君を雇った。これから『アムニ』の部隊長に会う。かねて腕のいいハッカーを探していた。存分に力を発揮してくれ」

ザーイドが話す情報機関アムニはＩＳの広報機関であり、諜報機関でもある。軍の侵攻に先立って敵にスパイを潜入させ、情報提供者のネットワークを作り、支配地域拡大の先兵として活動する。時に謀略も手掛け、支配地域に罠を張り、反体制者を組織し、反政府勢力を作り上げる。またアムニの潜入者がＣＩＡの工作員に偽情報を提供するケースもある。

「アムニでの俺の役割は？」

「具体的な指示はサイバー部隊の責任者から聞け」

アムニには諜報以外に重要な任務がある。それがサイバー攻撃だ。アムニがサイバー部隊員を募集しているのは事前に知り得ていた。アムニへの潜入と謀略こそが赤星に課せられた使命だった。

10

二〇一六年七月一日　午後八時一〇分
シリア　ラッカ

モスクを出てからＩＳ本部に延びる一本の道をＳＵＶは進み、レンガ造りの建物の前で停車した。かつてはシリアの聖堂だったこの建築物はＩＳ支配後、この国を運営する各省庁が入居する中枢となっている。建物に入り、地下に向かう階段を下りた赤星は広いスペースに通された。

「ここがアムニの拠点だ」

建物の地下が情報機関であるアムニの拠点だ。アムニのサイバー部隊『イァティサーム』ではパソコン画面の前でキーボードを打つアラブ人がＩＴ企業のビジネスマンさながら仕事に勤(いそ)しんでいた。

ザーイドがワークスペースを横切り、奥にある小部屋に入った。執務室の中央に置かれたデスクに座っていたアラブ人がこの情報機関を統率するアブ・ウマル・ムスタファだ。頭に巻いた白いバンダナに顎鬚(あごひげ)、顔には斜めに傷跡がある。イラク人のムスタファはかつてイラクでアメリカ軍に拘束され、拷問されたと聞いている。その後、ヌスラ戦線結成に関わり、バグダディにスカウトされ、アムニの指揮官となった。

ザーイドに促され、デスクの前に立った赤星にムスタファはアラビア語で尋ねた。

「アメリカの諜報員だったと聞いたが、なぜここに来た」

「アメリカへの復讐のためだ」

ムスタファの視線が赤星の目の奥を透視するように見据えた。

「我々が求めているのは復讐ではない。聖戦(ジハード)だ」

「爆弾を抱えて高層ビルに突っ込む気はない。それよりもサイバー攻撃でＣＩＡを攻撃し、傲慢(ごうまん)なアメリカの威信を崩す」

「カリフはおまえの入国を許可し、ここで使えと命じた。だが俺はおまえを信用したわけではない」

赤星の心臓が高鳴った。バグダディの腹心の一人、シリアの抵抗勢力のみならず、アサド政権にもスパイを潜入させ、この国を分断に導き、支配したのはムスタファの功績が大きい。ムスタファに疑われたままでは任務の遂行は難しい。

「信頼を得たければ結果を出せ。でなければおまえの首を切り、動画をＣＩＡに送りつける」

赤星は冗談とも思えぬムスタファの脅しに怯まず答えた。

「この国に必要なのは戦場で爆死する聖戦士（ジハーディスト）だけではない。戦場はシリアでもイラクでもない。サイバー空間で勝利しなければ欧米諸国に対抗することなどできない。ネットワークへの攻撃は爆薬以上に打撃を与え、軍事情報のハッキングは空爆を止めることさえできる。モスル陥落は諜報による下準備があってこそ。そのことを知るあなたのもとで働くために俺はここに来た」

戦争における諜報活動の役割は大きい。バグダディはその戦力を熟知し、ムスタファに大きな権限を与えていた。アムニは単なるテロリスト集団ではなく、国家の諜報機関として恐るべき力を持っている。

ムスタファは高慢と畏怖が入り混じる表情で赤星を上目遣いに見据えた。

「我らがこの国の基礎を作り、勝利をもたらした。だが我らの目的はこの狭い地域の支配に留まらない。我らのメッセージは国境を越えて世界に拡散する。世界は我らの存在を脅威と感じるだろう。それこそが狙いだ。世界には十六億近いムスリムがいる。アジアや欧州にいるムスリムは我らのメッセージに耳を傾け、聖戦に参加しようとこの国を目指す。なぜ彼らはヒジュラを選ぶのかわかるか」

移住（ヒジュラ）。若者がこの国に移住し、カリフに従うのはアムニのプロパガンダによるところが大きい。

「敬虔なムスリムはシャリーアを遵守する」

赤星の回答を聞き、ムスタファは頷いた。

「そうだ。信徒たちは厳格なシャリーアを守り、正統なカリフ国家を築こうとする我らを信じている。我らを残虐だと非難する連中の欺瞞を見抜き、国を捨て改宗するのだ。ブッシュはイラクで戦闘員でない民を容赦なく殺した。アブグレイブで捕虜を拷問し、イラク人を空爆で無差別に殺戮した。我らの報復を残虐と言うならば彼らこそ残虐の源だ。我らの役目は欧米諸国の欺瞞からムスリムを解放し、聖戦に服従することにある。我らは敬虔なイスラム教徒の水先案内役であり、先導者なのだ」

ムスタファはザーイドに目で合図した。ザーイドは部屋の外に出て、二人の男を連れてきた。

「サイバー部隊を新たに組織する。ハッサンとサミールを部下につけよう。他の仲間はザーイドが集める。部隊の名前は『ラッカ12』だ」

部屋に入ってきた二人が赤星の前に立ち、握手を求めた。赤星はそれに応じた。

「ハッサンはバングラディシュの出身だ。日本に留学し帰化したが、神に帰依するためヒジュラした。いずれ日本でも工作活動をしてもらうつもりだ」

ハッサンは流暢（りゅうちょう）な日本語で話した。

「かつては日本に住んでいた。日本国籍も持っている」

赤星は日本語で「よろしく頼む」と伝えた。

ムスタファが立ち上がり、赤星の前に出た。長身、細面のムスタファはどこか悪魔的な魅力があった。そのムスタファが赤星を見下ろし迫った。

「まず手始めに我々の儀式を見せよう。我らの力を知る良い機会だ」

ムスタファは二人の部下に目で合図をした。部下たちが薄ら笑いを浮かべ部屋を出て行く。赤星はこれから始まる儀式とやらが、血にまみれた行為であるのを直感した。

本部のすぐ隣に設けられたコンクリートの建物に入り、地下に潜る。そこに設けられていたのはスタジオだった。薄暗い部屋に撮影器具、照明、暗幕などの設備が揃っている。グリーンバックを備えたセットの前でスタッフが撮影の準備のためコードを手繰り、カメラ位置を調整している。舞台の上でオレンジ色の囚人服を身に着けた男が目隠しをされ、跪いている。その周囲に黒い戦闘服に身を包み、ターバンで顔を隠した兵士が並ぶ。手に持っているのはグロック19、オーストリア製の拳銃だった。

「これは何の余興だ」

ムスタファは赤星の質問に不敵な笑みを浮かべた。

「見ての通り撮影だ」

場所も機材もスタッフも映画かドラマの撮影そのものだった。だが撮影するのは処刑シーンではない。実際の処刑だ。

イスラム国によるアメリカ人ジャーナリストの殺害動画が脳裏に映った。イラク戦争時、米国兵がイラク人捕虜を収容したアブグレイブ刑務所で捕虜を虐待し、イラク人の反感を買った。ISはその報復としてインターネットで処刑動画を公開した。ムスタファが言う儀式とはプロパガンダのための処刑だ。

囚人服の男に照明が当てられ、背後に立つ戦闘服の兵士が銃口を頭に押し当てる。

「あの男は誰だ」

赤星は視線をオレンジ色の囚人服に向けた。ムスタファが冷淡な口調で答える。

「神への生贄だ」

恐怖の伝播。それがこの撮影の目的だ。処刑は一瞬で終わった。硝煙と銃声、囚人が倒れ、とどめの一発。歓声。脚本など必要ない殺害シーン。だが彼らにとってこれはフィクションなのだ。編集により背景が合成される。神は冒瀆者を裁き、罰を与える。囚人の血と肉以外は特撮なのだ。

赤星の脳裏に暗い過去が蘇った。暗闇の中で叫び声が響く。捕虜の男が両腕を拘束され、跪いている。黒い覆面の男が鉈を頭上に掲げ、振り下ろす。男の首が切断され、牢獄が血で染まる。ファルージャで拘束された時の記憶が脳内で生々しく再生された。久しぶりに見る白昼夢だった。鼓動が高鳴り、全身の血が逆流する。激しい眩暈と動悸に耐えられず、赤星はその場に倒れた。視界が狭窄し、世界が黒く染まった。


――すべては神の思し召し。

夢の中で繰り返しその言葉が聞こえた。神の思し召し。麻薬のような言葉が脳に覚醒と陶酔を生み出し、体に染みわたっていく。神への服従、自由から解放され、神に縛られる。そこにこそ真の生きる意味がある。わずかに残る理性が陶酔を覚醒させた。

――為すべきことを為せ。

拳銃を男のこめかみに突きつける。引き金を引こうとするが指が動かない。

――為すべきことを為せ。

神の意思に身を委ねようとする衝動。そこに抗おうとする理性。その狭間で心が揺れていた。拳銃を下ろし、暗闇に向けて乱射した。

――反逆者は裁かれる。

立場が入れ替わり、拘束され、強い力で両腕を押さえられていた。目の前に銃口が突きつけられる。死を覚悟した時、暗闇の中で少女の声が聞こえた。

——すべては神の思し召し。

次の瞬間、意識が戻った。

どうやら気を失っていたようだ。白い天井が見える。——ここはどこだ。

周囲を見た。ベッドの上に寝ていた。医療施設のようだ。

「気がついたようね」

アラビア語で語りかける声に聞き覚えがあった。その声は夢から覚める前に聞いた少女の声だった。頭にヒジャーブを巻き、黒いアバーヤを身に着けた少女がベッドの脇にいた。歳は十代後半くらいだろうか。

「君は？」

「ここの看護師よ」

「まだ子供じゃないか」

「見習いよ。でもこの国では十四歳を過ぎれば立派な戦闘員にもなれる」

「名前は？」

「アニタ」

「前に会ったことがある。ファルージャで——」

アニタは黙ったまま何も答えなかった。

「自爆テロを——、その後テロリストに拘束され殺されそうになった」

十年前、ファルージャで出会った少女、自爆テロを試み、失敗した時の幼い子供と同一人物に違いない。どうしてそう思えたのはわからない。ただの勘違いかもしれない。あの時、ニカーブに隠れ、顔ははっきり見えなかった。だが今見つめている瞳があの時の少女と重なった。

「これは神の預託だ。あの時そう言ったはずだ」

アニタは表情を変えず、小さく頷いた。

「そう神の預託。神がそう決めたからあなたを助けた」

——やはりそうだ。

一連の記憶が蘇った。あの時運命が変わった。

「なぜ助けた。神の預託とは何だ」

「あなたの面倒を見るようカリフから命じられた。あなたの仕事を見てすべてを学ぶようにと」

「どういう意味だ」

「わからない。でも神はあなたを生かし、あなたの助けを借りて、人を導けと」

——人を導け。

アニタ本人の言葉とは思えなかった。

「私は神の巫女、あなたを守り、あなたが為すべきことを助ける」

「為すべきこととは何だ」

「神のみぞ知る。いずれ時が来ればわかるはずよ」

答えを伝えないままアニタは去っていった。

それがアニタとの再会だった。彼女がファルージャで出会った少女だと直感し、彼女もそれをはっきりと憶（おぼ）えていた。

アニタはシビュラの化身と言われていた。

シビュラ——古代ギリシャ・ローマ神話で神から宣託を受けた巫女と伝えられている。ムハンマドが最後の神の預言者として出生するよりも前のことだ。

バグダディはアニタを寵愛していた。イスラム神学の学位を持ち、シャリーアの豊富な知識を有する敬虔なイスラム教徒であるバグダディはアニタの天性の能力を見抜いていた。

アニタはコーランを暗記し、あらゆるシャリーアを熟知していた。独学とはいえ優れた記憶力がなければそんなことはできない。アニタは計算能力にも優れており、十桁（けた）の暗算を軽々とやってのけた。物理の法則、確率計算、言語習得力など常人にはない類（たぐ）いまれな知能があった。赤星もアニタの能力に興味を持ち、プログラミングを教えた。それがすべての始まりだった。

11

二〇一六年 二月二五日
シリア ラッカ

赤星はハッカーたちを訓練し、サイバー部隊を本格的に活動させた。ハッカーたちを前に訓示する赤星はイスラム国の幹部を完璧（かんぺき）に演じていた。

「将来に備え各国のインフラ施設にウイルスを潜伏させる。ターゲットはロシア、フランス、ドイツ、イギリス、そしてアメリカだ。政府機関のシステムをハッキングし、機密情報を盗む。さらに中国、韓国、日本にはランサムウェアを使って身代金を要求、財政に寄与する。これが我々のジハードだ」

赤星は訓練したハッカーたちを反イスラム勢力十二か国の深部に潜入させた。サイバー攻撃によって得た軍事情報、身代金、金融情報などは国に大きな実益をもたらした。成果が上がるにつれ、ムスタファは赤星を認め、徐々に地位と待遇は上がっていった。

　赤星はアニタを部隊の助手として身近に置いた。赤星の元でハッカーとして訓練を受けたアニタは、ウイルスを開発するプログラミング技術を習得した。各国に潜入したハッカーたちが集めたサイバー技術を駆使し、新しいプログラムの開発に着手した。デジタルの生物、コンピューターウイルスは凶悪さだけでなく、生物として必要な自然死も兼ね備え、痕跡（こんせき）を残さず消滅するため、各国のサイバー防衛隊によるウイルスの分析を妨げた。アニタはかつて赤星が開発したＬＣＤⅡを進化させ、より強力な感染力をもった次世代のウイルスを作り上げた。だがアニタの能力はそこに留まらず、赤星の想像を超えたところまで到達した。

　アニタはディープラーニングを使い、ＡＩにコーランを記憶させ、あらゆるイスラム法を教え込んだ。神の声を覚えたＡＩは神の行動や考え方を理解しようとした。アニタは神の教えを忠実に実行するＡＩプログラムを作り出した。即ち神の化身を生んだ母となった。

　赤星はそのプログラムにサイバー攻撃の手法をはじめ、軍事的な知識、兵器、装備、各国の諜報、政治思想を記憶させた。人工知能は神の意思とサイバー技術、すなわち『智』と『武』両面を兼ね備えた新たな兵器となった。神の声に従い意思決定し、サイバー技術を使ってあらゆる活動を制御する。

　それは赤星にとって計画の遂行に必要な道具だった。機が熟したと見た赤星はメンバーに新たな号令を出す。

「我々が開発したプログラムには神の意思が宿っている。コーランを基に作られた知能はいずれ世界中の民に神の声を届けるであろう。すべては神の思し召しだ」

このプログラムには神の預託が宿っている。そして神は最後の審判で人間たちに裁きを下す。愚かな人間がどんな裁きを受けるのか、すべてはアニタが創り出した神の化身が決める。神の意思による裁きだ。

赤星はこのプログラムを『アリア』と名付けた。その存在はアムニの幹部たちにも内密にし、各国に潜入する『ラッカ12』のメンバーたちを使い、各国の中枢に深く潜伏させた。いずれこのプログラムが作動した時、世界は神の前に選択を迫られる。その中心地がどこになるのかは神のみぞ知る。そのトリガーとなるのがアニタの意思だった。アニタが創り出したプログラムには赤星すら知り得ない情報が組み込まれている。それは神の意思とは違う、創設者の意思だった。アニタが書き込んだプログラムがいつどこでどのように作動するのか、それを知るのはアニタ一人。それでいい。世界は一人の少女の手に委ねられる。なぜなら少女は神の巫女であり聖母なのだから。

12

二〇一七年一月七日
イラク　モスル

赤星は戦争省の要請で前線の通信網を支援するため従軍していた。

モスクに礼拝を呼び掛けるアザーンの声色が響いていた。夕方の礼拝を前に信徒が集まる。その数は少なく大半は戦争省の役人と戦闘員である。戦時下であろうと礼拝を欠かすことはできない。イスラムの六信五行を守り、神のご加護を得て戦闘員たちは再び戦場に赴く。が、戦線は既に市街地まで迫り、有志連合が組織した部隊が西から侵攻し、ＩＳが拠点とするモスルの東側を包囲していた。陥落は時間の問題だ。赤星はそう読んでいた。

聖地メッカのカアバ聖殿の方角に首（こうべ）を垂れ、指導者（イマーム）が読み上げるコーランに耳を傾けていた。入国してから一日五回の礼拝は日課になっていた。心の奥底までイスラムに染まったわけではない。ただ、コーランの幻想的な響きに身を委ねると、なぜか心が落ち着くのも事実だった。

イラク第二の都市モスル。四年前、この場所でバグダディはカリフを宣言し、国を興した。この商業都市には国家運営に欠かせない資源があった。油田だ。宗教国家を目指すこの国でも国家運営には資本主義を採用した。油井、水力発電、農地の管理を地元の部族長に委ね、事業運営で得た利益を税金として納付させる。既存の経済システムを利用し、地元民の賛同と協力により国家は運営されていた。この重要な拠点を支配したことで国家建設の基礎ができ上がった。

安定した財政基盤を築いたバグダディはフセイン残党制圧に兵力を割いていたイラク政府軍の間隙を突き、国境をイラク南部に拡大、ティクリート、ファルージャを支配した。世界有数の油田地帯と、米軍の武器庫、潤沢な資金を手に入れたバグダディはイラク全土の支配を目論（もくろ）んだ。

イラク戦争後に就任したシーア派の首相マーリキーは聖地カルバラの防衛に力を割き、バグダッドは風前の灯（ともしび）だった。しかし、イランが支援するシーア派過激派ヒズボラがカルバラ防衛を支援、イラク政府軍はバグダッドを防衛し、ＩＳの攻撃を押しとどめた。その後、退陣したマーリキーに変わり、新首相アバーディは挙国一致を訴え、米軍の協力の元、ＩＳとの戦争に本腰を入れた。米軍の空爆と新政府軍の奪還作戦を前にＩＳの戦線は後退し、イラク最大の拠点、モスルは包囲されていた。

ＩＳの戦闘員を束ねる戦争省でイラク領を統括するアリ・キーファーは訓練した五千人の戦闘員を指揮し、この地の防衛線で戦ったが、ジハードと殉教に頼る肉弾作戦と近代兵器と物量を誇る米軍の空からの攻撃では勝敗は明確だった。戦略家で大国を相手に善戦を重ねてきたキーファーは次第に戦力を消耗し、頼りにしていた機甲部隊の大半を米軍の効率的な空爆で失った。機甲部隊が所有していたＭＲＡＰなどの装甲車、Ｍ１エイブラムスなどの戦車はほとんどがアメリカ製である。皮肉なことにアメリカは自ら製造した殺戮兵器を自ら攻撃する羽目になったのだ。

礼拝中、無心を心掛けていたが、やはり内心では引き裂かれるような思いでコーランを聞いていた。その内容を深く考えることはしなかった。だがイマームの読み上げるコーランの荘厳な声色に時折心を締め付けられるような気持ちになるのだ。

——この都市への攻撃は何のため、誰のためのものか。

米軍の精緻を欠いた無差別攻撃は市民に多大な被害を生んでいる。住居を破壊し、子供を殺し、生活を奪い、都市を崩壊させる。これが解放といえるのか。

しかし己にそんなことを批判できる資格などない。モスル奪還では自ら内部情報をＣＩＡに流し、戦端を与えたのだ。

礼拝の途中で強い振動と爆発音が響いた。天井の瓦礫が粉塵を伴い落下する。ざわめきとともにコーランの響きが止まった。モスル駐在の軍司令アブ・マリアが周囲を見渡し叫んだ。

「ついにここまで攻撃が来たか」

空爆だけではない。地上からの攻撃が迫りつつある。一時間後にモスル中心部への侵攻作戦が始まる。

司令官マリアに赤星は伝えた。

「空爆だけでない、地上からの攻撃も近い。ここは撤退すべきだ」

マリアは表情を歪め、呪詛を放つ。

「市民の犠牲もお構いなしというわけか」

市民の脱出を止め、「人間の盾」として利用した指揮官の言葉とは思えぬ言い分に怒りが湧いた。同時にその怒りは司令官を止められなかった己の無力にも向いた。

赤星がマリアに進言する。

「モスルを捨てて、ラッカに引き揚げ、再起を図るべきだ。我々にはまだ十分な資源と兵器が残っている」

イラクを統治する司令官にはもとより聞く耳などない。ジハーディストに撤退などない。神の教えに従い聖戦により義務を果たせ。そう信徒を鼓舞する。

「おまえは撤退しろ。もはや情報戦でどうなる戦局ではない。我々は最後まで聖戦を全うする」

赤星は司令官に同意し、脱出方法を考えた。モスルを包囲するイラク軍、ペシュメルガの攻撃をかわし、どうシリア国境まで逃げるか。

赤星は混乱する信徒たちの隙間を抜け、モスクの外に出た。歩兵隊による進撃を前に空爆は一度台風の目のごとく止むはずだ。その空白の時間が勝負だった。赤星は部下のサミールを伴い、モスクの前に放置されたハンビーで情報機関が拠点とする市街地の施設に向かった。

幸い施設の通信手段は生きていた。反乱分子の外部への通信を防ぐためモスルでは衛星通信のパラボラアンテナを回収、市街のインターネットカフェや通信環境はすべて破壊されていた。陸の孤島からの通信手段は唯一アムニに与えられた衛星通信だった。赤星はサミールにラッカへの通信を指示した。

「すでにモスルは陥落寸前だ。この上はラッカに帰還し敵の情報を分析、イラク国境防衛のための新たな作戦立案を優先する」

サミールは早速端末を通信回線に接続し、アムニ本部へメールを打ち始めた。その様子を横目に赤星はサミールに背を向け、独自の回線にアクセスした。ラングレーにつながる極秘回線で作戦主任であるＣＩＡ工作員のコリンズへのダイレクトメッセージを送る。

モスル奪還作戦ではＩＳに潜入した赤星が内部情報や戦況を拾い上げ、ラングレーに送り込んだ。情報はＣＩＡの分析官によりワシントンに報告され、大統領日報（ＰＤＢ）にも情報が上がる。米軍の戦略立案に赤星の情報が寄与していた。

「モスル侵攻作戦の前に国外に脱出する。脱出ルートと手段を至急送れ」

極秘電文の返信はすぐにコリンズから送られてきた。

「空爆の空白を狙って補給ルートを進め。現在位置からリーパーにマークさせ、保護する」

空爆には米軍が誇るＢ２爆撃機を出動させているが、市街地のピンポイント攻撃は無人偵察機リーパーが上空から監視と攻撃を担う。上空からターゲットを捕捉し、ヘルファイヤミサイルで消滅させる作戦はすでにＣＩＡのお家芸となっていた。殺戮ではなく護衛に使うなど例がなかったが、無人機には危険を回避し、脱出を手助けする能力もある。機械を司（つかさど）る人間の指示が殺人と保護を分けるのだ。

「ビーコンをオンにする。追跡してくれ」

「了。ナビはこちらでする。インカムはあるか」

赤星は持っていたイヤホンを耳に挿し、ターバンを巻いて隠した。指示通り運転すれば空爆も地上戦も回避できる。サミールが本部への報告を終えた頃合いで判断を下した。

「ここを放棄し、首都に帰還する。通信手段をすべて破壊しろ。データは一切残すな」

潜入工作の痕跡を消し、通信履歴もすべて消去する。アメリカのスパイとしての証拠は何も残らない。だがたとえ物的証拠は消しても、記憶のメモリを完全に消去することはできない。そんなことは任務に就いた時からわかっていた。

13

二〇一七年七月一七日深夜
シリア　ラッカ

モザイク状に張り巡らされたＩＳの支配地域は徐々に塗り潰(つぶ)され、クルド自治政府治安部隊(ペシュメルガ)、シリア民主軍により首都ラッカの包囲網が出来つつあった。アメリカの空爆でＩＳの軍事拠点は破壊された。空爆の力は絶大だった。特殊貫通弾(バンカーバスター)は地下深く弾薬が突き刺さり、地下壕(ちかごう)に避難した人間を根こそぎ殺戮する。死体は土に埋まり、残虐行為が人目に触れることなく繰り広げられている。こうした軍事支援は街全体を廃墟(はいきょ)に変え、侵攻軍が攻め込んだ周辺地域には瓦礫と共に死体が連なっていた。

最後に街を奪還するのは歩兵部隊だ。首都陥落を前に情報機関であるアムニの役割も薄れていった。国の予算と人員の大半を戦争省と戦闘員に振り分け、幹部は防戦のため連日作戦を議論していた。アムニは敵の情報収集と分析に終始していた。だが戦争はすでに泥臭い歩兵戦となり、情報通信を駆使するまでもなく、戦車と砲弾などの物資が勝負を決めた。赤星は将来のため、ハッカーたちを国外に脱出させ、秘密任務を与えていた。それはあるものを守るという使命だった。

ＩＳ本部から一区画離れた場所にアムニの情報基地の拠点がある。秘密組織『ラッカ12』の本拠であり、赤星はかつて戦争省の参謀チームが使っていた施設に通信機器を持ち込み、世界中に散らばるハッカーを統率していた。

ＩＳは連合国にモスルを奪還され巨大な収入源を失い、崩壊に傾き出していた。亡国は繁栄の反動とともに訪れる。フランス革命後に出征した英雄ナポレオンはヨーロッパ戦線で勝利し皇帝を名乗ったが、自らの傲慢と強権でその地位を奪われた。かつて第三帝国を興そうとしたヒトラーはヨーロッパを占領したが、ソ連への侵攻で劣勢となりベルリンで自殺、ドイツは敗戦した。興隆の後には必ず没落が訪れる。この国も同じ運命をたどる。それが神の思し召しかどうかはわからない。わかるのはそこに人の所業があるということだ。

赤星は防諜が完備された回線でＣＩＡのコリンズと極秘に連絡を取った。万が一通話を傍受されれば即死刑、全世界に処刑を公開され、切断された首がラッカ市街の『天国の広場』に晒される。だが、どれだけ危険を冒しても伝えなければならないことがあった。

コリンズが勝利を確信し声を弾ませる。

「モスルの陥落では大きなダメージを与えた。戦争省のナンバーツーは死に、イラクの主要都市を奪還、収入源を断った。残すはラッカの陥落だ」

有志連合の圧勝は間違いない。だが赤星はコリンズの勝利宣言に水を差した。

「ラッカで何が起こっているか知っているか。市内にはまだ五万人以上の市民がいる。奴らは人間の盾として市民を利用する。残された住民は街の周囲に張り巡らされた地雷原で脱出がかなわず、侵攻軍の空爆と砲撃で命を落としている。未だＩＳはシリアに生産量の多いオマル、タナクの油田地帯を持つ。二つの油田を合わせれば日量二万五千バーレルに及ぶ。トルコ、ヨルダン、シリア、イラクは反対勢力として包囲網を築いているが、油田を経営する地元首長は密輸を続け、税収は戦闘員と兵器の予算に当てられている。これ以上侵攻すればさらに戦禍が広がる」

「ならばラッカ奪還のために作戦を進めるだけだ」

戦勝に沸く有志連合の声を代表する自信に満ちた声だが、それはラングレーのクーラーの効いた安全な執務室にいる人間の言い分だ。戦場を知らない指揮官に戦場は見えない。

あからさまに空爆を非難したが、コリンズは聞く耳を持たなかった。

「その市民を救うため我々は作戦を進めている。多少の犠牲は仕方がない。今はラッカ奪還が最優先課題だ」

最終目的はそうでも、救うべき市民を殺してまでやるべき作戦ではない。

「空爆以外に方法はないのか。こうも好き放題爆弾を落とされては市民の犠牲が大き過ぎる。これ以上街が破壊されれば復興に時間がかかる。どうしても無差別殺戮を強行するのならば俺は作戦から離脱する」

作戦に参加してから初めて表明した反抗だった。心を殺し、己の信条に抗い、作戦のために尽くしてきたが、これ以上犠牲者を目の当たりにしたくなかった。

「それは任務を放棄するということか？」

「そうだ、ラングレーで指揮を執るおまえたちには現場の凄惨な状況はわからないだろう。だが、目の前で人が死ぬ光景を見ればその考えも変わる」

「わかった。空爆は限定的に留めるよう進言する。すでに勝敗は決している。問題はターゲットを逃さず仕留めることだ」

「ポセイドンは本部にいる。避難場所はいくつかあるが、退去を拒んで本部に留まっている。チャンスは今だ」

ターゲットのコードネーム『ポセイドン』はバグダディを指す。その居場所こそが作戦の肝だった。その情報は内部への潜入でしか得られなかった。

「よくやった」

電話越しにコリンズが微笑を浮かべるのが見えるようだった。

「すぐに郊外に脱出しろ。場所を特定して保護する」

赤星はコリンズにエリアを示すコードを伝え、通話を切った。

与えられた使命からは逃れられない。カリフを殺す行為に神はどんな罰を下すだろうか。

しばらく携帯電話を握り締めたままその場に立ち尽くした。強い興奮で扉が開く音が聞こえなかった。気配を感じた時、アニタが背後に立っていた。振り向きざま、アニタの強張(こわば)った表情から察した。

「聞いていたのか」

嘘でも否定しろ、そう願ったが、アニタの態度からもはや手遅れであることを読み取った。

アニタは無表情で首肯した。これで二人の築いてきた関係は崩れた。あとはどちらかが死ぬだけだ。赤星は護身用に身に着けていたグロックに手をかけた。アニタを撃つか、それとも自らの頭を打ち抜くか。迷っているとアニタが一歩前に出た。赤星は銃を自らのこめかみに当てた。

「どうやらこれが神の預託だったようだ。聞いた通り、俺は背信者で裏切り者だ」

トリガーに手をかけた。引き金を引けばすべてが終わる。それでいい。だが――。

アニタは鋭い視線を向け、右手を拡げ前に出し、赤星を止めた。

「その手を下ろしなさい。神はそんなことを望んでいない」

「望むか望まざるかに拘わらず、いずれは罰を受ける運命だ」

「罰を与えるのは審判の日、神はまだ裁きを下さない」

「世迷言を。神など人が創り出した幻想、俺は為すべき事を為しただけだ」

「アメリカのスパイ行為が為すべき事ならば、あなたはまだ何も為してはいない。あなたが本当にやるべきことをやりなさい。私に『アリア』を作らせたのはそのためのはずよ」

冷水を被ったように冷静さを取り戻した。掲げていた銃を下ろし、自問した。

――確かに俺はまだ何も為していない。

為すべき事、そのために『アリア』は必要だった。首都の陥落、国の滅亡を予測し、神の化身を安全な場所に避難させた。サイバー空間に分散して潜伏させ、審判の日に起動するよう休眠させている。いずれもアニタのプログラム開発能力があってこそできたことだ。

――審判の日までは死ねない。ならば。

アニタを殺すべきか。赤星の中で迷いがあった。それは神を殺すも同然の行為だった。その時、突然扉が開いた。入ってきたのはサミールだった。

「アメリカの犬だったのか」

サミールはアニタとの会話を聞いていたようだ。赤星は咄嗟にサミールに銃を向けた。だが、サミールの動きが一歩早かった。サミールはアニタを背後から拘束し、こめかみに銃を突きつけた。アニタの髪が乱れ、銃口が食い込んでいる。

「貴様らには神の裁きを与える。銃を下ろせ」

赤星はゆっくり銃を床に置き、両手を挙げた。

「アニタは関係ない。すべては俺が仕組んだことだ。その子を離せ」

サミールはアニタに銃を突きつけたまま、赤星を睨んだ。

「この女はアメリカの犬に誑かされた。二人とも背信者だ。罰を受けろ」

サミールが銃を赤星に向けた瞬間、アニタがサミールの腕に嚙みついた。サミールが銃を床に落とした。赤星は咄嗟にサミールの銃を奪い、銃口を向けた。サミールがすかさず赤星に摑みかかり、床に押し倒された。もみ合いになり、赤星はサミールに体を押さえつけられた。首を絞められ、抵抗できない。血流が滞り、意識が遠のく。その時、銃声が頭上に響いた。絞められていた首が解放され、覆いかぶさっていたサミールの体が弛緩した。体を押しのけ、立ち上がると、銃を構えたアニタが呆然と立っていた。サミールは後頭部から血を流し、絶命していた。赤星はアニタを抱きしめた。

「なぜこんなことを――」

「これで私も裏切り者よ」

「この男を殺したのは俺だ」

赤星はアニタから銃を奪った。

「ここから出ていけ。そして俺を裏切り者だと告発しろ」

アニタは首を振った。

「二人とも殺される」

アニタは声を震わせ言った。

「一緒にこの国を出ましょう」

赤星は逡巡した。だが間もなくこの国は滅ぶ。アニタもここにいれば有志連合の攻撃を受ける。

「ここを抜け出す準備をする。先に外に出て安全な場所に身を隠せ」

アニタは黙って頷き、部屋を出ていった。

ここから脱出してアメリカの保護下に入る。それから先のことは考えればいい。

生きる選択をした赤星を強い衝撃が襲った。地響きとともに壁が崩れた。窓ガラスが飛散し、建物が揺れた。予定されていない空爆が今まさに始まった。

出口に向かったが強い揺れで足元はおぼつかない。どうにか扉に辿り着き部屋から抜け出した。建物全体に及ぶ強い振動に足を取られ、そのまま体が外に投げ出された。なおも強い地響きが続き、建物全体の照明が消えた。米軍はこの場所を狙って攻撃している。それは一つの事実を伝えていた。米軍が殺そうとしているのはバグダディだけではない。もう一人、始末すべき人間がいる。他でもない、自分だけがそのことに気づかなかっただけだ。奴らは容赦しない。空爆よりも精緻な無人機での二段攻撃で確実に獲物を仕留める。ならば次の攻撃に備えなければならない。幸いこの施設には地下通路があり、市街地までつながっている。地下に逃げ込めば、空爆も無人機による攻撃も逃れることができるはずだ。

行動に移ろうとしたが足を止めた。アニタは無事なのか。特殊貫通弾の威力は強い。それに一人のテロリストを殺すため、周辺の建物を根こそぎ破壊し、無関係な人間まで殺したうえで、必要な犠牲だったと嘯くのが米軍の常套手段だ。

赤星は壁を伝い、地上に出た。空爆はＩＳ本部も標的となっていた。黒煙と炎が遠く夜空に立ち上っている。幹部が多く殺されたはずだ。赤星は周囲に目を凝らした。建物の隣、レンガ造りのビルの壁がえぐり取られ、街路に飛散している。瓦礫の中、アニタの姿を捜した。だが荒廃した瓦礫の海に少女の姿は見つからなかった。この規模の空爆で生き残っている可能性は低い。空爆は止んだが、すぐに第二波が来る。赤星は力を込めて地面を叩き、空に向かって咆哮(けうこう)した。感情を殺す術(すべ)など何の役にも立たなかった。怒りと憎しみが全身を貫いた。

——まだ死ぬわけにはいかない。

その思いだけが頼りだった。アニタは死んだに違いない。だが魂は残っている。精神的な意味ではなく、電子信号として世界中に潜伏し、時を待ち、いずれ蘇るのだ。戦いは続く。

——為すべきことを為せ。

周囲を警戒しながら破壊された拠点の地下に潜り、避難経路を探した。避難用の細い回廊を進みながら、生き抜くことだけを考えた。地上では未だ爆発音が響き、緩やかな揺れが断続的に続いていた。国家の崩壊が目前に迫っていた。

14

二〇一七年七月一八日早朝
シリア　ラッカ某所

夜が明けた。無機質な鉛色の空の下、瓦礫を積み上げたような死の街を俯瞰した。

——これが神の意思なのか。

己のやったことで人が死ぬのは初めてではない。だがこの光景を前に取り返しのつかない愚行を神の所業と認めることはできなかった。

度重なる空爆と銃弾に蹂躙（じゅうりん）され、街は死んだ。天から降る数多（あまた）の爆撃の雨は人も建物も生活も根こそぎ破壊した。大量の血を吸った大地は灼熱（しゃくねつ）の太陽に照らされ乾燥し、腐敗と硝煙の臭いに満ちている。瓦礫が積みあがった土地は、人が棲（す）んでいた形跡だけをわずかに残し、廃墟と化した。もはや街は死の臭気と砂漠の熱風に晒された死神の楽園でしかなかった。

止められなかった。いや、自分が仕向けたのだ。内部に潜入し、情報を提供し、敵を殲滅（せんめつ）するためにやった行為に正当性などない。諜報機関にとって潜入工作などありきたりな手段だ。ならばこの寂寥（せきりょう）感は何だ。

瓦礫の隙間に上半身を失った兵士の下肢が埋もれていた。乾いた血が赤黒く固まり、軍靴は泥にまみれ、灰色に変色していた。

「テロとの戦い」の行きつく先がこの光景なのか。テロリストは米国の立場で見た敵だ。イスラム過激派勢力から見ればアメリカこそ真のテロリストであり、滅すべき敵。カリフが唱える聖戦（ジハード）を信じ、兵士たちは自らの肉体を犠牲に神の意思に従い国を守ろうとした。だが、敬虔な信仰の力も連合軍が投下した大量の特殊貫通弾（バンカーバスター）には勝てなかった。死んだのは兵士だけではない。シリアに居残った多くの無辜（むこ）の市民が死んだ。殺したのは米軍の司令官か、それとも大統領か、否。己の指図が多くの犠牲を生み出した。すべては一人の男を殺すためだった。後継者（カリフ）と呼ばれたイスラムの指導者の死は一国の破滅の引き金となるだろうか。いや一人の指導者の死は新たな指導者の誕生を促すだけだ。多くの信徒（ムスリム）は神の預言を受け、心に戦いの灯火を灯（とも）し、胸に爆弾を抱き、敵に猛進する。

己のすべて、地位も名誉も何もかもを捨て、戦ってきた。だが、その戦いが生んだのは破壊と死だけだった。暴力を止めるための暴力。果たしてそれは善行なのか。そんな問いすら虚しいほど、たくさんの死を目の当たりにした。すべての命は元に戻らないが、その中には自分にとって取り返しのつかない大切な者もいた。アニタを失い、赤星は神を失くした。もはや宗教も、信条も、野心もない。ただ、無垢に平和というきれいごとを追い求め、気づけば破壊の最前線で謀略に埋もれていた。その謀略は神を欺き、信徒を殺した。それが平和への道筋だと信じて疑わなかった。その結果がこれだ。

目の前に広がる死の絨毯、昨晩の空爆で死んだ二十数体の遺体の中に、後継者も交じっている。それは果たして勝利と呼べるのか。任務を遂行したと言えるのか。

長年この地で過ごした記憶をかなぐり捨て、東に向かおうとした。死を前にしてなぜか故郷の香りを感じたからだ。桜の木、青い海、緑に囲まれた山々。自然に満ちた故郷には荒涼とした大地とは異なる哀愁というべき懐かしさがあった。同時に最後に為すべき行いの舞台にふさわしいと思った。

極東の島国、日本。

日本は平和を標榜する国でありながら、地政学上極めて不安定な場所に位置しており、有史以来、様々な危機に晒され、何度も崩壊しかけた歴史を持つ。にもかかわらず、民は戦争や災害を乗り越え、復興を成し遂げてきた。かつて敵として戦い、国土を破壊されたアメリカと同盟を結んでいるという点でも舞台にふさわしい。

その地はここから八千キロ離れ、幾山河を越えねばならない。ＣＩＡの追跡から逃げ切れるのか。無事に辿り着けるかどうかわからない。が、まだやりのこしたことがある。自らが選んだ業を見届け、決着をつける。

重く垂れこめた雲間にわずかな亀裂が入った。茜色の光が天使の降臨のごとく死の街に降り注いだ。赤星は鎮魂を願い、街に背を向けた。目指すは平和を標榜する国、我が故郷、日本だった。

第五章　終末のアリア

――主の道に人々を喚べよ、叡智とよき忠告とをもって。頑強に反対する人々には、最善の方法で議論しかけて見るがよい。道から迷い出てしまった人々のことは、主が誰よりも一番よく御存知。正しい道をあゆんでいる人々のことも、また一番よく御存知。

またもしお前たち、相手を懲しめようというのなら、懲らしめてやるもよし、だが向こうにやられた程度のことにしておくのだぞ。だが、もし我慢できるものなら、我慢するにしくはない。

コーラン第十六章百二十五―百二十七節

1

二〇二一年九月一二日　日本時間　午前零時一〇分
アメリカ　バージニア州ラングレー

ラングレーの一等地、偶像とも呼べる建物にある世界最大の情報機関でマイケル・コリンズは一万キロ以上離れた戦場の様子をディスプレイから眺めていた。新しい作戦の舞台は極東の島国だった。コリンズは一度もその国を訪れたことはなかったが、どこか懐かしい場所だと思っていた。

この作戦を統率するのは長官の命を受けたテロ対策の責任者であり、その隷下にあるコリンズの作戦チームはただの操り人形だ。その操り人形がＵＡＶ（無人航空機）を運用し、遠隔操作でテロリストを暗殺する。これまで中東、アジア、アフリカで千四百人以上のテロリストの殺害を実行したUAVはいまやテロ対策の主役であり、オバマの提唱する犠牲者の出ない新たな武器である。

　コリンズを動かしているテロ対策センターのウィリアム・ライデンは統合作戦本部の指揮官を兼ねており、作戦全体を動かす権力を握っている。もっともその権力の糸はさらに上層のCIA長官につながり、長官の上には合衆国の大統領がいる。だが現場から離れた為政者にすべての情報が集まるわけではない。見えないものをいくら見ようとしても物事の真実はわからない。コリンズがこれまで携わってきた作戦にも結果として間違った判断があった。その判断を下したのは他でもない大統領だが、そう差し向けたのは様々な利害関係の集合体、つまり情報機関のお偉いさんたちだ。

　コリンズはこれまで合衆国の犬として走ってきた。棒を投げられた方向に全力で走り、主に持ち帰る。時にその棒は後ろ暗いものもあった。ターゲットは「悪」だと自らに信じ込ませ、無人攻撃機のオペレーターに地獄の業火ミサイルの発射ボタンを押させる。ばらばらになった死体を見て当然の報いだと納得し、巻き添えになった子供や女性の死体には必要な犠牲だったと己の責任を回避し納得させてきた。命を奪う行為は映像でしか伝わらない。クーラーの効いた部屋から砂漠の丘でテロリストを殺す行為はゲームのようであり、感情移入しないことが正気を保つ秘訣だと部下にも教えていたが、そんな自己暗示にも限界があった。四年前、『マンハッタンの禊作戦』に失敗して以来、コリンズは積極的に作戦を指揮することから逃げていた。

　今回の作戦がコリンズに舞い降りてきたのはつい最近のことだった、

作戦指令2―A01　ターゲットコード『レッドスター』

作戦の舞台は極東の島国、日本の首都東京だった。作戦指令に記載されたコードを見て、コリンズはついに来たかと思った。四年前に暗殺に失敗し、行方不明となっていたターゲットの突然の出現にラングレーは慌てている。やはり殺しておくべきだった。そう思わせたのは、極東で発生しているサイバーテロが原因だった。同盟国のみならず在日米軍基地も襲った未曾有のテロはアメリカにとって大きな脅威となっている。それは直接の攻撃ではなく、過去の汚点を表沙汰にして合衆国の権威を失墜させようというテロ犯の思惑に上層部が気づいているからだった。

作戦の指揮を執れという上官の指示には「落とし前をつけろ」という意味が込められているのだろう。

――結局、自分のケツは自分で拭けってことか。

拒否権はないという上官の指示に最初はやけになったが、ある意味では自業自得なのかもしれない。四年前の失敗は己の甘さが招いた結果だ。あれ以来、持病の神経症が再発し、現場を離れる羽目になった。これは神がもたらした過去の自分への落とし前であり、過去の亡霊からの決別でもある。ただひとつ、わからないのは、あの男がなぜあんな無謀なテロを起こしたのかだ。

復讐か、それとも他に目的があるのか。

コリンズはもう一度四年前に自分が下した判断を点検するため、過去の作戦の経過を振り返った。

――四年前。

イラクのバラド空軍基地でコリンズは新たな任務を前に大統領からの指令を待っていた。作戦実行までには紆余曲折があった。短時間で編成された混合部隊には不穏な空気が醸し出されていた。国防総省の秘密主義と組織の壁が不協和音の原因のようだ。互いに神経質になるのも仕方がない。CIAと国防総省の確執は今に始まったことではない。テロとの戦いが始まる前からわだかまりは存在し、歴代の大統領が変わるたびに融和、解離を繰り返しここまで来たのだ。今更仲良しクラブになるつもりはない。考え方は違うがどちらも愛国心を持ち、大統領の指令に忠実に従う犬なのだ。品種や血統は違っても、アメリカの国旗の下に働く犬らしく忠実に任務を遂行するのみ。コリンズはそう割り切りながらも、わだかまりという鎖につながれた気持ちをぬぐい切れなかった。

CIAが立案した計画は空軍との共同作戦だった。横槍が入ったのは司法長官補からの一言だ。

「国際人道法上、CIAが文民機関である以上、CIA工作員に戦闘資格はない」

標的はイスラム国の指導者、コードネーム『ポセイドン』だ。CIAが立案した作戦が槍玉にあがった。今回のような非公然型の作戦ではターゲットを殺害する法的根拠と手続きが重要になる。ブッシュ政権では無人機攻撃の権限をCIA長官に一任し、CIAが作戦の指揮を執っていた。だが、民間人への誤爆や付随被害の規模が議会で問題となり、『タイトル50』と呼ばれる行動規範に従い、国防総省が指揮を執ることになった。空軍特殊部隊を実行部隊とし、イスラム国を対象に実施された軍事行動——これによりコリンズは新たに作戦計画を書き直す羽目になった。

二〇〇一年に始まった対テロ戦争は十年後の二〇一一年、同時多発テロの首謀者オサマ・ビンラディンの殺害をもって終了したはずだった。だがテロ戦争はイスラム過激派組織に引き継がれ、終わりのない泥沼の戦いが続いた。一時は大統領から無用の長物として大幅な縮小を余儀なくされていたCIAのテロ対策部門は二〇〇一年を境に増員を続け、その成果が認められると、新たなミッションが次々と生み出されていった。テロ対策部門の一介の分析官だったコリンズも部下三十名を指揮する作戦主任へと昇格していた。

ビンラディン殺害後もチュニジア、イエメン、ジブチなどに潜在するアルカイダ、アフガンから逃れパキスタンで暗躍するタリバン。そしてイラク、シリアで勢力を伸ばし、カリフ国家を宣言したイスラム国。それらイスラム過激派への対処はオバマ政権の悩みの種だった。オバマが事態の打開のため、突破口としたのはＣＩＡが立案した『マンハッタンの禊作戦』——イスラム国のカリフ、バグダディの暗殺計画だった。

「頭の固い空軍の連中は動いてくれているか」

ＣＩＡが編成した分析チームを統括するコリンズは部下に不満をもらした。ＣＩＡのチームは連携に非協力的な空軍に翻弄されていた。作戦自体はわざわざ軍の協力を得ずとも、独自にできたはずだ。だが、今回の作戦で空軍は、新たに導入した無人偵察機ＭＱ—１プレデターの改良タイプＭＱ—９リーパーの運用を進めていた。ターゲットを確実に殺害するには空爆ではなくピンポイントで目視できるＵＡＶが最適だ。その意見にはＣＩＡも同意している。ＵＡＶならばＣＩＡも独自に運用できる。機体が最新かどうかはさほど問題ではない。要は国防総省も米国が敵を倒したという成果がほしいだけなのだ。

「バラド空軍基地待機中のＭＱ—９の準備が整いました」

リーパー専任の連絡将校の報告に頷き、コリンズは無線のチャットボックスからラングレーの本部にメッセージを送った。

バラド05——予定どおり、発進させます。
ラングレー05——C。

Cは了解を示す。すんなり出たラングレーからの指示にコリンズは連絡将校のリプリー中尉に指示書を渡した。リプリーは軍人らしく敬礼で答え、作戦本部から五十メートルの位置に設けられたコントロールステーションに指示を伝えるため出て行った。二機のリーパーは敵の拠点、ラッカにあるイスラム国の軍事拠点へ向かった。

空軍が所有するMQ―9リーパーはジェネラル・アトミックス社が開発した最新鋭の無人機で、MQ―1プレデターの後続機にあたる。その名は捕食者(プレデター)よりも禍々しい死神(リーパー)と命名されていたが、整備士やパイロットはその機体の愛称を『ビビアン』と名付けた。UAVを運用するクルーは機体に愛着を持っている。女優ビビアン・リーから取った機体コード『VV13』にはどこか愛嬌(あいきょう)があった。だがその性能はこれまで運用してきた旧型のプレデターよりも向上している。両翼には非武装型にはない六つのハードポイントが存在し、AGM―114ヘルファイヤミサイル、ペイブウェイⅡレーザー誘導爆弾、そしてスティンガー空対空ミサイルを搭載している。

――あとはターゲットの捕捉(ほそく)だ。

ターゲットの誤爆を避けるためにも標的を精査し、攻撃を合法的かつ合理的に遂行するための手順を遵守しなければならない。これまでアフガニスタンやパキスタンのテロリスト掃討作戦を経験してきたコリンズはその大義を信じ、計画に参加した。すべては祖国を守るためだった。そして、自分にとってテロリストとの戦いはほかでもない最愛の娘を失ったことへの復讐でもあった。

今年二十歳を迎えるはずだった娘のメアリはまだ四歳という若さで逝(い)ってしまった。あの日の出来事はいまだに鮮明にコリンズの記憶にあり、彼を苦しめている。テレビでその映像が流れるたびにコリンズは復讐の念を胸に宿し、どんな作戦にも持てるすべての力を注いできた。それはアメリカ国民が恐怖と絶望に震え、犠牲者の遺族に深い悲しみと喪失感を与えた忌まわしい事件、9・11(ナイン・イレブン)だった。

あの日メアリは妻とともに世界貿易センタービルにいた。運命のいたずらは無残にも妻と娘の命を奪った。幼い娘を連れ祖父の職場を訪れていた妻は、まさかマンハッタンの真ん中に聳(そび)えるタワーが崩れるとは思わなかっただろう。突然の悲劇は容赦なくコリンズから家族をもぎ取り、その後の人生を変えた。同じ経験をした遺族は大勢いるがコリンズは自らの手で復讐を果たす機会に恵まれていたという点で、他の遺族とは違った。

国の情報機関に所属するコリンズはテロとの戦いに残りの人生を投じ、寝食を忘れ仕事に没頭した。アフガン、イラク、パキスタン、シリアと数多くの作戦に参加、娘と妻の将来を奪ったテロリストをこの世から処分することに喜びを感じるようになっていた。

だが、この十年余りコリンズの精神は徐々に磨(す)り減り、感情を失っていった。正義のための戦いは無人殺戮(さつりく)兵器の登場と共に現実感を奪っていった。作戦計画と命令ひとつで殺戮を正当化できるマシン――無人攻撃機は安全な場所から標的を打ち殺す効率的かつ犠牲の少ない兵器として重用された。UAVの登場で戦争の方法は確実に変わったと言える。機体を運用するパイロットにもオペレーターにも危険はない。ゲームのように人を殺し、任務が終われば日常生活に戻り、一般市民と同じ生活を送る。人を殺すことに麻痺(まひ)している。そう感じたのはイラクのテロリスト掃討作戦の最中、モスクに潜伏するイスラム国の戦闘員を攻撃しようとして誤爆、一般市民を犠牲にした時だった。無人攻撃機プレデターが放ったヘルファイヤミサイルは礼拝に訪れていた母と娘を焼き殺し、黒い炭に変えた。亡くなった娘はちょうどメアリが死んだ時と同じ年頃に見えた。センサー・オペレーターにリアルタイムで送られる空爆の映像は親子が被弾し、変わり果てた姿をはっきりと映しだした。それを見たときから復讐の鬼と化していた気持ちは急速に冷めていった。

——これは無差別テロと同じ殺戮ではないか。

そんな懊悩も今日で終わりだ。ＩＳの指導者——コードネーム『ポセイドン』を殺害すれば戦いに終止符を打てる。

「ＶＶ13、ＶＶ14ポジション到達まであと十分」

部下の連絡将校に了解の合図を送り、コリンズはＩＳに潜入した協力者からの連絡を待った。

一分後、内通者からの連絡を受けとったコリンズはオペレーターに指示を出した。

「協力者からの信号をキャッチ、ターゲットはコード２３０、『砂漠の丘』にいる」

あらかじめ決められた位置コードを照合する。

バラド05——チェックリスト完了、許可を待つ。

ラングレー05——許可を確認、作戦を開始。

コリンズが連絡将校に攻撃の許可を伝えた。

「9ラインを送信しろ」

連絡将校が発射を指示する九桁の定型文を伝える。指令はワークステーションで機体を操縦する攻撃統制官に伝わる。センサー・オペレーターが標的を画像で捉え、パイロットが遠く離れたコックピットから攻撃ボタンを押す。コリンズが作戦センターのデスクで任務を監視していた時、作戦司令からターゲットが追加された。

「ターゲットは二つ、『ポセイドン』と『レッドスター』だ」

コリンズは復唱を躊躇った。作戦司令から発せられたコードは潜入工作員のものだった。ブリーフィングではターゲットとともに抹殺すべきIS幹部としか伝えられていない。

コードネーム『レッドスター』はコリンズたちの仲間だ。イスラム過激派テロリストとして国際指名手配されていたが、作戦のための偽装であることは同じチームメンバーにはわかっている。仲間を殺すことに強い葛藤があった。

「ターゲットコード『ポセイドン』を捕捉、攻撃開始」

リーパーが放ったミサイルがターゲットを捉えた。機首に搭載された光学カメラ「ボール」が攻撃の画像を送信、作戦監視ルームのディスプレイに白黒の爆破の噴煙が映っていた。ターゲットポイント『砂漠の丘』にあった輝点が消えた。

「『レッドスター』のGPS信号が消失、捕捉できません」

情報分析担当の部下から報告が入った。拠点周辺への集中的な空爆を避け、離脱しているかもしれない。

「作戦は終了だ。リーパーを引き揚げさせろ」

コリンズは部下に命じた。部下は周辺を捜索すべきでは、と訊いたがコリンズはもう一度同じ指示を出し、作戦モニターから離れた。

過去の記憶を辿り作戦の一部始終を思い出した。あの時の判断に迷いはなかった。仲間を殺害しろという指令などクソだ。そう考え、無人機を引き揚げた。今でもその判断に後悔はない。以来赤星の名前を聞くことはなく、二度と表に出ないでくれと願っていた。まさか日本でテロ容疑者として逮捕されようとは思いもしなかった。

なぜ奴は日本に舞い戻ったのか。人生の最期を生まれ育った国で迎えようとした。そう考えられなくもない。しかし、あえて出頭したのは何か狙いがある。

テロ事件には明らかに赤星が関与している痕跡があった。ラッカでサイバー部隊を率いていた赤星ならあの程度のサイバー攻撃は赤子の手をひねるようなものだ。祖国に裏切られ、その腹いせに復讐を企てた。もしそうだとすればＣＩＡとしては反逆者を処分せねばならない。これは巡り合わせかもしれない。かつての仲間を殺せるのか。指示を待つコリンズは迷いを払拭できずにいた。

2

二〇二一年九月一二日　午前一時五分
桜田門　警視庁

取調室は静まりかえっていた。赤星の独白をどう受け止めればいいのか榊原には判断がつかなかった。話を聞きながら、榊原の脳裏には数多くの疑問符が過った。

――俺たちは何を聞かされているのか。

――俺たちは誰と戦っているのか。

神保の表情が曇っている。これまで黙って赤星の話を聞いていたが、自ら疑問をぶつけた。

「その少女は神の意思を持つＡＩを作り出した。そのＡＩがテロ犯だと言うのか」

赤星は神妙な顔で頷いた。榊原が顔を近づけ、赤星を睨む。

「神の意思を持つＡＩなど本当に存在するのか。その神の化身とやらの正体は何だ。どこにあって、誰が操っている」

赤星は榊原の怒気を受け流し、話を続けた。

「『アリア』にはアニタが預託を受け、神の意思を与えた。コーランの伝承を人工知能に与え、創り出した神の化身だ。『アリア』のサーバーは当初ラッカに設置されていた。だが、アニタは自走プログラムを開発し、『ラッカ12』の工作員によって各国のサーバーに分散して保管されている。『アリア』が下す判断がウイルスを目覚めさせた。トリガーが作動すれば、神が裁きを下す」

『ラッカ12』の工作員という言葉に反応して榊原は赤星に問い質した。

「『ラッカ12』はアメリカの陰謀だと言ったが、ハッサンを日本に潜入させたのもアメリカの指示だったのか」

「そうだ。ハッサンは『ラッカ12』のメンバーだった。だがＣＩＡに暗殺された」

アフマド・ハッサン・オオサキ。榊原はその名を忘れたことはなかった。

四年前、榊原が追っていた過激派テロリストだ。日本に潜伏しているという情報をＣＩＡから入手し、行確した。ハッサン逮捕のため、令状を取り、潜伏場所を包囲した矢先、ハッサンは何者かに殺された。暗殺者は姿を消し、手掛かりは残されていなかった。榊原は当時の捜査を思い出し、赤星に迫った。

「ハッサン潜伏の情報はＣＩＡから入手した。わざわざ情報を流したのは暗殺するためか」

「CIAはネズミ捕りのために日本の警察を利用しただけだ。外地でターゲットを見つけるには現地の警察に任せるのが一番だ」

「つまりハッサンの居場所を見つけ出すため、警察はCIAにいいように使われたということか」

「ハッサンに限ったことではない。『ラッカ12』は各国に諜報員を送り込んだ。当時日本はアメリカの同盟国でISのテロのターゲットとなっていた。それだけのことだ」

「それもアメリカの秘密作戦か」

「当初はそうだった。だが情勢が変わり、『ラッカ12』のメンバーの命がCIAの工作員に狙われた。シリアに留まれば全員が死ぬ。ラッカの陥落が現実となった時、メンバーを各地に潜伏させた」

「しかしハッサンは日本で防衛省の職員と接触している。何らかの任務が与えられていたはずだ。それが今回のテロの準備だったんじゃないのか」

榊原の追及に赤星は口を噤んだ。赤星はまだ何か隠している。ウイルス解析に協力し、歩み寄りを見せながら、肝心のところは明かさない。神保が赤星に詰め寄る。

「都合が悪くなると急に沈黙か。AIがテロ犯だと誰が信じる。おまえが計画し、誰かに実行させた。そうだろう」

赤星は沈黙を続けた。榊原は興奮する神保を抑え、赤星に問いかけた。

「トリガーが作動すれば、神が裁きを下すと言ったが、それが最後の審判ということか」

赤星は榊原に視線を移し、質問に答えた。

「そうだ。コーランにも書かれている審判の日だ。神の火というおこがましい科学技術を軍事利用した人類への罰だ」

神の火。赤星の言葉が指し示す人類への罰とは――。

榊原は赤星に顔を近づけ問いかけた。

「AIは核戦争を起こすつもりか」

赤星の頰が微かに緩んだ。

「神が核戦争を起こすのではない。選択はあくまでも人間に委ねられている。神は人間が持つ暴力性を試しているのだ。AIは誰も殺していない。サイバーテロの目的は人の本質を見極めるため、すべての情報を遮断し選択を求めている。決めるのは神ではなく世界の指導者だ」

それはつまり――。

自ら滅亡の火を使うか、それとも別の解決方法を見つけるか。世界の滅亡は指導者に委ねられているということか。

3

二〇二一年九月一二日　午前一時一五分
永田町　総理官邸

風間は総理官邸の地下危機管理センター幹部会議室で招集された緊急NSCのメンバーを見回した。前列に並ぶ総理、官房長官、大臣に加えて防衛省の統合幕僚長など制服組が並ぶ。その横には事務次官、官房長、審議官と背広組も同席している。政治的な判断をする場であるNSCに防衛省トップが揃うのは異例と言える。それだけ軍事的に緊迫した状態だということだ。

大河原総理は挨拶を省き、重大な情報に触れた。

「深夜に集まってもらったのは他でもない。ホワイトハウスから北朝鮮のミサイル発射基地がサイバー攻撃を受けたという報告があった。北朝鮮側は公式に発表していないが、基地は制御不能の状態であり、核ミサイルの発射の兆候も報告されている。ホワイトハウスは防衛を前提とした対抗措置を示唆してきた。つまりミサイル発射を事前に防ぐための基地への攻撃だ」

重い空気が漂い沈黙が場を支配した。呉が硬い表情で閣僚たちを見回した。

「我々はテロ犯から新たな要求を受けている。要求を受け入れなければ、神の鉄槌を下す。これは単なる脅しではない。ホワイトハウスは犯人からの脅迫が北朝鮮のミサイル発射を意図したものだと判断している。つまり、テロ犯は要求をのまなければ日本に向けてミサイル攻撃をすると脅迫しているのだ」


——容疑者の安全を確保し、身柄の拘束を解け。さもなければ日本に神の鉄槌が下る。次は警告ではない。残り時間は九時間だ。


北朝鮮のミサイル発射、それが神の鉄槌だとすれば、その矛先は間違いなく日本に向けられている。

風間は緊急に招集されたNSCのシナリオを考えた。総理と官房長官の中ですでに方針は出ていて、それを閣内で共有するための儀式であるのは間違いない。選択肢は二つ。要求をのんで攻撃を回避するか、それとも脅しに屈せず、対抗手段を取るか。風間は両手を組んで握り締め、議論の成り行きを見守った。

内閣のナンバーツー、最大派閥の領袖で強い発言力を持つ片山外務大臣が大河原に意見した。

「犯人の意図は日本と北朝鮮に潰し合いをさせることではないか。防衛措置とはいえ、ミサイル基地を攻撃すれば、戦争の端緒となってしまう。北朝鮮との外交ラインを作り、協力して事態の対処に当たるべきだ」

　外務省の立場を意識しての発言ではあるが、北朝鮮と協力などできるはずがない。大河原が片山に鋭い視線を向けた。

「相手国がサイバー攻撃に対抗できれば防御もできるが、国交のない国と協力してミサイル発射を防ぐなど現実的ではない」

　大河原の意見に片山は表情を歪めた。

「ならばアメリカの意見に従って基地を叩くべきだというのですか。何も我が国が戦争の火種を作るような先制攻撃をする必要はない。自衛隊にはミサイル防衛システムがある。万が一ミサイルが発射されても迎撃すればいいでしょう」

　片山は盛田防衛大臣に視線を送り、回答を求める。盛田は横に控える真木統合幕僚長に目で合図し、答えを求めた。真木が低い声で答える。

「アメリカからの情報を受けて、イージス艦《みょうこう》と《ちょうかい》を東シナ海に、《きりしま》を太平洋に展開しています。ミサイル発射に備え、ＳＭ—３での迎撃は可能ですが、ミサイルの数、弾道によってはすべてを迎撃できる保証はありません。また地上迎撃ミサイルＰＡＣ—３も同様です」

　弾道ミサイルは進化し、すでに軌道、数、威力からいってもすべてのミサイルを迎撃できないということは政府関係者なら知悉している。だからこそ政府は敵のミサイル基地を事前に破壊すべく対抗ミサイルの配備を決めたのだ。

盛田が片山を無視して大河原にバトンを渡す。

「ミサイル迎撃で被害をゼロにすることはできません。もし、日本をターゲットにミサイル攻撃されれば、確実に国民に被害がでます」

風間は議論の行きつく先を悟った。ミサイル基地への先制攻撃だ。それを後押しするように盛田が付け加える。

「日米安保でアメリカにも協力を求め、現在把握できているミサイル基地を全て叩くべきではないですか」

風間はやり取りを聞きながら、かつて世界が最も核戦争に近づいた危機の再来を思わずにはいられなかった。冷戦下で起こったキューバ危機だ。

一九六二年一〇月、東西冷戦下、アメリカの隣国キューバにソ連の核ミサイルが持ち込まれた。極秘に建設されたミサイル発射基地には核弾頭が搭載可能なミサイルが配備された。偵察機U2が捉えた映像に若き大統領ジョン・F・ケネディは凍り付いた。核ミサイルは首都ワシントンを含むアメリカの主要都市が射程に入る。大統領は緊急の国家安全保障会議を招集、軍の首脳は大統領に先制攻撃を迫った。閣僚は軍に同調、キューバへの実力行使に傾いた。だが大統領は最後まで先制攻撃を回避するための手段を探った。

先制攻撃はソ連との全面戦争を招き、核兵器による第三次世界大戦が起こる。危機を乗り越えたのは、米ソの間に相互確証破壊という概念があったからだ。核戦争による人類滅亡の危機を両国首脳は認識していた。ソ連の首相フルシチョフはキューバから核ミサイルを引き揚げ、ケネディもまたトルコに配備していた核ミサイルを撤収した。

だが、今回の事態がキューバ危機と違うのは相手が国家ではなく正体不明のテロリストだということだ。得体の知れない相手に相互確証破壊は成立しない。先制攻撃は妥当な判断だ。キューバ危機の先例に囚われず、厳しい判断が必要だ。議論の流れが大河原の意向に傾きかけた時、矢島が割って入った。

「総理、すべてのミサイル基地を破壊するなど不可能です。北朝鮮はＳＬＢＭ、即ち潜水艦からのミサイル発射や移動手段を使っての発射も可能です。こちらが攻撃を仕掛ければ、必ず反撃を受けます」

「だったら他に対抗策はあるのか」と大河原が問い質す。

「軍事オプションを取る前にやるべきことがあります。サイバーテロへの対策、そしてテロ犯の逮捕です。犯人が定めた時間までにサイバーテロへの対抗措置を講じ、犯人を逮捕すれば、ミサイル攻撃を阻止することができます」

呉が厳しい表情で矢島を睨んだ。

「それができれば苦労はない。サイバーテロ対策本部は何をやっている。犯人逮捕どころか、インフラの復旧すら進んでいない。時間切れとなってミサイル攻撃されれば、国民に被害が出る」

矢島は意見に耳を傾けず、真っ直ぐ大河原を見つめていた。

「勝算はあるのか。判断を誤れば国民が犠牲になるんだぞ」

「戦争になればさらに多くの犠牲者が出ます」

大河原は揺るぎない面持ちで矢島に言い返した。

「核ミサイルが撃ち込まれれば、都市がひとつ崩壊する。一千万人以上が犠牲になる。それにこれは数の問題ではない。国民を守るために我々は防衛手段を有している。それを使わず、被害が出れば、国家は成り立たない」

風間の目には矢島が押されているように見えた。他の大臣も大河原の判断に賛成するように、矢島に厳しい視線を向けている。風間も今度ばかりは矢島の意見に賛成できなかった。いくら抑止力と言ったところで、抑止されるべき相手国はテロリストに攻撃され、機能不全に陥っている。危機を回避するための防衛力を持ちながら、それを使わないのは安全保障とは言えない。風間は無言の念を送ったが、矢島は視線を合わせようとしなかった。

「時間をください。犯人の要求までまだ猶予があります。ミサイル発射の兆候はあっても、まだ発射が確実になったわけではありません。せめて三時間、いや二時間でも結構です」

大河原が腕を組み、目を瞑った。判断を迷っている。最初に結論ありきの会議の流れが変わりつつあった。

一瞬の静寂の後、大河原が意を決したように目を開いた。

「いいだろう。サイバー対策を念頭に、テロ犯の攻撃を回避できる手段を見つけてくれ」

矢島の目が鋭く光った。だが大河原はそこに付け加えた。

「ただし、ミサイル発射への対抗措置の準備は続ける」

大河原は盛田に顔を向けた。盛田が頷き、統合幕僚長に耳打ちした。その時、会議室に防衛省の職員が入室してきた。真っ直ぐに盛田のもとに歩み寄り、メモを渡す。メモに目を落とした盛田が顔を上げ、大河原を見つめた。

「先ほど北朝鮮から飛翔体が発射されたという情報が入りました」

大河原の表情が厳しさを増した。部屋全体が騒然となった。呉が全員に伝える。

「会議を中断する。各自早急に情報収集に努めてくれ」

呉は続けて関係者に総理執務室に集まるよう指示し、緊急NSCを散会させた。

4

二〇二一年九月一二日　午前二時一〇分
東シナ海海上

「午前一時四五分に北朝鮮の舞坪里（ムピョンリ）から発射された弾道ミサイルは、沖縄上空を通過、EEZ外の太平洋上に落下した模様。これまで被害は確認されていません」

イージス艦《みょうこう》の艦長、海自二佐の対馬正晴（つしままさはる）は戦闘指揮所（CIC）で管制官からの報告を聞き、顎（あご）をなでた。

「テロリストは本気のようだな」

二〇一七年九月に北朝鮮が発射した中距離戦略弾道ロケット火星12以来の日本上空を通過する弾道ミサイルの発射だった。今回はその時とは事情が違う。もし本当にテロリストがミサイル基地を制御しているとしたら、発射は実験ではなく実戦だ。手順は訓練と同じだが、心構えが違ってくる。

「砲術長、イージス・ウエポン・システム（AWS）を始動、管制システム常時始動、SPY―1レーダーによる警戒監視を維持」

第三護衛隊群第七護衛隊に所属する《みょうこう》は環太平洋合同演習（リムパック）の一環で実施される弾道ミサイル防衛システムの迎撃演習に随行した経験を持つ。だがそれはあくまでも演習だ。日本のイージス艦が実戦で弾道ミサイルを迎撃したことは一度もない。理由は明快だ。日米韓の強大な軍事力に真っ向から攻撃を仕掛ける国家はいないからだ。その強大な軍事力に対抗できるのは核兵器だけだ。一発で都市を一つ破壊する強大な兵器。その力は軍事力のバランスを拮抗させる唯一の武器である。その威力ゆえ抑止力としての手段とはなるが、実際に使用すれば、世界を滅亡させる最終兵器となる。その兵器に対抗できるのがイージス艦に搭載されたミサイル防衛システムであり、その盾は訓練を重ねた人が可能にする技、すなわち職人技だ。

対馬は存在するかどうかわからない神よりも人の力を信じていた。

――相手が誰だか知らんが、日本の防衛力を見くびるなよ。

対馬はその矜持を込めて先任士官に号令をかけた。

「艦内哨戒第三配備、レーダーが目標を探知次第、ＳＭ―３ブロックⅡＡで対抗」

イージス艦に搭載されたＳＰＹ―１レーダーは巨大な艦橋の周囲四面に固定されており、その性能は数百キロ先の複数の目標を捉えることができる。頭脳であるイージス・ウエポン・システム――ＡＷＳが追跡データを基に迎撃のために距離、速度を計算し、ミサイルが発射された後も、誘導コマンドを出してコントロールする。ミサイルの弾頭に備えられた赤外線シーカーが標的を捉え、姿勢、位置を制御しながら最終的に弾道ミサイルを破壊する。

「問題は発射位置の特定です」

先任士官から発せられた懸念は対馬にもわかっていた。敵がどこからミサイルを発射してくるかはわからない。どんな高性能なミサイルであっても、迎撃可能範囲には限界がある。

「イージス艦の目だけでは無理だ。ここは結局アメリカ頼みだな」

自衛隊のレーダーサイトがサイバー攻撃を受けているため、頼れるのは米軍の偵察衛星、そして哨戒機だった。

5

二〇二一年九月一二日　午前二時一五分
桜田門　警視庁

榊原は取り調べを一時中断した。官邸のサイバーテロ対策本部の相田あかりから北朝鮮が飛翔体を発射したという情報が入ったからだ。

「センターのスタッフの話では北朝鮮から発射された飛翔体は火星12号と推定されています。発射は午前一時四五分頃、発射されたミサイルは沖縄県の上空を通過し、本邦の南約二千キロの太平洋上に落下したそうです。わざと外したけどいつでも本土を狙えるっていうメッセージですね。しかも沖縄上空を通過させてるってことは米軍基地も脅してるってことです」

「北朝鮮から正式な発表は？」

「今のところ情報は入っていません」

「引き続き情報収集を頼む」

「ラジャー」

こんな時にも明るい相田の口調に苦笑したが、事態は深刻極まりなかった。

ニュースサイトでは触れられていないが、ミサイル発射は北朝鮮の意思ではなく、テロリストの攻撃である可能性が高い。犯人からの要求への回答次第で日本本土を攻撃するという脅しともとれる。

　相田の報告を神保に伝えた。

「ミサイル発射が現実になりました。赤星の証言を肯定しているようです」

　神保が深刻な表情で言い返した。

「犯人は本気で北朝鮮のミサイルを使って日本に攻撃を仕掛けようとしているようだな。犯人が容疑者の保護を要求している以上、むやみに扱えば犯人を刺激する。今回のミサイル発射はそのことへの警告かもしれない」

「官邸はどう対処するつもりでしょうか」

「先の政権で敵国のミサイル基地を攻撃できる体制は整っている。犯人の要求に従わないと判断すれば、攻撃を未然に防ぐため、基地を攻撃するかもしれん」

「他の選択肢はないのですか」

　神保が眼光炯々と榊原に質す。

「他の選択肢とは？」

「最後の審判に現れる救世主が鍵です。赤星はこう言いました。犯人は政府に三つの選択を突きつける。一つ目は国家の意思、すなわちテロに対抗するか、屈服するか。二つ目は危機管理能力を問うという選択です。そして、三つ目が国家の決断です。座して死ぬか、戦って活路を見出すか。しかし、選択肢は二つではありません。犯人の要求に従って赤星を解放すれば犯人は攻撃を止めます」

「しかし赤星を解放すればアメリカに始末される。容疑者の安全を確保しろという要求に背く。そもそも官邸はテロに屈しないという前言を撤回しない。ミサイル基地を攻撃し、危機を排除し、容疑者をアメリカに引き渡すという強硬策を選ぶ可能性が高い」

神保の見通しは現実的だ。容疑者の解放という第三の選択肢には安全に、という条件がついている。

その時、神保の胸ポケットから振動音が聞こえた。神保はおもむろにスマホを取りだし、何度かのやり取りの後、電話を切った。

「アンチウイルスの開発は明け方までにはなんとか間に合いそうだ」

「ではウイルスが完成したらすぐに首都電力に提供しましょう。これでサイバー攻撃への歯止めとなれば、インフラの復旧に期待がもてます」

神保はやや表情を緩めたが、すぐに顔を引き締め言い返した。

「我々の使命はテロ犯の正体を突き止めることだ。赤星への取り調べを続けよう」

犯人の狙いは徐々に明らかになってきた。だがまだ核心に行きついてはいない。榊原は神保とともに取調室に向かった。


犯人が定めたタイムリミットは午前九時。残された時間は七時間に満たない。その前に政府がミサイル発射基地の攻撃を決断するかもしれない。同時に官邸では赤星の身柄をどうするか議論されているはずだ。ひとまず引き渡しは延期となったようだが、いつ覆るかわからない。すべての鍵を握る赤星からどう答えを引き出すか、それが取調官に求められる使命だった。

取調室の扉を開けると、赤星は姿勢を崩さず座ったまま目を閉じていた。榊原は真向かいの席に座り、赤星に伝えた。

「北朝鮮から飛翔体が発射された」

赤星は榊原の声に反応し、目を開いた。だが返事はなかった。

「これは犯人からの警告か」

「そうだ。神の警告だ」

榊原は神保と目を合わせた。神保が鬼気迫る表情で赤星を睨む。

「我々には時間がない。単刀直入に訊こう。どうすればこの事態を打開できる。テロ犯の攻撃を止められる」

赤星はもう何度目かの質問に同じ口調で答えた。

「何度も言ったはずだ。犯人の要求に従えばすべては解決する」

堂々巡りだった。だが、榊原はあきらめず赤星と対話を続けた。

「その手段を聞きたい。政府は犯人からの要求をふまえ、おまえの身柄の引き渡しを延ばした。しかし、ここでおまえを自由にすればＣＩＡの手で暗殺される。我々には犯人の要求に応える手段が見つからない」

赤星はその問いを待っていたかのように口元を緩めた。

「まもなくここに救世主がやってくる。彼がこの危機を回避するための鍵を握っている」

「救世主とは誰のことだ」

「すぐにわかる」

赤星は背中を椅子に預け、目を閉じた。榊原は深いため息をついた。歩み寄れば、離れていく。摑もうとすれば逃げられる。いったいこの男は何を考えている。我々はただ愚弄されているだけなのか。

榊原は机の下で拳を強く握り締めた。

6

二〇二一年九月一二日　午前二時四〇分
永田町　総理官邸

北朝鮮からの飛翔体発射の一報を受け、緊急NSCは散会、官房の主要メンバーが集められ、緊急の総理レクが始まった。主要メンバーは官房長官、官房副長官の他、内閣危機管理監、内閣情報官、外務、防衛の事務次官クラス、そしてその中には防衛省情報本部の岩城もいた。風間は、地下にある危機管理センターから五階の総理執務室に移る途中、岩城に呼び止められた。

「これから総理にミサイル発射の状況を説明する」

「いよいよ危機が間近に迫ってきた。DIAのクレイマーからの極秘の通達はもはや公になった。官邸にもホワイトハウスの意向が伝わっているはずだ」

岩城が話す「ホワイトハウスの意向」とは即ち北朝鮮のミサイル基地への先制攻撃だ。それに反対したのは矢島だった。

「緊急NSCでは結論が出なかったが今回のミサイル発射がテロ犯からの脅迫なら、厳しい判断が必要になる」

「そのために防衛省の幹部が来ている。お互い大変な役回りだが仕方がない」

岩城は風間の肩を叩き、総理執務室の後方にある席に着いた。

出席者が慌ただしく着席すると、呉が仕切る形でレクが始まった。冒頭、ミサイル発射についての情報を共有するため、添田防衛事務次官が発言した。本来、ミサイル発射に関する情報の主役は内閣衛星情報センターを管轄する内閣情報官だ。だが、最初に情報を把握したのは防衛省だった。飛翔体発射の情報をもたらしたのは、日本の偵察衛星ではなく、アメリカが運用するDSP衛星だったからだ。

DSP衛星は宇宙空間に設置された防犯カメラのような機能を持ち、弾道ミサイルから出る大量の赤外線を監視している。発射の瞬間、弾道ミサイルは高熱のガスとともに赤外線を発射する。DSP衛星の赤外線センサーがこの赤外線を探知し、高速で移動する熱源を追跡する。日本でも監視衛星は運用しているが、数と精度でアメリカに劣る。そのため、早期警戒においてはこれまでも日本はアメリカの「眼」を頼ってきた。

添田は在日米軍からもたらされた情報を伝えた。

「米国のDSP衛星がキャッチした情報は、在日米軍司令部がある横田(よこた)基地を経由し、市ヶ谷の中央指揮所で受信しました。その後、防衛省情報本部の分析部で情報を解析、発射されたミサイルは火星12号と推定されています」

呉が添田に質問する。

「着弾の情報は？」

「詳細は現場の責任者から報告します」

添田は隣に座る岩城に目で合図した。岩城が立ち上がり、大河原に向けて状況を報告した。

「北朝鮮の舞坪里から午前一時四五分頃発射された飛翔体は沖縄県の上空を通過し、本邦の南約二千キロの太平洋上に落下しました」

呉が岩城に質問する。

「つまり日本列島全域を射程に入れているということか」

「その通りです。最大射程は五千キロ、日本全土だけでなくグアムも射程範囲として捉えることができます。移動発射型で弾頭分離機能を有しており、切り離された弾頭は重力で加速されます。最大速度マッハ五以上、弾頭のペイロードは高性能爆薬が一・二トン分に相当し、核弾頭の搭載も可能です。現在北朝鮮で開発中のプルトニウム型原子爆弾なら都市をひとつ廃墟にする威力があります」

核による攻撃が現実に迫りつつある中、総理執務室は混乱の波間に揺れていた。

大河原が呉に訊ねる。

「北朝鮮の核開発はどこまで進んでいるんだ」

「北朝鮮はすでに弾道ミサイルに搭載可能な核弾頭の小型化を成功させたと発表しています」

執務室に重い空気が漂う。だが悲嘆に暮れている暇はない。

呉が厳しい表情で大河原に進言する。

「深夜ではありますが、至急情報を公表し、国民に警戒を促す必要があると考えます」

「しかしそんなことをしたら混乱が生じる」

呉が即座に切り返す。

「いえ、発表が遅れれば政府に批判が集まります。ただし、北朝鮮からの発表がないため、公式に抗議を出すのは控えるべきです」

「テロ犯による脅迫の可能性は？」

大河原の質問を受け、呉が目を泳がせた。そこに岩城が発言を求めた。呉の目が岩城に向いた。

「ＤＩＡから北朝鮮のミサイル基地がサイバー攻撃を受けたという情報が入っています。具体的な基地名までは判明しておりませんが、ＤＩＡの高官からは今回の発射についてテロの可能性が高いという情報が入っております」

クレイマーからの内密にという約束はすでに効力を失っている。

風間が矢島に耳打ちする。

「破壊措置命令は現在常時発令状態です」

飛翔するミサイルが日本を標的とした場合、それを撃ち落とすのは防衛手段であり、憲法上も認められた防衛措置だ。矢島が呉に上申する。呉がそれを受けて、内閣法制局長官に訊いた。

「もしテロ犯がミサイル発射基地を制御している場合、自衛隊法第八十二条は適用できるのか」

法制局長官は慌てて手元のレポートをめくり、条文を読み上げる。

「自衛隊法第八十二条『弾道ミサイル等に対する破壊措置』では破壊対象を外国から発射された弾道ミサイルと規定しています」

立法時点で相手がテロリストだという想定はされていない。そのことをふまえ、防衛大臣の盛田が大河原に訴えた。

「北朝鮮のミサイル基地から発射されたという事実をふまえると、『防衛のための迎撃』と解釈して対応できます」

盛田の言葉に促されるように大河原が全員を見据える。

「自衛隊法第八十二条に基づき、直ちに迎撃手段をとってくれ」

盛田が隣に座る統合幕僚長の真木に目で合図する。

「すでにミサイル発射への警戒態勢はとっております。ただし、複数のミサイルが同時に発射された場合、すべての迎撃は不可能です。また、千歳（ちとせ）、三沢、百里、小松（こまつ）の各レーダーサイト、偵察衛星によるミサイル管制は未だサイバー攻撃により機能しておらず、ミサイル発射の監視は米軍に頼らざるを得ません」

現場を統率する真木の懸念に大河原が反応した。

「つまり弾道ミサイルを完全に防ぐには破壊措置命令ではなく、敵基地攻撃しかないということか」

真木は躊躇なく認め、「その通りです」と答えた。

状況を見極めるように大河原が呉に訊ねる。

「アメリカからの要請は？」

大河原の問いを受け、補佐官の青山が答える。

「大統領特使から敵基地攻撃の準備を示唆されてから、連絡はありません。日本政府としては慎重な判断が必要だと伝えております」

執務室にいる全員の視線が大河原に集中した。大河原が苦渋の表情で告げる。

「現時点ではミサイル発射基地への攻撃の判断はできない。破壊措置命令で飛翔するミサイルに備え、対応を検討する」

風間には総理の姿勢が弱腰に見えた。すぐ前に座る矢島の安堵した表情からも心中は総理と同じだと読み取った。

総理レクが終わり、風間はすぐさま執務室を後にした矢島を追いかけた。耳元に囁くように訴える。

「お話があります」

矢島は小さく頷き、風間に言い返した。

「部屋で話そう」

矢島は他の秘書官を部屋の外に出し、副長官室の中央のデスクに座った。風間はデスクの前に立ち、矢島と正面から向き合った。

「話を聞こう」

風間は決意を固め、矢島に迫った。

「これまで私はあなたと同じ政治信条で同じ道を伴走してきたつもりです。ですが今回の件には納得できません。サイバーテロの対策は後手に回り、有効な解決策はありません。何か秘策があっての行動ですか」

矢島は動じることなく、風間の意見に真っ向から答えた。

「具体的な策はない。だが我々が目指してきたのは戦争の回避だ。状況がはっきりとわからない中、先制攻撃すれば必ず戦争の火種となる。武器の使用は最後の手段だ」

「その最後の手段を使うべき段階が来たのです。国民を守るために我々は軍備の増強を進めてきました。ここまで積み上げてきた努力は何だったのですか」

風間の必死の説得にも矢島は首を縦に振らなかった。

「武器を使用した対抗措置はすべての道が閉ざされてからだ。北との対話、サイバー攻撃への対抗手段、その道を探る前に攻撃を仕掛けるなどもっての外だ」

一歩も譲らない矢島にある種の違和感を抱いた。これまで長く国防の要職についてきた矢島が実戦を前に怖気(おじけ)づいたとは思えない。何が矢島に影響を与えたのか。その正体を探ろうとした。

「サイバーテロ対策チームは行き詰まっています。先のミサイル発射はテロ犯による最後の脅迫です。これにどう対処するつもりですか」

矢島はあらかじめ答えを用意していたように風間に切り出した。

「容疑者と会いたい。犯人がなぜあれほど赤星という男にこだわるのか。この事件の鍵はそこにある」

風間は耳を疑った。容疑者は警察の手中にある。そこに解決を求めるのは筋違いだ。

「容疑者への取り調べは警察の仕事です。副長官には他にやるべきことがあります」

「いや、これはサイバー攻撃に対抗する手段を見つけるために必要なことだ」

「容疑者との対話にどんな意味があるというのですか」

「あの男と話してみたいんだ。何が犯人を動かしているのか、あの男は知っているはずだ」

「そんな曖昧な理由で貴重な残り時間を使うのですか」

「私にとっては大切なことだ。君が反対なら私一人でやる」

矢島の強い意志に風間は戸惑った。突き放すこともできるが、それではこれまで心血を注いできた努力が水泡と化す。

風間はこの男に賭けた。それはただ単に追従するという意味ではない。自分の力でこの男を総理にするのだ。そのためにも誤った判断をさせてはならない。矢島に随伴して何が正しい道かを見極める。

「私も同行します」

風間はスマホを取り出し、榊原の番号を呼び出した。

7

二〇二一年九月一二日　午前三時一〇分
桜田門　警視庁

静寂を保っていた取調室に突然振動音が響いた。発信源は榊原の上着のポケットだった。胸ポケットからスマホを取り出した。着信は風間からだった。用件は見当がつく。容疑者の引き渡しの件だ。榊原は眉根を寄せ、電話に出た。

「官邸の風間だ」

あえて秘書官と名乗らず、官邸の名前を出す風間には威圧感があった。

「もう連絡はないのかと思っていました。犯人から新たな要求があったようですね」

「官邸でも対応を検討中だ。我々も取り調べの状況を確認したい」

「それなら内閣情報官から報告が入っているのでは」

風間からは情報交換を求められていたが、今に至るまで一度もコンタクトがなかった。官邸はあくまでも容疑者引き渡しを望んでいる。それを今更手のひらを返したように、都合よく状況確認などとほざく風間に苛立(いらだ)った。

「矢島副長官が直接そちらに出向く。容疑者と接見したい。セッティングを頼む」

突然の申し出に榊原は戸惑いを隠せず、もう一度聞き直した。

「今なんと？」

「矢島官房副長官と一緒に警視庁に向かっているところだ。三十分以内に到着する。人目につかないよう手配を頼む。マスコミだけでなく関係者にも気づかれないよう注意してくれ」

やはり冗談ではないようだ。あまりにも一方的で乱暴な言い方に榊原は声を荒らげた。

「いくらなんでも急すぎます。受け入れの手続きも必要ですし、準備が間に合いません」

「そんな時間は残されていない、事態は急を要する。戦争を回避したければ、すぐに準備しろ。警視庁の地下駐車場に着いたら連絡する」

強引に要求を押し付け、電話は一方的に切れた。通話音を聞きながら榊原は呆然とした。

神保の目が榊原に問いかける。榊原はスマホをしまい、風間からの用件を伝えた。

神保は苦渋の面持ちで、止むを得ないと漏らし、「局長には私から説明する」と言い残して取調室を出て行った。残された榊原は赤星に視線を向けた。

「ようやく救世主の登場か」

まるで電話の内容を知っていたかのような反応だった。

「救世主というのは矢島官房副長官なのか」

榊原の問いかけに赤星は含み笑いを止め、胡乱な眼差しを向けた。

「救世主となるかどうかは彼次第だ」


三十分後、取調室がにわかに騒がしくなった。警備員が増員され、警戒態勢が敷かれた。物々しい空気は警備のためだけではなかった。警備局長、官房長、審議官らも警視庁に向かっているという。マスコミへの配慮からそれ以外の幹部には内密にされたが、官邸に詰めている警察官僚にも報告はなかったようだ。つまり矢島は官邸内での根回しをすっ飛ばし、独断で乗り込んでくるつもりだ。

神保が先導し、周囲を警備員が取り囲みながら、矢島と風間が取調室の前に押しかけた。榊原が矢島に黙礼する。神保が前に出て、榊原を紹介する。

「外事情報部国際テロリズム対策課の榊原警視正です。容疑者の取り調べを担当しています」

矢島は頷いて榊原を一瞥した。

「ここから先は私たちだけで対応したい」

榊原は虚を突かれ狼狽したが、すぐに毅然とした態度で臨んだ。

「そうはいきません。そもそも正式な手続きもなく、容疑者と会わせるなどできません」

榊原の抵抗に矢島は一歩も引かず、言い返した。

「一刻を争う事態なのだ。国家の重大な危機に際した超法規的措置だと思ってくれ」

矢島の強い気魄に押されそうになるが、そこに神保が口を挟んだ。

「どうしてもというのであれば、私と榊原だけは同席させていただきます」

後ろに控えていた風間が身を乗り出そうとするのを矢島が止めた。

「わかった。では同席してくれ」

神保は取調室の扉を開け、矢島を中に入れた。風間が後に続き、最後に榊原が外で待つ警備員に指示を出す。

「我々が外に出てくるまで、入室を禁ずる」

気休めに過ぎないが、僅かでも時間が稼げればいい。榊原は取調室の扉を強く締めた。

榊原が矢島修一郎という政治家を直に目にするのは初めてだった。同じ空間に同席していることに強い違和感を覚えた。容疑者と刑事が向き合う取調室で国会議員とテロリストが対峙している。姿勢を正し、真っ直ぐ赤星に向き合う矢島は毅然とした佇まいで赤星を見つめている。

二世議員で若手ながら官房副長官という要職に就き、将来の総理候補と目されている。そんな矢島がなぜこんな無謀な行動に出たのか。サイバーテロ対策が遅々として進まない焦りからの行動か。それとも政治家として何らかの計算があるのか。

榊原は張り詰めた空気の中、事件の成り行きを見届ける覚悟で二人を見守った。

最初に切り出したのは矢島だった。

「これを送ったのは君か」

矢島は胸ポケットから折りたたんだ紙を取り出し、広げて机の上をすべらせるように赤星に差し出した。赤星は視線を落とし、紙を一瞥してすぐに突き返した。

「俺は事件発生前から出頭していた。そんなもの送れるはずがない」

「君が誰かに送らせたのだろう。まあいい、これを読まなければミサイル基地への先制攻撃に賛成していた」

神保が机上に放置された紙を見つめ、視線を矢島に移した。

「拝見してもよろしいでしょうか」

矢島が頷くと、神保は紙を手に取り広げた。榊原は神保の傍らに寄り覗(のぞ)き込んだ。メールをプリントアウトしたものだった。差出人は記号のようなメールアドレスで普通なら迷惑メールに分類されるはずだ。だが見逃せない件名が書かれていた。

【親展　矢島官房副長官殿】緊急ＮＳＣの前に必ずお読みください

英知と忠告で神の道へ招け。善良の方法で議論せよ。

忍耐強く、我慢せよ。その我慢は神によるものである。

不信仰者たちのせいで悲しむな。あの者たちの策略に悩むな。

神は敬虔な善行の人々のところに。


事件を解決する気があるなら桜田門に監禁された容疑者を訪ねよ。

彼の言葉に耳を傾けよ。

信じるかどうかはあなた次第だ。

神の預託を受けた者より

まるで子供の悪戯のような内容だ。しかしメールには二つの見逃せない箇所があった。緊急NSC、そして桜田門。関係者でなければ知り得ない情報が盛り込まれている。

メールはいくつかのサーバーを経由し、差出人はわからないよう配信されているはずだ。内部の人間だとしても突き止めるのは難しい。先制攻撃に反対する内部の関係者が送ったとも考えられなくないが、容疑者の声を聞けという示唆から政府関係者とは考えられない。いずれにせよこのメールが矢島の琴線に触れたのは間違いない。

「このメールとともに取り調べでの供述を録音したデータが添付されていた」

榊原はその発言に目を丸くし、神保と顔を見合わせた。

取調室は防諜を施され、外部から盗聴などできない。内部の人間が録音しなければ不可能だ。いや、一人だけ外部の人間がいる。

矢島が赤星に詰問する。

「これもおまえがやったことか」

赤星は身の潔白を示すように両手を挙げた。

「ここに連れてこられた時に厳重なボディチェックを受けた。盗聴などできるはずがない。それよりここでの会話が記録されていれば、データのハッキングは簡単だ。どんなにセキュリティ対策を取ろうと、デジタル化された信号をネットワークにつなげば、ハッカーの手に届くと考えた方がいい」

赤星が指摘したとおり、取り調べを記録するため監視カメラの映像はサーバーに保存されている。

矢島の傍らで控えていた風間が榊原に耳打ちする。

「すぐに監視カメラを切るんだ」

榊原は取調室の外に出て、指示を出した。同時に同席している各人に携帯の電源を切るよう促した。

矢島自身もスマホを操作し、再び赤星に向き合った。

「メールに書かれていたのは何だ。いったい何を意味している」

赤星はわずかに口角を上げた。

「我々に求められているのは忍耐だ。マタイによる福音書二十六章五十二節。剣をとるものは、剣で滅びる。賢明な選択は剣ではなく智だ。剣は智に屈する。攻撃を選べば反撃が返ってくる。互いに攻撃を繰り返した先には破滅が待っている。人類が自ら生み出した殺戮兵器は己を滅ぼすことも可能だ。審判の日は神が与えるのではなく、人類が自ら選択した罪への罰だ。人間は過去数万年に亘(わた)って争いを続けてきた。この攻撃性は人類に備わった生物的な特性だ。その攻撃性ゆえ、人類はこの星を支配し、すべての生物の頂点に君臨した。それゆえ殺戮がなくなることはない。神は人間が背負ったこの罪を裁こうとしている」

矢島は赤星の神話めいた話を真剣な表情で聞き、落ち着いた口調で訊いた。

「どうすればその人工知能を止められる」

「『アリア』のサーバーはいくつかの国に分散して保管されている。それぞれ独立したプログラムだが補完し合い動いている。『ラッカ12』が活動していた時期、各国に持ち込み、潜伏させた。同時にアメリカが開発した『マリオネット』も持ち込んだ。ウイルスはスリーピングボムとして各国のインフラに潜伏し、『アリア』の起動とともに目を覚ました」

榊原は赤星が重要な事実を話していることに気づいた。四年前に『ラッカ12』のメンバーを潜伏させ、ウイルスを持ち込んだ。それを指揮していたことを告白した。だが、この供述は記録されていない。ハッキングを回避するためすべての記録を止めたからだ。

そんな赤星の思惑を他所(よそ)に矢島は対話を続けた。

「『アリア』を起動させたのは君か。警察に出頭する前にすべてのシナリオを描いた。九月一一日を狙って政府を挑発し、自らの潔白を主張した」

赤星が微笑を浮かべ、言い返す。

「トリガーとなったのはそれだけではない。アメリカ同時多発テロから二十年、人類は何をしてきた。相互不信による謀略、軍拡、奪い合いに殺戮。人間の攻撃性、そして傲慢(ごうまん)さが世界に混乱と暴力をまき散らした。同時多発テロで三千人が犠牲になった。だが、その後のテロとの戦いでアメリカははるかに多くの犠牲を出した。各地で紛争が起こり、戦争の機運が高まった。『アリア』はその情報をネットワークから収集し、活動を始めた。人類の攻撃性が止まらない限り、『アリア』も止められない」

榊原は会話から赤星の本心を垣間見た気がした。それはかつてアメリカの正義を信じ、身を粉にして戦ってきた過去の業を語っているようにも聞こえた。

短い沈黙の後、矢島が机の上に置かれた紙を手に、再び赤星を詰問した。

「このメールを誰が送ったかは知らない。だがここには容疑者の声を聞けと書かれている。だとすればこの事態を止める手段はあるはずだ」

赤星は冷淡な口調で短く答えた。

「すべてはそのメールに書かれてある通りだ。英知と議論、そして忍耐。『アリア』の選択は人類の選択だ。犯人の要求に従えば、自然と攻撃は抑制される」

「つまり先制攻撃を止め、君を解放すればサイバーテロは終わると」

「その通りだ。アンチウイルスは間もなく完成するが、その必要もなくなる。だが問題はアメリカの選択だ。日本政府がアメリカを抑え、要求をのめるかどうか」

赤星の最後の一言で矢島は表情を歪めた。榊原にもそれが不可能であることはよくわかった。

再び沈黙が訪れた。赤星はすべてを話したように口を噤んだ。矢島も質問を止め、苦渋の表情で何かを考えている。数秒後、止まっていた時間の流れが矢島の発言で動き出した。

「よくわかった。テロ犯が人間の攻撃性を試しているのならば、その言葉を信じてみよう。君が開発しているアンチウイルスを提供してほしい。サイバー攻撃を防ぐことができれば、攻撃の必要もなくなる。だが残念ながら君の解放は無理だ。もしそれで犯人が攻撃を仕掛けるというのなら、我々は防衛手段を取るしかない。安全保障は相互信頼の上には成り立たない。ミサイル発射の兆候があれば迎撃態勢を取らざるを得ない。ただ先制攻撃はなんとか踏みとどまるよう努力してみよう」

「犯人の要求はのめないと言うわけか」

「アメリカへの引き渡しをなんとか食い止めるよう努力してみる。君は解放されてもアメリカに暗殺される。犯人の要求は君の安全だ。ならば日本の警察に身柄を預けたほうがいい」

赤星は再び口角を上げ、頷いた。

矢島は対話を止め、席を立った。神保に「時間をとらせてすまなかった」と告げ、踵(きびす)を返し、風のように取調室を立ち去った。榊原は神保とともに取調室に取り残され、しばらく茫然(ぼうぜん)と立ち尽くしていた。そんな中、赤星だけが不敵な笑みを浮かべていた。

8

二〇二一年九月一二日　午前三時五〇分
桜田門　警視庁

榊原は取調室を出て行こうとする風間を引き留めた。他人の家にアポもなく土足で踏み込み、礼もなく去っていく風間に一言言いたかった。

「少し話がしたい」

榊原の申し出を風間は一蹴(いっしゅう)した。

「悪いが忙しい。後で電話をくれ」

にべもなく断られ、榊原があきらめかけた時、後ろから神保が声をかけた。

「風間秘書官、赤星が呼んでいる。少し付き合ってくれないか」

風間が歩みを止め、振り向いた。赤星からの呼び出しに注意を引かれたようだ。

「副長官に話す。待っていてくれ」風間は矢島を追いかけ、短い会話を交わし、戻ってきた。

「いいだろう。ただし三十分だけだ」

風間が取調室に入ると、再び赤星と向き合い腰を下ろした。その後ろに榊原と神保が立った。

風間は明らかに敵愾心を見せ、赤星を威圧した。

「どうやら時間の無駄だったようだな。まさか本気で解放されると信じているわけではあるまい。矢島副長官の計らいで時間を作ったが、思い通りにいくとは思わないほうがいい」

風間は赤星と矢島の対話に反対だったようだ。

赤星は風間の口調をものともせず言い返した。

「そんなことはわかっている。矢島副長官がいくら総理を説得しようとしてもアメリカの意向は無視できない。所詮日本はアメリカの属国だ。それにアメリカがサイバー攻撃を解決できる保証はない。もしＮＳＡが北朝鮮のミサイル基地をサイバー技術で制御できていれば、今回のミサイル発射も止められたはずだ。それができないのは『アリア』がアメリカのサイバー技術をはるかに凌駕しているからだ。もし俺をアメリカに引き渡したいなら、そうすればいい。だがそれが戦争の扉を開けるということは覚悟したほうがいい」

赤星の挑発に風間は動じることなく強い眼光を向けた。

「そんなことを言いたくて俺を引き留めたのか」

「そうではない。まもなくアンチウイルスが完成する。それを使ってサイバー攻撃を止めればいい。だが、止めるのはサイバー攻撃だけではない。アメリカの暴走を止めない限り、戦争は回避できない」

「その引き換えにおまえの安全を保証しろというわけか」

「『アリア』が出した条件は神の意思だ。アメリカの陰謀を世間に公表し、過ちを認めさせなければ同じ失敗を繰り返す。陰謀をきっかけに始めた戦争がどんな結末を迎えるのか、世界の歴史をみればわかるはずだ」

風間は赤星の言い分に表情を歪めた。

「自分を神に守られた救世主とでも思っているつもりか。たとえ戦争になろうと、我々は暴力やテロに屈することはない」

赤星は遠い目で風間を見つめた。

「ならばすでに勝敗は決している。ＣＩＡは数年前、『アリア』の存在を知り、調査を始めた。『アリア』を利用するため、実態を摑もうと工作員を世界中に送りこんだ。理由はひとつ、サイバー戦で優位に立つためだ。世界はすでにサイバー戦の渦中にある。シリアから逃避し、ロシア、中国、北朝鮮を渡り、日本に辿り着いたが、どの国もサイバー部隊を増強し、来る情報戦に備えている。日本は遅れを取り、いまやこの分野では後進国だ。だが、問題はサイバー戦が誘発する現実の戦争だ。サイバー空間の戦争はいずれ暴力と殺戮に変わる。所詮人間が生きている限り、戦争はなくならない。サイバー技術がどれだけ進んでも、暴力装置を使った殺戮は起きる。だからこそ神の存在が必要なのだ。審判の日はそのためにある。人間を超越した神が裁きを下す。『アリア』を作ったのは、人に己の愚かさを教え、人間という野獣の手足を縛りつける縄が必要だからだ」

榊原は話を聞きながら、風間と対話する赤星の意図を探った。赤星はまるで風間に言い聞かせるような口調で滔々と語った。凝り固まった防衛論で独自の判断力を失った日本に対する痛烈な批判とともに、真に戦争の回避を願う赤星の思いが言葉の端々から伝わってきた。だが風間はまともに取り合おうとはしなかった。

「馬鹿馬鹿しい。神の化身のＡＩなど誰が信じる。仮に犯人が人工知能だとしたら、そいつは神の名を騙る危険なテロリストだ。これ以上時間を無駄にしたくない。これで失礼する」

風間が立ち上がろうとしたとき、榊原が前に出て、風間の肩に触れた。

「待ってくれ。彼が話した供述のテープを君も聞いてくれ」

風間は榊原を一瞥し、無言で立ち上がった。踵を返す瞬間、一言榊原に言った。

「後でデータを送ってくれ」

そう言い残し、風間は取調室を出て行った。

「あれでよかったのか」

神保が赤星に訊いた。

「日本政府の意思決定には影響しないだろうが、いずれあの二人がこの国を変えてくれるかもしれない。そう期待したから話した」

神保は頷き、榊原に目配せした。

「後始末が大変だな」

榊原は頷き、もう一度風間の背中を見送った。ついさっき風間を引き留め、話したことを思い出し、思わぬことをしたと気づいた。少し前まで榊原自身、風間と同じように赤星とテロ犯の関わりを疑い、犯人逮捕を最優先に考えていた。だが、赤星の話を聞くうちに、己の心に変化が起きた。赤星の過去を聞き、辿ってきた道を追想した時、それが日本一国ではない平和と安寧を願い、手段を選ばず己を犠牲にして歩いてきた道だと知ったからだ。そして、すべての後ろ盾を失くし、世界から追われる身になってもなお、平和の道を模索する姿に心が動かされたのだ。

9

二〇二一年九月一二日　午前四時五分
霞が関

風間は警視庁を出て官邸に向かって歩いた。

赤星と対話したことで、厄介な迷いを心の中に植え付けられた。

このまま攻撃を進めていいのだろうか。赤星が開発したアンチウイルスを使えば、軍事的な手段を回避できるのではないか。

だが、そのアンチウイルスは本当に効果があるのか、今の段階では不明だ。

風間は迷いを振り払い、もう一度やるべきことを整理した。

犯人が指定したカウントダウンまでに赤星をアメリカに引き渡し、米軍と連携し、ミサイル発射に備える。総理も同じ考えだ。

現実を重んじる矢島がどこまで赤星を信じているのかはわからない。だが、あらゆる選択肢の中で優先すべきは最悪の事態を想定したうえで最善の選択をするということだ。そして、問題の本質は選択が正しいかどうかではない。選択肢はひとつしか選べない。つまり選ばれる可能性が高い選択肢を支持してこそ、次の扉を開くことができる。

風間が足を速めた時、スマホにメールの着信があった。榊原からだった。別れ際赤星の供述を送ると言っていたが、警察にとって外部に出せない秘密事項だ。それをあえて送ってくるとは。

この供述を聞いて矢島は考えを変えた。これまで現実路線で安全保障を優先してきた矢島が判断を変え、容疑者に会おうとするほどのものならば、聞いておくべきだろう。

風間は霞が関から国会議事堂の横を通り、官邸に向かう間、本当に選ぶべき選択肢がなにかを考えながら歩みを速めた。

10

二〇二一年九月一二日　午前四時二〇分
霞が関　警察庁

矢島たちが出て行った後、榊原と神保は警備局長に呼び出され、事情と経緯の説明を求められた。一連の騒動が矢島の独断だと理解した警備局長は強く咎（とが）めはしなかったが、赤星の処遇を官邸に委ね、取り調べはしばらく棚上げとなった。その後、官邸の警察官僚からの問い合わせも入り、終始後始末に追われた。

ひと段落したところで、善後策を練るため、神保から部長室に呼び出された。

「ひとまず官邸からの指示待ちだが、矢島副長官が官邸でどう動くかだな」

矢島は赤星の提案でアンチウイルスを使ったサイバーテロ対策を検討すると言った。その引き換えに赤星のアメリカへの引き渡しを止めると約束した。しかしそこには疑問がある。

「赤星は矢島副長官が警視庁に押しかけてくることを事前に知っていました。やはり赤星がシナリオを書いて、犯人に実行させたと考えるべきです。ただ、そんなことが可能なのでしょうか」

神保は榊原の疑問に眉根を寄せて答えた。

「アリアが矢島副長官を選んだのは、少なからず赤星救済の可能性を見込んでのことだろう。選択次第で矢島副長官は救世主にも破壊者にもなる。もし犯人が本当に神の意思を持つ人工知能だとしたら、神がその選択に裁定を下す」

神保の話にはある程度納得できる。だが、榊原の疑問は解消しなかった。

「アメリカはテロリスト一人殺すくらい何の痛痒もないはずです。犯人がわざわざサイバー攻撃を仕掛け、要求を出したのは、世間に赤星の存在を知らせるためではないでしょうか」

榊原の仮説に神保が神妙な表情を浮かべた。

「犯人のねらいはわかるが、問題は手段だ。テロ犯はどうやって赤星を救済するつもりだ」

そもそもアメリカも日本もテロリストの要求に応じるはずがない。テロ犯はそれをわかった上で犯行に及んでいる。

「状況を考えれば、矢島副長官であろうと引き渡し拒否を実現できる可能性は極めて低いはずです。テロ犯は別の手で赤星を助けようとしているのではないですか」

そこでいつも行き止まりにぶつかってしまう。神保は両目を閉じて黙り込んだ。二人の間に沈黙が生まれた。

その時、榊原の胸ポケットが震えた。スマホの画面にメールの着信を知らせる表示があった。このタイミングでの着信、まさか何らかの予兆では——。

榊原はスマホを操作し、届いたばかりのメールを開いた。その表示を見て、背筋が震えた。

【親展　榊原警視正】　神の啓示を伝える

英知と忠告で神の道へ招け。善良の方法で議論せよ。
忍耐強く、我慢せよ。その我慢は神によるものである。
不信仰者たちのせいで悲しむな。あの者たちの策略に悩むな。
神は敬虔な善行の人々のところに。

容疑者を解放し、世界を滅亡から救う方法がある。
不信仰者からの容疑者引き渡しに応じ、容疑者を警護せよ。

神の預託を受けた者より

榊原は言葉を失い、画面を神保に見せた。神保がメールを読み終えたタイミングで二人は目を合わせた。それは間違いなくテロ犯からのメッセージだった。

11

二〇二一年九月一二日　午前四時三五分

永田町　総理官邸

「総理がお呼びだ。同席してくれ」

官房副長官の執務室で待機していた風間が呼び出しを受けたのは、午前四時半を回ったところだった。緊急ＮＳＣで矢島が要望した二時間の持ち時間をすでに使い切っていた。犯人が要求した期限まで残り五時間を切っている。もはや一刻の猶予もない。警視庁で矢島が赤星と接見した経緯は総理の耳にも伝わっているはず。その程度なら緊急事態への対応だったと主張すれば済む話だ。問題はこの危機にどう対処するかだ。

地下の危機管理センターに向かう矢島の表情には緊張と強い意志が同居していた。執務室の前で防衛省の幹部たちと鉢合わせした。その中に情報本部の岩城の姿を見つけた。風間が目で合図を送ると、岩城はこれまで見せたことのない硬い表情で視線を向けた。どうやら呼び出された理由はかなり深刻なようだ。

緊急ＮＳＣのメンバーが揃い、危機管理センター幹部会議室は重苦しい空気に包まれていた。矢島たちが席に着くと、呉が切り出した。

「集まってもらったのは他でもない。ホワイトハウスから総理にホットラインが入った。国防総省は事態を重く見て警報区分を『デフコン２』に引き上げた。キューバ危機の際に一度だけ出された重大な発令だ」

防衛準備態勢（デフコン）は戦争への準備態勢を五段階に分けた国防総省の規定で、『デフコン１』が完全な戦争状態を指す。これまで『デフコン１』は一度も発令されておらず、『デフコン２』は過去に出された中で最も重大な事態を意味していた。

呉は表情を硬化させ、先を続けた。

「米軍は対北朝鮮作戦計画OPLAN５０２７を改定し、新たな作戦計画を立案した。作戦の概要は盛田防衛大臣から報告してもらう」

防衛大臣以下、防衛省官房、統合幕僚監部が揃って呼び出されたのはこのためか。OPLANはペンタゴンが第二次世界大戦以降有事の可能性を想定して作成している軍事作戦で「50」はアジア地域、「27」は朝鮮半島を意味している。

盛田が慎重な口ぶりで手元のメモを読み上げる。

「国防総省は中距離弾道ミサイルによる攻撃を想定し、作戦計画を最終準備段階に移しております。サイバー攻撃を受けた核施設、ミサイル発射基地を標的に集中攻撃をかけるため、グアムのアンダーセン基地ではＢ１Ｂ爆撃機が待機しています。横田基地では対地攻撃部隊第五空軍が戦闘準備に入り、嘉手納基地の第十八航空団も待機中です」

盛田が伝えた米軍の動向を聞き、参加している防衛関係者以外のメンバーの表情が強張った。その情報は風間にも強い衝撃を与えた。

真木統合幕僚長が具体的な作戦内容について説明する。

「今回の作戦はあくまでもサイバーテロ対策を念頭に軍事施設の制圧を目的としています。作戦は核施設、ミサイル発射基地へのピンポイント攻撃で、爆撃機による対地攻撃のみ。わが国の立場としては日米新ガイドラインに基づき、米軍を後方支援します。米軍基地の安全確保、補給、沖合の哨戒、護衛を目的に統合幕僚監部で作戦を計画しております。また万が一のミサイル攻撃に備え、引き続きイージス艦を東シナ海に配備、迎撃態勢の維持、重要施設にＰＡＣ―３を配備します」

どうやら現時点では自衛隊が先制攻撃をかけるまでには至っていないようだ。だが事態が深刻化すれば戦争状態に陥る覚悟が必要だ。

　防衛関係者による軍事作戦の説明が続く中、間隙（かんげき）をついて矢島が発言を求めた。真木が報告を中断し、参加者の視線が矢島に集まった。

「米軍のオプションを容認する前にやるべきことがあります。どうか私の話を聞いてください」

「話というのは独断で警視庁に乗り込み、容疑者と会ったことか」

　呉のあからさまな嫌悪と非難に風間は暗澹（あんたん）とした。矢島が投げようとしている石はこの場に波紋を起こすだけでなく、総理以下内閣を敵に回してしまう。風間は矢島を制止しようと肩に触れたが、矢島は意に介さず話し続けた。

「サイバー攻撃に対抗する手段があります。警察のサイバー対策チームが開発中のアンチウイルスを使えば、事態は好転します。ミサイル発射を回避する唯一の平和的解決方法です」

　呉が険しい目つきで矢島を威圧する。

「そのアンチウイルスとやらは確実に機能する保証があるのか。仮にアンチウイルスの開発に成功しても、平和条約を結んでいない国家に提供するつもりか。現実的な解決策とは思えない」

　呉に一蹴されても矢島は姿勢を崩さず、向き合い続けた。

「ではせめてアンチウイルスの有効性が立証できるまでミサイル発射を阻止するための外交努力をしましょう。テロ犯の要求の期限までまだ時間があります。最後まで平和的な解決を模索するのがわが国の進むべき道だと考えます」

　矢島の必死の訴えを一顧だにせず、呉は大河原に視線を移した。

「総理、時間がありません。会見の準備を進めましょう」

大河原が頷く前に矢島が食い下がる。

「総理、お待ちください。今強硬な姿勢で臨めば、戦争が起こります、サイバー対策抜きに武力攻撃は危険です」

「サイバー攻撃への対策なら心配ない」

大河原の落ち着いた声に矢島は反論の機会を失った。

「アメリカがアンチウイルスの提供を約束してくれた。速やかに容疑者を引き渡す代わりに、DIAがサイバー対策に協力する。すでに準備は整っている。DIAの特殊チームが来日している。軍事オプションはあくまでも備えだ。もちろん国民に犠牲が出るような事態を防ぐためには躊躇しない。テロと戦うためには覚悟が必要だ。アメリカはその覚悟を決めたのだ。わが国は同盟国として最大限の協力をする。それがわが国の進むべき道だ」

矢島は言葉を失い、脱力したように肩を落とした。風間はその後ろ姿を忸怩たる思いで眺めていた。

大河原の判断は合理的かつ現実的だ。容疑者をアメリカに引き渡せば、テロ犯の攻撃の矛先はアメリカに向くだろう。結局、日本はテロに屈しないという姿勢を取りながら、その覚悟を持てなかった。だがアメリカは違う。善悪を超越し、世界最強の軍事大国として厳然たる態度でテロに立ち向かおうとしている。たとえ犯人が神を名乗ろうと、アメリカには関係ない。なぜならアメリカこそがすべての国家、人種、神をも支配する唯一の力を握っていると信じているのだから。

矢島は説得に失敗した。それは同時に風間にとっても敗北だった。だが、本当にこれは敗北なのか。

風間はもう一度警視庁の取調室で対話した時の赤星の言葉を思い出した。奴は最初からこの結果をわかっていた。だとしたら、事態は赤星が示唆したとおり、戦争に向かって進むのか。大きな歯車が回り出した時、それを止める力は今の日本にはない。もしかすると人類にはその抑止力が備わっていないのかもしれない。小さなきっかけでも歯車の勢いはいずれ誰も止められない大きな回転となり、戦争を前に進めてしまうのではないか。

榊原に求められ、風間は赤星の供述の記録の一部を聞いていた。赤星がテロリストとして指手配された経緯はわかった。もし供述が真実なら少なからず同情の余地はある。ただ、どうしても解消されない疑問が残った。

赤星は供述でアニタという少女が作り出したＡＩを神の化身と言っている。ならばテロ犯はＡＩということだ。それがどんなＡＩなのかはわからないが、コンピューターにこれだけの事件を起こすことが可能なのか。

赤星の供述を聞いても犯人の姿ははっきりとは見えなかった。一体自分たちは誰を相手に戦っているのか。風間は本当の敵を見失いかけていた。

12

二〇一七年七月某日
シリア　ラッカ

暗闇の中にいた。ここがどこだかわからない。

死んだのだろうか。

聞いていた楽園とは違う。

どこまでも深い闇、終わりも始まりもない無垢（むく）な世界。

これが死か。

たくさんの声が聞こえる。

誰かの死と叫びと喜びと悲しみ。

常闇の中で過去の記憶が走馬灯のようによみがえる。

神の声を聞いたのがすべての始まりだった。

あの時の体験が私をここに連れてきた。


養父イブラヒムは八歳になったアニタをファルージャのグランド・モスクに連れていった。

初めてモスクを訪れたアニタはその大きさ以上にイスラム世界を表現した造形と静謐（せいひつ）な空間に神の存在を実感した。アザーンの声色に導かれ礼拝に訪れる信徒たちは指導者（イマーム）が唱えるコーランに耳を傾け、神を拝する。その姿は畏怖の念と共に神の偉大さを物語っていた。

初めて聞くコーランの意味はわからなかったが、その声は美しかった。

アニタは女性の信徒の所作に倣い、神への崇拝を重ねた。すると突然周囲が光り輝き、眩（まぶ）しさに目がくらんだ。体の力を奪われ、自我を失い、光の渦中に吸い込まれていく。まるで時間を超越した別世界に連れ込まれるように周囲が白く染まった空間に一人で立ちすくんでいた。


救世主を守りなさい。

それこそがおまえが生まれてきた理由だ。

神に帰依し、為すべきことを為すのだ。

光の中で告げられた言葉は何度も脳内で再生され、記憶の奥深くに刻まれた。アニタはそのままモスクの傍らに倒れ、意識を失った。

目を覚ました時、イブラヒムに光の渦中で受けた体験を話した。

「それは恐らく神の預言だ」

「神?」

「我らが神、アッラーだ。神はすべての人々に道をお示しになる」

「救世主?」

「神を助ける方だ。いずれ出会うであろう」

アニタにはまだぼんやりとしかわからなかったが、イブラヒムは一冊の書をアニタに差し出した。

「これを読みなさい。神の言葉を知れば預言の意味することも知るであろう」

渡されたコーランを読み始め、神の言葉に触れた。以来、暗記するまでコーランを読み耽(ふけ)り、シャリーアやハディースも暗記した。イブラヒムはアニタの姿を見て、おまえはシビュラの巫女(みこ)だと言った。

アニタが実の父に会ったのも八歳の時だった。父の名はアブ・ムサブ・アル・ザルカウィ。アフガニスタンでジハード戦士団を結成し、千人以上のジハード戦士たちを従え、反イスラム勢力と戦ってきた。アフガニスタンの訓練キャンプからイラクに移り、この国を蹂躙(じゅうりん)する敵と戦っている。

ジハード戦士団の名はアルカイダ。「基地」を意味する言葉で、父は指導者としてイスラム主義を掲げる国家建設を目指していた。アニタにとってイブラヒムは育ての親だが、実父を指導者として尊敬していた。父には何人もの妻と子供がいたが、アニタは八歳になるまで父に会うことが許されなかった。八歳の誕生日、イブラヒムはアニタをファルージャのグランド・モスクに連れて行き、父と対面させた。

モスクは信徒たちが醸し出す神聖な空気に包まれていた。アニタはイブラヒムに従い、礼拝堂の奥にある小部屋に入った。がらんとした狭い部屋の中央であぐらをかいた男が瞑想していた。イブラヒムが声をかけると、男は目を開きアニタを見据えた。

「まだ子供だな」

イブラヒムが男に伝える。

「八歳になりました」

「母のことは」

「まだ知りません」

男は黙って頷き、アニタに語り始めた。

「人は縋るものがなければ生きていけぬ。我らには信仰がある。アッラーの神が我らを導いてくれる。神の戒律を守り服従すれば死後、楽園に導かれる。神への帰依とはジハードだ。おまえの血に流れる宿命が迷いと葛藤をもたらすだろう。だがいずれ神が道を示してくれるであろう」

短い言葉にどんな意味があるのかはわからなかった。

イブラヒムに促され、アニタは部屋を出た。ザルカウィが実父だという実感は持てなかった。

アニタはイブラヒムに訊いた。

「私の母は誰なの？」

「今は知らなくていい」

「では血に流れる宿命とは？」

「いずれわかるときがくる」

　イブラヒムはそれ以上話そうとしなかった。訊いてはいけないのだと思った。


　ファルージャでの日常は戦火の中にあった。アメリカ軍の侵攻以来、街には銃声が響き、硝煙が立ち込め、至るところに死体が放置されていた。

　夕方の礼拝を終えたアニタは外に出て夕陽を眺めた。空が朱に染まり、放射状の光の筋が空に線を描いていた。その色がやがてどす黒い褐色に変わっていく。血の色だと思った。街に置き去りにされた死体から流れる血の色。そして宙に浮かぶ雲は空から降る爆撃を受けた建物が吐き出す煙のようだった。空が黒く染まると、花火のような閃光（せんこう）が爆音とともに夜空を彩る。暗闇に黄色い炎と鉛色の煙が上がるたび、人が死んでいく。聞こえないはずの阿鼻（あび）叫喚が脳内に響いた。

「我らジハード戦士は街を破壊する敵と戦う聖なる兵士だ。異教徒から街を守るのだ」

　養父イブラヒムは空爆のたびに叫び、兵士たちを鼓舞した。アメリカ人は我らをテロリストと呼び恐れる。だが、アニタにとってジハード戦士団に属する養父たちは同志であり、兄弟だった。いつか自分も神の教えに従い聖戦に参加する。父が語った神との誓いを疑わなかった。

　父とは一度会ったきり、直接会うことは許されなかった。イブラヒムになぜ父に会えないのかを訊いた。

「お父様はあなたの安全を考えて会わないようにしているのです」

父は常にアメリカ軍に命を狙われていた。

日常にある人の死、爆撃、銃声と悲鳴。いずれくる安寧のためにジハード戦士は皆苦しみながら戦っている。市民がアメリカ人に殺されるのをジハード戦士は止めようとしている。父はその先頭に立ち、ジハード戦士団を指揮している。だから常に命を狙われているのだ。

それからしばらくしてアニタに悲劇が訪れる。養父イブラヒムがアメリカ軍の空爆に巻き込まれ死んだ。ザルカウィを守るため、身を盾にして犠牲になったと聞かされた。

アニタはジハードを決意した。養父の命を奪った敵を討つため、そして神に身を捧げ天に召されるため。

アニタはジハーディストが使うＩＥＤを模倣し手製の爆弾を作った。ニカーブを巻きアバーヤに身を包み、街に出た。放置された車に爆弾を仕掛け、アバーヤの中に起爆装置を隠し持った。ファルージャの西側、ユーフラテス川にかかる橋から延びる幹線道路はアメリカ兵が街に入る玄関口となっている。路肩に身を潜め、アメリカ軍の車両を待った。半時ほどその場所で待っていると、一台の車両がゆっくりと走ってきた。隠れていた路肩から出て車を見た。運転席にアメリカ人らしき男が乗っている。アニタは車がＩＥＤに近づくのを待った。だが、車は緩やかに停まり、助手席から男が出てきた。黒髪に黒い瞳。アジア人のようだ。男は真っ直ぐにアニタに向かってきた。

「ここにいては危ない」

拙いアラビア語で男はそう言うと、アニタの腰を摑んだ。アニタは思わず握り締めていたスイツチを押した。刹那(せつな)、爆発音とともに強い衝撃が襲った。
爆発の瞬間、アニタは白昼夢を見た。
光の中で神の声が聞こえた。

救世主を守るのだ。

気がつけば地面に倒れていた。背中に柔らかい感触がある。男がアニタを爆風から守るように覆いかぶさっていた。
「大丈夫か」
覆いかぶさっていた男は背中を負傷していた。砂と土にまみれた顔にはこれまで接したことのない優しさが滲(にじ)み出ていた。黒い瞳がアニタを見つめ、憂いた心に温かさが宿っていく。アニタの心に何かが蠢(うごめ)いていた。それは恐れや不安ではなく、安寧と安らぎに似た感情だった。その時神の声を思い出した。
まさかこの男が救世主――。

神の声がアニタの脳内に響いた。

神の声に従い行動せよ。

しばらくその場に伏していると、どこからか一台の車両が近づいてきた。車はアメリカ軍の車両の前で止まり、中から黒い服を着た男たちがカラシニコフを手に飛び出してきた。すぐに街に跋扈(ばっこ)している誘拐犯だとわかった。二人のアメリカ兵は誘拐犯たちに連れ去られていった。

アニタは心の声に従った。父の元を訪ね、神の意思を伝えた。父に懇願し、二人を助けるよう頼んだ。父は表情を歪め、アニタに告げた。

「これは神の預託ではない。血の宿命だ。おまえの母はアメリカ人だ。奴隷(サビーア)として我が右手の所有する者であった」

母の出自を知らされ、アニタは動揺した。「右手の所有する者」が戦闘で敵国から獲得した戦利品、すなわち奴隷(サビーア)を指すことを知っていた。イスラム法(シャリーア)では配偶者以外に奴隷との性交渉が認められていることも理解していた。だが、自分が奴隷の血を引いた子とは知り得なかった。かつて父が話した血の宿命の意味を悟った。アニタは己が背負った業に悲嘆した。

「穢(けが)れた血が流れるこの身を神に捧げます」

アニタはザルカウィの側近から銃を奪い、自らのこめかみに当てた。止めようとした側近をザルカウィは手で制した。

「シャリーアで自殺は禁じられている。神が定めた法に反するぞ」

銃を持つ手が震えた。

「あの者たちの救済が神の意思ならば従おう」

アニタが銃を下ろす。ザルカウィは立ち上がり、アニタを連れてモスクを出た。

アニタは敵国の男に助けられ、その男を助けた。これが神の預言ならこの行動には何か意味があるはずだ。その意味を知ったのは男と再会した時だった。

養父の死から七年後、アニタは十五歳になっていた。実父ザルカウィは養父と同じくアメリカ軍の爆撃で殺された。父の死後アニタはアブ・バクル・アル・バグダディに引き取られた。バグダディはかつてアメリカ軍に拘束されイラク南部の収容所で服役していた。釈放された後、ジハード戦士団の幹部となった。バグダディは仲間の前でも滅多に姿を見せず「見えない族長（シャイフ）」と呼ばれていた。自らを預言者ムハンマドの末裔（まつえい）と称し、いずれはザルカウィの遺志を継ぎ、ジハード戦士団の指導者となる人物だと言われていた。

バグダディは早くからアニタの才能に気づき、イスラム神学を学ばせた。月に一度バグダディ自らイスラム神学の講義をしてくれた。バグダディの語るイスラム神学は重みがあり、アニタは熱心に学んだ。アニタの興味は神学にとどまらず、言語学、論理学、修辞学、数学、理化学など多岐にわたり、真綿が水を吸い込むように知識を吸収した。

ジハード戦士団は占領地を北に広げ、アニタはバグダディとともにファルージャから北部のモスルに移住した。ジハード戦士団は「イラク・レバントのイスラム国」と名を変えた。指導者となったバグダディは志願兵を集め、建国に向けてさらに勢力を拡大した。

二〇一四年、バグダディはモスルのヌーリモスクでカリフを名乗り、建国を宣言した。新しい国家の誕生にジハード戦士たちは沸いたが、アニタは複雑な思いでその光景を見ていた。

果たしてこれは本当に神の預託なのか。

ぬぐえぬ葛藤の源は自らの出自にあった。アメリカ人が母という事実を実父ザルカウィから告げられてから、アニタは心の安定を失っていった。母は敵国アメリカの兵士。ジハード戦士と同じように祖国のために戦い、捕えられ奴隷にされた。その穢れた血を受け継ぐことになった理由は神の掟にあった。敵国の女を奴隷にするのは神が認めた行為。イスラム法にもそのことは記されている。

この国のシャリーアは本当に正しいのか。

建国の理想はカリフ制度によるイスラム国家再興だった。だが実際に国を支配しているのは恐怖だ。その手法は戦闘においても同じだった。

モスル制圧のため、多くの血が流れた。聖戦を望む兵士に恐れはない。だがアニタは戦いの現実を知っていた。モスルを起点にジハード戦士団はシリアの都市、ラッカ、コバニ、アレッポを制圧、勢力を拡大した。戦闘の過程で多くの殺戮があったという。戦闘員はモスルでアメリカ軍から奪った大砲と戦車で猛攻撃をかけ、瓦礫と化した街に乗り込み、生き残った兵士たちを手榴弾で掃討する。打撃を与えた後、刀を手に、死体の首を刎ねながら歩き回る。制圧した街の住人に改宗を迫り、拒否すれば不信仰者として首を切り落とした。処刑した不信仰者の首を広場に積み上げ、群衆の前で再び改宗を呼び掛ける。切り落とされ、瓦礫のごとく積み上げられた頭部の山を前に住民は恐怖を抱き服従した。

バグダディがモスルで建国を宣言してから二年後、シリアのラッカに移り住んだ。首都ラッカに移住してからアニタは野戦病院の看護を手伝った。戦場から運ばれてくる負傷者を手当てしている時は心の葛藤を忘れることができた。

占領地を拡げ、国家としての基盤を作り上げたバグダディは情報機関の拡充のため各国から志願兵をリクルートした。

ある日、バグダディはアニタを呼び出した。

「シビュラの巫女よ。情報機関で働く気はないか」

突然のカリフからの命に戸惑ったが、次の瞬間それが神の導きだと悟った。

「アメリカの情報機関にいたというアジア人を雇った。諜報員かもしれないが、敵の情報を知るためにも利用したい。男を監視し、その男から情報を吸い上げてほしい」

「カリフの命なら何なりと引き受けます」

「奴は病院にいる。世話を頼む」

情報機関アムニのプロパガンダのため処刑に立ち会った男は気を失い病院で休息している。それが赤星瑛一との再会だった。


アニタは赤星の助手となり、サイバー技術や情報分析、プログラミング、諜報など様々な知識を吸収した。アニタの心に芽生えていた葛藤は次第に変化していった。赤星が教える広い世界の情報と知識が溶け込み、黒く澱んでいた心の澱が徐々に澄んだ水に洗われるようだった。

赤星が与えてくれる情報と知識には自由と平和という思想が底流に流れていた。神の教えを深く理解しようとしないジハード戦士たちは楽園への召還を信じ、聖戦に命を捧げる。自殺を禁じた神の教えとは真逆の行為が正当化され、国への奉仕、献身に置きかえられている。アニタの葛藤を見抜いたかのように赤星は世界の歴史や思想についての知識をさりげなく教えてくれた。心の化学反応は少しずつ、しかし確実にアニタを変えていった。

アニタは神の教えと現実の間に内包される解釈の違いに自家中毒を起こしていた。善悪の物差しが壊れていた。なぜ敵国の兵士の死に心が痛むのか。なぜ神の掟を守るジハードが残虐な行為に見えてしまうのか。それは母がアメリカ人だったからなのか、それともイスラム神学の多様な教義を学んだせいか。違う。赤星という異質な男の影響で善悪の葛藤に気づき、物事の見方に疑いを持つようになったからだ。

赤星が持つサイバー技術を学ぶため、アムニのメンバーは皆赤星に教えを受けようとした。事実、赤星は諜報活動と思わせるような行動は一切見せず、欧米諸国にサイバー攻撃を仕掛け成果を上げていった。ランサムウェアによる攻撃は国の資金源となり、軍事作戦における情報戦でも手腕を発揮した。赤星への信頼が高まり、組織での地位が上がっていった。

赤星と過ごす時間が長くなるにつれ、アニタは赤星に注意を払うようになっていた。それはバグダディが命じたとおり、赤星がアメリカの諜報活動に関わっているのではないかという疑いだった。赤星の行動に疑問を抱いたのは『ラッカ12』を組織した後だった。フランス、イギリス、ドイツ、ロシア、中国などサイバー攻撃のターゲットは世界中に複数あり、その中にはアメリカもあったが、他国に比べアメリカへの攻撃では大きな成果が上がっていなかった。赤星はアメリカの対抗手段によるものと弁明していたが、最も知悉しているはずのアメリカへの攻撃を作為的に避けているのではないかという意図を感じた。さらに赤星がアムニに関わって以来、ジハード戦士団は有志連合との攻防戦で劣勢になっていった。

これはただの偶然なのか。

やはり赤星はアメリカの潜入工作員なのか。

はっきりした証拠はないものの、赤星への疑惑は深まっていった。その一方で赤星の行動にどこか共鳴していた。赤星が目指していたのは、暴力を使わない攻撃だった。その手段としてサイバー攻撃を強化した。殺戮を避けるための作戦を立案し、最小の犠牲で相手の攻撃力を低下させる。それこそが赤星が目指した戦争だった。そしてアニタの赤星への疑いが共感に変わったのは、ある計画に携わることになってからだった。それが神の化身の創生だった。

赤星は人工知能で神を創り出そうとしていた。その真意を赤星はこう語った。

「イスラム国家が世界を支配し、カリフの悲願を実現するためには正しい神の教えを人々に伝えなければならない。カリフは継承されていくものだが、常に危険に晒(さら)されている。我々には生身の人間ではない万能の神が宿る人工知能が必要だ」

赤星の言葉の裏に隠された真のねらいに気づいたのは、基本プログラムの設計を聞いた時だった。

「人工知能が制御するプログラムには争いを止め、世界を平和に導くための核となる思想が必要だ。プログラムには神の声を正確に教え込まなければならない。人工知能の教育を任せたい。他の者にこの仕事は無理だ」

赤星がアニタに仕事を任せたのは、シビュラの巫女と呼ばれ、コーランを暗記し、その真意を理解していたからに他ならない。ただそれだけではない何かを赤星に感じた。

赤星は人工知能が操る武器として他国の軍事施設を制御するウイルスを使おうとした。コードネーム『マリオネット』は手段として、人工知能——神の化身である『アリア』が制御し世界を平和に導く。そう説明した。

この男も自分の心に矛盾と葛藤を抱えているのではないか。平和を望みながら、この国の所業に疑問を抱き、それでも服従している葛藤に縛られているのではないか。

アニタはそれ以降『アリア』と名付けた人工知能の教育をしながら、赤星という男を理解しようとした。

半年後、人工知能の開発を続けるアニタを悲劇が襲った。反イスラム国勢力が占領地に侵攻し、アメリカ軍が空爆を再開した。当初優勢だったジハード戦士団はアメリカの絶え間ない空爆に押され、劣勢に転じた。イラクの占領地域は次々と奪還され、ついに反イスラム国勢力はモスルに侵攻した。九か月にわたる戦闘でモスルを失った国は経済的な基盤を失った。国家の崩壊が近づいていた。赤星が指揮する『ラッカ12』のメンバーは戦禍を逃れるため、各国に潜伏し、情報機関も規模を縮小した。

人工知能が完成したのはラッカ陥落の直前だった。首都への空爆が続く中、赤星との別れは突然訪れた。空爆はラッカの情報機関の拠点にも及んだ。施設は空爆のターゲットとなり、アニタは退避するため、赤星と行動を共にした。攻撃を受け、崩壊寸前の施設から逃れる途中、アニタは偶然赤星の潜入工作を目撃してしまった。アメリカの情報機関と通信している赤星を目の当たりにしたのだ。

アニタに気づいた赤星は銃口を向けた。だが、アニタはこれまで抱いていた赤星への疑惑とは裏腹に、赤星に対して『アリア』を作り上げた真意について問いかけ、本来為すべきことを為すよう促した。

赤星がアメリカの工作員かどうか、そんなことは問題ではなかった。この国はもはや風前の灯（ともしび）、滅亡は目前に迫っていた。それは当然の帰結のようにも思えた。どんなに神の教えに忠実であったとしても、残虐な手段で世界を支配できるはずがない。その限界を感じていた。このまま国が滅びるなら、赤星とともに真の神の導きを世界に示すべきではないか。アニタの脳裏に神の啓示が浮かんだ。

これは神の導き。救世主を助け、世界を平和に導く。

赤星を説得する途中、部屋にサミールが入ってきた。サミールに赤星との会話を聞かれ、アニタは運命の皮肉を呪った。ようやく赤星に真意を話すきっかけを得た瞬間、裏切り者として処罰される。アニタはサミールに拘束され、赤星は持っていた銃を床に置いた。だが、このまま赤星が殺されれば、神の預託に反する。アニタは咄嗟（とっさ）にサミールの腕に嚙（か）みつき、拘束を解いた。赤星とサミールがもみ合い、サミールが赤星の首を絞め、殺そうとしているのを見て、無我夢中で銃を拾い、サミールの後頭部に向けて引き金を引いた。銃声とともに硝煙の臭いが部屋に漂った。

サミールを、仲間を殺した。これでもう後戻りはできない。

赤星はアニタを助けようと、サミールを殺したのは自分だと主張し、裏切り者として告発するよう言ったが、アニタは滅びゆく国と運命を共にするよりも赤星に身を委ねる道を選んだ。

「一緒にこの国を出ましょう」

アニタの訴えに赤星は瞬時、迷いの表情を浮かべたがすぐに言い返した。

「ここを抜け出す準備をする。先に外に出て安全な場所に身を隠せ」

赤星に促され、外に飛び出した。このまま赤星と国外に逃亡し、行動を共にする。それこそが神の導き。そう信じようとした。

施設から外に出ると、周辺は瓦礫の山となっていた。屋外に出たが、赤星が気にかかる。施設に引き返そうとした時、強い衝撃と爆音がアニタを襲った。次の瞬間、世界が暗闇に包まれた。

走馬灯のような回想が終わり、アニタは自分の死を覚悟した。
暗闇の中で小さな光が見えた。光は次第に大きくなり、アニタを包み込んだ。温かく、そして優しさに満ちた光。幼い頃に体験した神の啓示。その再来だった。

救世主を守りなさい。
それこそがおまえが生まれてきた理由だ。
神に帰依し、為すべきことを為すのだ。

光の中で目が覚めた。それがどこかわからなかった。アニタは幼い頃に体験した神からの預託を思い出した。

神の啓示に従い、救世主を助ける。
それが私の為すべきこと。

第六章 バベルの塔

――その日、似非信者(えせしんじゃ)どもは、男も女も、本当の信者たちに向かって、「ちょっと待って下さらぬか。あなた方のその明かり、こちらにも分けて下さらぬか」と言うが、「後ろに引っ返して、あちらで明かりを探したらよかろ」と言いかえされ、と思うまもなくぱっと両方の間に壁が立ちはだかる。壁には戸があって、その内側は恩寵(おんちょう)、外側は天罰の方に向いておる。

コーラン第五十七章十三節

1

二〇二一年九月一二日　日本時間　午前四時一〇分
アメリカ　バージニア州ラングレー

コリンズはプレデター専任の連絡将校から統合作戦本部の指示を受けた。作戦指令を現地の地上誘導ステーションに伝えるため、情報漏洩(ろうえい)防止機能付きのチャットルームを開いた。統合末端攻撃統制官のコールサインはブリックス12、グランドステーションはイースト12だ。チャットのメッセージがストリーム状に画面に流れる。

ブリックス12――ターゲットを捉(とら)え次第、偵察を開始。
イースト12――C。

ターゲットは東京の中心部にいる。無人機衝突事故の発生現場から近く、周囲は厳戒態勢が敷かれていた。プレデターの侵入は困難だ。そのため首都の上空高度二万フィート、五キロ圏内にプレデターを待機させ、ターゲットが東京郊外に移動を開始してから追跡する。プレデターに搭載されたマルチカメラ、通称「ボール」は上空から高解像度の映像を一万キロ離れた作戦センターにあるコックピットのＨＵＤ（ヘッド・アップ・ディスプレイ）に映し出す。指定された座標にプレデターを移動させるため、アンダーセン基地に設置された発着をコントロールするグランドステーションが動き出した。

イースト12——まもなく指定の座標に到着する。

ブリックス12——C。ターゲットの画像を解析。

センサー・オペレーターがコックピットで画像の解析を進める。

作戦は最終目的をターゲットの確保としており、現時点では殺害の指令は出ていない。だが、運用する機体にＡＧＭ―１１４ヘルファイヤミサイルが搭載されているのはターゲットの殺戮（さつりく）を想定しているからだ。

コリンズはこの作戦への疑問を強めていた。理由はかつて『マンハッタンの禊（みそぎ）作戦』にともに関わった陸軍のロバート・エイカー中佐からの一本の電話だった。

エイカーは出向先のＤＩＡから直接コリンズの携帯に連絡してきて、思わせぶりに話した。

「国防総省のある高官から妙な話を聞いた。東京で起こっているサイバーテロを利用し、作戦参謀がＯＰＬＡＮ５０２７を改定した。朝鮮半島有事を想定したこれまでの作戦計画を書き換え、作戦計画を新たに追加したと」

「追加された計画とは？」

「テロリストにミサイル発射基地を制御されるリスクを想定したシナリオだ。すでに参謀本部から国防長官に進言され、承認を得ている」

テロを利用した攻撃の大義名分。そんな疑念が過った。事実、ＣＩＡではかつて大量破壊兵器を保有しているという嘘をでっち上げ、テロ支援国家を崩壊させた前例がある。

「高官の口ぶりではテロを利用した朝鮮半島の脅威への戦略的な対応だそうだ。考えようによってはならず者国家を制裁する絶好の機会だ。極東の脅威をひとつ取り除けば、悩みの種がひとつ減る。国家にとっては必要な政策だそうだ」

冗談とは思えない話だった。かつてＮＳＡは北朝鮮のミサイル発射を制御するサイバー攻撃をしていた事実もある。北朝鮮へのサイバー攻撃が自作自演だとしたら、赤星は最後までアメリカの陰謀に利用されたことになる。

エイカーの電話はコリンズの頭の片隅に疑問を残し、任務に対する意志が揺らいだ。

「ターゲットの座標を解析しました」

コックピットに備えられたモニターに白黒画像が映る。夜明け前の東京の街を映す映像に樹々に囲まれた皇居付近が映った。その一画にターゲットが収容されている日本警察のヘッドオフィスが見えた。

「座標からターゲットが動いたら追跡しろ」

コリンズはモニターを注視した。日本政府が赤星の引き渡しに合意したという知らせは一時間前に受けている。すでに賽は投げられた。

「我々の任務はターゲットの追跡だ」

コリンズはあえてオペレーターに指示し、暗にヘルファイヤミサイルの発射は必要ないと伝えた。標的の攻撃には作戦本部の許可が必要だ。指揮官が送信する9ライン――九桁の定型文がなければ空爆はできない。万が一その指示が出た時はどうすべきか。任務をとるか、それとも良心に従うか。これまで任務には正義があると信じてきた。だがその信念が揺らいでいる。任務への疑問がコリンズの迷いを深めていた。

2

二〇二一年九月一二日　午前五時零分
霞が関　警察庁

警察庁の一室に籠り、榊原はスマホの画面を見つめていた。待っていたのはサイバー攻撃分析センターからの連絡だった。明け方までになんとかアンチウイルスを完成させる。そう言い切った板倉の言葉を信じていた。

彼岸前のこの時期、日の出は午前五時半頃。都内で発生した五万人以上の帰宅困難者を帰路につかせたい。やるべき課題はサイバーテロによる被害を食い止めることだ。

赤星の話が本当かどうかわからないが、もしも本当にサイバー攻撃を仕掛けているのがＡＩなならば、追跡する手段はある。人と違ってコンピューターは動かない。痕跡さえ見つかれば対処ができるはずだ。ところが、政府も警察もその尻尾すら摑めない。

——なぜだ。

本当にAIがサイバー攻撃を仕掛けているのか。もしかするとAIは単なる武器で、それを巧妙に使っている真犯人がいるのではないか。

榊原のスマホが震えた。着信は板倉からだった。

「ウイルスの解析に目途がつきました。解析したコードを元にセキュリティパッチを作れば、システムの脆弱性を補強できます。次世代ファイアウォールの有効性も確認できました。これを組み合わせれば、新たな攻撃を回避できます」

榊原は端的に訊いた。

「要するにシステムの復旧に目途がつくということだな」

「システムの再起動が可能なら、新たな攻撃に対するセキュリティは確保できるという意味です」

サイバー対策がなんとか一歩前進したことはわかった。榊原は板倉を労い、電話を切ると、すぐに外事情報部長の部屋に向かった。

執務室に入ると、神保はスマホでの会話を切り上げたところだった。榊原は神保の表情から電話の内容がよくない知らせだと読み取った。上層部から何らかの指示があったのかもしれない。その件を切り出される前に榊原は吉報を伝えた。

「サイバー攻撃分析センターからウイルスの分析に目途が立ったという報告が入りました。すぐに首都電力に連絡し、アンチウイルスの効果を確かめます」

神保は幾分表情をやわらげ、榊原に言い返した。

「よくやった。官邸の対策本部とも情報共有して連携しよう」

神保は前向きな言葉とは裏腹に口ぶりは重かった。

「何か悪い知らせですか」

神保は憂いを湛える目で榊原を見つめた。

「局長から通達だ。容疑者の引き渡し要請が出た、今から三十分以内に容疑者を連行し、アメリカ政府に引き渡す」

ついに来たか。予想はしていたが、ここまでよく引き延ばせたものだ。

「引き渡し場所は」

「横田基地だ。警察の車両で移送するよう指示があった」

羽田空港は未だシステム障害の影響で再開の目途がついていない。アメリカ政府としては容疑者を確実に確保するため入国手続きが必要ない米軍基地を選んだ。

「アメリカ政府は赤星をすんなり受け入れるでしょうか」

「何が言いたい」

神保の質問に榊原は懸念すべきリスクを話した。

「容疑者の安全を確保せよ、というテロ犯からの要求が出ている中での引き渡しは火中の栗を拾うようなものです。テロ犯に動きがハッキングされれば、攻撃の矛先はアメリカに向きます」

榊原の見立てに神保は腕を組んで、視線を落とした。

「官邸はテロ犯の攻撃の矛先をアメリカに向けたいのかもしれない。だからこそ日米同盟による協力を求めた。問題はアメリカの思惑だ。アメリカにとって赤星は危険な存在だ。できるだけ早く消したいだろう。だが、テロ犯の要求で状況は変わっている。テロリストと全面的に戦う覚悟があるならば、赤星は取引のカードになる」

「取引は相手の正体が見えなければできません。アメリカはどこまで敵を認識しているのでしょうか」

榊原の脳裏にテロ犯と思しき何者かのメールが過った。榊原にメールが送られてきたのは、赤星の取り調べの当事者だとわかってのことだ。メールの内容は引き渡しに応じ、容疑者を警護せよというものだった。テロ犯を名乗る何者かは日本政府がアメリカ政府の要請を引き受けることを想定していた。

「移動中の攻撃に備えるべきだ」

神保の心配は他でもない。CIAによる赤星の暗殺だ。

「TRT—2を護衛につけます。目立たないよう車両は覆面を使用し、護衛をつけて横田に向かいます」

「それで本当に大丈夫か。相手は無人攻撃機を操るCIAだぞ」

「あからさまな事故や暗殺は犯人を刺激します。それに赤星をどうにかするなら、引き渡し後にいくらでもできます」

それよりも問題はメールの差出人の意図だ。赤星を救出する策があるのかどうか、この時点ではわからなかった。

二人の間の会話が途切れたのを見計らったように、榊原のスマホにメールの着信を知らせる振動が響いた。榊原はすぐにスマホを取り出し、メールを確かめた。

「テロ犯からの指示です」

榊原はスマホを神保に見えるように体を寄せた。メールを開き、文面を読む。その内容に啞然として、神保を見た。

【親展　榊原警視正】　神の啓示を伝える

混乱を鎮め、容疑者を守るためには、不信仰者に引き渡す前に殺せ。

神は光の裁きにより世界に暗闇をもたらす。

世界にその愚行を公表し、再び光を閉じ込めよ。

神の預託を受けた者より

「まさか、本当にこんなことを――」

メールの文面に衝撃を受け、言葉を失った。

先のメールの容疑者を警護せよという要求を覆すように殺せと指示していた。その後の啓示的な内容の意味も読み取れない。

光の裁きとは何か。

世界に暗闇をもたらすとは。

「これは本当に犯人からのメッセージなのでしょうか」

神保はメールを凝視しながら、榊原に訊いた。

「犯人には何らかの意図があるのだろう。出発の時間まであと何分ある」

榊原は腕時計に目を落とす。午前五時一五分。

「あと十五分です」

神保はわずかに逡巡してから意を決したように指示を出した。

「予定どおり容疑者を引き渡そう」

榊原は迷いを振り切り、メールの内容を頭に叩き込み、容疑者移送の準備を急いだ。

3

二〇二一年九月一二日　午前五時四五分
永田町　総理官邸

風間は総理レクの後、岩城を官邸に引き止め、空いている会議室に連れ込んだ。市ヶ谷に引き返す前に防衛省の対応を聞いておきたかった。

ドアを閉めた後、風間のスマホに無視できない着信が入った。サイバーテロ対策本部の新島からだった。岩城を会議室で待たせ、廊下に出てから電話に出た。

「どうした？」

「警察庁から首都電力が感染したウイルスの解析データの提供がありました。アンチウイルスソフトの開発を独自に進めていたそうです」

官邸対策本部の対応が後手に回っている中、警察庁に出し抜かれたという思いは否めないが、私的な感情を抜きに風間は答えた。

「吉報だな。そのアンチウイルスは使えるのか」

「今こちらでも提供されたデータを分析しています」

「わかった。対策本部に警察からの出向者がいたはずだ、連携して対応にあたってくれ」

新島は歯切れの悪い返事をした。防衛省からの出向者としては複雑な思いだろうが、この際省庁間の軋轢(あつれき)は脇に置いて、使えるものは使うべきだ。

風間は対応を新島に任せ、電話を切った。

廊下を事務官が忙(せわ)しなく行き来している。官邸はにわかに騒がしくなってきた。

風間は会議室に戻り、岩城の正面の椅子に腰を下ろした。岩城は制服のネクタイを緩め、椅子の背もたれに体を預けていた。疲労の浮かんだ顔に複雑な心境を読み取った。

「まさかこんなに早く脅威が現実になるとは思わなかった。自衛隊はまだ敵基地攻撃能力の装備が整っていない。そもそも我々は専守防衛が旨だ。本当にこんなシナリオを選択していいのか」

岩城の心情を推し測った。防衛官なら誰しも考えることだ。防衛か攻撃か、そんな議論もないままアメリカが攻撃を決めたのだ。政府はアメリカに追随する道を選んだ。

「テロに屈せずと宣言した時点で事態の展開は予想できた。北朝鮮のミサイル基地攻撃は近い将来現実となる問題だった。すでに北朝鮮の軍事技術は極超音速ミサイルや変則軌道で飛翔(ひしょう)するミサイルなど我が国が所有するミサイル防衛ではどうにもならないレベルに達している」

岩城は「当然そんなことは承知している。そのうえで」と前置きしてから続けた。

「今の日本の軍事力ではアメリカに頼るしかない。導入が決まっているアメリカ製の『JASSM』とノルウェー製の『JSM』の実用には少なくともあと一年はかかる」

防衛省が導入を進めていた敵基地攻撃能力を有する装備には次年度予算が当てられる。戦闘機による敵のミサイル基地、軍事拠点の攻撃のためには新たな空対地ミサイルが必要だ。これまでの空対空ではなく、攻撃能力のある巡航ミサイルも必須となる。いずれも導入には時間がかかる。

「ミサイル発射基地への攻撃はアメリカに任せて、我々は後方支援に徹すればいい」

風間は日本政府の立場を強調した。だが岩城はすぐに反論した。

「実戦はそう甘くはない。湾岸やイラクと違って戦場は海を挟んだ対岸だ。万が一有事になれば自衛隊にも実戦が求められる」

岩城は事態を深刻に見ていた。事実、北が反撃した場合、攻撃手段は弾道ミサイルとなる。ミサイルに対抗するにはそれなりの備えが必要だ。

「ターゲットは発射台だけじゃない。移動式の発射台、それにＳＬＢＭも脅威だ」

「今回の作戦の敵は北朝鮮じゃない。あくまでもサイバー攻撃だ」

「北朝鮮が本当にテロリストの攻撃を受けているのかはわからない。もしかするとテロ犯の狙いは相互不信を引き起こし潰し合いをさせようとしているのかもしれない」

「もしそうならアメリカはまんまと罠に嵌ったわけか」

岩城は口元を引き締め、首を傾けた。

「いや、アメリカはそれも承知で作戦を実行に移したんだろう。イラクの時と同じだ。アメリカは戦争の口実があればいつでも作戦を実行に移す」

「もしそうなったとしても自衛隊は張りぼてじゃない。専守防衛の実行力は備えている。今はできる準備をやるしかない」

岩城もその点では同意したように頷いてから聞き返した。

「サイバー対策はどうなっている」

「警察庁の対策チームがアンチウイルスの開発に成功した。うまくいけば新たな攻撃に対処できる」

「自衛隊のシステム復旧も急務だ。俺たちは目と耳を塞がれ、暗闇にいるようなものだ」

風間は強く頷いた。

岩城が話を切り上げようとするのを止め、風間はもう一つ気になっていたことを訊いた。

「ところでグローバルホークの行方はわかったのか」

岩城は首を横に振った。

「情本の一等陸佐は最後まで口を割らなかった。ただ間違いないのは議事堂に衝突した機体はグローバルホークじゃないってことだ。メーカーも報告書にその事実を書いている」

「だったらグローバルホークはどこにいる？」

「さあな、もしかすると今もどこかを飛んでいるのかもしれない」

岩城も本気で言ったつもりはないのだろうが、風間には悪い冗談にしか聞こえなかった。

「ばかなことを言うな。そんなことがあってたまるか。万が一グローバルホークが世間の目に触れれば、政府にとっては悪夢だ」

風間の心配を他所に岩城は席を立つと風間に真剣な眼差しを向けた。

「ともかく事態は緊迫している。官邸とも密に情報交換したい。市ヶ谷とのパイプ役を頼む」

風間は「わかった」と口では言ったものの、岩城が残した不安にどう対処すべきか考えあぐねていた。

4

二〇二一年九月一二日　午前五時三〇分
青森県　三沢基地

明け方、淡い朝日がコンテナハウスの中に差し込んだ。誰もいないコックピットの中で一人、兵頭晃（ひょうどうあきら）は無機質なモニターと向き合っていた。コックピットはシミュレーション用の機材ではない。目の前のワークステーションから発せられる指示は、UHFバンドによる衛星データリンク装置によって機体に届けられ、無人偵察機を動かしている。いや、動かしていた。

空調を切った室内は初秋の肌寒さを感じるが、コックピットで操縦している時は凍えるような寒さに耐え、操縦桿（そうじゅうかん）を握っていた。電子機器が発する熱を冷やすため、室内の温度は15℃以下に設定される。フル稼働するエアコンは真夏であっても室内を真冬並みの気温に下げる。

昨日発生した無人機衝突事故の前、この場所で無人機を操縦していた兵頭は、調査が終わり技術チームが引き揚げた後も事故の原因に納得がいかず、一人でコックピットを見つめていた。何度思い出しても不可解な状況だった。

グアムのアンダーセン空軍基地を拠点に米軍が運用していたグローバルホークが、三沢基地にも配備された。以来、空自が運用するまで事故は一度も発生しなかった。まして制御を失った機体が、テロに利用されるなど未だに信じられなかった。

一機二十五億、周辺機器や運用費用などを含めると約七十五億。予算をどぶに捨てたばかりでなく、あろうことかテロに利用された。兵頭含むRQ―4Bの運用チームは責任の重さを実感した。だが、その汚名はつい半日前に払拭された。米国のメーカーが派遣した調査チームが議事堂に衝突した機体の残骸を分析、三沢で運用していたグローバルホークとは別の機体だという調査報告を出した。つまり、ロストした機体と議事堂に衝突した機体は違うという証拠が見つかったのだ。三沢基地司令をはじめ、防衛省上層部はその事実をまだ公表していない。だが極秘にグローバルホークの行方を追跡していた。

　機体はデータリンクで制御されている。地上誘導ステーションから離れた機体は静止軌道衛星を介して命令を受信する。このシステムを使えば世界のどこからでも機体につながることができる。つまりテロリストは機体を乗っ取ることも可能だ。毎秒五百メガバイトの通信量を占領するシステムを乗っ取られた。あり得ないことだが、現実に起こっている。そのため、空自の特務チームはとんでもない勘違いをしてしまった。

　衝突した機体のパーツは中国製だと言われているが、その正体は未だわかっていない。そして失ったグローバルホークも行方不明だ。機体の性能では最大三十時間の自動航行が可能だが、制御を失った後、飛び続けているとは考えにくい。どこで墜落したかはわからないが、東シナ海上空で見失った機体が墜落したとしても発見するのは難しい。問題はその事実を政府がどのタイミングで発表するかだ。

　重い課題を背負い、新しい一日が始まろうとしていた。沈んだ気持ちを奮い立たせ、ワークステーションを後にしようとした時、信じられないことが起こった。コックピットが突然音を立てたのだ。兵頭はコックピットに近づいた。するとシステムが息を吹き返したように、電光を放ち、動き出した。ディスプレイが光を放っている。

――航行中にしか起動しないシステムがなぜだ。

ディスプレイを覗きこんだ兵頭は目を疑った。人工水平儀、対気速度計、高度計、飛行経路指示器、エンジン計器が投影されている。計器が示す情報が本当ならグローバルホークは飛んでいる。さらにコックピットの隣にあるセンサー・オペレーターのHUDに目標指示ポッドの位置情報を示すデータ・リードアウトが投影された。無人機の機首に搭載されたカメラが投影する機体周辺の映像がディスプレイに映し出されている。

――いったい何が起こっているんだ。

事態をのみこめないまま、兵頭は携帯でセンサー・オペレーターの早川三等空尉に連絡をとった。早川はまだ眠そうな声で電話に出た。

「すぐにワークステーションに来てくれ。システムが突然起動した」

「なんの冗談ですか。寝ぼけたこと言わないでください」

信用しないのは当たり前だ。だが兵頭はシステムが動く電子音を早川に聞かせるため、コンピューターが並ぶラックに携帯を向けた。

「どうだ、わかったか」

聞きなれた電子音にようやく早川も事態を察した。

「誰が起動させたんですか」

「勝手に動いたんだ」

兵頭が言っている最中も、コックピットでは計器類が自動航行を示す情報を発信している。

「すぐに隊長にも伝えてくれ。グローバルホークは今現在も飛んでいると」

兵頭は電話を切ると、機体の位置情報を確認するため、コックピットに座った。

5

二〇二一年九月一二日　午前五時三五分
霞が関　警察庁

警察庁をきっかり午前五時半に出た榊原は装甲を施したＳＵＶに赤星を乗せ、横田基地を目指した。運転はＴＲＴ―２のメンバーに任せ、助手席にも前方の見張り役を乗せた。後部座席には榊原とともに部下を座らせ、両サイドから赤星を挟んだ。車両の前後にはＴＲＴ―２の作戦チームの車両を警護につけた。だが、米軍が所有する無人攻撃機にかかればひとたまりもない。ただ、いくらＣＩＡといえども、あからさまな攻撃を仕掛けるような真似はしないはずだ。

車両は交通規制が敷かれた首都高環状線を抜け、四号線を八王子(はちおうじ)方面に向かっていた。この時間ならうまくいけば一時間半で横田基地に着く。

車窓に朝焼けの秋空が広がっている。最初のテロ攻撃からまもなく丸一日が過ぎようとしていた。九月一二日。今日が運命を決める一日となる。アメリカ同時多発テロから二十年。未だにこんな事件が日本で起こったとは実感できない。

榊原はこの二十年の間、警察官としてテロリストを追いかけてきた。その多くの時間は徒労に終わり、捜査は無駄な時間を費やしただけだった。警察で過ごした人生の大半を振り返り、テロとの戦いとは何だったのかを考え、感慨にふけった。

「犯人がもし本当に神の意思を持っているのなら、人類に問いかけているのかもしれない。９・

11から二十年、人は成長したのか、歴史に何を学んだのかと」

榊原の独り言に感化されてか、赤星が瞑っていた目を開いた。

「あんたはどう思っているんだ」

赤星の問いに榊原は虚しい言葉しか出てこなかった。

「対立は深まり、憎しみの連鎖が続き、対話は生まれなかった」

榊原の沈んだ口ぶりに赤星は冷めた目で榊原を見た。

「二十年前の同時多発テロの時、ブッシュはフロリダからホワイトハウスに帰還し、国民に訴えた。テロ攻撃が高層ビルを崩壊させ、鋼鉄を破壊しても、アメリカの強固な意志の鋼を傷つけることはできない、とアメリカの強大さを伝え、国民に結束を求めた。そして詩篇二十三篇を引用し、国民を勇気づけた。

たとえ死の陰の谷を歩むとも私は災いを恐れない。

ブッシュが引用した詩篇はこう続く。

あなたは私と共におられ、あなたの鞭と杖が私を慰める。

主を羊飼いに見立て、人々を見守る主に慰めを求める姿は、テロの恐怖に怯えるアメリカ国民にひと時の安堵を与えた。敬虔なクリスチャンである大統領は神に服従するジハーディストがテロに関与していると知りながら、神に救いを求めた」

「何が言いたい」

「人の愚かさとは神の言葉を直接理解できないことだ。二十年後、大統領のメッセージを歴史はどう評価した？　テロとの戦いは泥沼にはまり、アメリカが引き起こした戦争は中東に混乱をもたらした。多くのアメリカ人が死に、それ以上のイラク人が犠牲になった。テロは世界中に拡散し、未だその脅威は続いている。アメリカ国民に前進を訴えた大統領の言葉とは裏腹に、世界は平和から後退している」

饒舌に話す赤星に、榊原は改めてこの男もテロとの戦いに身を捧げてきたのだと痛感した。それが何の因果か自らテロリストとして殺されようとしている。

「バベルの塔を知っているか」

赤星が突然問いかけた。バベルの塔。たしか旧約聖書の創世記に描かれた逸話だったはずだ。

「神に近づこうとした人間が怒りを買った話か」

赤星は頷いた。

「バベルの塔は崩れ、人は言葉を違え、分断された。それでいい。所詮人は共に仲良く暮らすことなどできない。神に近づこうとすれば、報いを受ける」

神の報いの前におまえに破滅を与える者がいる。

「そんなことより自分の身を心配したほうがいいんじゃないのか」

赤星はふっと苦笑し、一瞬達観した表情で榊原を見た。

「俺は世界の終末を見届ける前に殺される」

赤星の覚悟はどこか厭世的で、生きることを諦めているように見える。だが榊原はこの男を殺したくはなかった。犯人からの指示と矛盾するが、この男を守る必要があると思っていた。この男には自ら起こした一連の事件の結末を見届ける義務がある。それにこの男の死が世界の破滅を呼ぶのなら死なせるわけにはいかない。

車は八王子インターで中央道を降り、国道十六号線を北上した。あと二十分もすれば横田基地のメインエクスチェンジに到着する。この大掛かりな芝居にどんな結末が待っているのか、その時この男はどんな顔を見せるのか、榊原にはわからなかった。わからないことは他にもあった。テロ犯と思しき何者かのメールには赤星を殺せと書かれていた。赤星を守ろうとする犯人がなぜそんな指示を出したのか。榊原にはその意図が摑めなかった。

6

二〇二一年九月一二日　午前五時五〇分
永田町　総理官邸

風間はサイバーテロ対策本部が詰める執務室に入った。パソコン画面に向かう新島の肩に手をかけた。

「ご苦労、警察庁からのギフトはどうだ？」

警察庁から提供されたウイルス解析データの有効性を新島に訊いた。新島は作業の手を止め、風間を一瞥した。

「首都電力では効果を発揮しているようです。他のインフラ企業にも提供しています。なんとか混乱は回避できそうです」

風間は一度頷き、周囲を見渡してから耳元で囁いた。

「まもなく米軍の攻撃が始まる。会見後は騒がしくなるが、こちらの目途がつけば市ヶ谷に戻って対応にあたれ」

岩城の件も考慮すると信頼できる部下に市ヶ谷にいてほしかった。

「わかりました。防衛省のシステムも復旧しつつあります。各所のレーダーサイトやデータリンクもまもなく復旧する見通しです。改めて防衛態勢をとるための準備を進めます」

風間が納得してその場を離れようとした時、新島がスマホを取った。新島は異変を察知したように表情を変えた。

「なんですって、すべてのサイバー攻撃が止まった？　本当なの？」

電話が切れるのを待って風間は新島に問い質した。

「何が起こった？」

「これまで断続的に続いていたサイバー攻撃が突然止まりました。これで自衛隊が管理するすべての通信、ネットワーク、データリンクが正常に動きます」

「テロ犯が攻撃を止めたということか」

日本政府は要求をのんだわけではない。だったらなぜ——。

グローバルホークの行方、突然の攻撃の停止、そして目前に迫る米軍の攻撃。これらは何かつながりがあるのか。テロ犯の意図が見えない中、部屋の至るところで、同じような報告が相次いだ。犯人は交渉を諦めたのか。それとも何らかの障害が発生したのか。ともかく矢島に報告したほうがいいだろう。

風間がスマホを取り出した瞬間、着信が入った。安全保障局次長の黒沢からだった。

「会見は中止になった。すぐに地下の危機管理センターに降りてきてくれ」

上ずった声で話す黒沢に事態の急変を感じ取った。状況がのみこめないまま、風間は地下一階にある内閣危機管理センターへと急いだ。

危機管理センター幹部会議室には主要な閣僚をはじめ、防衛大臣以下、事務次官、官房長、統合幕僚長が揃っていた。何らかの重大な問題が発生しているに違いない。風間が慌てて席に着くと、全員が集まる前に官房長官の呉が話を切り出した。表情には強い焦りが見える。

「集まってもらったのは他でもない。米軍が作戦を中止した。グアムのアンダーセン基地で大規模なサイバー攻撃が発生、さらに横須賀海軍基地、横田基地でもサイバー攻撃を受けている」

東アジアに展開する米軍にとって横須賀の第七艦隊司令部、横田の在日米軍司令部が攻撃を受けたとなるとかなり重大な事態だ。何よりもアンダーセン基地はアジア全域に及ぶ軍事力を展開する東アジアの要衝だ。

サイバー攻撃の矛先が日本からアメリカに変わったのだ。容疑者引き渡しの影響に違いない。

呉の報告が終わると、立て続けに盛田防衛大臣が新たな報告を入れた。

「三沢でも異常事態が発生しています。行方不明のグローバルホークが発見されました。三沢の通信システムが回復し、突然コントロール系統が動き出したようです」

大河原総理が身を乗り出して盛田に訊いた。

「グローバルホークは今どこにいる？」

盛田は隣に座る真木に目を配り、回答を求めた。真木がメモを読み上げる。

「現在位置を特定中です。只今(ただいま)三沢基地とオンラインになっております。この場で直接現地から報告させます」

会議室の中央にあるディスプレイに、三沢基地の司令本部の映像が映し出された。同時に側面のディスプレイでは市ヶ谷の情報本部ともつながっていた。

中央のディスプレイに映し出された会議室には、三沢基地偵察航空隊の阿部一等空佐が席に着いていた。

　阿部が現地の情報を伝えるべく手元のパソコンに目を落とした。

「本日0530（マルゴサンマル）、基地内を巡回中の兵頭三等空佐が無人機のワークステーションで異変を感知しました。突然システムが稼働、機体をコントロールする計器類が動き出し、現在もコックピットで対応にあたっています。機体を示す座標は東シナ海上空、北緯三十度二十分、東経百二十五度。高度五万四千フィート、七十五ノットで航行しています」

「いったい何が起きているんだ」

　真木の疑問に阿部一佐が答える。

「場所は北朝鮮から千キロ近く離れた東シナ海海上です。あくまでも推測ですが北朝鮮が所有する潜水艦を捉えている可能性があります」

　センター内に驚きの声が上がる。誰もが恐れているのはＳＬＢＭ――潜水艦搭載型弾道ミサイルだ。

「北朝鮮がＳＬＢＭを発射する可能性は？」

　盛田が大河原の疑問に答える。

「北朝鮮は旧ソ連から十隻のゴルフ級潜水艦を入手したという情報があります。ゴルフ級はＶＬＳ（垂直発射装置）を装備した潜水艦で、水中発射ができるよう換装してＳＬＢＭの発射実験を行ったものと思われます」

「つまり、北朝鮮はＳＬＢＭを実用できるということだな」

　盛田は慎重に答えた。

「可能性は高いと思われます」

側面のモニター、市ヶ谷の会議室から岩城が新しい情報をもたらした。

「海幕から米海軍とのリンケージ情報が入りました。それによると日本海に展開中の米国の弾道ミサイル観測艦オブザベーション・アイランドが海上自衛隊のイージス艦《ちょうかい》と《みょうこう》に対して警戒とSM―3迎撃ミサイルの準備を求めているとのことです」

「潜水艦からのミサイル発射に備えろという意味か。しかし、なぜグローバルホークがその映像を捉えている。いったい誰が機体をコントロールしているんだ」

大河原の疑問を風間も考えていた。

その時、突然市ヶ谷の会議室が騒がしくなった。風間はスタッフの慌てようを見て、新たなトラブルの発生を察知した。

岩城が画面から報告する。

「たった今、テロ犯と思われる人物からメッセージが入りました。『**鷲（わし）の目が破滅の兆候を知らせるだろう。二つの盾で脅威を取り除け**』と」

予測不可能な事態に危機管理センターは騒然となった。

「どういう意味だ？」

大河原が周囲に疑問を投げかけるが、誰も事態を摑めていない。

ざわめきが交錯する中、矢島が大河原に顔を向けた。

「テロ犯のメッセージは海自が東シナ海に展開するイージス艦二隻で弾道ミサイル発射を感知次第、迎撃せよ、という意味に読み取れます」

矢島の言う通りであれば、『鷲の目』とはグローバルホークに備えられたマルチカメラ『ボール』を指している。そして『二つの盾』はその名のとおり、東シナ海に配備されたイージス艦

《ちょうかい》と《みょうこう》だ。ならば『破滅の兆候』とは——。

周囲の視線が危機管理センターの中央の画面に集まる。三沢基地から送られてきた映像に白黒画面が映し出された。風間は不鮮明な映像を見て直感した。これはグローバルホークが上空から海上を捉えた映像だ。

「グローバルホークが減速しました。カメラが位置を固定、何かを発見したのかもしれません」

三沢から送られてくるノイズが混じる声は誰のものか。

「あの映像は何だ？　いったい誰がしゃべっている？」

阿部一佐が現場の状況を報告する。

「グローバルホークのコックピットにいるパイロットの兵頭から通信です。機体のコントロールは何者かに乗っ取られていますが、機体からの映像データが送信され、センサー・オペレーターがデータを受信しています」

風間は現場からの報告を聞きながら、事態を把握した。グローバルホークは何らかの目的をもって航行し、映像データを送信している。それが犯人からのメッセージだとしたら——。

風間は咄嗟に声を発した。

「先ほどのメールの内容から推し測るに、グローバルホークが捉えた位置から潜水艦搭載弾道ミサイルが発射される可能性があります」

センター内の誰もが混乱の渦に溺れる中、矢島が状況を理解し、大河原を真っ直ぐに見つめた。

「すでに自衛隊法による破壊措置命令は出ております。弾道ミサイル発射に備え、海自、空自への指示を」

大河原は意を決したように頷き、盛田に指示した。

「すぐにミサイル迎撃態勢を取るようイージス艦に指示を出せ。発射場所が特定できれば迎撃の可能性が上がる」

盛田が隣に座る真木の耳元に囁いた。真木が現場への指示を伝える。

「米国はサイバー攻撃を受けている。リベットジョイントやコブラボールには頼れない。空自の車力分屯基地に配備されたFBX—Tレーダーを稼働し、正確な軌道を追跡、海自は《ちょうかい》、《みょうこう》に搭載されたSPY—1レーダーを駆使して、弾道ミサイルの捕捉、追尾、撃墜態勢を取れ」

市ヶ谷と官邸をつなぐ回線がにわかに忙しくなった。

会議室に忙しなく指示が飛び交う中、風間は犯人の行動に疑問を抱いていた。

なぜグローバルホークをわざわざハイジャックして、危機を知らせてきたのか。

なぜミサイル発射を教え、それを迎撃させるのか。

その疑問に答えを見出せないうちに新たな事態が起きた。

突然中央のディスプレイの画面全体が凄まじい発射音とともに輝いた。輝点は瞬く間に大きくなり、巨大な閃光を放っている。会議室にいる全員の視線が画面に釘付けになった。風間は海上から弾道ミサイルが発射された瞬間を目撃した。

7

二〇二一年九月一二日　午前六時五五分
東シナ海海上

第三護衛隊群を指揮する群司令から目標を通達され、イージス艦《みょうこう》艦長の対馬は半信半疑で目標の捕捉を砲術長に令した。司令が指定した位置は朝鮮半島北部ではなく、東シナ海の海上だった。なぜこんな場所を、という問いに司令は「官邸からの指示だ」と答えた。市ヶ谷の統合幕僚監部を飛ばし、官邸直々に、しかも目標位置を定めるなど信じられない。だが、自衛隊の最高指揮官が内閣総理大臣である以上、命令には従わねばならない。

「ミサイル管制、第三戦闘配備、VLSよりSM―3ブロックⅡAミサイル一基発射準備、CIC指示の目標」

対馬が伝えた目標を副長の宮嶋が復唱する。その表情には疑問が浮かんでいた。

「なぜ海上の目標なのでしょうか。その座標には米韓艦隊が展開しています」

東シナ海に展開する米空母インディペンデンスは半島の鎮圧に備え、待機している。米軍アンダーセン基地がサイバー攻撃を受け、空爆が中止された経緯は知っているが、ミサイル発射位置の情報の出どころは不明だった。

「市ヶ谷がSLBMの兆候を摑んだ」

「その情報の出どころを訊いているんです」

「わからん」

そう答えるしかなかった。だが統合幕僚監部は何らかの情報を察知したはずだ。その答え合わせはミサイル発射の瞬間にわかる。

「VLS、一セル発射用意」

対馬の号令で砲術長が慌ただしく発射プロセスの手順に従い、各装置の駆動を監視する。装塡、

ＶＬＳハッチ、ブラスト排気口と順に管制室員が計器盤の確認を促した。

通信が回復し、市ヶ谷から画像データが送られてくる。画像は粗いが、上空から撮影した目標地点の映像に間違いない。

「いったい誰が撮影しているんだ」

宮嶋は思ったことをすぐに口にする。

「つべこべ言わずに手を動かせ」

ミサイルの発射から着弾までわずか十分。イージス艦に搭載されたＳＭ―３による迎撃はミサイルが大気圏に到達し、重力を受けて加速する前のミッドコース段階で打ち落とす。複雑なシステム連携の上、ＢＭＤ（弾道ミサイル防衛）に許された時間はわずか数分だ。

「気い抜いたらだめじゃ。何十万人の命運はほんの一瞬で決まるんじゃ」

普段使わない広島弁がつい出てしまった。

言い終えた瞬間、画像が乱れ、強い閃光を放った。同時に管制官から早口で報告が入る。

「ＳＰＹ―１レーダーが目標からのミサイル発射を確認、現在追尾中」

管制室員からイージスアショアによる弾道の探知、追尾が完了したという合図が出た。

「ＤＡＣＳ始動、迎撃ミサイル発射っ！」

対馬の発射命令に反応し、砲術長が発射のスイッチを押す。

ＶＬＳからブースターが燃焼する音が響いた。続いてミサイルの飛翔音とともに、艦が振動で揺れた。目視できない迎撃に至る過程が管制官から報告される。対馬は腕時計に目を向け、迎撃ミサイルの各段階をイメージしながら報告に耳を傾けた。

ミサイルの迎撃は発射後も艦とのデータリンクによって制御される。この段階でブースターを切り離し、Ｍａｒｋ１０４デュアル・スラスト・ロケット・モーターが点火する。

「データリンク確立、第一段階、ブースターを分離」

次に弾頭に搭載されたキネティック弾を保護するノーズコーンと呼ばれるカバーを分離、固体燃料第三段ロケット・モーターが点火する。

「ノーズコーン分離、ＴＳＲＭ点火」

最終段階で弾頭の赤外線センサーが目標を探知、軌道修正・姿勢制御装置(DACS)が弾頭に搭載された複数の噴射口からガスを噴射し、目標に誘導される。

「標的の識別、捕捉、追尾、ＤＡＣＳ起動、目標に誘導します」

キネティック弾頭が目標に衝突、目標を破壊した映像が、対馬の脳裏に映し出された。

「迎撃！」

艦内に歓声が轟(とどろ)いた。ミサイル防衛システムが初めて成果を上げた瞬間だった。

「偵察衛星から信号を受信、迎撃は成功」

その報告に対馬は安堵した。

「どうにか防いだな」

対馬が砲術長に労いの言葉をかけようとしたとき、突然艦体が揺れた。

管制室から急を告げる警告が発せられた。

「強い電磁波をキャッチ、通信網がすべて機能しません」

強い電磁波。まさか――。

対馬が思いついたのは空想の域を出ない仮説だった。

――発射された弾道ミサイルの弾頭が核兵器だったとしたら。

核弾頭を迎撃した時に核爆発が強力な電磁波を発するといわれている。だが核弾頭を迎撃するなど、これまで世界中の軍は一度たりとも経験していない。何が起こるかは誰にもわからない。

「SPY―1レーダーの計器に異常、システムが停止」

管制室員の報告に想定外の何かが起きていることを実感した。艦隊司令部からの報告が入った。

「強力な電磁パルスが発生、発生源は上空三百キロ。展開するすべての艦隊、レーダー基地、航空機で障害が発生しています」

CICが混乱の渦にのみ込まれる中、対馬は不安と恐怖に襲われた。

――我々はとんでもないものを撃ち落としてしまったのではないか。

8

二〇二一年九月一二日　日本時間　午前六時四五分
アメリカ　バージニア州ラングレー

イースト12――ターゲットは中央道を西に向かって走行中。
ブリックス12――追跡を継続。

東京の上空高度二万フィートを飛行中のプレデターはターゲットのSUVを追跡していた。夜明けとともに赤外線カメラを光学カメラに変え、プレデターの『ボール』は鮮明な映像を送信している。情報分析官が別のモニターに表示された東京の地図を見ながら、チャットボックスに新たな指示を打ち込んだ。

ブリックス12——目標地点まであと三十分だ。到着予定時刻０７１５。

イースト12——C。

これまでプレデターの任務は中東やアフガニスタン、ジブチなど荒涼とした大地だった。都市部での展開は例がない。しかも任務地は同盟国、ターゲットは日本人とはいえアメリカの情報機関に所属していた人間だ。

西に向かって進む車列三台のうち、真ん中の車両がディスプレイの中央に示された四角い枠に収まっている。相手が砂漠を走行中のテロリストならこのままヘルファイヤミサイルを撃ち込め、と指示が出てもおかしくない。任務は目標地点である横田基地到着とともに終了する。ならばターゲットへの攻撃のタイミングは今しかない。案の定、攻撃統制官からの連絡がコリンズの携帯に入った。

「作戦全体のアップデートが必要となった。目標をポイント02で攻撃せよ」

突然の作戦アップデートにコリンズは狼狽(ろうばい)した。

——やはり赤星を殺すのか。

「作戦アップデートの理由は？　横田へのターゲット収容までの監視が任務ではなかったのですか」

攻撃統制官はコリンズの抵抗を意に介さぬ様子で命じた。

「司令部からの命令だ。アンダーセン基地がサイバー攻撃を受けている。テロ犯からの攻撃に報復する。無人機の制御が可能なうちに作戦を遂行し、すぐに機体を基地に戻す」

アンダーセン基地が攻撃を。それだけが理由か。

「たしかに無人機で攻撃すれば殺害は可能です。手っ取り早いが、相手は日本の警察車両です。さすがに日本政府も黙っていません」

「心配には及ばん。多少の犠牲を払ってもターゲットを始末するほうが国益につながるという判断だ。交戦規定チェックと被害予測は完了している」

強引な司令部からの指示にコリンズは苛立（いらだ）ちを覚えた。

手続きはすべて終わっているだと――。

やはり最初から殺害するつもりだったのではないか。

このまま任務を放棄するか、それとも国家の意思に従い、かつての仲間を殺すか。その決断にコリンズは迷った。

「攻撃の許可は出た。速やかに発射だ」

司令部からの有無を言わさぬ命令だった。コリンズはチャットボックスに最後のメッセージを打ち込んだ。

ブリックス12――レーザー照射、ポイント地点に到着次第発射（ライフル）。

イースト12――C。

センサー・オペレーターがミサイル発射を伝える。

「レーザー安全装置起動。ミサイル安全装置起動済み」

センサー・オペレーターに発射の確認を促す。

「カメラをターゲットに、発射を確認しろ」

その時、チャットボックスにメッセージが入った。

イースト12——機体に異常発生。制御不能となっている。
ブリックス12——何が起こった。
イースト12——原因不明。機体からの映像が途絶え、計器類が故障。

ディスプレイにノイズが走り、映像が消えた。

「カメラからの映像が停止、通信が途絶えました」

「何が起こっている」

センサー・オペレーターが言葉に詰まった。何らかの異常が発生している。それが何かはわからないが、任務の遂行が不可能となったことだけはわかった。

ブリックス12——座標を報告せよ。
イースト12——高度、位置、速度ともに計測不能。
ブリックス12——機体は回収できるか。
イースト12——無理です。

機体の故障か、それとも通信環境に何らかの不具合が発生したのか。コリンズは司令に異常を報告した。

「機体に何らかの不具合が発生、任務続行不能」

司令が事態を察し、電話口で何か話している。ラングレーでも何らかの異常事態を察知しているのかもしれない。

「極東エリアで強力な電磁波障害が発生している。至急作戦を中断し、現場から離脱しろ」

9

二〇二一年九月一二日　午前七時一〇分
東京　福生市

八王子インターを降りた車列は国道十六号線を北上していた、横田基地に向かう途中、榊原は前を走る車両に乗っている柘植に連絡した。

「ドローンの監視は？」

「衛星からの探知はできないため、あくまでも推測ですが、霞が関を出た時から追跡されています」

ＣＩＡが常に容疑者を監視下に置いていることはわかっていた。横田に向かう間も暗殺の機会を狙っているはずだ。

「先行して前方の安全を確保」

柘植に指示を出し、フロントガラス越しに注意を払った。車は拝島橋に差しかかり、前方に多摩川が見える。この先は住宅街、ピンポイントで攻撃するならば、この場所しかない。橋を渡る間、鼓動が高鳴った。隣に座る赤星に視線を向けた。

「アリアはこの状況で何をするつもりだ」

赤星は何かを信じているような確信に満ちた顔をしていた。

「すぐにわかる。神の所業に人は逆らえない。俺が死ねばすべてが解決するなら、神は迷いなく俺を殺すだろう」

赤星の目が何かを訴えていた。これは何かのメッセージなのか、そう問いかけようとした時、突然強い閃光が車に降り注いだ。とてつもない力がはるか上空で暴れている。白光が一瞬空を照らし、次の瞬間、落雷のような低音が大地に響いた。異変を感じた榊原は運転手に指示した。

「すぐに車を停めろ」

橋を渡り切る前に車を路肩に寄せた。榊原はスマホで柘植に連絡を取ろうとしたが、電源が切れていた。

「いったい何が起こっているんだ」

隣に座る赤星は何かを感知したように呟いた。

「神の業火だ。すぐに退避しろ」

それは神の啓示のようでもあった。停車した位置は橋のたもと、周囲に車はいない。攻撃するには絶好の場所だ。榊原はすぐに運転手に告げた。

「車から退避」

即座にシートベルトを外し、車外に出る。眼下には河川敷の穏やかな緑と河辺が広がっていた。だが空気に混じる異様な緊張が周辺を覆っていた。さっきまでの日常が別の世界に変わったようだ。体が、脳がそう感じている。

榊原に続いて赤星が車から出て河川敷に降りる。その時、突然背後から爆発音が響いた。榊原は振り返りざま、衝撃波を受け、体を地面に伏せた。巨大な火柱が上がり、車が大破した。咄嗟に赤星の姿を捜した。車から二十メートルほど離れた場所に赤星が倒れている。車の破片が散乱する中、榊原は赤星の傍に寄り、体を起こした。赤星は気を失い、全身を弛緩させていた。

「しっかりしろ」

榊原の呼びかけに返事はなかった。胸に耳を当て、心音を確かめる。弱々しいが鼓動は聞こえる。榊原は別の車両で待機するＴＲＴ—２の隊員に向かって叫んだ。

「すぐに赤星を病院へ」

赤星の体を抱え、被弾した車両から離し、近くの車の陰に隠れた。第二波をまともに食らえば二人とも木っ端みじんだ。周囲を警戒したがドローンらしき機影は見えない。住宅地から離れた河川敷とはいえ、二度も爆発があれば、周囲の住民にも気づかれる。どう言い繕うかはわからないが、ドローンによる攻撃は警察車両を一台破壊し、一人の命を奪おうとした。これもテロ犯の計算のうちか。榊原の脳裏にテロ犯からのメールの内容が思い浮かんだ。


混乱を鎮め、容疑者を守るためには、不信仰者に引き渡す前に殺せ。

神は光の裁きにより世界に暗闇をもたらず。

世界にその愚行を公表し、再び光を閉じ込めよ。


榊原はようやくメールの意味を理解した。赤星の死。それこそが救済なのだ。

10

二〇二一年九月一二日　午前七時一〇分
永田町　総理官邸

官邸の地下危機管理センターの中央のモニターに強い閃光が走った。画面が白く染まり、画面は砂嵐に変わった。

「何が起こっているんだ」

大河原が周囲に問いかける。騒然とした室内で真木が立ち上がった。

「イージス艦《みょうこう》が成層圏で弾道ミサイルの迎撃に成功しました。その影響かもしれません」

弾道ミサイルの迎撃でこれだけの衝撃と閃光があるだろうか。その時、真木が信じられないという顔で大河原に伝えた。

「迎撃ミサイルが破壊したのは核弾頭だった可能性があります」

核弾頭。

核爆発の強烈な粒子線が成層圏中に放射されると、光電効果で電離作用を発現させ、電子拡散が生じ、広い帯域に電磁波が放出されると言われている。それが電磁パルスだ。電磁パルスは半導体や電子回路に損傷を与え、一時的な誤作動を発生させるとも聞いたことがある。核爆発の威力が大きければ、強い電磁パルスにより広範囲で電子障害が発生する。

盛田防衛大臣が秘書官からメモを受けとり、大河原に向けて報告を入れる。

「たった今米海軍太平洋艦隊から通知がありました。弾道ミサイルを発射したのは米海軍の原子力潜水艦だそうです」

参加している全員が唖然とした表情を浮かべた。

それが本当なら我々は同盟国が発射した核ミサイルを撃ち落としたというのか。

――これもテロ犯が書いたシナリオか。

犯人はすべてをわかったうえで、朝鮮半島の危機を煽り、アメリカ軍に攻撃させようとした。それを防ぐため、今度はグローバルホークを利用して弾道ミサイル発射地点を日本に教え、迎撃を示唆した。

神の裁きを見せつけるため、あえて核ミサイルを発射させ、迎撃させた。核爆発による電磁パルスを神の怒りとして、人から通信環境を奪い、電子回路を混乱させた。

――まるで創世記に描かれたバベルの塔だ。

これは神による脅しか。神に逆らえば、最後の審判を受ける。

通信は回復しないまま、映像は途切れた。混乱の中で風間は考えていた。この先どう脅威と向かい合うべきか。もしかすると我々はその答えを考え直すべき時期がきているのではないか、と。

終

1

二〇二一年九月一二日　午後七時一〇分
永田町　総理官邸

大河原総理は一二日早朝の会見で北朝鮮潜水艦から発射された弾道ミサイルを迎撃したと発表しました。弾道ミサイルは東シナ海海上から午前七時一〇分頃発射され、警戒監視のために出航していた海上自衛隊のイージス艦《みょうこう》がミサイル発射を感知、迎撃ミサイルSM―3で迎撃したとのことです。迎撃による電磁波の影響で朝鮮半島南端から日本列島全域で電子機器や通信システムに影響が出ましたが、夕方までには復旧しています。また政府のサイバーテロ対策本部はアンチウイルスを開発、首都電力をはじめとしたインフラが復旧、都内で発生していた帰宅困難者も帰路についたと報告しています。

警察庁は一連のサイバーテロを首謀したとみられる容疑者をアメリカ政府に引き渡す途中事故が発生し、容疑者は死亡したと発表しています。今後、捜査を継続して詳しい事実関係の究明を進めるとのことです。

昨日早朝の議事堂への無人機墜落から始まった一連のテロ事件は一応の終止符が打たれたようですが、未(いま)だに多くの謎を残しています。ここからはテロ事件と安全保障について専門家の皆さんの意見を聞いてみたいと思います。

夕方のニュースは大本営発表だった。弾道ミサイルを発射したのは北朝鮮の潜水艦ではない。アメリカの原潜だ。アメリカがその事実を発表しないのは、米軍がテロリストに大規模なサイバー攻撃を受け、空中警戒管制システム（AWACS）、統合監視目標攻撃レーダーシステム（ジョイントスターズ）など全軍を統制する指揮・統制・通信および情報に甚大な被害を受けたという事実を隠しているからだ。統制を失った艦隊および原潜は混乱の中でテロ犯の標的となった。電子的妨害、ハッキング、ウイルスの集中攻撃に晒（さら）されながら、あろうことか核弾頭を積んだオハイオ級原子力潜水艦にミサイル発射の指令を出した。米海軍は決して犯してはならない過ちを犯してしまった。発射された弾道ミサイルはグローバルホークによる監視で海上自衛隊のイージス艦が迎撃した。

風間はサイバーテロ対策本部で電磁波による被害情報の調査と対策に追われた。ミサイル迎撃直後に発生した事象について市ヶ谷の岩城からも報告が入った。

イージス艦に搭載されたＳＰＹ―１レーダーの追跡データから、迎撃したミサイルの弾頭に搭載されていたのは戦略核だったことがわかっている。その威力や影響は調査中だ。明らかになった事実から類推するとグローバルホークが偵察していた位置は正確に米海軍原潜の海上を指していた。つまりテロリストがミサイル発射を促し、迎撃に導いたということだ。

問題は犯人がなぜ自作自演のような行動をしたかだ。その意図をどう読み取ればいいのか、風間は考え続けていた。

対策本部の扉が開き、新鮮な空気とともに矢島が入ってきた。風間は矢島に調査結果と市ヶ谷からの情報を伝えた。

「サイバー攻撃は止み、混乱は徐々に落ち着きつつあります。電磁波障害も大きな被害は出ておらず、事後処理と国民への説明が目下の急務となっています」

一通りの報告を聞き終えた矢島は榊原から秘密裏に依頼された案件について訊いた。

「赤星はどうなった」

「無事にシリアに向けて出発しました」

矢島はただ頷くだけでそれ以上その件には触れなかった。空自が運用する輸送機C―2で赤星はトルコを経由しシリアに向かっていた。矢島と風間、防衛省の一部の人間以外その事実を知る者はいない。榊原からの赤星救済のために動いてくれという依頼に応え、風間は組織を騙し、大胆な行動をした。矢島を説得し、表向きは警察による事件の調査だという名目で自衛隊の輸送機を出動させた。

矢島が部屋を出ようとするのを風間は引き留めた。

「犯人の意図は何だったんでしょうか」

矢島が何を考えているのか知りたかった。矢島は遠い目で独り言のように呟いた。

「強大な武器を持つ者ほど自らの首を絞める。唯一の対抗手段は武器を捨てることだ」

犯人のメッセージがそうだとしても、矢島自身がどう考えているかを知りたかった。

「もしそうだとしても人類は武器を捨てることなどできません。軍拡は人類に定められた宿命です。安全を捨て、危機を受け入れるなど国家の機能を放棄するも当然です」

矢島はその言葉を受けとめるように感慨深く答えた。

「人類に求められているのは武器を抑止以外に使わない努力だ。敵よりも強大な武器を持つのは攻撃のためではない。敵の武力を制御するためだ。今回の事件で我々は学ばなければならないのかもしれない。それは政治の役割でもある」

「テロ犯はそこまで想定してシナリオを描いたのでしょうか」

「それを考えるのも我々の仕事だ」

矢島はそう言い残し、部屋を出て行った。風間はその背中を見送りながら事件を振り返った。犯人はすべてを知り、アメリカの謀略、朝鮮半島の危機、容疑者に課せられた理不尽な容疑、それらを解決するためにこの事件を起こしたのだろうか。いや、そんな小さな理由ではないのかもしれない。テロ犯は人間の愚かさを戒め、裁きを見せつけるため、あえて核ミサイルを発射させ、迎撃させた。グローバルホークは神の目として利用され、核爆発による電磁パルスは神の怒りとして人からネットワークという言語を奪った。これは神による啓示かもしれない。

風間のスマホが鳴った。着信は東洋新聞の里村からだった。

「結局連絡してくれなかったんですね」

里村にテロ犯の情報を提供すると話していたことを思い出した。

「容疑者は死亡、サイバー攻撃は止み、インフラも復旧した。それでいいじゃないか」

「事件の真相をうやむやにするわけにはいきません。テロを計画した赤星が死んでも実行犯はいるはずです」

「その辺のことは警察に訊いてくれ。担当者を紹介する。赤星を取り調べた警察庁の刑事だ」

「約束を反故（ほご）にするのなら、グローバルホークについての記事を書きますよ」

「その記事は好きに書いてくれていい。ただし、我々は改めて無人偵察機の必要性を認識した。運用上の問題点を見直して新たな導入を検討するつもりだ」

「ではその件は改めて取材させてもらいます」

警察がどう対応するかは任せるとして、容疑者死亡が公の事実として世間に流れればそれでいい。グローバルホークのスキャンダルなどたいしたことはない。テロ事件の真相は知るべき人間が知っていればいい。本当に戦争を知る者だけが、平和をもたらすことができる。

今回の事件で日本は安全保障の考え方を変えるだろうか。小さな変化は起きるかもしれない。ほんの数人だが事件に関わった人間は軍拡が相互不信によって生み出され、行きつく先に待っている破滅の予兆を感じ取ったはずだ。

2

二〇二一年九月一三日　午前七時一五分
霞が関　警察庁

テロ発生から二度目の朝を迎えた。事件の余波は残るが、穏やかな朝となった。これでよかったのだろうか。榊原はその思いが捨て切れずにいた。

メールの指示に従って赤星を殺した。

結局すべて犯人が書いたシナリオ通りに進んだ。舞台を成功させるためには役者と演出が必要だった。その役者に取り調べをした自分と神保、そして官邸で立ち回った矢島と風間が選ばれた。出番は最後に回ってきた。世間を騙し、容疑者を殺し救済するという役割だった。風間はその役割の一端を担ってくれた。矢島を動かし、内々に自衛隊の輸送機を使うため根回しをしてくれた。名目はテロの調査ということにして、警察からの要請に応え、ＴＲＴ―２をシリアに派遣した。

電磁パルスの影響によるブラックアウトですべての電子機器は一時機能不全に陥った。明け方、東シナ海海上から発射された弾道ミサイルを迎撃したことで発生した強力な電磁波が原因という説があるが未だ真相は不明だ。一方アメリカへの引き渡し途中に容疑者が交通事故で死亡したという偽の情報が流れた。大規模な通信障害が発生し、電子機器はすべて使用できなくなったため事故現場の画像や映像はなく、数件の目撃情報はすべて黙殺された。結局ＣＩＡは最後まで攻撃を認めなかった。

赤星は風間の尽力もあり、極秘にシリアに向かっている。裏で矢島が動いたのは間違いない。かなりの特例措置ではあったが、官邸の強い意向で警察の要請を受け入れてくれた。赤星はＴＲＴ—２のスタッフの一人として輸送機に乗せた。

風間が一通りの手配を終え、連絡をしてきた時、榊原は言った。

「これで借りは返してもらった」

榊原が言った借りとは、かつてアルジェリアで発生したテロ事件で警察の協力依頼を断ったことだ。風間はすぐに気づいたようで、ため息とともに切り返した。

「意外に根に持つタイプなんだな」

風間の冗談に榊原も冗談で返す。

「テロを追いかけるうちにしつこさが身に付いた。これまでたいした成果は出せなかったが今回はいい仕事をしたと思っている」

風間は明確に答えず、言い返した。

「おかげで後始末が大変だ。だが、国民に犠牲者を出さず乗り切れた。あの男をアメリカに送還していたらどうなっていたか。その点では礼を言う」

「意外に素直なところもあるんだな」

受話器にふっと鼻で笑う音が聞こえた。会話が途切れたのを見計らい、榊原が風間に提案する。

「そのうち酒でも飲みに行くか」

「警察と馴れ合うつもりはない」

榊原は顔をしかめ、喰えない奴めと心の中で呟いた。

「前言撤回だ。もう少し素直になったほうがいい」

「余計なお世話だ」

風間が電話を切ると、榊原は微笑を浮かべスマホをしまった。


危機は去った。テロリストからの連絡は途絶え、世界はその目的がわからないまま、事件は終焉を迎えた。丸一日間の停電と電磁波障害での混乱はあったにせよ、被害はそれほど大きくない。何よりも事件による死傷者がいないという前代未聞のテロ事件だった。

榊原は容疑者護送中の不手際を叱責されたが、神保が責任を被り、謹慎程度の処罰で済んだ。護送中の経緯は正直に話した。ただひとつ赤星死亡の報告を除いては。

結末を知った今、自分の行動が正しかったかどうかわからない。ただ自分も日本政府もテロには屈しないという信念において間違いを犯さなかったと思っている。なぜなら赤星はテロリストではなかったのだから。ならば本当のテロリストは誰だったのか、その答えに人々が気づくことはないかもしれない。だがいずれそのしっぺ返しが終末の日となって訪れないことを願っている。

二日間、霞が関に籠り切りだった榊原は朝日を浴びようと庁舎を出た。桜田門の駅前からお堀沿いを歩き、議事堂に向かった。一昨日(おととい)の無人機の衝突で周辺はまだ厳戒態勢が敷かれている。秋空を見上げ、榊原は遠くシリアの空の下にいるあの男について考えた。戦禍で破壊された街に戻り、為(な)すべきことを為す。男はそう言い残し、最後に榊原に伝えた。世界が再び脅威に包まれた時、神は裁定を下す。そうならないことを祈っている、と。

3

二〇二一年九月一四日　日本時間午前七時一五分
シリア　ラッカ

トルコのイスタンブール空港を経由し、陸路でシリアを目指した。難民に紛れ、陸路でラッカに入った。そこは瓦礫(がれき)と破壊の傷跡にまみれた失われた都市だった。赤星はかつてこの地を訪れ、アニタと別れた時のことを思い出した。

シリアでの戦局が厳しくなる中、赤星はハッサンを日本に潜入させた。目的は導入が決まっている無人偵察機に関する情報収集と防衛省の情報本部の協力者との接触だった。導入の計画書を調達し、中国企業に極秘に情報を渡し、同じような無人偵察機の開発を依頼した。将来の布石のためだが、目的を知る者はいない。ハッサンはその後、ＣＩＡに暗殺されたが、その任務は防衛省情報本部の一等陸佐に引き継がれ、グローバルホークを神の目として利用するための工作を進めた。赤星は核爆発による電磁パルス発生のメカニズムを研究し、軍事システムの崩壊を目論(もくろ)んだ。

計画の途中、モスルが奪還され、近い将来ラッカの陥落も迫っていた。赤星は最後の仕上げのため、ＣＩＡの指示に従い、ラッカ陥落とそれに付随した『マンハッタンの禊作戦』の準備を進めた。

――すでに、ラッカへの有志連合の侵攻も始まっていた。シリア民主軍の進軍と有志連合による空爆でＩＳは打撃を受け、ラッカは包囲された。ラッカ奪還が目前に迫る中、ＣＩＡのコリンズから作戦の指示が出た。赤星はターゲット『ポセイドン』の位置情報を提供し、作戦は成功した。だが、同時にかけがえのない存在を失った。有志連合の空爆がアニタを襲った。生死は不明だが生存の可能性は低い。

赤星は開発したＡＩとウイルスを使ってある計画を立てた。その計画を実行に移そうと決意したのは空爆で荒廃したシリアの光景を目の当たりにしたからだ。あれから四年の月日が流れたが、再びこの地に立ち、街を見つめながら、当時を振り返った。

シリア東部のラッカ。かつてアッバース朝の帝都として栄えたこの地にはひとかけらの賑わいもない。度重なる戦禍で人が死に、街は破壊された。天から降る数多の爆撃の雨は人も建物も生活も根こそぎなぎ倒した。瓦礫が積みあがった土地は、かつての都にわずかに人が棲んでいた形跡だけを残し、廃墟と化した。

だが死神は去った。この街を復興させ、再び人々が生活を営む街を作り上げる。そう心に誓い、生き残る道を選択した。極東でのごたごたはひとまず決着がついた。その経過を伝えるため、赤星は再びこの地に戻ってきた。

――神はどこにいてもわが身を案じ、心を砕いてくださる。

それはシャリーアにもハディースにも書かれていないアニタの本心だったはずだ。そのことをテロ犯の行動から感じた。赤星の計画に何者かが介入したことはわかっていた。自らの死をもって最後の審判を下す。そのシナリオを誰かが書き換えた。そのシナリオを書き換えたのが事件の真犯人だ。ならばその真犯人には必ず会えるはずだ。


ラッカに吹く風が赤星の頬を撫でた。眩しい日差しにさらされ、太陽の光が降り注ぐこの街に彼女はいる。

赤星が立っているラッカ市内の中央広場、かつては『天国の広場』と呼ばれた場所、その中央に位置する噴水の前に一台のＳＵＶが停まっていた。降りてきたのは白いターバンを巻いたアラブ人だった。男は赤星の前に立ち、切り出した。

「ミスター赤星、サングラスをとってください」

赤星はサングラスを外し、男を見た。男は周囲に目を配り、唐突にアラビア語で話した。

「この広場ではかつて残虐な死刑が行われていました。いまやその面影はなく、平穏を取り戻したようです」

「その代償にこの街は破壊され荒廃した」

「すべては神の思し召しです」

「ならば私の願いもかなうはずだな」

アラブ人の男は乗ってきたＳＵＶに視線を向けた。後部座席にヒジャブを身に着けた女性が座っている。薄暗い車内で顔は見えないが、その姿に懐かしさを覚えた。女性が赤星に顔を向け、ヒジャブを取り払った。

――間違いない。彼女だ。

赤星は車に近づくため一歩踏み出した。何も話さなくても彼女の意思はわかる。それはＡＩやインターネットなどといった無機質な電子信号ではない。何も言わなくても人はわかり合える。心がつながっていれば理解し合えるのだ。

離れた場所にいても、彼女の気持ちが伝わってきた。赤星は閉ざしていた心の扉を開き、素直に自分の気持ちに従った。車の前で女性に笑顔を向けた。言葉は必要なかった。ただアニタを見つめ、そして抱きしめた。

《主要参考文献》

『コーラン　上・中・下』　井筒俊彦訳　岩波文庫

『防衛省と外務省　歪んだ二つのインテリジェンス組織』　福山隆　幻冬舎新書

『安保法制下で進む！　先制攻撃できる自衛隊』　半田滋　あけび書房

『東電福島原発事故　総理大臣として考えたこと』　菅直人　幻冬舎新書

『安倍晋三と菅直人　非常事態のリーダーシップ』　集英社新書

『危機の権力』　塩田潮　ＭｄＮ新書

『岸田ビジョン　分断から協調へ』　岸田文雄　講談社

『内閣官房長官』　大下英二　ＭｄＮ新書

『図解　クラウゼヴィッツ「戦争論」入門』　是本信義　中経の文庫

『首相官邸の決断　内閣官房副長官石原信雄の２６００日』　インタヴュー・構成／御厨貴・渡邉昭夫　中公文庫

『秘録　ＣＩＡの対テロ戦争　アルカイダからイスラム国まで』　マイケル・モレル　月沢李歌子訳　朝日新聞出版

『ブッシュの戦争』　ボブ・ウッドワード　伏見威蕃訳　日本経済新聞社

『オバマの戦争』　ボブ・ウッドワード　伏見威蕃訳　日本経済新聞社

『シナリオのためのミリタリー事典　知っておきたい軍隊・兵器・お約束１１０』　坂本雅之　ＳＢクリエイティブ

『テロリズムとは何か』　佐渡龍己　文春新書

『中東テロリズムは終わらない　イラク戦争以後の混迷の源流』　村瀬健介　ＫＡＤＯＫＡＷＡ

『ステルス戦闘機と軍用ＵＡＶ　B-2からF-22ラプター、ＵＡＶまで。最強兵器・ステルスのすべて』
坪田敦史　イカロス出版

『日本の情報機関　知られざる対外インテリジェンスの全貌』　黒井文太郎　講談社＋α新書

『ミサイル防衛　日本は脅威にどう立ち向かうのか』　能勢伸之　新潮新書

『北朝鮮に備える軍事学』黒井文太郎　講談社＋α新書

『北朝鮮最終殲滅計画　ペンタゴン極秘文書が語る衝撃のシナリオ』相馬勝　講談社＋α新書

『狂気の核武装大国アメリカ』ヘレン・カルディコット　岡野内正／ミグリアーチ慶子訳　集英社新書

『武器輸出と日本企業』望月衣朔子　角川新書

『ターゲテッド・キリング　標的殺害とアメリカの苦悩』杉本宏　現代書館

『自衛隊最高幹部が語る令和の国防』岩田清文　武居智久　尾上定正　兼原信克　新潮新書

『知られざるイージス艦のすべて』柿谷哲也　笠倉出版

『未来予測入門　元防衛省情報分析官が編み出した技法』上田篤盛　講談社現代新書

『新・戦争論　僕らのインテリジェンスの磨き方』佐藤優　池上彰　文春新書

『現代戦争論　超「超限戦」』渡部悦和　佐々木孝博　ワニブックス「PLUS」新書

『防衛省の研究　歴代幹部でたどる戦後日本の国防史』辻田真佐憲　朝日新書

『THE　LAST　GIRL　イスラム国に囚われ、闘い続ける女性の物語』
ナディア・ムラド　吉井智津訳　東洋館出版社

『「イスラム国」はよみがえる』ロレッタ・ナポリオーニ　村井章子訳　文春文庫

『ISの人質』ブク・ダムスゴー　山田美明訳　光文社新書

『イスラーム国』アブドルバーリ・アトワーン　春日雄宇訳　中田考監訳　集英社

『中東特派員はシリアで何を見たか　美しい国の人々と「イスラム国」』津村一史　dZERO

『イスラム国の野望』高橋和夫　幻冬舎新書

『この指がISから街を守った　クルド人スナイパーの手記』アザド・クディ　上野元美訳　光文社

『イスラム2・0　SNSが変えた1400年の宗教観』飯山陽　河出新書

『イスラームの深層　「偏在する神」とは何か』鎌田繁　NHKブックス

『「イスラム国」　謎の組織構造に迫る』サミュエル・ローラン　岩澤雅利訳　集英社

『サイバーアンダーグラウンド　ネットの闇に巣喰う人々』吉野次郎　日経BP
『サイバーセキュリティ　組織を脅威から守る戦略・人材・インテリジェンス』松原実穂子　新潮社
『サイバー戦争の今』山田敏弘　ベスト新書
『ゼロデイ＝ZERO　DAY　米中露サイバー戦争が世界を破壊する』山田敏弘　文藝春秋
『ホワイトハッカー入門』阿部ひろき　インプレス
『イラスト図解式　この一冊で全部わかる　セキュリティの基本』みやもとくにお　大久保隆夫　SBクリエイティブ
『ジ　アート・オブ・シン・ゴジラ』カラー
『シン・ゴジラ　政府・自衛隊事態対処研究』ホビージャパン
『シン・ゴジラ機密研究読本』柿谷哲也編著　KADOKAWA

その他インターネット、新聞記事などを参考にしました。

謝辞

本作の執筆にあたって著述家の山中俊之氏に宗教学に関するご助言をいただきました。

また、白川優子氏にはシリア、イラクの取材にご協力いただきました。この場を借りて御礼申し上げます。

なお、それらご助言いただいた部分も含めて内容の責任は著者たる私にありますことを申し添えます。

本作の刊行にあたってはＫＡＤＯＫＡＷＡの山田剛史氏、吉田真理氏に大変お世話になりました。

最後に本企画のきっかけを作ってくださり、制作途中で急逝された榊原大祐さんのご冥福を心からお祈りいたします。

辻 寛之（つじ　ひろゆき）
1974年富山県生まれ。埼玉県在住。2018年、第22回日本ミステリー文学大賞新人賞を受賞、受賞作を改題した『インソムニア』でデビュー。他の著書に『エンドレス・スリープ』、「麻薬取締官・霧島彩」シリーズがある。

本書は書き下ろしです。

装丁　原田郁麻
装画　wataboku

終末（しゅうまつ）のアリア

2023年8月1日　初版発行

著者／辻 寛之（つじ ひろゆき）

発行者／山下直久

発行／株式会社KADOKAWA
〒102-8177　東京都千代田区富士見2-13-3
電話　0570-002-301（ナビダイヤル）

印刷所／旭印刷株式会社

製本所／本間製本株式会社

●お問い合わせ
https://www.kadokawa.co.jp/（「お問い合わせ」へお進みください）
※内容によっては、お答えできない場合があります。
※サポートは日本国内のみとさせていただきます。
※Japanese text only

定価はカバーに表示してあります。

ISBN 978-4-04-110909-0　C0093